DAS GRAB IHRER MUTTER

WEITERE TITEL VON LISA REGAN

Detective Josie Quinn Serie

Die verlorenen Mädchen

Das Mädchen ohne Namen

Das Grab ihrer Mutter

Ihre letzte Beichte

Ihre begrabenen Geheimnisse

In Englischer Sprache
Detective Josie Quinn Serie

Vanishing Girls

The Girl With No Name

Her Mother's Grave

Her Final Confession

The Bones She Buried

Her Silent Cry

Cold Heart Creek

Find Her Alive

Save Her Soul

Breathe Your Last

Hush Little Girl

Her Deadly Touch

DAS GRAB IHRER MUTTER

LISA REGAN

Übersetzt von Claudia Riefert

bookouture

Herausgegeben von Bookouture, 2022

Ein Imprint von Storyfire Ltd.
Carmelite House
50 Victoria Embankment
London EC4Y 0DZ

www.bookouture.com

ISBN: 978-1-80314-368-2
eBook ISBN: 978-1-80314-367-5

PROLOG

Zuerst setzte sie das Kinderzimmer in Brand. Ihre Lippen verzogen sich zu einem Lächeln, als die bernsteinfarbenen Flammen an den Wänden leckten, sich im ganzen Raum ausbreiteten und die perfekt aufeinander abgestimmten Möbel und den Teppich verzehrten, von dem sie so oft unsichtbare Flecken gescheuert hatte. Der hauchdünne Baldachin, den sie jeden Tag akribisch zurechtgezupft hatte, ging mit einem befriedigenden Zischen in Flammen auf. *Weck die Babys nicht auf. Geh nicht rein, bis die Kinder wach sind. Tu dies nicht, tu das nicht.*

Das würde ihr eine Lehre sein.

Als die Luft dicker wurde und ihre Nase und Kehle zu brennen begannen, verließ sie den Raum. Schwaden von dickem, schwarzem Rauch drangen durch den Türrahmen, zogen über die Decke und folgten ihr bis in den Flur. Sie hielt sich ihren Mund mit dem Unterarm zu und rannte los. Bald würden die Flammen durch das gesamte Haus wüten und alles verbrennen, was diese widerliche, versnobte Schlampe besaß. Es würde wunderbar werden.

Sie floh die Treppe hinunter und hielt inne, um ein Streichholz an die schweren Vorhänge und Volants zu halten, die alle Fenster im Wohn- und Esszimmer schmückten. Als der Geschmack von Feuer in ihrer Kehle unerträglich wurde, machte sie sich auf den Weg in die Küche, um durch die Hintertür zu verschwinden, bevor sie erwischt werden konnte. Sie durfte eigentlich keinen Fuß mehr in das Haus setzen, nachdem man sie des Diebstahls bezichtigt hatte.

Sie war schon auf halbem Weg aus dem Haus, als sie etwas im Wohnzimmer erspähte, das sie augenblicklich zum Stehen brachte. Ein Schauer der Erregung stieg in ihr auf. Hier war etwas, das noch zerstörerischer als Feuer war, eine Möglichkeit, dieses Miststück endgültig zu Fall zu bringen. Ein Grinsen breitete sich auf ihrem Gesicht aus, während sie mit ausgestreckten Händen in den Raum eilte.

1

HEUTE

Der sechs Monate alte Harris Quinn kicherte auf seinem Hochstuhl, als der kleine Plastiktopf mit pürierten jungen Erbsen mit einem Platsch auf dem Küchenboden aufschlug und Josies Turnschuhe mit trübem grünen Brei bedeckte. Josie blickte überrascht in sein kleines, mit Essen verschmiertes Gesicht und lachte ebenfalls; sie konnte ihm einfach nicht böse sein. Sie holte ein Papiertuch von der Spüle und bückte sich, um den Boden zu säubern. Dabei murmelte sie Harris, der seine Handflächen voller Freude auf das Tablett schlug, ein leises »Anfängerfehler« zu. Dinge auf den Boden zu werfen und Josie dabei zuzusehen, wie sie sie wieder aufhob, war seine neue Lieblingsbeschäftigung.

Sie warf den Klumpen Papierhandtücher in den Mülleimer, drehte sich um und sah, wie Harris seine erbsenverschmierten kleinen Fäuste für einen kurzen Moment auf die Augen presste. Josie schaute auf die Uhr an Mistys Mikrowelle. »Zeit für ein Nickerchen, kleiner Mann«, sagte sie zu ihm.

Sie schaute sich um, um zu prüfen, ob auf dem Boden oder an den Wänden von Misty Derossis makellosem Haus noch Essensreste klebten. Es kam nicht oft vor, dass sie Josie bat, auf ihren Sohn aufzupassen, aber hin und wieder, wenn Harris' Großmutter nicht herkommen konnte, erhielt sie einen Anruf. Josie freute sich auf diese seltenen Besuche und wollte ihren Status als vertrauenswürdige Babysitterin von Harris nicht gefährden, indem sie seiner Mutter ein Chaos hinterließ.

Sie schnappte sich einen Lappen aus dem Waschbecken und reinigte Harris' Gesicht und seine Hände, während er protestierend herumzappelte und wimmerte. »Fertig«, verkündete sie, löste die Gurte des Hochstuhls, hob ihn aus dem Stuhl und wunderte sich, wie groß er in der kurzen Zeit geworden war. Sie erinnerte sich noch an das erste Mal, als sie ihn an ihre Brust gepresst hatte, nachdem sie ihn aus der tödlich kalten Strömung des Susquehanna River gerettet hatte. Er war damals erst ein paar Tage alt gewesen, winzig, zerbrechlich und froh, noch am Leben zu sein. Jetzt war er stämmig und kräftig, mit blonden Locken, die von Tag zu Tag dichter wurden, und begann eine richtige Persönlichkeit zu entwickeln.

Jetzt, wo Harris älter war, genoss Josie es, ihn zum Kichern zu bringen, ihm dabei zuzusehen, wie er die Mahlzeiten auf seinen rosigen Wangen verschmierte, ihn sauber zu machen und dann gemeinsam mit ihm in dem Schaukelstuhl einzuschlafen, den Josie für Misty gekauft hatte. Der Stuhl war eines der wenigen modernen Möbelstücke im Haus und passte überhaupt nicht in das Wohnzimmer, das aussah, als sei es den Seiten einer Zeitschrift für viktorianische Häuser entsprungen.

Harris lehnte seinen Kopf an Josies Schulter, als sie sich mit ihm in den Schaukelstuhl setzte und den Stuhl mit ihren Füßen sanft hin- und herschaukelte. Josie zog aus der Stofftasche, die neben ihr lag, einen von Harris' Schnullern hervor, nach dem er gierig griff. Sie schob den Kleinen ein wenig nach unten, so dass seine Wange auf ihrer Brust ruhte, und streichelte sein Haar, bis er in einen tiefen Schlaf fiel. Es gibt nichts Besseres als dieses Gefühl, dachte sie, während sie langsam eindöste.

Das digitale Klingeln ihres Handys unterbrach die Stille,

und Josie riss die Augen auf, alarmiert und suchend. Das gedämpfte Geräusch kam von der anderen Seite des Zimmers, wo ihre Jacke über der Rückenlehne der Couch hing. Wenn es wichtig war, würde der Anrufer sich wieder melden. Als sie zu Harris hinunterblickte, stellte sie erleichtert fest, dass er nichts gemerkt hatte und sein Schnuller, der auf seiner Unterlippe wippte, gleich herunterfallen würde. Eine Pfütze aus Sabber ergoss sich unter seinem Kopf auf ihr T-Shirt. Josie lächelte, strich ihm mit der Hand über den Rücken und brachte den Stuhl sanft zum Schaukeln. Das Telefon hörte auf zu klingeln, und sie schloss wieder die Augen. Falls es wirklich ein Notfall war, wussten Lieutenant Noah Fraley und Detective Gretchen Palmer, wo sie sich aufhielt.

Sie war gerade wieder in einen angenehm warmen Schlummer gefallen, als ihr Telefon erneut klingelte. Diesmal regte sich Harris. Josie steckte ihm den Schnuller schnell wieder in den Mund. Er saugte einen Moment lang laut daran und legte die Stirn in Falten, um sich auf etwas vorzubereiten, was sie als unglückliches Heulen einstufte. Sie hielt erwartungsvoll den Atem an, aber seine Gesichtszüge glätteten sich wieder und er stieß nur einen kleinen Seufzer aus. Im Stillen verfluchte Josie ihr Telefon, denn sie wusste, dass es nicht möglich war, mit Harris durch den Raum zu ihrer Jacke zu laufen, ohne ihn zu wecken. Einen Moment später hörte sie, wie sich die Haustür öffnete und schloss, und Misty rief: »Ich bin wieder da!«

Harris bewegte sich wieder, kniff die Augen zusammen und drückte sein Gesicht an Josies Brust, als Mistys Stimme aus dem Flur drang. »Josie? Bist du im Wohnzimmer?«

Harris hob den Kopf, seine blauen Augen schlaftrunken, und suchte den Raum nach seiner Mutter ab. Sie erschien in der Tür, und als sie ihn erblickte, strahlte ein breites Lächeln über ihr Gesicht. Einer ihrer Mundwinkel hing immer noch nach unten, als würde ein unsichtbarer Finger ihn herunterziehen; aber sie hatte seit dem Angriff am Tag von Harris' Geburt schon wieder einen großen Teil ihrer Bewegungsfähigkeit zurückerlangt. Misty schlug die Hände zusammen, durchquerte den Raum und hob Harris hoch, gurrte und strich seine widerspenstigen Locken glatt. »Hi Baby«, murmelte sie ihm zu. »Hattest du ein schönes Nickerchen?«

Josie streckte sich und rückte ihr T-Shirt zurecht. Sie sah zu Misty hoch. »Wie ist es gelaufen?«

Grinsend deutete Misty auf ihre oberen Vorderzähne. »Ich habe mein Dauerimplantat bekommen. Fühlt sich toll an. Ich bin so froh, dass ich es hinter mir habe.«

Bei dem Angriff war ihr einer der oberen Vorderzähne ausgeschlagen worden und man hatte ihr im Krankenhaus eine provisorische Krone eingesetzt – aber es hatte einige Monate gedauert, bis sie das Geld für eine dauerhafte Reparatur zusammengespart hatte. Josie hatte ihr geholfen, wo sie konnte, aber Misty wendete das gesamte Geld, das Josie ihr gab, zuerst für Harris' Bedürfnisse auf. Bevor Harris auf die Welt kam, hatte Misty einen lukrativen Job als Tänzerin im örtlichen Strip-Club gehabt, der es ihr ermöglicht hatte, ihr großzügiges Haus zu kaufen und einzurichten. Sie hatte ihr Erspartes für eine In-vitro-Behandlung verwendet, um mit Harris schwanger zu werden, und nach seiner Geburt beschlossen, nicht mehr zu strippen – selbst, wenn sie es gewollt hätte, ihre Verletzungen ließen das Tanzen nicht mehr zu.

Josie stand auf, ging zur Couch und kramte in ihrer Tasche, um ihr Handy zu finden. »Sieht gut aus«, sagte sie zu Misty.

Misty nahm Harris auf die andere Seite ihrer Hüfte. Er lehnte seinen Kopf an Mistys Schulter, der Schnuller wippte in seinem Mund. »Hat er gegessen?«

»Ein paar Fruchtfondants und etwas Erbsenpüree. Er wollte es lieber auf dem Boden liegen sehen.«

Misty lachte. »O ja, das ist sein neues Ding. Aber keine Sorge. Ich schaue mal, ob er eine Flasche nimmt.« Josie kontrollierte ihre verpassten Anrufe. Beide von der gleichen Nummer. Keine, die sie wiedererkannte.

»Danke noch mal«, sagte Misty, obwohl sie Josie schon ein Dutzend Mal gedankt hatte, bevor sie zum Zahnarzt gegangen war. »Wenn Mrs. Quinn nicht so krank wäre, hätte sie auf ihn aufgepasst. Irgendeine Magenverstimmung.«

Josie zog ihre Jacke an, ging zu ihr rüber und klopfte Harris auf den Rücken. »Kein Problem. Wir wollen ja nicht, dass er sich ansteckt mit irgendwas, das gerade herumgeht. Du kannst mich anrufen. Wir sind zurzeit dabei, in unserem letzten großen Fall den Papierkram für den Staatsanwalt fertigzustellen, es geht also nur langsam voran.«

»Dieser Drogendealer, richtig? Lloyd Todd?«

»Eher ein Drogenboss«, sagte Josie.

»Kaum zu glauben, dass er so einen großen Drogenring geführt hat«, bemerkte Misty. Lloyd Todd galt als eine Stütze der Gemeinde in der Kleinstadt Denton. Er führte das erfolgreichste und bekannteste Bauunternehmen der Stadt, aber wie Josie und ihr Team in den letzten zwei Monaten herausgefunden hatten, war es vor allem eine Tarnung für einen großen Drogenring gewesen. Todd hatte fast zwei Dutzend junge Männer und ein paar junge Frauen beschäftigt, die als Kuriere und einfache Dealer für ihn arbeiteten. Er lieferte etwa achtzig Prozent der illegalen Drogen der Stadt an süchtige Kunden. Es war keine Überraschung für Josie, dass die Zahl der Drogentoten durch Überdosis nach seiner Verhaftung stark zurückgegangen war. Natürlich würden es wieder mehr werden, sobald Todds Kunden ihre Drogen woanders bekamen.

»Es war ein echter Schock«, stimmte Josie zu.

Misty folgte ihr durch das Labyrinth der schicken Zimmer, bis sie die Eingangstür erreichten. Auf der Veranda angekommen, fragte Misty: »Willst du zum Mittagessen bleiben?«

Es war nicht das erste Mal, dass sie Josie bat, noch etwas länger zu bleiben, aber obwohl Josie gern mehr Zeit mit dem

Baby verbringen wollte, war sie sich nicht sicher, ob ihre Beziehung zu Misty schon reif für einen Mädels-Lunch war. Es hatte lange gedauert, das zivilisierte Verhältnis aufzubauen, das sie inzwischen zueinander hatten. Einige Jahre zuvor, als Josies Ehe mit ihrem mittlerweile verstorbenen Mann Ray Quinn in die Brüche ging, hatte er eine Affäre mit Misty begonnen. Ray hatte Misty sehr geliebt, und es war sein letzter Wunsch, dass Josie seine Entscheidung respektierte. Das war eine schwierige Aufgabe, selbst an ihren besten Tagen. Erst der Angriff auf Misty und die Geburt von Rays Sohn konnten die beiden Frauen endlich miteinander versöhnen. Doch Josie wusste, dass sie aufbrausend sein konnte, selbst wenn sie sich bemühte, dies zu vermeiden. Sie befürchtete, dass die fragile Beziehung, die sie zu Misty entwickelt hatte, zerbrechen würde, wenn sie mehr Zeit miteinander verbrachten. »Ich muss arbeiten«, log sie.

Mistys Mund sackte enttäuscht nach unten, und die partielle Lähmung ihres Gesichts ließ ihre Enttäuschung noch größer wirken.

Josie spürte ein leises Schuldgefühl. »Vielleicht beim nächsten Mal.«

Mistys Blick sank auf die Holzdielen. »Das sagst du immer. Hör zu, ich weiß, wir haben uns nicht immer gut verstanden, aber ich möchte, dass du weißt, dass ich ...«

Das Klingeln von Josies Handy unterbrach Misty, bevor sie mit ihrem Vortrag beginnen konnte. Die zwei Frauen starrten auf Josies Jackentasche. Josie fischte das Handy heraus, schenkte Misty ein verlegenes Lächeln und warf einen Blick auf das Display. Es war dieselbe Nummer wie vorhin. In ihrer Verzweiflung, das Thema Versöhnung zu meiden, drückte Josie schnell auf »Antworten« und hielt sich das Telefon ans Ohr.

»Quinn«, sagte sie.

Eine männliche Stimme antwortete. »Josie Quinn?«

»Ja. Wer ist da?«

»I-ich ... Du kannst mich Roger nennen.«

»Ich kann Sie Roger nennen? Wer ist da?«

Ein Zögern. Dann: »Ich rufe wegen deiner Anzeige an. Du weißt schon, auf Craigslist?«

Ein flaues Gefühl machte sich in Josies Magen breit. Sie blickte zu Misty herüber, die sie verwundert und besorgt ansah. Josie trat von der Veranda, hielt sich mit der freien Hand den Telefonhörer ans Ohr und murmelte zu Misty: »Ruf an, wenn du etwas brauchst.«

Dann wandte sie sich ab und ging zu ihrem Auto, um ihre Aufmerksamkeit wieder Roger zuzuwenden. »Meine Craigslist-Anzeige? Welche Anzeige war das?«

»Welche?«, fragte Roger, und wieder hörte Josie ein Zögern in seiner Stimme.

»Du hast nicht ... Habe ich die richtige Nummer?«

»Sie haben mich angerufen, Roger.«

Wieder tote Luft. Dann sagte Roger: »Du hörst dich nicht so an, als ob du nach Spaß suchst.«

»Über Craigslist verhöhnt zu werden, ist nicht meine Vorstellung von Spaß, Roger.«

Aber Roger hatte schon aufgelegt. Josie warf einen Blick zurück auf Mistys Haus, aber sie war schon mit dem Baby hineingegangen. Mit einem Seufzer stieg Josie in ihren Ford Escape und ließ den Motor an. Sie öffnete die App auf ihrem Handy, um die Craigslist-Website von Denton aufzurufen. Es dauerte ein paar Minuten, bis sie die Anzeige gefunden hatte. Diesmal stand sie unter *Gelegenheitsbekanntschaften*. Sie war drei Stunden zuvor aufgegeben worden. *Sexy Mädchen sucht Spielkameraden – Frau sucht Mann.* Ihre Finger erstarrten vor Schreck. Josie wollte die Anzeige nicht lesen, sie wollte nicht wissen, was drinstand, aber sie musste nachschauen. Es war besser, wenn sie es gleich hier tat, in der Einsamkeit ihres Wagens, als auf dem Polizeirevier, wo ihr Lieutenant und ihr Detective ihr über die Schulter schauten. Beim ersten Mal hatte es fünfzehn Minuten gedauert, bis die Röte auf ihren Wangen

nachließ. Sie holte tief Luft, hielt den Atem an und drückte auf
den Link zur Anzeige.

> *Suche erotischen Spaß. Heißes Girl Anfang dreißig sucht*
> *Nachmittagsvergnügen. Eine Zunge, so geschickt, dass sie*
> *dich nie unbefriedigt lässt. Immer sauber, immer diskret. Ruf*
> *an, um mich zu treffen.*

Darunter standen Josies Name und Handynummer.

Sie stieß den Atem aus, den sie die ganze Zeit über angehalten hatte, und warf das Telefon auf den Beifahrersitz, als
hätte sie sich die Hand verbrannt. Eine Bewegung an einem
Fenster von Mistys Haus erregte ihre Aufmerksamkeit. Wahrscheinlich war es Misty, die hinter dem Vorhang lugte und sich
fragte, warum Josie immer noch am Straßenrand stand. Josie
fuhr los und machte sich auf den Weg zum Polizeirevier. Es war
ihr freier Tag, aber das hier konnte nicht warten.

2

Die Anrufe hatten einen Monat zuvor kurz nach der Verhaftung von Lloyd Todd begonnen. Sie bezogen sich immer auf eine Craigslist-Anzeige, in der ihr Name und ihre Handynummer angegeben waren, und manche waren so ekelhaft und anschaulich, dass sie sie kaum noch lesen konnte. Sie hatte ihre Handynummer bereits dreimal geändert. Die Person, die die Anzeigen aufgab, schaffte es jedes Mal, ihre neue Nummer in die Finger zu bekommen. Sie hatte versucht, herauszufinden, wie – und dabei auch ihre eigenen Mitarbeiter verdächtigt –, aber es ließ sich nicht zurückverfolgen. Josie hatte den Handyladen aufgesucht und war sogar so weit gegangen, die Mitarbeiter des Ladens zum Verhör vorzuladen, aber diese Spur hatte sich ziemlich schnell zerschlagen. Selbst wenn jemand aus dem Handyladen ihre neue Nummer herausgab, sobald sie ihre alte ändern ließ, konnte sie dies nicht beweisen. Nach der letzten Anzeige hatte sie den Mobilfunkanbieter gewechselt, aber das funktionierte offensichtlich auch nicht.

Josie schlängelte sich durch die Straßen des Zentrums von Denton. Ihre Stadt war rund fünfundsechzig Quadratkilometer groß, Kilometer, die sich zu großen Teilen über die zerklüfteten

Berge von Zentral-Pennsylvania mit ihren einspurigen, kurven-
reichen Straßen, dichten Wäldern und weit verstreuten Land-
sitzen erstreckten. Die Einwohnerzahl lag bei über
dreißigtausend und stieg weiter an, wenn College-Zeit war, was
für reichlich Konflikte und Straftaten sorgte, die Josies fünfund-
fünfzigköpfiges Team ordentlich auf Trab hielten. Sie erreichte
das Polizeirevier nach nur zehn Minuten, parkte auf dem Parkplatz des Polizeipräsidenten und ging durch die Eingangstür.
Der Wachtmeister am Schreibtisch nickte ihr zu. »Ist Lieutenant Fraley hier?«, fragte sie.

Er zeigte nach oben. »Er ist oben und erledigt den Papierkram im Fall Todd.«

»Großartig«, sagte Josie.

Sie ging, zwei Stufen auf einmal nehmend, die Treppe hoch
und fand Noah an seinem Schreibtisch vor. Er starrte auf
seinen Computerbildschirm, einen abgenagten Stift im Mund,
sein dichtes braunes Haar in Unordnung. Ohne den Kopf zu
bewegen sah er sie an. »Ich hasse Schreibarbeit«, murmelte er
und nahm den Stift aus seinem Mund. »Habe ich das schon
erwähnt?«

Josie setzte sich auf den Rand seines Schreibtisches. »Vielleicht haben Sie das«, sagte sie.

Er warf den Stift auf den Schreibtisch, schloss mit der Maus
die Programme auf seinem Computer und wandte sich ihr zu.
Mit gerunzelter Stirn fragte er: »Was ist los?«

Sie hielt ihr Mobiltelefon hoch. »Ich habe wieder eine.«

Er warf einen Blick auf das Telefon, stand auf und nickte in
Richtung ihres Büros, wo sie unter vier Augen sprechen konnten. Noah schloss die Tür und hatte bereits seinen Notizblock
hervorgeholt, als Josie an ihren Schreibtisch kam. Sie ließ sich
auf den Stuhl fallen, rief die Anzeige auf ihrem Handy auf und
las sie ihm laut vor, während sein Stift über das Papier flog und
sein Gesicht immer ernster wurde. Sie erzählte ihm von Rogers
Anruf und rasselte die Telefonnummer herunter.

»Ich werde das als unzulässig melden und einen weiteren Durchsuchungsbeschluss an die Craigslist-Büros faxen«, sagte Noah. Josie seufzte.

»Und das wird uns nichts bringen, genau wie die letzten drei Male.«

»Aber wir müssen Beweismaterial sammeln. Wenn wir herausfinden, wer die Leute sind, die das tun, müssen wir alles gegen sie in die Hände bekommen, um sie hinter Gitter zu bringen.«

»Wir wissen, wer es ist. Lloyd Todd und seine Bande von Arschlöchern.«

»Gut, dann müssen wir darauf vorbereitet sein, diese Arschlöcher wegzusperren.«

»So wie kürzlich, als sie die Reifen aller Autos auf dem Polizeiparkplatz aufgeschlitzt haben? Oder als sie die Fenster im Erdgeschoss mit Eiern beworfen haben? Sie sind wütend, weil wir ihren Boss verhaftet und ihnen die Drogen weggenommen haben, und jetzt sind sie alle arbeitslos und auf Entzug. Sie lassen Dampf ab.«

»Und zwar besonders an Ihnen«, betonte Noah.

»Weil ich diejenige bin, die immer, wenn in dieser Stadt etwas Großes oder Schlimmes passiert, im Fernsehen erscheint.«

»Ja«, sagte Noah lächelnd. »Ich weiß, das mögen Sie am meisten.«

Sie starrte ihn an.

»Sie sollten einen Pressesprecher einstellen«, schlug er vor.

Josie verdrehte die Augen. »Wir können uns keinen Pressesprecher leisten. Sorgen Sie einfach dafür, dass die Anzeige von heute verschwindet, ja?«

»Gut, aber ich faxe auch einen Durchsuchungsbefehl rüber.«

»Um falsche E-Mail-Adressen und IP-Adressen zu bekommen, die uns nicht dabei helfen können, die Person zu finden, die das tut? Zu wissen, dass diese Person die Anzeigen von einer IP-Adresse irgendwo in der Stadt Denton aufgegeben hat, grenzt die Sache nicht gerade ein. Wer hätte gedacht, dass diese Idioten sich so gut mit Technik auskennen?«

»Beim letzten Mal konnten wir es auf das Starbucks am College eingrenzen«, sagte Noah.

»Ja«, sagte Josie. »Jemand hatte sich in deren WLAN eingeklinkt. Wir haben keine Ahnung, ob die Person überhaupt im Laden war oder ob sie in einem Auto saß oder sich auf der anderen Straßenseite aufhielt. Auf den Videoaufnahmen vom Café konnte man nicht erkennen, ob es jemand von den Gästen war. Jeder in diesem Laden sitzt an einem verdammten Computer oder Telefon.«

»Es lohnt sich trotzdem, das zu prüfen«, sagte Noah. »Wir könnten eine Chance haben. Die Lage wird ernst. Ich glaube, diese Craigslist-Anzeigen heben das Ganze auf ein anderes Niveau als einen Kinderstreich, Boss.«

»Noah.«

Er starrte sie an, und sie wusste, was als Nächstes kommen würde. »Sagen Sie es gar nicht erst«, sagte sie.

»Boss, Sie brauchen Personenschutz. Nur so lange, bis wir diese Mistkerle geschnappt haben.«

»Ich brauche keine Leibwache«, sagte Josie. »Nicht für das hier. Das ist dummer Highschool-Quatsch.«

»Es gibt Männer, die Sie anrufen, weil sie Sex mit Ihnen haben wollen.«

»Männer, die mich für jemanden halten, der ich nicht bin. Glauben Sie mir, ich mache mir keine Sorgen um die Rogers dieser Welt. Der Typ konnte nicht mal ein Telefonat mit mir führen. Ich bezweifle, dass er versucht, mich ausfindig zu machen.«

»Ich mache mir keine Sorgen wegen Roger«, sagte Noah. Er schaute sie mit einem bohrenden Blick an. »Ich mache mir

Sorgen wegen der Idioten, die die Anzeigen schalten. Sind Sie sicher, dass das Ganze aus dem Kreis von Lloyd Todd kommt?«

»Ich habe als Polizeichefin schon viele Leute ins Gefängnis gebracht. Es könnte jeder sein, aber das Ganze fing an, als wir Todd verhafteten und ich drei Pressekonferenzen gegeben hatte. Wenn seine Lakaien nach jemandem suchen, auf den sie ihre Wut richten können, dann bin ich das wohl. Aber hören Sie, das sind nur kleine Zwischenfälle. Es ist noch nicht so weit, dass ich überwacht werden muss.«

Er öffnete den Mund, um erneut zu sprechen, aber Josie stoppte ihn mit erhobener Handfläche. »Ich schließe die Möglichkeit von Personenschutz nicht aus, obwohl ich durchaus auf mich selbst aufpassen kann – aber nicht jetzt, okay? Jetzt muss ich erst mal wieder zum Telefonladen und meine Nummer ändern lassen. Schon wieder.«

Er kannte sie inzwischen gut genug, um sie nicht zu drängen. »Gut«, sagte er. »Ich mache mich an die Arbeit. Schicken Sie mir eine Nachricht mit Ihrer neuen Nummer.«

3

Der Spur-Mobile-Handyladen war völlig leer, wofür Josie ein Dankgebet sprach. Noch lästiger als die Anrufe von ahnungslosen Männern, die nach sexuellen Kontakten suchten, war das Warten in der Schlange, um ihre Nummer ändern zu lassen. Der desinteressierte Typ hinter dem Tresen zog sich einen Kopfhörer aus den Ohren, als sie sich dem Tresen näherte. Er stellte nicht viele Fragen, selbst als er ihr Konto aufrief und sah, wie oft sie im letzten Monat ihre Nummer geändert hatte. Eine halbe Stunde später war sie fertig. Draußen in ihrem Auto schickte sie ihren wichtigsten Kontakten eine Nachricht mit der neuen Nummer. Als sie ihre Großmutter Lisette anrief, atmete sie erleichtert auf, als die Mailbox ranging; sie hatte keine Lust, die Sache mit Craigslist zu erklären, schon gar nicht ihrer Großmutter.

Als sie es gerade wieder in die Tasche stecken wollte, summte ihr Telefon – eine Rückmeldung von Trinity Payne. *Schon wieder eine neue Nummer? Was zur Hölle ist da los?*

Trinity war die einzige Reporterin, die Josie als Freundin bezeichnen würde, und selbst das war leicht übertrieben. Trinity war direkt nach dem College zum Star der nationalen

Nachrichtenmedien aufgestiegen, aber in Ungnade gefallen, nachdem eine Quelle ihr eine schlechte Story zugespielt hatte. Vor zwei Jahren arbeitete sie als Reporterin für den Fernsehsender ihrer Heimatstadt, als Josie einen großen Fall mit vermissten Mädchen aufklärte, der sie beide berühmt machte. Trinity war eine unentbehrliche Verbündete in den Nachwehen dieses Falles und seither eine ausgezeichnete Informationsquelle für so ziemlich alles, was man sich nur denken konnte. Genau aus diesem Grund blieb Josie mit ihr in Kontakt.

Das geht dich nichts an, schrieb Josie zurück.

Hast du darüber nachgedacht, was ich gesagt habe? Meine Produzenten fänden es großartig, wenn ich eine Story über dich schreiben würde. Die Polizeichefin einer Kleinstadt knackt große Fälle. Das würde landesweit ausgestrahlt werden.

Seit Josie eine Reihe von Mordfällen gelöst hatte, die sich über die gesamte Ostküste erstreckten, wollte Trinity unbedingt eine Story über sie schreiben. *Auf keinen Fall,* textete Josie zurück.

Es dauerte nur einen Moment, bis Trinity antwortete. *Dann ein anderes Mal. Ich bin in ein paar Wochen in der Stadt, um einen Rückblick auf den Fall mit den vermissten Mädchen zu schreiben. Wir zwei werden zusammen Mittag essen. Was ist mit der Verhaftung von Lloyd Todd? Das wäre eine tolle Story für ein überregionales Nachrichtenmagazin. Wie wäre es mit einem Exklusivbericht?*

Josie schüttelte kichernd den Kopf. Trinity war unglaublich hartnäckig. Josie machte sich nicht die Mühe, ihr zu antworten. Sie war sich sicher, dass Trinity irgendwann bekommen würde, was sie wollte. Sie würde warten, bis sie einen Gefallen von ihr brauchte: Dann würde sie die Lloyd-Todd-Story als Druckmittel einsetzen.

Als Josie wieder ins Auto stieg, begann ihr Magen laut zu knurren. Sie hätte Mistys Angebot, mit ihr zusammen Mittag zu essen, annehmen sollen. So viel zu einem entspannten freien Tag! In Gedanken überlegte sie, was in ihrem Kühlschrank zu Hause auf sie wartete, und machte sich auf den Weg zum nächstgelegenen Drive-In.

Sie hatte gerade einen Burger verputzt, als ihr Telefon klingelte. Ein Blick auf das Display zeigte ihr, dass es Noah war. Sie hielt an, ließ die Tüte mit den Pommes auf dem Beifahrersitz liegen und strich mit einem fettigen Finger über das Antwortsymbol. »Was ist los?«, fragte sie.

»Es geht nicht um die Anzeige – oder um Todds Bande.«

Sie konnte an seiner leicht angespannten Stimme erkennen, dass der Grund für seinen Anruf ernst war. »Was ist los?«

»Ein paar Kinder haben hinter der Wohnwagensiedlung Moss Gardens menschliche Überreste gefunden. Kennen Sie die Siedlung?«

Josie kannte sie sehr gut. »Ja«, sagte sie, überrascht von der Festigkeit ihrer Stimme. Sie erstarrte. Jede Bewegung schien unmöglich. »Was für menschliche Überreste?«

»Skelettartig. Alt. Gretchen ist jetzt dort drüben. Dr. Feist ist auf dem Weg.«

»Ich treffe Sie dort«, sagte Josie. Sie zwang ihre Glieder aus der Starre und legte den Gang ein; der Geruch der Pommes Frites war ihr plötzlich zuwider. Sie reihte sich wieder in den Verkehr ein und fuhr auf den Wohnwagenpark zu, den sie seit ihrem vierzehnten Lebensjahr nicht mehr besucht hatte, den Wohnwagenpark, der einst ihr Zuhause gewesen war.

4

JOSIE – SECHS JAHRE ALT

»Hey, JoJo, willst du ein Spiel spielen?«

Josie hörte die Worte ihrer Mutter durch den dunklen Flur des Wohnwagens schallen und unter der Tür zu ihrem Schlafzimmer durchschlüpfen. Der rote Buntstift, den sie in ihrer rechten Hand hielt, erstarrte über dem Malbuch, das ihre Mutter ihr an diesem Tag geschenkt hatte. Sie machte Josie nur selten Geschenke, also hatte Josie es genommen und war in ihr Schlafzimmer gelaufen, hatte die Tür geschlossen und sich mit all ihren Buntstiften auf dem Boden ausgebreitet, bevor ihre Mutter auf die Idee kommen konnte, ihr das Buch wieder wegzunehmen. Sie hatte bereits vier ganze Seiten ausgemalt.

»JoJo«, kam die Stimme wieder. »Mommy will ein Spiel spielen.«

Josie starrte auf die halb ausgemalte Blume unter ihrer Hand. Ihre Mutter wollte selten Spiele spielen. »Ich komme«, rief sie.

Sie stopfte ihre Buntstifte zurück in die Schachtel, klappte ihr Malbuch zu und schnappte sich ihren kleinen Plüschhund Wolfie. Sie rannte ins Wohnzimmer und fand ihre Mutter ausgestreckt auf der braunen Couch liegen. Ihr gegenüber im

Fernseher lief eine Nachrichtensendung auf stumm. Staub flirrte in der späten Nachmittagssonne, die durch die Fenster schien. »JoJo«, sagte ihre Mutter mit singendem Tonfall. »Komm zu mir.«

Josie trat einen Schritt vor. »Was für ein Spiel spielen wir, Mommy?«

Ein leises Lachen hallte durch die Luft. »Die Art, bei der wir sehen, wie schnell du mir ein Bier aus dem Kühlschrank holen kannst.«

»Oh.« Josie wusste aus Erfahrung, dass es von der Stelle, an der sie stand, nur sieben Schritte bis zum Kühlschrank waren. Ihre Mutter stellte ihre Bierdosen immer ganz unten ins Regal, damit Josie sie leicht erreichen konnte. Manchmal zählte ihre Mutter die Sekunden, während Josie zum Kühlschrank und zurück rannte, aber heute nicht. Als sie ihrer Mutter ein Bier reichte, sah sie, dass um ihren Oberarm ein Gürtel hing; auf der Couch neben ihr lagen ein geschwärzter Löffel, ein Feuerzeug und eine Nadel. Josie hatte sie nie gefragt, wofür diese Dinge waren, aber sie vermittelten ihr ein komisches Gefühl. Sie starrte auf den kleinen dunklen Schorf in der Armbeuge ihrer Mutter, als die Wohnwagentür hinter ihr aufflog.

Wolfie fiel aus ihrer Umklammerung, als sie sich umdrehte und einen Mann in der Tür stehen sah.

5

Moss Gardens lag auf einem Hügel hinter dem Stadtpark, eine Ansammlung von etwa zwei Dutzend Wohnwagen, die so weit voneinander entfernt standen, dass die Nachbarn nicht hören konnten, wenn man schrie. Josie wusste, dass das so war.

Als sie dort gewohnt hatte, war der Eingang durch einen großen Felsblock am Straßenrand gekennzeichnet gewesen, auf dem in schwarzer Schrift die Worte Moss Gardens prangten. Heute wurde der Felsblock von einem schmiedeeisernen Torbogen überschattet, der in großen, verschnörkelten Buchstaben den Namen der Siedlung verkündete. Dahinter sah Josie, dass die tristen braunen Wohnwagen aus ihrer Jugendzeit alle ausgetauscht oder renoviert worden waren. Die Siedlung hatte nichts mehr von der Tristesse, an die sie sich erinnerte. Fast alle Wohnwagen waren hell gestrichen und gepflegt; vor einigen standen sogar Topfpflanzen. Sie wusste, dass die Siedlung einladend wirken sollte, aber mit dem Wissen, das sie über diesen Ort hatte, wirkten die leuchtenden Farben und die heimelige Atmosphäre schrill und verstörend.

Sie ging an dem Grundstück vorbei, auf dem einst das Haus ihrer Kindheit gestanden hatte. Der Wohnwagen, in dem sie mit ihren Eltern gelebt hatte, war längst abgeschleppt oder niedergerissen worden, und jetzt nutzte der Nachbar den Stellplatz als zusätzlichen Parkplatz. Nur ein paar Rohre, die aus dem vergilbten Gras ragten, zeugten davon, dass dort einst jemand gewohnt hatte.

Im hinteren Teil der Siedlung befand sich ein bewaldetes Tal, das sich zwischen dem Wohnwagenpark und einem der Arbeiterviertel von Denton erstreckte. Es gab keinen markierten Weg, aber Josie erinnerte sich an eine schulterbreite Lücke im Gebüsch, wo die Kinder der Gegend durch das hohe Unkraut trampelten, um durchzukommen. Ganz am Ende der Siedlung, hinter der letzten Wohnwagenreihe, befand sich eine asphaltierte einspurige Straße, die am Waldrand verlief. Josie entdeckte Noahs Dienst-SUV in einer der Einfahrten. Zwei Streifenwagen standen in der Mitte der Straße, ihre Stirnfronten richteten sich wie Pfeile auf den alten Pfad. Als sie vorbeifuhr, sah Josie das Metalltor, über dem ein Schild mit der Aufschrift »Betreten verboten« hing. Sie erinnerte sich an den Tag, an dem das Tor und das Schild installiert wurden. Es war kurz nachdem ihr Vater genau diesen Weg heruntergegangen war und sich eine Kugel in den Kopf gejagt hatte.

Zum Leidwesen der Grundstücksbesitzer von Denton wurde ein Betreten-verboten-Schild in dieser Stadt allgemein als Einladung zum Betreten und Erkunden eines Grundstücks betrachtet: Josie und ihr verstorbener Mann Ray hatten den größten Teil ihrer Kindheit in eben diesem Wald verbracht. Sie hätten sich in dem dunklen, gefährlichen Waldgebiet fürchten müssen, aber verglichen mit ihren Elternhäusern bot der Wald ihnen eine friedliche und dringend benötigte Ruhepause. Es war nicht kalt, aber Josie spürte ein Frösteln, als sie hinter dem kleinen weißen Pick-up der Gerichtsmedizinerin parkte und aus ihrem Fahrzeug ausstieg.

Josie war erleichtert zu sehen, dass sich die Nachricht von dem Fund noch nicht verbreitet hatte und keine neugierigen

Nachbarn am Rand des Tatorts herumlungerten und ihre Hälse nach etwas zum Tratschen ausstreckten. Nur Noah und einige von Josies Polizisten standen an der Straße – Hiller wartete neben seinem Streifenwagen, Wright bewachte das Tor. Sie nickten Josie zu, als sie zu Noah lief, der sich mit Notizblock und Stift in der Hand an den Streifenwagen lehnte.

»Was haben Sie?«, fragte Josie.

Noah deutete auf den Rücksitz des Streifenwagens. »Ein paar Kinder haben beim Spielen im Wald Knochen gefunden.«

Josie spähte durch das Fenster auf den Rücksitz des Wagens, wo ihr die Gesichter von zwei Jungen entgegenblickten. Sie konnten nicht mehr als zehn oder elf, höchstens zwölf Jahre alt sein. Beide hatten dunkle Augen und braunes Haar – bei dem einen war es kurz und stachelig, bei dem anderen verdeckte es fast die Augen. Beide waren von Schlamm bedeckt.

»Gretchen ist losgezogen, um die Mutter der Jungen zu holen«, sagte Noah. »Anscheinend ist ihr Vater nicht mehr da.«

»Sie sind Brüder?«

Noah nickte.

»Wer hat es gemeldet?«

»Eine der Nachbarinnen. Barbara Rhodes. Sie passt auf die Jungs auf, während ihre Mutter im Denton Diner arbeitet. Sie hat sie im Wald spielen lassen. Als sie die Jungen zum Abendessen rief, trug einer von ihnen etwas bei sich, das wir für einen Kieferknochen halten. Sie hat den Notruf gewählt.«

Josie schaute wieder die Kinder an. Der langhaarige Junge starrte sie an, das Kinn trotzig vorgestreckt. Doch seine angstgeweiteten Augen erzählten eine andere Geschichte. Neben ihm kaute sein Bruder an seinen Fingernägeln. »Wo ist der Kieferknochen jetzt?«, fragte sie.

»Gretchen hat ihn als Beweismittel gesichert«, antwortete er. »Die Spurensicherung ist gerade mit Dr. Feist dort unten und untersucht den Tatort.«

»Die Nachbarin?«

Er wies auf die letzte Wohnwagenreihe. »Der dritte von links, Nummer siebenundzwanzig. Der weiße. Ich habe ihre Aussage aufgenommen und sie wieder nach Hause geschickt. Je weniger Leute hier draußen sind, desto besser.«

Josie nickte, froh, dass sie sich nicht mit einer Meute von Schaulustigen herumschlagen mussten – zumindest noch nicht. Das Geräusch eines Autos weckte ihre Aufmerksamkeit. Gretchens Chevy Cruze bog um die Ecke und fuhr hinter Josies Wagen vor. Noch bevor der Wagen zum Stehen kam, sprang eine Frau in schwarzen Jeans und Polohemd mit farblich passender schwarzer Schürze aus der Beifahrerseite des Autos und rannte auf Josie und Noah zu. Der langhaarige Junge drückte eine Hand gegen die Scheibe des Wagens, und Josie griff nach hinten und öffnete die Tür. Die Jungen purzelten als Haufen schlaksiger Gliedmaßen aus dem Auto und rannten auf ihre Mutter zu. Sie umarmte sie fest, küsste beide auf den Kopf und sah ihnen dann abwechselnd ins Gesicht. Der jüngere, kurzhaarige Junge sah erleichtert aus. Sein Bruder nicht. Josie, Noah und Gretchen trafen die drei in der Mitte der Straße.

Gretchen stellte die Frau vor. »Das ist Maureen Price, die Mutter der Jungen. Ich habe ihr erklärt, dass wir ohne ihre Erlaubnis nicht mit den Jungen sprechen dürfen.«

Maureen drückte die Schulter des langhaarigen Jungen. »Das ist Kyle, mein Ältester. Er ist zwölf, und das ist Troy. Er ist elf.« Sie lächelte fest. »Irische Zwillinge«, erklärte sie.

Aus der Nähe konnte Josie sehen, dass Maureen recht jung war, wahrscheinlich nicht einmal fünfunddreißig. Ihr rundes Gesicht und ihre klaren blauen Augen hatten etwas Vertrautes. Ihr kastanienrotes Haar war zu einem straffen Dutt gebunden. Josie fragte sich, ob sie auf die Denton East High School gegangen war. Dann wäre sie Josie und Ray ein paar Jahre voraus gewesen.

»Chief Quinn«, sagte Josie und reichte ihr die Hand. »Das

ist Lieutenant Fraley. Warum erzählt ihr Jungs uns nicht, was passiert ist?«

Maureen sah auf die Köpfe ihrer Jungen hinunter, deren dürre Körper sich an ihren pressten. »Ich dachte, ich hätte euch gesagt, ihr sollt euch von diesem Wald fernhalten.«

»Oh, Mom«, sagte Troy. »Im Haus von Mrs. Rhodes ist es langweilig.«

»Was habt ihr denn im Wald gemacht?«, fragte Noah.

»Gespielt«, antwortete Kyle mit großen Augen und misstrauischem Blick.

Troy sprang von seiner Mutter weg und tat so, als würde er ein Gewehr halten. Er wirbelte herum und kniff ein Auge zu, als würde er durch das Visier blicken. »Wir haben Krieg gespielt!«

»Krieg?«, fragte Gretchen.

Maureen verdrehte die Augen und versuchte, Troy wieder zu sich rüber zu ziehen.

»Sie haben sich den Militärsender angesehen. Sie sind wie besessen.«

Noah hob eine Augenbraue. »Den Militärsender?«

Troy sagte: »Wir wollten Schützengräben bauen. Wie in den Weltkriegen.«

Josie schaute seinen älteren Bruder an, aber der sagte nichts. »Woher habt ihr die Schaufeln?«, fragte sie.

»Von Mrs. Rhodes«, sagte Troy.

Schließlich ergriff Kyle das Wort. »Wir haben uns ihre Gartenschaufeln geliehen. Sie sagte, das sei in Ordnung.«

Maureen kaute auf ihrer Unterlippe. »Jungs, wirklich. Ihr solltet Mrs. Rhodes nicht mit solchem Zeug belästigen. Warum könnt ihr nicht einfach Videospiele spielen, bis ich nach Hause komme?«

Josie fragte: »Wie viele Schützengräben habt ihr gegraben?«

»Drei«, erwiderte Troy. »Wir haben aufgehört, als wir die, Sie wissen schon, Knochen, fanden.«

»Wie tief unten?«, fragte Josie und sah Kyle direkt an.

Der ältere Junge zuckte mit den Schultern. »Wenn wir in den Gräben stehen, gehen sie bis etwa hierher.« Er deutete auf den Bereich zwischen seiner Brust und seinem Bauchnabel. »So einen Meter tief.«

»Wer von euch hat beschlossen, den Knochen mit nach Hause zu nehmen?«, fragte Noah.

An der Röte, die über das Gesicht von Troy zog, erkannte Josie, dass er es gewesen war. Keiner der beiden Jungen antwortete. Maureen warf ihnen einen strengen Blick zu.

»Jungs, ihr antwortet dem Polizisten.«

»Ihr seid nicht in Schwierigkeiten«, erklärte Gretchen den beiden. »Wir versuchen nur herauszufinden, was genau passiert ist.«

Troy sah seinen Bruder an, aber Kyles Blick senkte sich auf den Asphalt. Mit einem Seufzer sagte er: »Es war meine Idee. Ich hätte nicht gedacht, dass Mrs. Rhodes uns glaubt. Aber als ich ihr den Knochen zeigte, rief sie den Notruf an und sagte uns, wir sollten uns vom Wald fernhalten.«

»Habt ihr Detective Palmer, als sie hier ankam, gezeigt, wo die Leiche lag?«, fragte Josie.

Die beiden Jungen nickten, und Kyle hob zögernd die Hand.

»Lieutenant Fraley sagte mir, dass der Skelettknochen, den ihr mitgebracht habt, ein Kieferknochen ist«, sagte Josie. »Sagt, war er schon lose? Vom Schädel getrennt? Oder habt ihr ihn abgebrochen?«

Die beiden Jungen sahen sich an. Der ältere Bruder kaute auf dem Nagel seines Zeigefingers.

»Es ist so oder so okay«, erklärte Josie ihnen. »Auch wenn ihr ihn abgebrochen habt, bekommt ihr keinen Ärger. Wir müssen nur wissen, was mit diesen Knochen passiert ist, bevor und nachdem ihr sie ausgegraben habt. Versteht ihr?«

Der junge Troy nickte. »Ihr wollt sichergehen, dass es nicht der Mörder getan hat!«, rief er aus.

Seine Mutter schlug ihm auf die Schulter. »Troy!«

»Ist schon gut«, sagte Josie. »Wir wissen nicht wirklich, was passiert ist, aber wir können es herausfinden, wenn wir alle Details kennen.«

»Wir haben ihn abgebrochen«, sagte Kyle mit flacher Stimme. Er schaute auf seine Füße. »Tut mir leid.«

Gretchen lächelte die Jungen an. »Alles in Ordnung«, versicherte sie ihnen. »Danke, dass ihr die Wahrheit gesagt habt.«

Sie zog eine Visitenkarte hervor und gab sie Maureen. An die Jungen gewandt, sagte sie: »Wenn euch noch etwas einfällt, das wichtig sein könnte, ruft mich an. Ihr müsst euch aber vom Wald fernhalten, zumindest bis wir alle Beweise sichergestellt haben, okay?«

»Das heißt, keine Schützengräben mehr«, sagte Maureen eindringlich zu ihren Kindern. Sie packte Troy am Kragen und schob ihn in Richtung ihres Wohnwagens. Josie vermutete, dass es der Trailer neben dem von Mrs. Rhodes war, an dem zwei Fahrräder lehnten.

Als die drei im Wohnwagen verschwunden waren, klatschte Gretchen ihre Hände zusammen und sah Noah und Josie an. »Lasst uns sehen, was Dr. Feist ausgegraben hat.«

6

Josie hievte sich über das Tor und lief in den Wald. Hinter ihr folgten Gretchen und Noah, die Zweige knackten unter ihren Füßen. Der Weg war genauso, wie Josie ihn in Erinnerung hatte, er führte sie tief in den Wald hinein, bevor er dort verschwand, wo die Bäume zu dicht standen. Josie blieb stehen und drehte sich zu Gretchen um. »Wo geht es lang?«

Gretchen zeigte nach links, und Josie spürte, wie ihr eine Gänsehaut über den Körper lief. Der Wald war fast fünf Kilometer lang, und doch wusste sie fast instinktiv, dass sie auf den Abschnitt zusteuerten, den sie am meisten fürchtete wiederzusehen. Sie gab Gretchen wortlos ein Zeichen, die Führung zu übernehmen, und Noah blieb hinter Josie. Sie bahnten sich einen Weg durch das Gestrüpp und schlängelten sich durch die dicken Rotahorn- und Eichenbäume bis zu einem riesigen Spitzahorn, der mit einem gelben Tatortband abgesperrt war.

Josie spürte, wie ihr Magen sich zusammenzog. Sie blieb abrupt stehen und stieß mit dem Rücken an Noahs Brust. »Boss?«, fragte er.

Josie konnte nicht sagen, woher sie es wusste und warum ihr Körper sich daran erinnerte, aber es war so: Als sie sechs

Jahre alt war, hatte ihr Vater sich unter diesem Baum erschossen. Sie kannte den Baum, weil ihre Mutter – wenn sie ihre besonders herzlosen Phasen hatte – immer wieder mit ihr dorthin gegangen war, um ihn anzuschauen.

Josie hörte die Stimme ihrer Mutter wie ein Flüstern durch die Blätter über ihrem Kopf säuseln. »Hier ist dein geliebter Daddy zum Sterben hergekommen.«

Noahs schob seine Hand mit sanftem Druck unter Josies Ellenbogen. Seine Stimme war sanfter dieses Mal, seine Worte nur für ihre Ohren bestimmt. »Boss, alles in Ordnung?«

Josie schüttelte den Kopf. »Alles okay«, murmelte sie.

Sie riss ihren Blick von dem Baum los und zählte die drei Schützengräben, die die Price-Jungen in einem Halbkreis um den Baum herum gegraben hatten. Die Mitarbeiter der Spurensicherung liefen in weißen Tyvekanzügen herum, hantierten mit Klemmbrettern, Kameras und Stangenfähnchen und dokumentierten alles.

»Die sehen nicht wie Schützengräben aus«, sagte Josie.

»Sie wurden von Kindern gegraben, Boss«, sagte Gretchen.

Die drei Löcher waren schlampig ausgehoben worden, und das größte, eher rechteckig geformte Loch war mit Bändern und gelben Fähnchen abgesperrt. Aus dem Inneren des Lochs drang die Stimme von Dr. Anya Feist, der Gerichtsmedizinerin des Bezirks. »Chief? Sind Sie das?«

»Ich bin hier«, rief Josie. »Was haben Sie da unten?«

Dr. Feists Kopf schoss nach oben; sie trug eine weiße Schutzhaube, die ihr silbergoldenes Haar verdeckte. Um ihren Hals hing eine Kamera. »Ich sage Ihnen Bescheid. Bleiben Sie einfach da drüben. Es sollen nicht noch mehr Leute in diesem Loch herumtrampeln. Durch den vielen Regen ist der Boden sowieso schon ganz weich. Ich muss einfach graben, ohne dass dieses verdammte Ding über mir einstürzt.« Sie hielt ihre behandschuhten Hände hoch – in der einen befand sich etwas, das wie ein Pinsel aussah, in der anderen hielt sie eine kleine

Handschaufel. »Mein Assistent ist auf dem Weg. Er hat so etwas schon einmal gemacht. Er wird uns helfen. Ich möchte, dass Sie alle von hier wegbleiben. Und um Ihre Frage zu beantworten, Chief, ich kann Ihnen nicht viel sagen, bis ich die Knochen ins Labor gebracht habe.«

»Können Sie nicht wenigstens eine Vermutung darüber anstellen, wie lange die Leiche schon dort liegt?«, fragte Josie.

Dr. Feist verdrehte die Augen, sagte aber: »Nichts als Knochen, eine Leiche, die so tief und ungeschützt begraben ist? Ich schätze, sie liegt mindestens acht Jahre hier, wahrscheinlich länger. Es könnten sogar dreißig oder vierzig Jahre sein. Ich kann Ihnen nur sagen, dass der Schädel eine höllische Fraktur hat.«

Josie spürte, wie Noahs Blick zu ihr wanderte. Sie konnte praktisch seine Gedanken hören. Vor zwei Jahren wurden bei dem berühmten Fall mit den vermissten Mädchen Dutzende von sterblichen Überresten auf einem Berggipfel in den Wäldern von Denton ausgegraben. Die Entdeckung hatte zur Verhaftung von zwei Serienmördern geführt, die seit Jahrzehnten ihr Unwesen in dieser Gegend trieben. Diese Situation kam ihr vor wie ein Déjà-vu. »Das hat nichts mit dem Fall der vermissten Mädchen zu tun«, sagte Josie. »Wir wissen nicht einmal, ob es eine Frau ist.«

Noah schenkte ihr ein schwaches halbes Grinsen. »Können Sie jetzt meine Gedanken lesen?«

Auch Josie gelang ein mattes Lächeln. »Ich werde immer besser darin.« Sie drehte sich um. »Wir sind mindestens vierzehn Kilometer von dem Berg entfernt, wo die Leichen der Mädchen gefunden wurden. Das hier ist etwas anderes.«

Noah runzelte die Stirn. »Wir haben keine passenden Vermisstenakten, Boss. Keine, die alt genug für so eine verweste Leiche wären.«

»Das weiß ich«, sagte Josie. Sie wusste genau, wie viele Vermisstenfälle es in ihrer Stadt gab – und in diesem Bezirk. Sie kannte sogar die Namen der Vermissten. Noah hatte recht. Der älteste Vermisstenfall, den sie hatten, lag drei Jahre zurück, und der junge Mann war ein gewohnheitsmäßiger Drogenkonsument und galt als Ausreißer. Sie machte einen vorsichtigen Schritt nach vorn, wobei ihre Bluse das Tatortband streifte, und spähte über den Rand des Lochs, in dem Dr. Feist mühsam den Schmutz von einem Schädel entfernte. »Dann ist es jemand, der noch nicht als vermisst gemeldet wurde. So oder so, wir werden es herausfinden.«

7

JOSIE – SECHS JAHRE ALT

Josies Herz setzte einige Schläge aus, bis sie merkte, dass es nur ihr Vater war, der in der Tür stand. Sie rannte zu ihm, aber er hob sie nicht hoch, um sie herumzuwirbeln, wie er es sonst immer tat. Stattdessen legte er seine Hand auf Josies Kopf und starrte an ihr vorbei zu ihrer Mutter, die auf dem Sofa lag. Josie drehte sich um und sah, wie sich ein Lächeln auf den Lippen ihrer Mutter abzeichnete, während ihre Augen flatterten. »Scheiße«, sagte ihre Mutter. »Ich dachte, du müsstest arbeiten.«

»Muss ich auch«, sagte er. »Aber ich wollte sehen ...« Er brach ab. Seine Hand wanderte auf Josies Schulter, und er schob sie zurück in den Flur, während er mit den Augen das Sofa fixierte. Josie beobachtete, wie sich ihre Eltern einen Moment lang angespannt anstarrten, und ein seltsames, zittriges Gefühl machte sich in ihren Beinen breit. Der Raum war erfüllt von etwas – etwas Schlimmem, aber Josie wusste nicht, was es war.

»Geh in dein Zimmer, JoJo«, sagte ihr Daddy. »Sofort.«

8

Am nächsten Morgen standen Josie, Noah und Gretchen um einen mit Metallblech überzogenen Untersuchungstisch im Leichenschauhaus von Denton City. Der triste, fensterlose Raum befand sich im Keller des Denton Memorial Hospital, einem alten Backsteingebäude, das auf einem Hügel stand, von dem aus man den größten Teil der Stadt überblicken konnte. Josie hatte sich nie an den Geruch gewöhnen können – eine faulige Mischung aus Chemikalien und Verwesung. Noah, der neben ihr stand, sah blass, fast grün aus, während Gretchen völlig ungerührt, ja fast gelangweilt wirkte. Josie erinnerte sich, dass Gretchen – bevor sie nach Denton kam – während ihrer Zeit als Kriminalkommissarin der Polizei von Philadelphia unzählige Autopsien gesehen hatte.

Josie stieß Noah leicht mit dem Ellenbogen an.

»Mir gehts gut«, murmelte er von der Seite.

Dr. Feist rauschte aus dem kleinen Büro herein, das sie sich mit ihrer Assistentin teilte. Ihr Büro befand sich direkt neben dem großen Autopsiesaal. Ihr Haar war zu einem lockeren Pferdeschwanz gebunden und sie trug nun einen dunkelblauen Arztkittel. »Ich habe meine ersten Untersuchungsbefunde bereits aufgezeichnet«, sagte sie lächelnd. »Sie dürfen also Fragen stellen.«

Vorsichtig entfernte sie das Laken. Die Knochen lagen in einer perfekten Skelettform auf dem Untersuchungstisch aufgereiht; sie wirkten klein und unscheinbar. Der Schmutz war von den Knochen weggebürstet, und sie sahen jetzt weiß aus. Die vier standen um den Tisch herum und gedachten der fremden Person, die ermordet und so lange vergessen worden war, dass nur dieses dünne, vergilbte Skelett von ihr übriggebliebene war.

Schon bevor Dr. Feist anfing zu sprechen, wusste Josie, dass sie es mit den Überresten einer jungen Frau zu tun hatten; sie hatte mehr als ihren Anteil an weiblichen Skeletten gesehen, als sie den Fall abschloss, der sie zur Polizeichefin gemacht hatte.

»Ich glaube, wir haben es mit weiblichen Überresten zu tun«, verkündete Dr. Feist. »Ich schätze ihre Größe auf etwa 1,58 bis 1,61 Meter.« Sie deutete auf den Unterkiefer, der vom Schädel abgetrennt worden war. »Das Kinn ist rund, während Männer eher ein eckiges Kinn haben.« Sie zeigte auf die Stirn. »Das Stirnbein ist glatt und senkrecht. Der Mastoid«, Dr. Feists Finger bewegte sich zu einem kleinen, konischen Knochen hinter dem Kiefer, wo sich das Ohr des Mädchens befunden hatte, »das ist dieser Knochen hier, der ein wenig hervorsteht, wo bestimmte Nackenmuskeln ansetzen. Wie Sie sehen können, ist er klein. Bei Männern ist er sehr ausgeprägt.«

Gretchen kritzelte etwas in ihren Notizblock. Josie trat nach vorn und zeigte auf den Beckenknochen. »Das Becken verrät es.«

Dr. Feist lächelte, ihre Augen leuchteten, und sie sah Josie an, als wäre sie eine hochgeschätzte Schülerin. »Ja, das stimmt. Warum ist das so, Chief?«

Josie zeigte auf den Beckengürtel. »Diese Öffnung hier ist breiter und runder, damit Frauen gebären können. Und hier, dieser Winkel ...«, sie zeigte auf die untere Mitte des Beckenknochens.

»Der Schambogen«, warf Dr. Feist ein.

»Richtig. Dieser Winkel, in dem sich die beiden Seiten treffen, ist bei Frauen eher stumpf. Er ist größer als neunzig Grad.«

Noah fragte: »Auch bei der Geburt eines Kindes?«

Josie und die Ärztin nickten.

»Wie alt war sie?«, fragte Gretchen, die den Stift über ihren Notizblock hielt.

»Zwischen sechzehn und neunzehn Jahre«, antwortete Dr. Feist.

»Das ist ziemlich konkret«, bemerkte Noah.

»Nun, die Wachstumsfugen – oder das Fehlen derselben – machen es ziemlich einfach, das zu bestimmen«, sagte Dr. Feist. »Die Langknochen des Körpers bestehen aus drei Teilen: der Diaphyse – das ist der Knochenschaft –, der Metaphyse, das ist der Teil, wo der Knochen sich verbreitert und am Ende ausläuft, und dann der Epiphyse, das ist im Grunde die Endkappe des Knochens oder die Wachstumsfuge. Bei Kindern befindet sich eine Lücke zwischen der Epiphyse und der Metaphyse.«

Gretchen, die fleißig in ihren Notizblock notierte, sagte: »Sie meinen, es gibt einen Zwischenraum zwischen der Wachstumsfuge und dem knorrigen Ende des Knochens.«

Dr. Feist wippte mit dem Kopf hin und her. »Im Grunde genommen, ja. Wenn man älter wird, verschmelzen die Wachstumsfugen und das ›knorrige Ende‹, wie Sie es nennen, miteinander. Die Wachstumsfugen verschmelzen in einem Alter, das man ziemlich gut bestimmen kann. Die Epiphyse des Oberschenkelknochens am proximalen Ende – das ist der Punkt, an dem der Oberschenkelknochen in die Hüftpfanne übergeht – verschmilzt zum Beispiel zwischen dem fünfzehnten und neunzehnten Lebensjahr, plus minus jeweils sechs Monate.«

Mit einem ihrer behandschuhten Finger fuhr sie den rechten Oberschenkelknochen des Mädchens entlang, hielt an der Hüftpfanne an und zeigte auf die Spitze, wo der Knochen in das Becken überging. »Er ist verschmolzen, das heißt, sie könnte zwischen fünfzehn, fünfzehneinhalb und neunzehn oder neunzehneinhalb Jahre alt gewesen sein.«

»Aber Sie sagten sechzehn«, bemerkte Josie.

»Ich schätze natürlich«, erwiderte Dr. Feist. »Aber der distale Radius verschmilzt mit etwa sechzehn, und ihrer ist verschmolzen.« Ihr behandschuhter Finger deutete auf den langen Armknochen an der Daumenseite der rechten Hand des Mädchens. Sie berührte die aufgeweitete Stelle, an der die Speiche auf die filigranen Handknochen traf, und sagte: »Keine Lücke. Die Epiphyse ist mit der Metaphyse verschmolzen.«

»Wann verschmilzt die letzte Wachstumsfuge?«, fragte Gretchen.

»Die mediale Seite des Schlüsselbeins verschmilzt spätestens im Alter von dreißig«, antwortete Dr. Feist. »Wir sehen jedoch keine epiphysäre Verschmelzung der medialen und lateralen Seite des Schlüsselbeins vor dem zwanzigsten Lebensjahr, und bei dieser jungen Dame ist das nicht der Fall.«

Josie beugte sich vor und schaute sich die Schlüsselbeine des Mädchens an.

Noah fuhr sich mit einer Hand durch sein dichtes braunes Haar. »Ich versuche, mich an mich an den Anatomieunterricht am College zu erinnern.«

»Die laterale Seite ist der Teil, der in die Schulter übergeht«, sagte Gretchen. »Die mediale Seite ist mit dem Brustbein verbunden.«

»Angeberin«, murmelte Noah.

Gretchen hielt ihren Kopf gesenkt und skizzierte das Skelett in rasendem Tempo in ihr Notizbuch.

»Das ist richtig«, sagte Dr. Feist. »Mehr oder weniger.« Sie zeigte auf die Lücke zwischen Epiphyse und Metaphyse an beiden Enden der Schlüsselbeine. »Wäre sie neunzehn Jahre alt oder älter gewesen, wären diese Wachstumsplatten miteinander verwachsen.«

»Das ist also ein Mädchen im Teenageralter«, sagte Josie. Ihr stieß die Magensäure auf.

»Ja«, stimmte Dr. Feist zu. »Man kann ein Jahr auf beiden Seiten der Spanne zugeben – vielleicht fünfzehn bis zwanzig –, aber ich glaube, Sie haben es mit einer sechzehn- bis neunzehn-jährigen Frau zu tun. Oh, und dieses Mädchen hat mindestens einmal entbunden.«

Josie konnte an Dr. Feists hochgezogener Augenbraue und ihrem amüsierten Lächeln sehen, dass es ihr Spaß machte, diese kleine Überraschung zu verkünden.

Die Hände in die Hüften gestemmt, sagte Josie: »Woran erkennen Sie, dass dieses Mädchen entbunden hat?«

Dr. Feist winkte alle näher an den Tisch. Sie versammelten sich um die Ärztin, die auf eine der Flächen des Beckenknochens zeigte, wo Josie eine Reihe von kleinen Löchern in der Größe von Schrotkugeln erkennen konnte. »Das nennt man Parturitio-Narben oder Narbigkeit«, sagte Dr. Feist.

»Parnuritio?«, sagte Noah.

»Parturitio«, korrigierte Dr. Feist ihn langsam. »Entbindung. Wenn eine Frau gebärt, teilen sich ihre Schambeine, damit das Baby durchpasst, und manchmal reißen die Bänder, die an den Knochen haften, und hinterlassen diese kleinen Narben. Es stimmt nicht immer hundertprozentig genau, aber bei einem so jungen Mädchen würde ich sagen, dass diese Narben von einer Entbindung stammen.«

Josie runzelte die Stirn. »Man kann nicht sagen, wie alt sie bei der Geburt war – oder irgendetwas über das Baby?«

»Es tut mir leid, Chief, aber nein. Ich kann Ihnen nur sagen, dass sie ein Baby geboren hat, bevor sie starb.«

»Vielleicht hat sie jemand umgebracht und ihr Baby mitgenommen«, schlug Gretchen vor.

Dr. Feist zuckte mit den Schultern. »Ich kann nicht darüber spekulieren, warum sie ermordet wurde oder was mit ihrem Kind passiert ist – aber sie wurde definitiv ermordet. Jetzt wo die Knochen gesäubert sind, können Sie die Fraktur besser erkennen.«

Sie ging zum Kopfende des Tisches, griff nach oben und stellte die große, runde Lampe, die von der Decke hing, so ein, dass ihr Licht direkt auf den Schädel des Mädchens schien. Josie schlurfte näher zu Dr. Feist, Noah und Gretchen folgten ihr und reckten den Hals, um die Oberseite des Schädels zu sehen. »Sehen Sie das hier«, sagte Dr. Feist und deutete auf einige schwache verschnörkelte Linien, die in der Mitte des Schädels von vorn nach hinten und dann quer über die Vorderseite von Schläfe zu Schläfe verliefen. »Das sind Suturen. Das sind Öffnungen, durch die die Schädelknochen zusammengefügt werden. Diese sind normal, und Sie können sehen, dass sie noch teilweise offen sind, was auch normal für einen Teenager ist. Die meisten Schädelnähte schließen sich bis zum Erwachsenenalter.« Sie wies auf weitere Nähte an der Rückseite des Schädels und über der Stelle, an der sich die Ohren befanden. Dann wies sie auf eine große Vertiefung auf der Oberseite des Schädels, etwa auf der linken Seite, in der Mitte zwischen Vorder- und Hinterkopf. Dort, wo der Knochen leicht eingesunken war, verliefen gezackte Risse. »Das ist nicht normal«, sagte Dr. Feist.

Noah gab ein leises Pfeifen von sich. »Was könnte das verursacht haben?«, fragte er.

Dr. Feist zuckte mit den Schultern. Mit Daumen und Zeigefinger bestimmte sie die Größe des Bruchs. »Ein Hammer vielleicht? Die stumpfe Seite, nicht die scharfe Kante. Die Vertiefung ist so groß, dass das, womit sie geschlagen wurde, stumpf gewesen sein muss, aber wir reden immer noch von etwas relativ Kleinem.«

»Ein Baseballschläger?«, fragte Gretchen.

Dr. Feist runzelte die Stirn. »Vielleicht, aber es war wohl eher etwas Kleineres und Schwereres.«

»Ein Montierhebel?«, schlug Josie vor.

Die Ärztin nickte. »Das ist wahrscheinlicher. Wer immer sie geschlagen hat, hat dabei sehr viel Kraft aufgewendet. Nur anhand der Knochen ist es schwer zu sagen, aber ich bin mir nicht sicher, ob der Kampf – falls es einen gab – lange gedauert hat. Sie hat keine anderen Frakturen. Natürlich könnte sie Prellungen oder Platzwunden erlitten haben, aber das werden wir nun nie erfahren.«

»Was ist mit dem Winkel?«, fragte Josie. »Was würden Sie sagen? Jemand, der größer war als sie? Kleiner? Gleiche Größe?«

Dr. Feist hielt einen Finger hoch. »Ich schätze sie auf etwa 1,61 Meter. Ich würde sagen, dass sie mit einem Schlag auf den Oberkopf von jemandem getötet wurde, der ungefähr die gleiche Größe hatte.« Die Ärztin deutete auf Gretchen, die etwa so groß wie sie war. Gretchen trat näher, und Dr. Feist ging seitlich, leicht von hinten, auf sie zu und streckte beide Arme hoch über den Kopf, als ob sie etwas festhalten würde. Sie ließ ihre unsichtbare Waffe auf Gretchens Kopf senken, hielt aber inne, bevor sie Gretchen berührte. »Wäre es jemand gewesen, der größer war als sie, oder hätte sie gekniet, würde ich erwarten, dass die Fraktur tiefer wäre, denn der Aufprall wäre stärker gewesen.«

»In Ordnung«, sagte Gretchen. »Wir vermuten also, jemand hat sie auf den Kopf geschlagen und dann im Wald begraben.«

»Und wir vermuten, dass der Mörder eine Frau war«, sagte Josie.

»Wie kommen Sie darauf?«, fragte Noah.

Josie sagte: »Wie viele Männer kennen Sie, die 1,60 Meter groß sind?«

»Nicht viele, aber es gibt welche«, erwiderte Noah.

»Das ist mir bewusst«, antwortete Josie. »Aber wenn ich eine Vermutung anstellen sollte, würde ich sagen, dass wir in diesem Fall eher nach einer weiblichen Angreiferin suchen.«

Josie wandte sich wieder der Ärztin zu. »Sie können nicht sagen, ob sie dort im Wald ermordet wurde oder ob sie woanders getötet und dann zum Grab gebracht wurde?«

»Ich fürchte nicht.«

Noah blickte Dr. Feist an. »Keine Möglichkeit zu sagen, ob sie sexuell missbraucht wurde?«

Dr. Feist warf ihm ein knappes Lächeln zu. »Es gibt viele Dinge, die man nicht sagen kann. Dieses arme Mädchen ist schon lange begraben.«

Sie ging zu einem Tisch an der Wand und holte eine braune Tüte, die sie auf dem Untersuchungstisch neben den Füßen des Skeletts ausleerte. Zuerst kamen Stofffetzen, dann ein größeres Kleidungsstück hervor. Es war schmutzig und verblasst und einige Teile davon waren zersetzt, aber Josie konnte erkennen, dass es ein Anorak war – dunkelblau mit Quadraten auf den Schultern und an den Taschen, die früher einmal leuchtend gelb, türkis und rosa gewesen waren. Es war nur noch ein Ärmel übrig, und als Dr. Feist das Kleidungsstück hochhielt, konnte Josie sehen, dass Stoff am Rücken, am Kragen und an der Taille fehlte, zersetzt durch die Zeit und die Erderosion.

»Das ist von ihrer Kleidung übriggeblieben«, sagte die Ärztin.

Gretchen hob eine Augenbraue. »Keine Chance, dass sich in ihren Jackentaschen irgendwelche Dinge befinden?«

Dr. Feist lachte und legte die Jacke vorsichtig auf die Arbeitsplatte. »Die Innenseiten der Taschen sind weg. Zersetzt. Der Rest«, sie deutete auf den Kleiderhaufen, »sind nur Knöpfe, eine Schuhsohle und wahrscheinlich Lederfetzen.«

Josie trat vor und betrachtete die traurige Ansammlung von Kleidungsstücken: ein verrosteter Reißverschluss, einige geschwärzte Ösen von Schnürschuhen, ein paar kleine Lederfetzen, winzige gefaltete Nickelhaken eines BHs und die schmutzige, an den Rändern abgenutzte Sohle eines Gummischuhs. Josie blickte von dem Haufen zur Jacke und zeigte dann auf die Jacke. »Aus welchem Material ist die?«

»Ich schätze, aus Nylon.«

»Sieht aus wie etwas aus den 1980er-Jahren«, sagte Gretchen.

»Damals waren Anoraks der letzte Schrei, vor allem der Stil mit den bunten Farbblöcken.«

Josie nickte. »Wie lange braucht Nylon, um sich im Boden zu zersetzen?«

Noah zückte sein Handy, seine Finger fuhren schnell über den Bildschirm. Einen Moment später sagte er: »Dreißig bis vierzig Jahre.«

»Das scheint in etwa zu stimmen«, sagte Dr. Feist. »Die Herausforderung in einem Fall wie diesem besteht darin, herauszufinden, wie lange die Leiche unter der Erde lag. Normalerweise helfen uns die Gegenstände, die wir zusammen mit den Knochen finden – wenn wir überhaupt welche finden – bei dem Versuch, einen zeitlichen Rahmen festzulegen. Ich will einen Freund aus der Archäologischen Abteilung der Universität zu Rate ziehen, aber dreißig bis vierzig Jahre wären ein guter Anfang.«

»Das ist ja alles schön und gut«, sagte Josie. »Aber Sie wissen genauso gut wie ich, dass wir im gesamten County keine offenen Vermisstenanzeigen von Mädchen im Teenageralter haben, die so weit zurückreichen.«

Dr. Feist grinste und hob einen Finger in die Luft. »Oh, ich könnte es vielleicht für Sie eingrenzen.«

Josie, Noah und Gretchen starrten sie an. Gretchens ließ ihren emsigen Stift erwartungsvoll sinken.

»Warten Sie, bis Sie das sehen«, sagte Dr. Feist, kehrte zum Kopfende des Tisches zurück und ergriff mit beiden Händen die Seiten des Schädels. Sie hob ihn vom Unterkieferknochen weg und hielt ihn unter das Deckenlicht, so dass sie in das

Innere sehen konnten, das der Gaumen des Mädchens gewesen war. Die drei Polizisten beugten sich vor.

»Heilige Scheiße«, sagte Noah. »Sind das Reißzähne?«

Hinter den beiden Vorderzähnen befanden sich zwei weitere, konische Zähne, die spitz zuliefen.

»Überzählige Zähne«, erklärte Dr. Feist.

»Überzählige Zähne?«, fragte Josie.

»Ja, genau. Der Zustand wird Hyperdontie genannt. Es ist ein erblicher Defekt. Äußerst selten. Etwas, an das sich ein Zahnarzt in einer so kleinen Stadt erinnern würde, besonders angesichts der Tatsache, dass ihre überzähligen Zähne tatsächlich wie Reißzähne aussahen. Ich habe ein wenig recherchiert. Überzählige Zähne können überall in der Zahnreihe auftreten. Nicht alle Patienten haben überzählige Zähne, die wie Reißzähne aussehen. Glauben Sie mir, dieses Mädchen bot einen unvergesslichen Anblick.«

Josie sah Noah in die Augen, dann Gretchen. »Also«, sagte sie, »machen Sie sich auf die Suche nach Zahnärzten, die vor dreißig bis vierzig Jahren in der Stadt praktizierten.«

9

Eine Woche verging, und Josie träumte jede Nacht von dem großen Ahornbaum im Wald und dem Wohnwagen, der einst ihr Elternhaus gewesen war. Manchmal war ihr Vater dort, mit einem Loch im Kopf und einem makabren Lächeln im Gesicht. Er winkte sie zu sich. »Komm«, sagte er. »Ich muss dir etwas zeigen.« Jedes Mal hatte Josie zu viel Angst, um zu ihm zu gehen. Manchmal war Ray, ihr Ex-Mann, dabei – nur war es Ray im Alter von neun Jahren, der hinter ihr durch den Wald polterte und ihr sagte, sie solle nicht näherkommen. Dann erwachte sie schweißgebadet und wild um sich schlagend in ihrem Kingsize-Bett, ihre Gliedmaßen in die Laken gewickelt.

Heute war es nicht anders. Sie riss die Augen auf, ihr hämmernder Brustkorb und ihre röchelnden Atemzüge beruhigten sich langsam in der Wärme des Sonnenlichts, das durch die Fenster ihres Schlafzimmers hereinströmte. Sie setzte sich auf, zog ihr schweißgetränktes T-Shirt aus und sah sich im Zimmer um, das mit seinen hohen Decken, großen Fenstern und den in sanften Cremetönen gestrichenen Wänden ihr Lieblingsraum im Haus war – offen und luftig auf eine Art, die sie normalerweise als beruhigend empfand. Trotzdem fröstelte sie, als der Schweiß auf ihrem Körper trocknete und sie mit einem klammen Gefühl zurückließ. Sie hatte gerade genug Zeit, um zu duschen und einen Kaffee zu trinken, bevor sie zur Arbeit musste.

Zwanzig Minuten später schloss sie ihre Haustür ab und dachte gerade an die Leistungsbeurteilungen und Materialbestellungen, die auf ihrem Schreibtisch im Büro warteten, als ihr Handy klingelte. Es war Noah.

Josie ging ran. »Was gibt's?«

Noahs Lachen drang durch die Telefonleitung. »Sie werden immer besser im Smalltalk, Boss. Mir gehts gut, danke.«

Josie lächelte und machte sich auf den Weg zu ihrem Escape, der in der Auffahrt wartete. »Das freut mich zu hören, Fraley«, sagte sie. »Ich hätte wirklich gern einen Milchkaffee von Komorrah's Koffee. Vielleicht könnten Sie dort vorbeifahren, bevor ich ins Revier komme. Wie wäre es damit als Smalltalk?«

»Der Milchkaffee steht schon auf Ihrem Schreibtisch«, antwortete er, und Josie musste lächeln.

»Sie brauchen wohl eine Gehaltserhöhung«, scherzte sie. »Also, was haben Sie?«

»Ich habe eine vorläufige Identifizierung unseres geheimnisvollen Mädchens. In Denton haben wir keine Treffer erzielt, also hat Gretchen das Suchgebiet erweitert. Wir haben einen Zahnarzt in Bellewood ausfindig gemacht, der vor etwa zehn Jahren die Praxis seines Vaters erbte. Sein Vater praktizierte viele Jahre, bevor er sich zur Ruhe setzte. Offenbar erwähnte sein Vater immer wieder – weil diese Krankheit so selten war – eine Patientin mit Hyperdontie, die er in den späten siebziger, frühen achtziger Jahren behandelte. Gretchen ist gerade dort und holt die Akte, damit Dr. Feist sehen kann, ob sie passt.«

Josie stand neben ihrem Escape und verspürte ein aufgeregtes Kribbeln. Eine Identifizierung innerhalb einer Woche.

Das war ein guter Anfang. »Das ist großartig«, sagte sie und fischte ihren Schlüsselanhänger aus der Jackentasche.

»Ja, wir haben Glück, dass sie diese Reißzähne hatte.«

»Überzählige Zähne«, korrigierte Josie. Seit sie sie gesehen hatte, konnte sie nicht umhin, sich zu fragen, was das arme Mädchen deswegen durchgemacht hatte; Kinder konnten sehr grausam sein.

»Tut mir leid«, sagte Noah. »Überzählige Zähne. Jedenfalls hätten wir ihre Identität ohne diese Zähne vielleicht nie herausgefunden.«

Josie hob ihre Schulter und drückte sich damit das Telefon ans Ohr. Als sie ihren Escape öffnen wollte, versanken ihre Finger an der Unterseite des Türgriffes in etwas Kaltem und Matschigem. »Wie heißt sie?«, fragte sie.

Als sie die Hand vom Türgriff nahm, stieg ihr ein fauliger Geruch in die Nase. Josies Magen krampfte sich zusammen. Sie hielt sich die Finger vor das Gesicht, und die braune Farbe bestätigte ihre Vermutung. »Scheiße«, murmelte sie.

»Was ist los?«

»Nichts. Ihr Name?«

»Belinda Rose. Geboren am 15. Oktober 1966.«

Josie spürte, wie die Farbe aus ihrem Gesicht wich; der kalte Schweiß vom frühen Morgen kehrte wieder zurück und überzog ihre Haut wie ein fettiger Film. Sie wusste in diesem Moment nicht, was furchtbarer war – die Exkremente an ihren Fingern oder der Name, den sie von Noah hörte.

Sie hielt ihre Hand von sich weg, sah sich um und merkte, dass sie wieder ins Haus gehen musste, um sich zu waschen. Doch ihre Beine fühlten sich schwer an, wie festgeklebt, und ihr war, als hätte sie Blei in den Lungen.

»Boss?«

»Das ist nicht möglich«, krächzte Josie.

»Was ist nicht möglich?«

»Belinda Rose kann nicht tot sein – sie kann nicht schon seit über dreißig Jahren tot sein.«

»Ach ja? Warum nicht?«

»Weil Belinda Rose der Name meiner Mutter ist, und sie, soweit ich weiß, noch lebt.«

10

JOSIE – SECHS JAHRE ALT

Der Wohnwagen schien ihr nur zu klein, wenn ihre Mutter wütend war. Wenn sie sich richtig aufregte, erfüllte ihre Wut den ganzen Raum wie dichte Dampfwolken einer heißen Dusche. Josie konnte ihren Wutanfällen nicht entkommen, selbst wenn sie sich unter dem Küchentisch versteckte und beobachtete, wie die Füße ihrer Mutter hin- und herliefen, hin und her. Es war nie gut, wenn sie anfing, hin- und herzulaufen.

»Ich weiß nicht, für wen er sich hält«, knurrte ihre Mutter, während ihr die Spucke aus dem Mund flog. Die Kühlschranktür öffnete sich und schlug wieder zu, und Josie hörte, wie eine Dose Bier geöffnet wurde. Sie drückte sich ihren zerschlissenen Wolfie an die Brust und zog sich so weit wie möglich zurück, um den Händen ihrer Mutter zu entkommen, die unweigerlich irgendwann unter den Tisch greifen und sie hervorziehen würden.

Aber nichts geschah. Josies Augenlider wurden so schwer, dass sie sie kaum noch offenhalten konnte. Sie unterdrückte ein Gähnen und versuchte, die Kälte zu ignorieren, die von den Fliesen in ihr Nachthemd drang. Es war schon spät. Das wusste sie, weil es draußen dunkel war.

»Dieser Mistkerl«, hörte sie ihre Mutter murmeln, die plötzlich wieder anfing, in der Küche hin- und herzulaufen.

Josie versuchte, die Geräusche auszublenden, und horchte angestrengt nach draußen, in der Hoffnung, der Lastwagen ihres Vaters würde bald vorfahren. Sie wünschte sich, er würde nach Hause kommen. Plötzlich hörte sie, wie Küchenschubladen aus ihren Verankerungen gerissen wurden und Besteck auf den Boden schepperte. Dann hörte sie wieder ihre Mutter sprechen, dieses Mal mit zäher und undeutlicher Stimme, obwohl niemand anwesend war.

»Damit wirst du nicht durchkommen. Verdammt noch mal. Ich werde alles zerstören, was du liebst. Alles.«

Plötzlich – und furchteinflößend – tauchte das Gesicht ihrer Mutter an Josies winzigem Platz unter dem Tisch auf. Sie lächelte Josie an, und Josie bekam dieses ungute Gefühl im Magen, das sie immer bekam, wenn ihre Mutter schlimme Dinge tat. Sie streckte eine Hand nach Josie aus.

»Komm jetzt her, Mädchen.«

Josie ging rein und säuberte sich, bis der Schmutz restlos beseitigt war. Aber auch als sie sich mehrmals die Hand geschrubbt und sichergestellt hatte, dass die Exkremente nicht auf ihre Kleidung gelangt waren, hing der Geruch noch tief in ihrer Nase. Sie hatte das Telefonat mit Noah abrupt beendet, aber er war auf dem Weg zu ihrem Haus, und diese Gewissheit beruhigte sie ein wenig. Sie ging in eines ihrer Gästezimmer, wo auf einem kleinen Schreibtisch in der Ecke des Raumes ihr Laptop stand. Sie zog den Stuhl hervor, setzte sich und fuhr den Laptop hoch.

Als sie vor einem Monat alle vier Reifen ihres Wagens aufgeschlitzt hatten – eine Woche davor hatten bereits die Reifen sämtlicher Dienstfahrzeuge von Josies Revier daran glauben müssen –, hatte Josie eine Überwachungskamera in ihrer Einfahrt installiert. Die Ersatzreifen für ihren Escape hatten sie ein kleines Vermögen gekostet, und sie wollte nicht, dass die Vandalen ein zweites Mal damit durchkamen.

Sie lud die Bildaufnahmen bis zu dem Zeitpunkt, zu dem sie am Abend zuvor in die Einfahrt gefahren war, und spulte dann so lange vor, bis sie eine Gestalt in die Einfahrt schleichen sah. Josie schaute auf den Zeitstempel: 3:12 Uhr morgens, als sie noch fest geschlafen hatte. Die Person trug eine ausgebeulte Hose und einen Pulli mit einer Kapuze, die sie tief über ihr Gesicht gezogen hatte. Sie konnte nicht erkennen, ob es ein Mann oder eine Frau war, aber aufgrund der Größe – sie schätzte etwa 1,80 Meter – vermutete Josie, dass es wohl ein Mann war.

Sie beobachtete, wie die vermummte Gestalt in eine Papiertüte griff, eine Handvoll dunklen Matsch herausholte und diesen unter die Türgriffe von Josies Auto schob. Sie würde also alle vier Griffe reinigen müssen.

»Na toll«, murmelte sie vor sich hin.

Als die Person fertig war, sah Josie, wie sie die Latexhandschuhe auszog, in die Papiertüte steckte und dann mit der Tüte in der Hand die Straße hinunterlief. Josie stellte das Filmmaterial auf den Zeitpunkt zurück, an dem die Gestalt zum ersten Mal erschien, lehnte sich in ihren Stuhl zurück und seufzte. Um drei Uhr morgens war keiner ihrer Nachbarn wach. Und selbst wenn – sollte ihnen der Kerl aufgefallen sein, dann hatten sie wahrscheinlich nicht mehr gesehen als das, was Josie mit der Kamera aufgenommen hatte.

Noah kam zehn Minuten später. Sie ließ ihn herein und sie sahen sich gemeinsam das Filmmaterial an. Josie speicherte es auf einem USB-Stick, den sie Noah überreichte. »Ich will, dass ein Bericht geschrieben wird. Von Ihnen. Von niemandem sonst.«

Noah seufzte. »Sie dokumentieren das zwar, lassen mich aber nichts dagegen tun.«

Josie stand auf und warf ihm einen abweisenden Blick zu. »Da gibt es nichts zu tun. Das sind kleine Teenager, die Streiche spielen. Ich brauche keinen Personenschutz.«

Er wusste, dass es besser war, diesen Streit mit ihr nicht schon wieder anzufangen. Stattdessen nahm er ihr den USB-Stick aus der Hand und steckte ihn in seine Tasche. »Die

Craigslist-Anzeige ist eine Sackgasse. Sie hatten recht. Alles, was wir aus der IP-Adresse herauslesen konnten, ist, dass es irgendwo hier in Denton passiert ist – dieses Mal in der Nähe des Einkaufszentrums. Wahrscheinlich hat jemand das kostenlose WLAN in einem der Läden genutzt oder so.«

»Das war ja klar«, sagte Josie.

Noah rührte sich nicht von der Tür. Sein Blick ließ ihr Gesicht erglühen. Sie stemmte die Hände in die Hüften. »Was?«, fragte sie.

»Wir müssen über Belinda Rose reden – und über Ihre Mutter.«

12

JOSIE – SECHS JAHRE ALT

Das Krankenhaus war groß und hell, mit endlosen, gefliesten Fluren und hässlichen blauen Vorhängen, die als Wände dienten. Hinter den Vorhängen konnte Josie gedämpfte Stimmen und manchmal Schmerzensschreie hören. Krankenschwestern und Pfleger in immergrünen Kitteln eilten in den Fluren auf und ab und gingen durch die Vorhänge ein und aus. Nach langem, qualvollem Warten, das Josie mit hämmerndem Kopf durchstand, kam eine der Krankenschwestern zu ihr in die Kabine, zog sich ein Paar Latexhandschuhe an und bereitete ein stinkendes, gefaltetes Stück Gaze vor, um die Wunde an Josies Gesicht zu reinigen.

»Das wird brennen, Schatz«, sagte die Schwester zu Josie. Sie winkte eine andere Schwester herbei, die Josie auf dem Bett festhielt, und drückte das nasse Kissen gegen ihren Kiefer.

Josie hatte das Gefühl, als würde ihre Haut aufreißen und verbrennen. Je mehr sie sich gegen die großen Hände stemmte, desto fester drückten sie Josie gegen die Plastikmatratze. Die Krankenschwester, die Josies Kopf festhielt, lockerte kurz ihren Griff, um die Wunde zu untersuchen, und Josie blickte auf ihr blutgetränktes Nachthemd herunter. Ihr Herz schlug wie wild. War sie gestorben?

Nein, dachte sie. Sie war nicht gestorben.

Sie war nicht tot, weil Needle genau in dem Moment aufgetaucht war, als das Messer ihrer Mutter ihr Gesicht aufschlitzte. Needle war nicht sein richtiger Name. Josie wusste nicht, wie er wirklich hieß, nur, dass er zum Wohnwagen kam, wenn ihr Daddy bei der Arbeit war; und er brachte immer spitze, gefährliche Nadeln mit. Er war kein netter Mann, aber als er in jener Nacht in den Wohnwagen kam, wirkte er erschrocken – und das machte Josie mehr Angst als die blinde Wut ihrer Mutter und als jede Messerklinge.

Es war Needle, der Josies Mutter das Messer wegnahm. Es war Needle, der darauf bestand, dass Josie ins Krankenhaus musste, sie vom Boden aufhob und zum Auto trug. Josie konnte sich nicht erinnern, ob er mit ihnen gekommen war, aber sie hatte ihn definitiv nicht im Krankenhaus gesehen. Needle war verschwunden.

Sie konnte nicht tot sein, wenn Needle ihre Mutter dazu gebrachte hatte, aufzuhören. Aber das Blut. Da war so viel Blut. Sie wehrte sich gegen die Krankenschwestern und kämpfte um ihr Leben.

»Josie, Schatz, du musst stillhalten.« Die Stimme ihrer Mutter kam von irgendwo neben ihr.

»Es tut mir leid, Schatz, ich weiß, dass es weh tut. Wir sind fast fertig«, sagte eine der Krankenschwestern.

Josie wollte ihren Daddy.

Schließlich hörten sie auf. Ihr Atem ging in schweren Zügen. Eine der Krankenschwestern drehte sie behutsam auf den Rücken. »Es tut mir wirklich leid, Schatz«, sagte die Krankenschwester mit einem schmerzlichen Lächeln zu Josie. Das große Licht hinter dem Kopf der Schwester brannte in Josies Augen.

Die andere Schwester wandte sich an ihre Mutter. »Sie muss genäht werden. Wollen Sie uns sagen, was passiert ist?«

13

Josie beobachtete, wie Noah ihren Ford Escape umrundete und sich vorbeugte, um einen Blick auf den Kot zu werfen, der unter ihren Türgriffen klebte. Er rümpfte die Nase, knipste ein paar Fotos mit seinem Handy und drehte sich zu ihr um. »Wollen Sie eine Probe ins Labor schicken? Um zu sehen, ob es menschlicher Kot ist?«

Josie drehte sich der Magen um. »Nein«, antwortete sie. »Ich gebe das Geld der Dienststelle nicht für einen schlechten Scherz aus.«

»Wie lange werden diese Reaktionen auf die Verhaftung von Lloyd Todd wohl noch andauern?«, fragte Noah.

»Schwer zu sagen. Hoffentlich nicht mehr lange. Wir nehmen Ihr Auto. Ich will zurück ins Revier, bevor mein Milchkaffee kalt wird.«

Noah lächelte. »Und diesen Mist den ganzen Tag unter den Griffen kleben lassen? Das glaube ich nicht. Ich mache das für Sie sauber, während Sie mir von Ihrer Mutter erzählen.«

Josie stand in der Einfahrt, die Arme vor der Brust verschränkt, während Noah in ihr Haus ging und Latexhandschuhe, Papiertücher, Reinigungsmittel und eine Plastiktüte holte. Er nahm sich zuerst den Griff der Fahrertür vor und sprach mit Josie, während er putzte. »Der Name Ihrer Mutter war also Belinda Rose.«

Josie antwortete nicht.

Er entfernte den Matsch unter dem Türgriff mit Papiertüchern, besprühte den Griff mit Reinigungsmittel, wischte die Reste mit weiteren Papiertüchern weg und legte die schmutzigen Tücher in die Plastiktüte. Der Geruch wehte zu Josie rüber. Sie rümpfte die Nase, aber Noah schien davon unbeeindruckt.

»Sie sind es wohl gewohnt, mit Dreck umzugehen?«, fragte sie.

Er lächelte. »Wechseln Sie nicht das Thema.«

»Ich meine nur, der Geruch in der Leichenhalle lässt Sie innerhalb von Sekunden grün werden, aber jetzt stehen Sie hier praktisch mit dem Gesicht in der Scheiße und es stört Sie überhaupt nicht.«

»Es könnte mehr als eine Belinda Rose geben«, sagte er und ging zum nächsten Griff.

»Mit demselben Geburtsdatum?«

»Ich dachte, Ihr Mädchenname sei Matson, nicht Rose«, erwiderte Noah.

»War er auch. Matson war der Nachname meines Vaters. Meine Eltern haben nie geheiratet.«

»Und wo ist Ihre Mutter jetzt?«

Josie fiel das Kinn auf die Brust. Sie sprach nicht gern über ihre Mutter; sie hatte in den letzten sechzehn Jahren intensiv versucht, nicht an diese Frau zu denken. Ihre Mutter hatte ihr genug weggenommen. Sie hatte nicht noch mehr von Josies Zeit oder mentaler Energie verdient. »Ich weiß es nicht«, sagte sie. »Ich habe sie nicht mehr gesehen, seit ich vierzehn war. Sie ist weggegangen.«

Noah drehte sich um und sah sie mit einer hochgezogenen Augenbraue an. »Haben Sie nie versucht, sie zu finden?«

Josies Hände wanderten zu den Aufschlägen ihrer Jacke und zogen sie enger zusammen. Sie wandte ihren Blick von Noah ab. »Sie ist nicht die Art von Person, nach der man sucht.«

»Wie groß ist sie?«, fragte er, und Josie wusste, dass er dabei an ihr Treffen mit Dr. Feist nach der Autopsie dachte.

Sie seufzte. »Groß genug, um diesem Mädchen einen Hammer oder ein Montiereisen über den Kopf zu ziehen. So etwa 1,65 Meter.«

»Haben Sie ein Foto von ihr? Damit könnten wir arbeiten.«

»Nein, habe ich nicht.«

»So schlimm, hm?«

Du hast ja keine Ahnung, sagte Josie im Stillen. Laut sagte sie: »Sie hat jedes Bild, das es von ihr im Haus gab, zerstört, bevor sie fortging.«

Damals hatte Josie gedacht, dass das genau zu dem boshaften, rachsüchtigen Monster passte, das ihre Mutter immer gewesen war – vor allem, weil auf den einzigen Fotos, die Josie von ihrer Mutter hatte, auch ihr Vater zu sehen war. Josie erinnerte sich daran, dass sie nach Hause gekommen war und der ganze Wohnwagen nach Rauch gerochen hatte und dass sie die letzten Überreste der Fotos in einem Haufen Asche in der Edelstahlspüle gefunden hatte. Belinda hatte Josie nicht ein einziges Foto von ihrem Vater hinterlassen. Damals dachte Josie, dass ihre Mutter sie nur verletzen wollte, so wie immer, aber jetzt fragte sie sich, ob es einen noch schlimmeren Grund für die Zerstörung der Fotos gab. Das machte es Josie nicht gerade leichter, ihre Mutter aufzuspüren.

»Was ist mit Ihrem Vater?«, fragte Noah. »Könnte er welche haben?«

»Er ist gestorben, als ich sechs war.«

Sie wartete auf weitere Fragen, und ihr Körper entspannte sich erleichtert, als keine kamen. Stattdessen ging Noah auf die andere Seite des Wagens und begann dort die Griffe zu reini-

gen. »Das tut mir leid. Wir können später mehr über Ihre
Mutter reden, falls sich herausstellt, dass wir sie finden müssen.
Im Moment denke ich, dass wir zuerst die zahnärztlichen
Unterlagen anschauen müssen. Wir werden uns die Akte anse-
hen, die Gretchen gerade abholt, und danach weitere Schritte
einleiten.«

14

JOSIE – SECHS JAHRE ALT

Josies Mutter lief in der engen, durch Vorhänge abgetrennten Kabine hin und her. Sie presste eine Hand auf ihr Herz, während sie mit der anderen ein Taschentuch umklammert hielt und die Tränen abtupfte, die ungehemmt aus ihren besorgten Augen flossen. Josie starrte sie an, schockiert und verwirrt darüber, ihre Mutter zum ersten Mal weinen zu sehen.

»Ich habe geschlafen«, erklärte sie. »Ich bin aufgewacht, weil ich auf Toilette musste, und wollte nach JoJo sehen. Sie war nicht in ihrem Bett, also durchsuchte ich den Wohnwagen. Ich habe sie nicht gefunden. Die Hintertür war nicht verschlossen, also holte ich eine Taschenlampe und suchte nach ihr. Ich fand sie blutüberströmt im Wald liegen.« Ein Stöhnen entrang sich ihrer Kehle. »Mein Baby. Mein kleines Baby. Sie war überall damit be-be-bedeckt.«

Josie warf einen Blick auf die beiden Krankenschwestern, die mit undurchdringlichem Blick zusahen, wie ihre Mutter weinte.

»Sie muss hingefallen sein«, fuhr Josies Mutter fort. »Ich meine, es war dunkel, und in diesen Wäldern gibt es viel Abfall und Glas, alles Mögliche, woran sich Kinder verletzen können.«

»Haben Sie sie gefragt, was passiert ist?«, fragte eine der Krankenschwestern in dem gleichen Ton, den Josies Erzieherin anschlug, wenn ihre Schüler nicht alle Sachen in ihre Fächer gelegt hatten.

»Na-natürlich habe ich das«, sagte Josies Mutter. »Sie hat mir gesagt, dass sie hingefallen ist. Deshalb weiß ich, dass sie hingefallen ist.«

Die beiden Krankenschwestern tauschten einen skeptischen Blick. Dann sagte eine von ihnen: »Der Arzt wird gleich hier sein.«

Als sie gingen, warf eine der Krankenschwestern Josie noch einen besorgten Blick über die Schulter zu, bevor sie durch den Vorhang verschwand.

Sekunden später hielt Belinda Josies Kinn umklammert; ihre Finger drückten gegen den Knochen und zogen an der Haut um die Wunde. Josies Augen tränten vor Schmerz. »Mo-mommy«, keuchte sie.

Die blauen Augen ihrer Mutter waren fast schwarz vor Wut. Als sie in einem wütenden Flüsterton mit ihr sprach, spritzte Spucke auf Josies Nase. »Du sagst kein einziges verdammtes Wort, hast du das verstanden?«

»Du hast Lügen erzählt«, quietschte Josie durch den Teil ihres Mundes, der noch bewegungsfähig war.

Ihre Mutter verstärkte den Druck ihrer Finger, und Josie glaubte, ihr Gesicht würde zerreißen.

»Ich habe dir gesagt, du sollst den Mund halten. Kein einziges Wort. Was ich sage, ist auch passiert, hast du das verstanden? Wenn du nur einer Person – nur einer Person – erzählst, was passiert ist, kommst du in den Schrank. Und zwar für immer. Und Daddy und Grandma werden dich nicht retten können. Verstehst du das?«

Josies Körper bebte vor Angst, und sie spürte, wie sich heiße Nässe an ihren Beinen und auf ihrem Nachthemd ausbreitete. Sie flüsterte: »Ich verspreche es.«

Endlich ließ ihre Mutter sie los. Sie ging auf die andere Seite des Zimmers, um durch den Vorhang zu spähen. Josie umarmte sich selbst und wünschte, sie hätte daran gedacht, Wolfie mitzunehmen. Dann erinnerte sie sich – als sie ihn das letzte Mal gesehen hatte, hatte er unerreichbar in einer Blutlache auf dem Küchenboden gelegen.

<h1 style="text-align:center">15</h1>

Noah hatte die Türgriffe gut gesäubert, aber Josie hatte immer noch das Gefühl, dass der Geruch an ihr haftete. Als sie neben ihm in der Leichenhalle stand, schnupperte sie in die Luft, konnte aber nur den chemischen Geruch von Tod riechen, der Dr. Feists kleines Kellerreich erfüllte. Sie hatten unterwegs angehalten, um einen Kaffee zu holen, aber jetzt hielt Josie ihren vollen Pappbecher in der Hand und konnte nichts trinken, weil ihr zu übel war.

Dr. Feist stürmte mit Gretchen im Schlepptau in den Raum und ging zu dem uralten Röntgenbildschirm, der an der Wand hing. Dr. Feist schaltete ihn ein, und die Neonröhren im Inneren flackerten auf. Sie nahm zwei Folien von Gretchen und hängte sie nebeneinander auf. Man musste kein Experte sein, um zu erkennen, dass die Röntgenbilder, die Dr. Feist während der Autopsie von Belinda Rose gemacht hatte, perfekt mit denen übereinstimmten, die Gretchen beim Zahnarzt bekommen hatte. Josies Herz überschlug sich schmerzhaft; wenn Belinda Rose seit über dreißig Jahren im Wald vergraben war, wer zum Teufel war dann die Frau, die sich Josies Mutter nannte?

»Nun«, sagte Dr. Feist und wandte sich wieder an die Polizisten. »Jetzt haben Sie die Identität Ihres Opfers. Jetzt müssen Sie nur noch ihren Mörder finden.«

»Wie alt war sie, als diese Röntgenaufnahmen gemacht wurden?«, fragte Josie Gretchen.

Gretchen setzte ihre Lesebrille auf und blätterte in der dünnen Akte, die sie mitgebracht hatte. »Sieht aus, als wäre die letzte Untersuchung gemacht worden, als sie vierzehn Jahre alt war.«

»Was steht noch in dieser Akte?«, fragte Josie.

Gretchen blätterte weiter und runzelte die Stirn.

»Was ist los?«, fragte Noah.

»Sieht aus, als sei sie ein Pflegekind gewesen«, sagte Gretchen. »Hier ist ein Vermerk. Sie lebte in einer Pflegefamilie in Bellewood.«

Bellewood, die Bezirksstadt, war vierundsechzig Kilometer von Denton entfernt. Josie durchquerte den Raum, spähte über Gretchens Schulter und studierte die Adresse. »Das Haus wurde abgerissen, als ich in der Highschool war. Jetzt steht dort ein Einkaufszentrum. Ist da eine Kontaktperson eingetragen? Jemand musste sie zu ihren Zahnarztterminen bringen, die Behandlungen absegnen und so weiter.«

Gretchen blätterte eine Seite um. »Maggie Smith.«

»Machen wir uns auf die Suche nach ihr. Wenn sie noch lebt. Wir werden eine Vollmacht aufsetzen und schauen, ob wir die Akte des Mädchens vom Jugendamt bekommen«, wies Josie an.

Noah trat vor. »Ich werde Belindas Namen durch die Datenbanken laufen lassen.« Er blickte Josie an. »Wir glauben, dass jemand ihre Identität annahm, nachdem sie getötet wurde.«

16

JOSIE – SECHS JAHRE ALT

Es schien eine Ewigkeit zu dauern, bis der Arzt kam. Er war jung – er sah so jung aus wie ihr Vater –, und er stellte viele Fragen. Ihre Mutter beantwortete sie alle mit demselben traurigen, tränenüberströmten Gesicht, das sie bei den Krankenschwestern aufgesetzt hatte.

»Was ist mit Josies Vater?«, fragte er. »Wo war er, als es passiert ist?«

»Er arbeitet nachts in der Tankstelle draußen an der Interstate.«

»Haben Sie ihn angerufen?«

Josies Mutter sah ihn verunsichert an. »Wegen einer kleinen Schnittwunde? Nein, ich wollte ihn nicht belästigen.«

Der Arzt hob eine Augenbraue und ging zu dem Bett, in dem Josie lag. Vorsichtig strich er Josie über das Haar und beugte sich vor, um ihr Gesicht von der Seite zu betrachten. Er sah Josies Mutter stirnrunzelnd an. »Das ist keine kleine Schnittwunde, Miss Rose. Ich fürchte, Ihre Tochter muss mit mehreren Stichen genäht werden.«

Josies Herz machte einen Purzelbaum. Sie drohte in

Tränen auszubrechen, versuchte aber so gut wie möglich, sie zurückzuhalten. Die Handfläche des Arztes lag warm auf ihrer Schulter. Als sie zu ihm aufsah, lächelte er. »Ich werde dir etwas Medizin geben, damit es nicht wehtut, okay, Schatz?«

Sie nickte, unsicher, ob sie ihm glauben sollte oder nicht.

Der Arzt schaute wieder zu Josies Mutter. »Ich glaube, Josies Vater sollte hierherkommen. Warum rufen Sie ihn nicht an?«

Als der Arzt mit Josie allein war, rief er eine weitere Krankenschwester herbei, die ihr eine Menge Fragen stellte: Hatte ihre Mommy ihr wehgetan? Wie hatte sie sich die Schnittwunde zugezogen? Was hatte sie im Wald gemacht, und war dort eine andere Person gewesen, die ihr wehgetan hatte? Und zu guter Letzt: Hatte sie Angst vor ihrer Mommy? Josie wusste, dass es besser war, nicht die Wahrheit zu sagen. Sie murmelte: »Ich bin hingefallen«, immer und immer wieder, wie ein kaputtes Spielzeug. Am Anfang fiel ihr das Lügen schwer, aber je öfter sie es tat, desto leichter wurde es, bis es so normal war wie das Atmen und ihr Körper nicht mehr wusste, dass sie log.

Die Ärzte und Krankenschwestern bestanden darauf, auch ihre Gliedmaßen und ihren Oberkörper auf Verletzungen zu untersuchen, und sie stellten weitere Fragen, bis Josie die Augen kaum noch offenhalten konnte. Als der Arzt zu nähen begann, war es Josie egal, was passierte und ob es wehtun würde. Sie wollte einfach nur noch schlafen. Sie musste nicht mehr festgehalten werden. Niemand musste ihr sagen, dass sie stillhalten sollte. Sie drehte sich einfach auf die Seite und schloss die Augen. Der Arzt hatte recht. Sie spürte die Nadel, die er ihr setzte, um ihr Gesicht zu betäuben, aber das war alles. Sie spürte überhaupt nichts.

Ihr Vater kam, als der Arzt gerade dabei war, ihre Wange zu behandeln. Sie wusste, dass er da war, denn sie konnte hören, wie er sich vor dem Vorhang mit ihrer Mutter stritt. Sie hörte

nur einige seiner Worte: »Du ... deine Schuld ... krank ... wegge-
hen ... nie mehr sehen ... Polizei ... Missbrauch ... Sorgerecht ...
hasse dich.«

17

Josie saß an ihrem Schreibtisch im Revier, den Laptop vor sich. Gretchen war gerade dabei, Vollmachten zu schreiben, um die Pflegeakte von Belinda Rose zu bekommen. Noah holte weiteren Kaffee. Josie öffnete die erste von mehreren Datenbanken, um die Daten von Belinda Rose einzugeben, aber ihre Hände erstarrten auf der Tastatur. Ihre Kopfhaut kribbelte. *Wenn ich diesen Weg einmal einschlage, wird es kein Zurück mehr geben.* Sie hatte gehofft, ihre Mutter weit hinter sich in der Vergangenheit lassen zu können, aber das war jetzt nicht mehr möglich. Die Polizei von Denton hatte einen Mordfall aufzuklären. Sie mussten wissen, wer das im Wald vergrabene Mädchen gewesen war. Da Josies Mutter die Identität des Mädchens offensichtlich irgendwann nach ihrem Tod gestohlen hatte, blieb ihnen nichts anderes übrig, als sie aufzuspüren oder zumindest eine Verbindung zwischen den beiden Frauen zu finden.

Die Tür zu ihrem Büro schwang auf und Noah trat mit einer dampfenden Tasse Kaffee in der Hand ein. Sie stürzte sich fast auf ihn. Er lachte. »Whoa! Sie sind ein bisschen müde, was?«

Sie schlug beide Hände um die Tasse, setzte sich wieder auf ihren Stuhl und nippte am Kaffee. »Ich brauche Ablenkung«, sagte sie. »Schließen Sie die Tür.«

Die Geräusche ihrer Beamten, die draußen im Großraumbüro rumorten, verstummten, als Noah die Tür schloss. Er setzte sich ihr gegenüber auf den Stuhl und hob eine Augenbraue. »Was ist los, Boss?«

»Ich versuche, eine Möglichkeit zu finden, diesen Mord aufzuklären, ohne wieder Kontakt zu meiner Mutter aufnehmen zu müssen.«

»Ich weiß nicht, ob das möglich ist«, sagte Noah. »Sie wissen, dass wir allen Spuren nachgehen müssen, und wenn ihre Mutter die Identität dieses Mädchens angenommen hat – und das bereits kurz nach dem Mord –, dann ist sie für uns eine Person von großem Interesse. Ich meine, Belinda Rose taucht in keiner unserer Vermisstenanzeigen auf. Woher wusste Ihre Mutter also so kurz nach dem Tod des Mädchens, dass sie ihre Identität annehmen konnte?«

Josie stellte ihre Tasse auf dem Tisch ab, fuhr mit dem Zeigefinger über den Rand und beobachtete den aufsteigenden Dampf, statt Noah anzusehen. »Ich verstehe, was Sie sagen wollen.«

Er wartete einen Moment. Dann fragte er: »Haben Sie kein Interesse daran, herauszufinden, wer Ihre Mutter wirklich war?«.

Josie blickte ihm in die Augen. Sie griff mit den Fingern nach oben und schob ihr schwarzes Haar über die lange Narbe auf der rechten Seite ihres Gesichts. Sie musste schlucken, um die Trockenheit in ihrer Kehle zu vertreiben. »Oh, ich weiß, wer sie wirklich war.«

Aber ich weiß nicht, ob ich will, dass der Rest der Welt das erfährt, fügte sie in Gedanken hinzu.

»Boss«, sagte Noah.

»Ja.«

»Sie wissen auch, wer Sie sind. Vergessen Sie das nicht.«

Seine Worte waren genau das, was sie brauchte, perfekt ausgesprochen.

»Danke«, sagte sie.

Noah beugte sich vor, zog ein zusammengerolltes Bündel von Papieren aus seiner Gesäßtasche, glättete es und schob es ihr über den Schreibtisch zu. »Ich habe bereits eine Suche mit dem Namen Belinda Rose und dem Geburtsdatum 15. Oktober 1966 durchgeführt, um ihre letzte bekannte Adresse herauszufinden.«

Josie klappte ihren Laptop zu und sah sich den Bericht an. Während ihr Blick über die Adressen von Belinda Rose schweifte, stand Noah auf, lief um den Schreibtisch und stellte sich neben sie. Er deutete auf die erste Adresse, die Josie sofort erkannte. »Das war die Pflegefamilie von Maggie Smith«, sagte er. »Wir versuchen immer noch, sie ausfindig zu machen. Ich habe Lamay beauftragt, ein paar Nachforschungen anzustellen. Er wird bald etwas für uns haben – vorausgesetzt, sie lebt noch.«

Noahs Finger fuhren weiter die Liste herunter. »Die nächste Adresse war eine Wohnung in Fairfield. Wenn die echte Belinda Rose dort gewohnt hat, wäre sie achtzehn Jahre alt gewesen.«

»Das ist fast eine Stunde von Bellewood entfernt, in Lenore County«, sagte Josie. »Ich frage mich, ob sie tatsächlich dort wohnte oder ob sie zu diesem Zeitpunkt bereits tot war. Vielleicht hat meine Mutter ja unter ihrem Namen in der Wohnung gelebt.«

»Ich bin sicher, dass wir eine genauere Vermutung über den Zeitpunkt ihres Todes anstellen können, wenn die Akte vom Department of Human Services eingetroffen ist und wir mit Smith gesprochen haben«, sagte Noah.

»Sehen Sie sich das an«, sagte Josie. Sie deutete unter die Adresse in Fairfield. »Sie hatte eine Reihe von Wohnungen in

Alcott County und Lenore County, bevor sie in die Wohnwagensiedlung zog – alle mindestens 60 Kilometer von Bellewood entfernt, wenn nicht weiter. Lange bevor meine Mutter in die Wohnwagensiedlung zog. Ich glaube nicht, dass das die echte Belinda Rose war.« Josie erinnerte sich lebhaft daran, dass ihre Mutter oft abrupt kam und ging, sie monatelang allein ließ und dann zurückkehrte, wenn sie es am wenigsten erwartete, wie ein Tornado, der durch ihr Leben fegte und alles zerstörte.

»Okay, wir wissen also, dass Ihre Mutter in der Wohnwagensiedlung lebte«, sagte Noah. »Und Sie denken, dass die sechs Wohnungen davor wahrscheinlich auch ihre waren. Soll ich jemanden zu diesen Häusern schicken, um mit den Vermietern zu sprechen?«

Josie lehnte sich in ihrem Stuhl zurück und nahm einen weiteren Schluck Kaffee. »Ich bin mir nicht sicher, ob das was bringt«, sagte sie. »Das ist über dreißig Jahre her. Einige dieser Häuser gibt es vielleicht gar nicht mehr.«

»Neugierige Nachbarn?«, schlug Noah vor.

»Erkundigen Sie sich«, wies Josie ihn an. »Man kann nie wissen.«

»Wohnt noch jemand in der Wohnwagensiedlung, der sich an sie erinnern könnte?«

»Das bezweifle ich«, sagte Josie. »Aber Sie können jemanden hinschicken, der sich umhört.«

Es gibt jemanden, dachte sie bei sich, *aber er lebt nicht mehr in der Wohnwagensiedlung.*

Josie wusste nicht einmal, ob er noch lebte; sie hatte seit sechzehn Jahren nicht mehr an Dexter McMann gedacht, hatte diesen ganzen Vorfall verdrängt, so wie sie versuchte, alles zu verdrängen, was mit ihrer Mutter zusammenhing. Sie bezweifelte, dass er mehr wissen würde als sie selbst. Sie wollte diesen Stein nicht ins Rollen bringen, wenn es nicht unbedingt sein musste.

»Ich denke, wir müssen uns wirklich ansehen, wohin sie

nach dem Wohnwagenpark gezogen ist, und es gibt nur eine Adresse, die danach unter Belinda Rose aufgeführt ist«, sagte Josie.

Dem Bericht zufolge hatte ihre Mutter in dem Jahr, in dem Josie fünfzehn wurde, in einer Wohnung in Philadelphia gelebt, zwei Stunden von Denton entfernt. »Danach gibt es nichts mehr«, fügte Josie hinzu. »Sie hat diese Identität bis 2002 benutzt und hörte dann damit auf.«

»Vielleicht ist sie gestorben«, sagte Noah.

»So viel Glück habe ich nicht«, murmelte Josie.

»Was?«

»Nichts, nichts. Sie muss eine andere Identität angenommen haben. Oder sie hat wieder ihre wahre Identität angenommen – wie auch immer die ist.«

»Hatte sie Familie?«, fragte Noah.

Josie schüttelte den Kopf. »Nein. Ich meine, wenn sie Verwandte hatte, hat sie mir nie von ihnen erzählt. Ich war noch ein Kind. Ich habe sie nie gefragt.« *Ich versuchte, überhaupt nicht mit ihr zu reden.*

»Ich schicke jemanden zu den Adressen auf dieser Liste, mal sehen, ob wir etwas finden«, sagte Noah. »Und wenn wir nichts finden, werden wir im Leben der echten Belinda Rose nachforschen. Vielleicht kannten sich die beiden.«

18

JOSIE – SECHS JAHRE ALT

Finger berührten Josies Kopfhaut und streichelten sanft ihr Haar. Sie lag im Bett, ihre kleinen Hände hielten die flauschige rosa Decke umklammert, die ihre Grandma ihr zu Weihnachten geschenkt hatte. Josie liebte sie am meisten auf der Welt, nach Wolfie. Armer Wolfie, sie hatte ihn seit der Nacht im Krankenhaus nicht mehr gesehen.

»JoJo«, flüsterte ihr Daddy.

Sie riss die Augen auf und lächelte, doch ein heißer Schmerz schoss ihr vom Ohr bis hinunter zum Kinn und ließ sie zusammenzucken. Sie hatte es fast vergessen. Das Gesicht ihres Vaters schwebte über ihrem Bett, halb lächelnd, halb besorgt. Sie kannte seinen besorgten Blick. Eine seiner Augenbrauen zog sich dann immer nach oben wie eine flauschige Raupe, die sich in der Mitte bog. Sie griff nach oben und strich mit dem Finger über seine Braue, um sie zu glätten.

»Daddy«, sagte sie. »Ist es Zeit zum Aufstehen?«

Wieder strich er ihr das Haar aus dem Gesicht, vorsichtig, um den Verband nicht zu beschädigen. »Nein, Schatz, es ist noch Nacht.«

»Musst du nicht zur Arbeit gehen?«, fragte Josie.

Er lächelte, und seine besorgte Raupenbraue wölbte sich noch höher. »Nicht heute Nacht, Schatz. Ich muss mit dir reden. Wir werden zu Grandma gehen, okay?«

»Wird Mommy mitkommen?«, fragte sie.

Ihr Vater schaute zur geschlossenen Tür und dann wieder zu ihr. »Nein. Mommy bleibt hier.«

Josie versuchte zu verbergen, wie glücklich sie das machte.

»JoJo«, sagte ihr Daddy und wippte auf der Bettkante. »Du musst ganz leise sein, okay? Zumindest bis wir an meinem Wagen sind. Kannst du das für mich tun?«

Josie nickte mit großen Augen.

Er stand auf und ging zu einem kleinen Seesack neben der Tür, in den er ihre Kleidung und ihr Spielzeug stopfte. Sie wollte gerade fragen, wie lange sie in Omas Haus bleiben würden, als es gegen ihre Zimmertür klopfte. Sie sprangen beide auf. Ihr Daddy drehte sich um, als ein weiterer lauter Schlag die Tür erschütterte. Dann rief die Stimme ihrer Mutter: »Verdammt, Eli, was machst du da drin?«

Ihr Daddy antwortete nicht. Er stand einfach mitten in Josies Zimmer, den Seesack in der Hand.

»Mach die Tür auf, Eli. Jetzt sofort«, knurrte sie.

»Daddy«, flüsterte Josie. »Ich habe Angst.«

19

Eine Woche später sah Josie Gretchen und Noah betreten vor ihrem Schreibtisch stehen. »Was soll das heißen, wir haben ein Problem?«, fragte sie.

Noah setzte sich auf den Gästestuhl, während Gretchen mit dem Notizblock in der Hand auf und ab ging. Sie nahm eine Lesebrille heraus, setzte sie sich auf den Nasenrücken und blätterte ein paar Seiten um. Sie las die Namen aller Personen vor, mit denen sie im Department of Human Services gesprochen hatte. Die Namen waren Josie unbekannt.

»Hören Sie auf«, sagte Josie. »Sie wollen mir erzählen, dass Sie mit all diesen Leuten gesprochen haben, und sie haben Ihnen alle dasselbe gesagt?«

Gretchen sah zu ihr auf. »Ja. Die Akte von Belinda Rose ist nicht da. Das DHS hat sie nicht.«

»Nicht da?«, fragte Noah. »Heißt das, sie könnte irgendwo anders sein? Haben sie ein externes Archiv?«

»Nein, haben sie nicht. Alle Akten des Countys werden im Hauptbüro in Bellewood aufbewahrt, und die Akte von Belinda Rose ist nicht dabei«, sagte Gretchen.

»Also haben sie sie verloren«, sagte Josie.

»Soweit würden sie nicht gehen«, antwortete Gretchen.

Noah lachte. »Das heißt, sie haben sie verloren. Oder sie wurde irgendwie zerstört, und sie wollen keinen Ärger.«

Josie fuhr sich mit der Hand durch die Haare. »Okay, aber sicher hatten sie irgendeine Akte von Maggie Smith. Sie leitete das Heim, in dem Belinda lebte.«

Gretchen wedelte mit ihrem Stift. »Ja. Das ist die einzige Spur, die wir im Moment haben. Es hat sich herausgestellt, dass Maggie Smith in den späten neunziger Jahren aus dem Pflegeprogramm ausstieg, heiratete und von da an Maggie Lane hieß. Sie und ihr Mann reisten mit einem Wohnmobil durch das Land, bis er an einem Herzinfarkt starb.«

»Das stand in ihrer Personalakte?«, fragte Noah verblüfft.

Gretchen lächelte. »Nein, das habe ich von einer Mitarbeiterin des DHS. Büroklatsch. Die Mitarbeiterin war neu im Büro, als Maggie kündigte, um zu heiraten. Maggie hatte die Pflegestelle fast dreißig Jahre lang geleitet, also war es ein heißes Gesprächsthema damals.«

Josie fragte: »Wie alt war Maggie, als sie heiratete?«

»Um die sechzig. Das war der zweite Grund für den Klatsch und Tratsch. Sie hatte ihr ganzes Leben darauf gewartet zu heiraten, und dann starb ihr Mann nach zehn Jahren. Das ist schrecklich.«

»Sie hat ihre Stelle im Heim Ende der neunziger Jahre aufgegeben«, bemerkte Josie. »Das war vor zwanzig Jahren. Das heißt, sie müsste Mitte achtzig sein. Ist sie – ist sie noch am Leben?«

»Ja«, sagte Gretchen. »Sie wohnt in Rockview Ridge, direkt hier in Denton.«

20

JOSIE – SECHS JAHRE ALT

Josie zog sich die Decke über den Kopf und rollte sich so klein zusammen, wie sie konnte. Kleiner, sie musste kleiner sein. Die Schreie von draußen klangen durch die Luft, durchdrangen das fadenscheinige Holz und klatschten gegen ihr kleines Bett. Wieder wünschte sich Josie, sie hätte Wolfie bei sich.

»Sie ist auch meine Tochter, Belinda«, sagte ihr Daddy.

»Na und? Willst du sie einfach mitnehmen und mich verlassen? Mich hier allein lassen?«

»Ich habe dir letzte Woche gesagt, dass es nicht funktioniert.«

Die Stimme ihrer Mutter wurde zu einem Kreischen. »Dann geh. Geh!«

Etwas polterte gegen Josies Tür. Sie drückte ihren Körper enger zusammen und presste die Stirn an ihre Knie.

»Ich nehme meine Tochter mit«, sagte ihr Vater.

»Sie gehört nicht dir! Sie gehört mir!«

»Das tut sie verdammt noch mal nicht.«

Josie hörte Schläge und einen Aufprall und dann etwas, das wie zersplitterndes Glas klang. Dann hörte sie die Stimme ihrer

Mutter, diesmal so böse, wie sie im Krankenhaus geklungen hatte, als sie Josies Gesicht packte. »Ich habe dir gesagt, du nimmst sie nicht mit. Sie bleibt hier bei mir.«

»Du hast dein Recht verwirkt, ihre Mutter zu sein, als du ihr mit dem Messer das Gesicht aufgeschlitzt hast. Denkst du, ich weiß nicht, dass du das warst? Siebenundzwanzig Stiche, du sadistisches Miststück.«

»Du kannst mir verdammt noch mal gar nichts beweisen. Und jetzt verschwinde. Du wirst sie nicht mitnehmen.«

»Geh mir aus dem Weg, Belinda.«

»Du glaubst, du kannst das Einzige, was ich habe, mitnehmen und gehen?«

»Das tue ich doch gerade, oder? Du hast ein ernsthaftes Problem, Belinda. Josie ist hier nicht sicher. Ich bringe sie zu meiner Mutter.«

»Na klar, lauf zu deiner Mommy.«

Josie hörte ein Rascheln, dann einen dumpfen Schlag. Dann sagte ihr Daddy: »Ich will dir nicht wehtun, Belinda, aber ich muss es tun, wenn ich Josie damit beschützen kann. Ich nehme sie mit. Und jetzt geh mir aus dem Weg.«

Ihre Mutter lachte, und Josies Körper versteifte sich. Ihr Herzschlag setzte aus.

Es krachte noch lauter. Dann erklang wieder die Stimme ihres Vaters, und diesmal klang sie anders. »Belinda«, sagte er, »woher hast du das?«

»Du wirst sie nicht mitnehmen, Eli.«

»Lass uns darüber reden.«

Wieder das Lachen ihrer Mutter. Josie hatte das seltsame Gefühl, sie würde sich gleich nassmachen. Sie versuchte, es zu unterdrücken. Ihre Mutter würde sehr böse sein, wenn sie ins Bett machte.

»Oh, klar, jetzt willst du reden«, kam die Stimme ihrer Mutter von der anderen Seite der Tür.

»Aber nicht hier«, sagte ihr Vater. »Lass uns einen Spaziergang machen, okay? Ein bisschen frische Luft schnappen? Wir können das besprechen.«

»Wir können reden, so viel du willst, Eli, aber du nimmst sie nicht mit.«

21

KAPITEL EINUNDZWANZIG

Rockview Ridge, hoch oben auf einem felsigen Hügel am Stadtrand gelegen, war die einzige Pflegeeinrichtung in Denton. Josies Großmutter, Lisette Matson, lebte dort schon seit einigen Jahren. Neben Josies Mutter war Lisette Josies letzte lebende Verwandte und beste Freundin. Josie besuchte sie regelmäßig und wusste genau, wo sie um diese Tageszeit zu finden war. Sie entdeckte Lisettes silberne Locken, als sie die Cafeteria von Rockview betrat. Das Mittagessen war vorüber, aber einige Bewohner hielten sich noch im Raum auf, lasen Zeitschriften, schauten gemeinsam fern und spielten, wie Lisette, Karten. Sie sah auf, lächelte und winkte Josie zu sich.

»Du kommst nie so früh am Tag her«, sagte sie, als Josie sich zu einem Kuss herabbeugte.

»Ich weiß. Arbeitskram.« Josie nahm ihrer Großmutter gegenüber Platz.

Vor Lisette lag ein Solitaire-Spiel ausgebreitet. Sie warf eine Karte auf einen der Stapel und sagte: »Du hast wohl keine Zeit zum Spielen.«

»Tut mir leid, Grandma. Hör zu, ich muss dir ein paar Fragen stellen.«

Lisette runzelte die Stirn. »Ist alles in Ordnung? Was ist denn los?«

Josie griff über den Tisch und tätschelte Lisettes Hand. »Mach dir keine Sorgen. Niemand wird vermisst und keiner wurde erschossen oder ist tot. Okay, das stimmt nicht ganz.«

Sie erzählte Lisette, dass sie hinter dem Wohnwagenpark die Überreste der echten Belinda Rose entdeckt hatten. »Wir glauben, dass meine Mutter die Identität dieses Mädchens gestohlen hat. Ich möchte, dass du mir alles über sie erzählst, woran du dich erinnerst.«

Lisettes Blick glitt auf den Tisch. Langsam sammelte sie ihre Karten ein und begann sie zu mischen. »Josie«, sagte sie, und ihr Tonfall erfüllte Josie mit Schrecken. Es war der Ton, in dem sie gesprochen hatte, als sie Josie mit sechzehn beim Trinken erwischte, der Ton, in dem sie gesprochen hatte, als sie herausfand, dass Josie und Ray Sex hatten; es war ihr warnender Ton, der Ton, der sagte: »Ich kann dich nicht davon abhalten, den Weg zu gehen, auf dem du bist, aber ich sage dir, dass du vorsichtig sein sollst.«

Josies Herz machte einen Doppelschlag. »Grandma«, sagte sie leise. »Wenn meine Mutter diesem Mädchen etwas angetan hat, muss ich es wissen.«

Lisette wandte ihren Blick immer noch ab. »Diese Frau solltest du am besten in deiner Vergangenheit lassen, Josie. Hast du vergessen, wie schwer es war, sie aus unserem Leben zu vertreiben?«

»Natürlich nicht. Glaube mir, wenn ich die Wahl hätte, würde ich schreiend in die andere Richtung rennen. Es ist mir egal, dass sie nicht die ist, für die sie sich ausgibt – aber ich habe einen Mord aufzuklären und sie hat eine Verbindung zu dem Opfer.«

Lisette hörte auf zu mischen, legte ihren Kartenstapel auf den Tisch und ordnete die Karten, bis sie in perfekter Ordnung lagen. Josie glaubte, ihre Augen glänzen zu sehen.

»Grandma, bitte.«

Plötzlich gruben sich die Finger ihrer Großmutter mit einer Kraft und Wildheit in Josies Unterarm, die ihr Alter von fünfundachtzig Jahren nicht vermuten ließ. Mit aufgerissenen Augen und tiefer Stimme beugte sich Lisette vor und sagte: »Glaubst du, ich weiß nicht, was sie dir angetan hat, Josie?«

Josie widerstand dem Drang, zurückzuweichen, selbst als ein Schmerz ihren Arm durchzuckte. »Nicht«, würgte sie hervor.

»Ich weiß es, Josie. Ich weiß, was sie getan hat.«

»Bitte, Grandma. Tu das nicht.«

»Deshalb habe ich so hart um dich gekämpft. Deshalb habe ich all das getan, was ich getan habe. Vergiss das nicht.«

Josie bekam keine Luft mehr. Lisettes Finger gruben sich tiefer, und Josie hätte schwören können, dass sie spürte, wie ihre Haut blaue Flecken bekam.

»Ich hätte sie umbringen sollen, als ich die Möglichkeit dazu hatte«, fügte Lisette hinzu.

»Grandma!«

Josie schaute sich um, aber keiner der Bewohner im Raum schenkte ihnen Beachtung, und Gretchen, die sie ins Heim begleitet hatte, stand immer noch an der Rezeption und erkundigte sich nach Maggie Lane.

»Ich hätte es getan«, fuhr Lisette fort. »Ich wollte es, glaube mir. Es wäre das Beste für uns alle gewesen, aber ich hatte Angst, erwischt zu werden, und dann hättest du niemanden mehr gehabt.«

Josie löste die Finger ihrer Großmutter einen nach dem anderen von ihrem Arm und schob Lisettes Hand auf den Tisch. »Grandma, bitte. Das gehört der Vergangenheit an. Genau wie du gesagt hast. Ich versuche nicht, das alles wieder aufleben zu lassen, aber dieser Fall muss aufgeklärt werden.«

»Das kannst nicht du tun, Josie. Du musst dich von ihr fernhalten. Du hast Beamte, die für dich arbeiten. Lass sie das machen.«

Josie bedeckte Lisettes Hand mit der ihren. »Und sie werden hier reinkommen und dir die gleichen Fragen stellen, die ich jetzt stelle. Ich bin die Polizeichefin, Grandma. Nein, ich muss die Ermittlungen nicht leiten, aber ich muss sie überwachen. Sag mir einfach, woran du dich erinnerst.«

»Versprichst du, dich von ihr fernzuhalten?«, sagte Lisette.

»So weit ich kann«, erwiderte Josie.

Lisette zog ihre Hand weg und starrte auf ihren Schoß. »Ich weiß nicht viel mehr als du, fürchte ich. Dein Vater hat sie anfangs ein paar Mal mit zu uns gebracht und als Belinda Rose vorgestellt. Wir hatten keinen Grund, ihr zu misstrauen.«

»Was ist mit ihrer Vergangenheit?«, fragte Josie. »Hat sie jemals über ihre Familie gesprochen oder darüber, woher sie kam?«

Lisette schwieg einen Moment, und Josie konnte an ihrem zur Decke gerichteten Blick erkennen, dass sie ihr Gedächtnis nach Resten aus der Zeit vor Josies Geburt durchsuchte. »Sie hatte keine Familie«, sagte Lisette. »Das hat sie auch gesagt. Sie wuchs bei Pflegeeltern auf. Daran erinnere ich mich, weil sie mir leidtat. Sie war sehr schön, deine Mutter. Als ich sie kennenlernte, war sie noch jung, und ich weiß noch, dass ich mich fragte, warum sich keine Familie gefunden hatte, die so ein süßes, hübsches Mädchen wie sie aufnahm.« Sie räusperte sich. »Nun, jetzt wissen wir beide, warum. Leider.«

»Ich meine mich zu erinnern, dass sie den Leuten sagte, ihre Familie sei tot«, sagte Josie.

Lisette zuckte mit den Schultern. »Sie hat viele Geschichten erzählt. Deinem Vater und mir hat sie erzählt, dass sie bei Pflegeeltern aufwuchs. Aber als sie fortging, habe ich mit dem Anwalt gesprochen, der sie bei all den Sorgerechtsstreitigkeiten vertreten hatte. Er sagte, er wüsste nicht, wo er anfangen sollte, nach ihr zu suchen, weil sie ihm gesagt hätte, ihre gesamte Familie sei bei einem Hausbrand umgekommen.«

»Hat sie je gesagt, wo sie herkommt?«

»Bellewood. Sie sagte, sie sei dort aufgewachsen, aber im ganzen Bundesstaat von einer Pflegefamilie zur anderen gereicht worden.«

»Hatte sie Freunde? Einen Job?«

»Keine Freunde, die ich kannte. Aber sie hat früher Häuser geputzt, das weiß ich noch.«

»Für eine Firma oder allein?«

»Oh, das weiß ich nicht mehr. Ich habe sie nie gefragt. Sie hat nach deiner Geburt sowieso aufgehört zu arbeiten.«

»Wo haben sie und mein Vater sich kennengelernt?«

Lisette schenkte Josie ein mattes Lächeln. »Wo wohl? In einer Bar. Es gab mal eine in der Nähe der Wohnwagensiedlung, aber die wurde vor Jahren abgerissen.«

»Der Wohnwagen, in dem wir wohnten – wem gehörte der?«

»Deinem Vater. Er hatte ihn vom Besitzer der Siedlung gemietet. Als er starb, hat sie die Miete einfach weiterbezahlt. Der Besitzer versuchte, mir die Schäden in Rechnung zu stellen, als sie fortging, da der Wohnwagen noch auf Elis Namen lief.«

»Weißt du, ob sie auch in der Wohnwagensiedlung wohnte, bevor sie Dad kennenlernte?«

»Ich weiß es wirklich nicht, Liebes«, antwortete Lisette. »Ich glaube nicht. Dein Vater sagte, dass in der Siedlung viele Drogen kursierten. Er hat sich deswegen immer Sorgen um dich gemacht. Ich wollte, dass er nach deiner Geburt wieder bei mir einzieht, aber er sagte, deine Mutter würde das nicht erlauben. Jedenfalls denke ich, dass sie vielleicht Leute aus der Bar kannte, die in der Wohnwagensiedlung wohnten oder dorthin gingen, um sich zuzudröhnen.«

Josie seufzte. Die Bar, von der ihre Großmutter sprach, gab

es schon lange nicht mehr, und die Drogenaktivitäten, die den Wohnwagenpark geplagt hatten, waren in der Amtszeit von Chief Harris ausgemerzt worden. Sie könnte jemanden beauftragen, die Siedlung zu durchsuchen, bezweifelte aber, dass es sechzehn Jahre nach der Tat noch jemanden gab, der brauchbare Informationen dazu liefern konnte. Außerdem hatte Josies Mutter, als sie ihren Vater kennenlernte, bereits seit über einem Jahr unter der Identität von Belinda Rose gelebt.

»Grandma, hast du irgendwelche Fotos von ihr?«

Lisettes verzog den Mund zu einem Strich. Einen Moment später sagte sie: »Ich glaube nicht. Deine Mutter mochte es nicht, fotografiert zu werden, und damals hatten wir noch keine Kamerahandys, also haben wir nicht jeden Tag Fotos gemacht. Wir hatten richtige Kameras mit Filmrollen, die entwickelt werden mussten, und das kostete Geld ...«

»Grandma«, sagte Josie, um Lisette wieder zurück zum Thema zu bringen.

Lisette lächelte. »Ich gebe dir meine Fotoalben, wenn du gehst. Du kannst sie dir anschauen.«

Gretchen erschien in der Tür der Cafeteria. Sie nickte Lisette zu, und Lisette winkte ihr zurück. »Du bist doch nicht nur hier, um mit mir zu reden, oder?«, fragte Lisette Josie.

»Ich fürchte nein, Grandma. Kennst du Maggie Lane?«

»Ich weiß, wer sie ist – sie verlässt nur selten ihr Zimmer. Sie hatte vor ein paar Jahren einen Schlaganfall und hat seitdem keine Lust mehr auf Gesellschaft. Die Therapie hat ihr Gehirn und ihre Sprachfähigkeit wiederhergestellt, aber sie kann sich nicht mehr so gut bewegen. Sie hat immer nur über ihren Mann gesprochen, und der ist jetzt schon seit ein paar Jahren tot. Keine Sorge, sie ist noch bei klarem Verstand, aber ich glaube, sie ist eine von denen, die nur darauf warten zu sterben. Ich kann dich zu ihrem Zimmer bringen, wenn du willst.«

22

JOSIE – SECHS JAHRE ALT

Ihre Mutter rüttelte sie aus dem Schlaf und drückte ihre Schulter so fest, dass ihr der Schmerz den ganzen Arm hinunterschoss. Josie öffnete müde die Augen und sah das Gesicht ihrer Mutter im Licht der Lampe über sich schweben. »JoJo«, flüsterte sie. »Wach auf.«

Josie spürte, wie sich ihr Körper versteifte. Langsam setzte sie sich im Bett auf und sah ihre Mutter an. Um ihren Kopf wallten Strähnen des schwarzen Haars ihrer Mutter. Frizzies nannte ihre Mutter sie. Sie waren nur bei Regen zu sehen. Nasse schwarze Strähnen wallten über ihre Wangen. Sie weinte.

Etwas war nicht in Ordnung. Gar nicht in Ordnung.

»Mommy?«, sagte Josie.

Das weiche, mitfühlende Lächeln ihrer Mutter jagte Josie mehr Angst ein, als wenn sie Josie wieder das glänzende Messer vor das Gesicht gehalten hätte. »W-wo ist Daddy?«, fragte Josie.

Ihre Mutter rutschte auf dem Bett hin und her und nahm Josies Hand. »Baby, es tut mir so leid ... Dein Daddy hat heute Abend etwas sehr Schlimmes getan.«

Josie starrte sie verwirrt an. »Was ist passiert?«

Ihre Hand strich sanft über Josies Unterarm, sodass sich die Härchen aufstellten. Josie wünschte sich plötzlich, ihre Mutter würde nicht antworten; jedes ihrer Worte fühlte sich wie ein Dorn in ihrer Haut an.

»Dein Daddy hat uns heute Nacht verlassen, JoJo. Er ist für immer und ewig weg. Weißt du, was es bedeutet, wenn jemand stirbt?«

Josie antwortete nicht, aber irgendwie wusste sie es. Sie wusste, dass Menschen, wenn sie sterben, in den Himmel kommen. Das hatten ihr Daddy und ihre Grandma gesagt. Der Himmel war sehr, sehr schön, nur dass man seine Familie nicht mehr sehen konnte.

Gebrechlich und dünn saß Maggie Lane gebeugt in einem Rollstuhl, ihr langes graues Haar zu einem Pferdeschwanz zurückgebunden. Obwohl Josie wusste, dass Maggie ungefähr so alt war wie ihre Großmutter, war die Zeit weit weniger freundlich zu ihr gewesen. Maggies Gesicht schien doppelt so viele Falten zu haben wie das von Lisette, und ihre Hände lagen zusammengerollt in ihrem Schoß, die Finger knorrig und nach innen in die Handflächen gebogen. Josie wusste, dass solche Kontrakturen, wie sie hießen, entstanden, wenn sich Gelenke oder Muskeln durch Bewegungsmangel verkürzten und dauerhafte Deformationen verursachten. Josie warf einen Blick auf Maggies Füße, die einander zugewandt waren und in schlichten weißen Turnschuhen steckten, und vermutete, dass sie diese Kontrakturen wahrscheinlich auch an den Füßen hatte.

Maggie hob den Kopf, als Josie und Gretchen den Raum betraten, und Lisette schlurfte mit ihrer Gehhilfe zurück in die Cafeteria. »Mrs. Lane«, sagte Gretchen.

Maggie starrte sie an, ihre rheumatischen Augen huschten zwischen den beiden unerwarteten Besucherinnen hin und her.

Ihr Rollstuhl stand eingeklemmt zwischen ihrem Bett und einer kleinen Kommode. Neben der Kommode stand ein Sessel, in den sich Gretchen setzte, während Josie stehen blieb. Sie stellten sich vor, und Gretchen erklärte, dass sie hier waren, um mit ihr über ein Mädchen zu sprechen, das früher einmal in ihrer Obhut war.

»In meiner Obhut?«, sagte Maggie mit einer Stimme, die kratzig klang, vielleicht vom jahrelangen Zigarettenrauchen.

»Ein Mädchen, das mit Ihnen im Heim in der Powell Street in Bellewood lebte«, sagte Gretchen. »Das muss Ende der siebziger, Anfang der achtziger Jahre gewesen sein. Ihr Name war Belinda Rose.« Gretchen holte ihren bewährten Notizblock hervor und blätterte ein paar Seiten durch. »Geburtstag 15. Oktober.«

Maggie hob eine knorrige Hand und winkte. »Ich erinnere mich an Belli. So habe ich sie genannt. Süßes Ding. Bis sie ein Teenager wurde. Dann war sie die Hölle auf Erden.«

Gretchen und Josie tauschten einen Blick aus. Josie fragte: »Wie lange hat sie bei Ihnen gelebt?«

Eine Reihe von Hustenanfällen brach aus Maggies Lunge hervor und ließ ihren ganzen Körper erbeben. Gerade als Josie überlegte, ob sie eine der Krankenschwestern holen sollte, beruhigte sich Maggie. »Als ich Belli bekam, war sie etwa fünf Jahre alt. Davor war sie in ein paar Pflegefamilien, die sie adoptieren wollten, aber es hat nie geklappt. Einer der Pflegeväter hatte besondere Vorstellungen von der Erziehung eines Mädchens, wenn Sie verstehen, was ich meine.«

Josie wurde schlecht.

»Sie haben sie also bekommen, als sie fünf Jahre alt war«, sagte Gretchen. »Hat sie Ihnen etwas über ihre richtigen Eltern erzählt? Zunächst einmal, warum sie in einer Pflegefamilie war?«

»Wenn ich mich richtig erinnere, war sie eines der Mädchen, die von ein paar Teenagern abstammte, die sich herumtrieben und noch nicht bereit waren, Eltern zu werden. Damals war es, wie sagt man, verpönt, Kinder zu haben, wenn man selbst noch eines war. Wir hatten also etliche Kinder von Teenagereltern bei uns.«

»Wie war sie denn so?«, fragte Josie.

Maggie lächelte, und ihre obere Zahnprothese verrutschte ein wenig. Sie hielt sich den Mund zu und saugte sie wieder an ihren Platz. Dann sagte sie: »Süß. Sie war ein süßes Mädchen. Sie hat mir gern im Haus geholfen. Sie hat gern Dinge für die anderen Mädchen getan. Ich konnte mich immer auf sie verlassen, wenn es um Hausarbeiten und solche Dinge ging. Sie war auch sehr anhänglich. Viele dieser Mädchen bekamen keine Zuneigung, als sie aufwuchsen, und deshalb wollten sie keine haben oder keine geben. Einige von ihnen waren sehr verletzt worden – sie kannten nur ›schlechte Berührungen‹, wenn Sie wissen, was ich meine.«

»Sie sagten, Belinda war ein nettes Mädchen, bis sie ein Teenager wurde«, sagte Gretchen. »Was ist dann passiert?«

Maggie zuckte mit den Schultern. Ihre Schulterblätter hoben sich, als würde sie einen weiteren Hustenanfall bekommen, aber als sie ausatmete, war nur ein langes Keuchen zu hören. Sie antwortete: »Ich weiß es nicht, wirklich. Manchmal werden Mädchen einfach schlecht, wenn sie ein gewisses Alter erreicht haben. Sie fing an, in der Schule zu versagen, die Sperrstunde zu missachten, zu rauchen und zu trinken. Die Polizei erwischte sie ein paar Mal, als sie im Wald mit anderen Kindern trank.«

In diesem Teil von Pennsylvania schien es an jeder Highschool einen Ort im Wald zu geben, an dem sich Jugendliche trafen, um sich zu betrinken oder Drogen zu nehmen, Zigaretten zu rauchen oder einfach die Schule zu schwänzen. Als Josie in der Highschool war, gingen alle immer zu einem Ort, der »The Stacks« hieß, ein Ort, an dem mehrere Felsplatten in

Stapeln, *Stacks*, vom Rand eines Berges gefallen waren. »Sie ging also in Bellewood zur Schule?«, fragte Josie.

»Wie alle meine Mädchen«, antwortete Maggie.

»Erinnern Sie sich an die Kinder, mit denen sie herumhing?«, fragte Gretchen.

»Ich hatte genug eigene Mädchen, auf die ich aufpassen musste«, sagte Maggie. »Ich konnte mich nicht auch noch mit ihren Freunden abgeben.«

Josie fragte: »Was ist mit den Mädchen, die Sie betreuten? War sie mit einem von ihnen befreundet?«

Maggies Lunge pfiff wieder. Sie hob eine Hand, und sie warteten einige Sekunden, bis sie wieder zu Atem gekommen war und sprechen konnte. »Nicht wirklich. Sie blieb für sich allein. Sie teilte sich ein Zimmer mit Angie ... Oje, ich weiß ihren Nachnamen nicht mehr, obwohl sie nach dem College heiratete und nach Philadelphia zog. Belli stand Angie näher als jedes andere der Mädchen.«

Wenn Angie aufs College gegangen war, geheiratet hatte und nach Philadelphia gezogen war, dann konnte sie nicht Josies Mutter sein. Trotzdem würden sie sie finden und prüfen, was sie über Belinda und die Leute wusste, mit denen sie ihre Zeit verbracht hatte. »Ich bin sicher, wir können Angie in den alten Akten aufspüren«, sagte Josie. »Das ist sehr hilfreich.«

Gretchen fragte: »Wie sah Belinda aus?«

»Meine Belli war klein und stämmig und hatte das lockigste blonde Haar, das ich je gesehen habe. Es war eine echte Plage.«

»Wie lange war sie in Ihrer Obhut?«, fragte Gretchen.

»Sie sollte eigentlich bis zu ihrem achtzehnten Lebensjahr bei mir bleiben, ist aber ein paar Mal weggelaufen.«

Wieder trafen sich Josies und Gretchens Blicke. »Wann war das?«, fragte Josie Maggie.

Maggie lehnte ihren Kopf zurück und stieß einen müden Seufzer aus. Ihr Gesicht war aschfahl. Das Gespräch macht ihr sehr zu schaffen. »Nun, einmal für ein paar Monate, als sie etwa fünfzehn oder sechzehn war. Ich kann mich nicht mehr genau erinnern. Ich war so wütend auf sie. Jemand von der Highschool hatte ihr einen Job beim Gericht besorgt, wo sie ein paar Stunden in der Woche Akten sortierte und Anrufe beantwortete. Am Anfang machte sie ihre Sache gut und verdiente ihr eigenes Geld. Sie schwänzte nicht mehr die Schule und machte keinen Ärger mehr, meistens jedenfalls. Aber sie fing an, sich häufig mit meinen anderen Mädchen zu streiten.«

»Worüber?«, fragte Gretchen.

Wieder ein Achselzucken. »Wer weiß? Worüber streiten sich Mädchen im Teenageralter? Es gab immer Streit um ihre Habseligkeiten – die eine benutzte die Haarbürste der anderen, die nächste nahm den Pullover der anderen. Dann sagten die anderen Mädchen, sie halte sich für etwas Besseres, weil sie einen tollen Job hatte. Alberner Kinderkram. Dann hänselten sie sie, weil sie durch die Arbeit zunahm. Sie fing an, alles zu essen, was sie sah, und ich konnte das nicht mehr bezahlen. Ich habe nie so viel Geld für meine Mädchen bekommen. Ich musste das Wenige, das mir der Staat gab, streng einteilen, um sie alle ernähren zu können. Jedenfalls haben wir uns gestritten, weil ich sagte, dass sie mir die Haare vom Kopf frisst, und sie fing an zu weinen und lief fort. Sie kam erst ein paar Monate später zurück.«

»Hatte sie immer noch Übergewicht, als sie zurückkam?«, fragte Josie.

»Ein wenig. Aber es war ein bisschen besser geworden.«

Gretchen schrieb etwas in ihr Notizbuch, und Josie wusste, dass sie den Zeitrahmen markierte. Belinda Rose hatte plötzlich zugenommen und angefangen, viel zu essen, nachdem sie eine Zeitlang im Gericht gearbeitet hatte. Sie lief fort und kam dünner und mit weniger Appetit zurück. Vielleicht war es Maggie nicht aufgefallen, aber Josie wusste genau, was passiert war. »Mrs. Lane, hatte Belinda jemals irgendwelche ... gesundheitlichen Probleme?«

Maggie drehte ihren Kopf in Josies Richtung. »Was meinen Sie, gesundheitliche Probleme?«

Josie zuckte mit den Schultern. »Ich weiß es nicht. Irgendetwas.«

Gretchen merkte, worauf Josie hinauswollte, griff nach vorn und legte eine Hand auf Maggies dünnen Unterarm. »Mrs. Lane, wir haben Grund zu der Annahme, dass Belinda irgendwann ein Kind geboren hat.«

Maggie starrte sie verständnislos an. Dann lachte sie, und ihre schmalen Schultern hüpften auf und ab. »Sie irren sich«, sagte sie zu Gretchen. »Belli hat nie ein Baby bekommen.«

Gretchen schaute zu Josie, und Josie schüttelte schnell den Kopf. Offensichtlich hatte Maggie nichts von der Schwangerschaft gewusst, so dass es keinen Sinn hatte, dieses Thema weiterzuverfolgen. Gretchen fragte: »Haben Sie sie als vermisst gemeldet?«

»Natürlich habe ich das«, sagte Maggie. »Ich musste es tun. Die Polizei hat sie nicht gefunden. Eines Tages kam sie einfach zurück.«

»Hat sie gesagt, wo sie gewesen ist?«, fragte Gretchen.

»Nein, und ich hatte keine Zeit, sie auszuquetschen. Ich hatte eine Menge Mädchen, und falls Sie das nicht wissen, Teenager sind nicht gerade einfach.«

»Mrs. Lane, können Sie sich erinnern, wann genau das war? War Belinda damals fünfzehn oder sechzehn?«, fragte Josie.

Maggie saugte wieder an ihrer oberen Zahnprothese. »Sechzehn. Sie war gerade sechzehn geworden.«

»Also war es im Herbst?«, drängte Gretchen.

Maggie brauchte einen Moment, dann sagte sie: »Es muss im Herbst gewesen sein. Es war sehr kalt. Ich erinnere mich, weil wir alle diese zusätzlichen Heizgeräte im Haus hatten, und ich fürchtete, dass eines meiner Mädchen damit einen Brand entfachen würde. Es war auch kurz vor Weihnachten. Alle warteten auf die Weihnachtsferien, aber die Ferien waren hart, weil sie Pflegekinder waren. Viele von ihnen wurden an den Feiertagen depressiv, was zu noch mehr Streitereien führte. Ich sage es nur ungern, aber als Belli das erste Mal weglief, war das wie eine Erleichterung.«

Belinda Rose war also im Herbst 1982, kurz nach ihrem sechzehnten Geburtstag, schon ziemlich fortgeschritten in ihrer Schwangerschaft gewesen; sie war fortgegangen, um zu entbinden, und zurückgekehrt, ohne dass jemand etwas bemerkte.

»Können Sie mir sagen«, fragte Gretchen, »ob sie einen Freund hatte? Irgendwelche Jungs, mit denen sie regelmäßig rumhing oder an denen sie interessiert war?«

»Es gab einen, mit dem sie zur Highschool ging. Oh, wie war sein Name? Lonnie oder Lyle oder so. Er hatte zwei Vornamen.«

Josie unterdrückte ein Stöhnen. »Lloyd Todd?«

Maggie hob einen ihrer arthritischen Finger in die Luft. »Ja, das ist es! Sie waren fast ein Jahr zusammen.«

Josie wusste, dass Lloyd Todd in Bellewood aufgewachsen war. Er ging nach Denton, als er sein Geschäft eröffnete, weil Denton wesentlich größer war als Bellewood und viel mehr Kunden für sein Bauunternehmen und sein Drogengeschäft bot.

Gretchen machte sich eine weitere Notiz. »Sie sagten, das erste Mal – wann ist sie das zweite Mal verschwunden?«

»Ein bis zwei Jahre später. Sie war siebzehn und hatte bis zu ihrem achtzehnten Geburtstag noch sechs Monate vor sich. Ich erinnere mich daran, weil wir angestrengt darüber nachdachten, was sie tun sollte, wenn sie volljährig war. Sie wollte bei mir bleiben, aber ich sagte ihr, dass das nicht ginge. Es war um Ostern herum, das weiß ich noch. Sie ging nach der Schule zur Arbeit im Gerichtsgebäude, so wie immer. Sie sollte gegen neunzehn Uhr zu Hause sein, aber sie kam nie zurück. Ich rief wieder die Polizei an und erstattete Anzeige.«

»Wir haben alle Vermisstenakten des Countys überprüft«, sagte Josie. »Sie ist nicht als vermisst gemeldet.«

»Oh, weil sie es nicht ist, Liebes. Ein paar Monate nach ihrem Verschwinden bekam ich eine Postkarte von ihr. Das war nach ihrem achtzehnten Geburtstag, also konnte sie tun und lassen, was sie wollte. Sie hat mir nie eine Adresse genannt und ist auch nie gekommen, um ihre Sachen abzuholen.«

Josie spürte, wie ihr ein Kribbeln über den Rücken lief. »Woher war die Postkarte?«

»Philadelphia. Sie schrieb, es täte ihr leid, dass sie so plötzlich fortgegangen sei, aber sie habe dort einen Mann kennengelernt und sie würden heiraten. Sie bedankte sich bei mir für alles.«

Gretchen sagte: »Sie haben diese Postkarte nicht zufällig noch, oder?«

Maggie lachte. »Oh, Schatz, ich habe nichts aus meiner Zeit als Pflegemutter behalten, als ich meinen Mann heiratete. Wir sind mit dem Wohnmobil losgezogen. Da war nicht viel Platz für Nostalgie. Aber ich habe sie der Polizei gegeben, damit sie den Fall als abgeschlossen vermerken konnten.«

24

JOSIE – SIEBEN JAHRE ALT

Josie erwachte schweißgebadet und um sich schlagend aus einem Albtraum. Sie riss die Augen auf und erschrak einen Moment über die fremde Umgebung, bis sich der Nebel des Schlafes verzog und sie sich wieder erinnerte, wo sie war – in Grandmas Haus, in Grandmas Bett. Sie wohnte hier, seit ihr Vater gestorben war. Sie hatte zwar ein eigenes Zimmer, aber meist kuschelte sie sich lieber neben Grandma ein. Josie setzte sich auf und blinzelte, ihre Hände suchten unter der Bettdecke nach der Wärme ihrer Großmutter, aber sie war nicht da.

»Grandma?«, rief sie.

Es kam keine Antwort. Angst ergriff ihr Herz und hielt es mit eisernem Druck umklammert. Sie kletterte aus dem Bett und schlich auf Zehenspitzen den Flur entlang zu dem Lichtschimmer, der unter der Badezimmertür hervorschien. Als sie näher kam, hörte sie das Wehklagen ihrer Großmutter, ein hoher, klagender Ton, der ihr eine Gänsehaut über den ganzen Körper jagte. Sie stand wie erstarrt im Flur und überlegte, ob sie klopfen oder nach ihr rufen sollte. Der Druck in ihrer Brust wurde immer stärker, und sie rannte zurück zu Grandmas Bett und zog sich die Decke über den Kopf. Sie wünschte sich mehr als alles andere, dass ihr Daddy aus dem Himmel zurückkäme, aber tief in ihrem Inneren wusste sie, dass sie ihn nie wieder sehen würde.

Sie fragte sich gerade, ob Wolfie mit ihm im Himmel war, als sie die Schritte ihrer Grandma auf dem Flur hörte. Josie schloss die Augen und stellte sich schlafend, als ihre Großmutter ins Zimmer kam. Sie bewegte sich keinen Zentimeter, als Grandma wieder ins Bett kletterte und ihre Arme fest um sie schlang.

Als sie aufwachte, war Grandma wieder fort, und das Sonnenlicht strömte durch die Fenster des Schlafzimmers. Als sie unten Stimmen hörte, sprang Josie aus dem Bett und ging zur obersten Treppenstufe, um zu lauschen.

Als sie die Stimme ihrer Mutter hörte, wurde ihr am ganzen Körper kalt. »Sie gehört mir. Du wirst sie nie bekommen, Lisette.«

»Bitte, Belinda«, antwortete ihre Großmutter. »Sie ist hier glücklich. Ich kümmere mich um sie.«

»Nur über meine Leiche«, sagte Josies Mutter. Dann rief sie: »JoJo! Komm runter zu mir!«

Langsam, als würden ihre Glieder durch Schlamm waten, ging Josie die Treppe hinunter. Ihre Mutter lächelte sie an. Nicht so furchteinflößend, wie sie es manchmal tat, bevor sie etwas Gemeines machte, sondern so wie in den seltenen Momenten, in denen sie nett zu Josie war – zum Beispiel, als sie ihr das Malbuch geschenkt hatte. Sie kniete sich so hin, dass sie Josie von Angesicht zu Angesicht gegenüberstand, und strich ihr sanft die Haare aus den Augen. »JoJo, du willst doch mit Mommy nach Hause kommen, oder?«

Josie wusste nicht, was sie sagen sollte. Sie wollte Grandma nicht verlassen, aber sie mochte es, wenn ihre Mutter nett zu ihr war. Als sie nicht antwortete, sagte ihre Mutter: »Ich habe dich vermisst, JoJo. Willst du nicht mit mir nach Hause kommen?

Wir können zusammen malen, spielen und Mädchensachen machen; was hältst du davon?«

Josie sah zu Grandma, deren Gesicht ganz starr geworden war.

»JoJo?«, sagte ihre Mutter.

Sie wollte all diese Dinge mit ihrer Mutter machen. Sie konnten Verstecken spielen, und vielleicht konnten sie sich gemeinsam die Nägel lackieren. Eine von Josies Freundinnen aus der Schule verbrachte Wellnesstage mit ihrer Mutter, an denen sie mit Make-up spielten und sich gegenseitig die Haare machten. Josie wünschte sich das mehr als alles andere.

Josie nickte, und ehe sie sich versah, stopfte ihre Mutter sie auf den Beifahrersitz ihrer blauen Chevette und schlug die Tür zu. Josie sah zu Grandma, die auf der Veranda stand, Tränen in den Augen hatte und langsam winkte. Josies Mutter stieg auf der Fahrerseite ein und ließ den Motor an.

»Mami«, sagte Josie. »Ich habe meine Kleider und meine Decke vergessen.«

»Sei still, JoJo.«

25

Es dauerte fast vier Stunden, bis sie die Akte von Belinda Rose in die Hände bekamen. Es war für Josie wie ein Wunder, dass das kleine Polizeirevier von Bellewood sie noch hatte. Der Chef des Reviers war so großzügig, Josie, Noah und Gretchen das staubige Hinterzimmer durchsuchen zu lassen, welches voller alter, geschlossener Akten war. Es sah aus, als hätten sie nie etwas weggeworfen.

»Kleinstadtreviere muss man mögen«, bemerkte Noah, als er eine Kiste nach der anderen aus den Regalen holte, damit Josie und Gretchen sie durchsuchen konnten.

Josie hatte schon die Hoffnung aufgegeben, die Akte jemals zu finden, als sie sie endlich in die Hände bekam. Die Tinte auf der vergilbten Registerkarte war so verblasst, dass Josie sie kaum noch erkennen konnte, aber da war sie: Belinda Rose.

Nachdem sie die erforderlichen Formulare unterschrieben hatten, brachten sie die Akte zu dritt in ihr eigenes Polizeirevier. Gretchen musste pausenlos niesen, weil sie stundenlang Staub aufgewirbelt hatten. Josies Augen brannten wie die Hölle. Sie fuhren in Josies Escape zurück nach Denton und ließen während der Fahrt fast durchgehend die Fenster offen, damit die kühle Märzluft die Vergangenheit für eine Weile fortwehte.

In Josies Büro angekommen, breiteten sie den Inhalt der Akte auf ihrem Schreibtisch aus. Sie war dünn, die Berichte waren verblasst und mit einer alten Schreibmaschine getippt. Sie fanden kaum mehr als das, was Maggie Lane ihnen erzählt hatte. Josie notierte sich die Namen der Polizeibeamten, die die zwei Vermisstenanzeigen aufgenommen hatten. Ein kurzer Anruf bei der Polizei von Bellewood ergab, dass beide längst im Ruhestand waren.

»Hier«, sagte Noah und zog ein altes Farbfoto aus dem Papierstapel. Es war etwas größer als eine Karteikarte und zeigte ein korpulentes Mädchen im Teenageralter, das in dem kleinen Garten vor dem Kinderheim stand. Sonnenlicht fiel auf das Mädchen und spiegelte sich in ihren dichten blonden Locken; sie blinzelte gegen die Sonne an und lächelte. Ein unförmiges Kleid mit Blumendruck fiel über ihren breiten Körper und endete auf halber Höhe der blassen, dicken Oberschenkel. Auf der Schulter des Mädchens sah Josie den Riemen eines Rucksacks, in der Hand hielt sie eine braune Papiertüte.

»Erster Schultag nach den Ferien«, sagte Gretchen.

Josie nahm das Foto aus Noahs Hand und drehte es um. Jemand hatte September 1982 auf die Rückseite geschrieben.

»Auf diesem Foto war sie schwanger«, sagte Josie. »Wenn unsere Zeitchronik stimmt.«

»Gibt es noch ein anderes Foto?«, fragte Gretchen, während sie noch einmal den Inhalt der Akte durchwühlte. »Eines, das vor ihrem zweiten Verschwinden entstand?«

Josie fand das Foto: Es war mit einer Büroklammer an einen zweiten Satz von Berichten geheftet, die über ein Jahr nach den ersten Dokumenten erstellt worden waren. Auf dem Foto ging Belinda die Treppe eines Gebäudes herunter, das Josie für das Kinderheim hielt – im Hintergrund waren dunkle Holzvertäfelungen und ein schäbiger grauer Teppich zu sehen. Das Foto sah nicht so gestellt aus wie das erste – eher so, als hätte sie jemand auf der Treppe abgepasst und das Foto geschossen. Belinda war wesentlich kleiner und dünner als auf dem ersten Foto – sie wirkte nur halb so groß wie im September 1982. Ihr Haar hatte sich nicht verändert, und die dichten blonden Locken, die ihr bis zu den Schultern hingen, brachten einen Hauch von Leben in den sonst eher tristen Hintergrund. Ohne das Sonnenlicht im Gesicht leuchteten ihre blauen Augen weit und klar über einem schmalen Lächeln. Diesmal trug sie eine enge Jeans und den Anorak aus Nylon, den Dr. Feist zusammen mit ihrer Leiche ausgegraben hatte. Aus dem Kragen der Jacke lugte ein kleines goldenes Medaillon in Form eines Herzens hervor.

»Sieh dir das an«, sagte Josie und zeigte auf das Medaillon. »Das wurde nicht im Grab gefunden.«

»Vielleicht hat sie es nicht getragen, als sie starb«, schlug Gretchen vor.

»Sie war ein Pflegekind. Es ist ein sehr hübsches Medaillon«, meinte Josie.

»Könnte Modeschmuck sein, Boss«, meinte Noah.

»Es könnte auch wichtig sein«, beharrte Josie.

Sie war zwar selbst nicht in einer Pflegefamilie aufgewachsen, aber ihre Situation war nicht viel besser gewesen – sie hatte sich erst geändert, als ihre Mutter sie verließ. Josie hatte keinen Schmuck besessen, der auch nur annähernd so schön war wie dieses Medaillon, bis sie achtzehn wurde und Ray ihr einen Diamantanhänger schenkte, für den er monatelang gespart hatte. Sie hatte ihn fast die gesamte Collegezeit über pausenlos getragen. Sie besaß den Anhänger auch heute noch.

»Gretchen«, sagte Josie, »wenn wir hier fertig sind, machen Sie ein Handyfoto von diesem Bild und fahren wieder nach Rockview, um mit Maggie Lane zu sprechen. Sie sagte, dass Belinda ihre Sachen zurückließ, als sie das zweite Mal verschwand. Fragen Sie sie, ob dieses Medaillon auch mit dabei war, ja?«

»Klar, Boss«, sagte Gretchen und knipste mit ihrem Handy ein Foto von dem Bild.

»Wann wurde das Foto aufgenommen?«, fragte Noah.

Josie ließ sich das Foto von Gretchen zurückgeben, drehte es um und las den Monat und das Jahr vor. »März 1984.«

»Maggie sagte, sie sei um Ostern 1984 verschwunden«, sagte Gretchen und rief den Internetbrowser auf ihrem Handy auf. Josie schaute ihr über die Schulter, während sie ihre Suchanfrage eintippte. »Ostern war in jenem Jahr am 22. April«, fügte Gretchen hinzu.

Josie nahm Maggies Anzeige zur Hand. »Die stammt vom 26.«, sagte sie.

»Dann können wir also das Datum des Mordes einschätzen«, sagte Noah. »Irgendwann am oder nach dem 26. April 1984.«

»Ja, aber das sagt uns nichts darüber, wer es getan hat«, antwortete Josie. »Aber hier stehen Namen von Leuten, die damals befragt wurden. Hier«, sie griff nach einem weiteren Stück Papier. »Sie haben Lloyd Todd und seinen Bruder Damon befragt.« Sie überflog die verblasste Schreibmaschinenschrift. »Lloyd sagte, sie hätten seit Anfang 1983 immer mal wieder gedatet und um Weihnachten 1983 Schluss gemacht. Er hat sie an diesem Tag in der Schule gesehen, und es schien ihr gut zu gehen. Er war an diesem Abend beim Leichtathletiktraining. Sein Bruder und sein Vater bestätigten dies, da die beiden an diesem Abend mit ihm auf dem Sportplatz waren.«

»Es wird unmöglich sein, mit Lloyd Todd zu sprechen«, merkte Gretchen an. »Ich meine, er sitzt im Bezirksgefängnis und wartet auf seinen Prozess. Ohne seinen Anwalt wird er auf keinen Fall bereit sein, mit der Polizei zu reden.«

Josie nickte. »Vielleicht will er überhaupt nicht mit uns reden. Dann machen Sie den Bruder ausfindig. Wenn die

Polizei von Bellewood schon damals dachte, dass es sich lohne, ihn zu vernehmen, kann er uns vielleicht auch dieses Mal helfen.«

Gretchen notierte sich den Namen des Bruders auf ihrem Notizblock. Dann sagte sie: »Hier stehen auch ein paar Namen von Leuten, mit denen sie im Gerichtsgebäude arbeitete.«

»Die sollten wir auch ausfindig machen«, sagte Josie. »Vielleicht weiß jemand, mit wem sie früher ihre Zeit verbracht hat. Schauen Sie auch nach, ob das DHS eine Liste der Mädchen hat, die in der Zeit, in der Belinda dort war, unter Maggie Lanes Obhut standen. Ich möchte Namen und Fotos, falls möglich. Finden Sie so viele, wie Sie können. Ich möchte ein möglichst genaues Bild vom Leben dieses Mädchens in den Monaten vor ihrer Ermordung haben.«

Während Josie sprach, durchsuchte Noah den Rest der Akte. Schließlich entdeckte er eine Postkarte. Auf einer Seite der Karte war die Freiheitsglocke abgebildet, darüber stand in roten Buchstaben *Grüße aus Philadelphia*. Er reichte sie Josie. Sie drehte sie um und starrte auf die Schrift auf der Rückseite. Josie gefror das Blut in den Adern.

Maggie: Es tut mir leid, dass ich fortgegangen bin, ohne dir etwas zu sagen. Ich habe den wunderbarsten Mann getroffen. Wir sind verliebt! Er hat mich mit nach Philadelphia genommen und wir werden heiraten! Bitte mach dir keine Sorgen um mich. Ich danke dir für alles!

Belinda

Die Karte war auf den Tag nach Belinda Roses achtzehntem Geburtstag datiert, in Philadelphia abgestempelt – und in der Handschrift von Josies Mutter geschrieben.

26

JOSIE – SIEBEN JAHRE ALT

Josies Magen krampfte sich schmerzhaft zusammen. Sie war noch nie so hungrig gewesen. Ihre Mutter war seit Tagen nicht aus ihrem Zimmer gekommen. Josie lag in der Festung aus Laken, die sie sich in ihrem Zimmer gebaut hatte. Ihr Magen knurrte und Josie hatte das Gefühl, als würde er sich zusammenfalten. Sie presste die Augen zusammen, legte ihre Hände aufeinander und flüsterte: »Lieber Gott im Himmel, bitte bring meinen Daddy zurück und auch Wolfie und lass mich Grandma wiedersehen, und bitte bring auch mehr Essen für mich und meine Mommy.«

Als sie diese Worte sagte, hörte sie Stimmen vor der Tür. Ihre Mutter und ein Mann; es musste Needle sein. Sie konnte nicht hören, was sie sagten, aber sie hörte, wie sie an ihrer Tür vorbeigingen, und dann hörte sie, wie sich die Schlafzimmertür ihrer Mutter schloss.

Und dann roch sie es. Pizza. Es war eindeutig Pizza, ihr Lieblingsessen. Der Geruch erfüllte ihren Mund mit Speichel. So leise sie konnte, öffnete sie die Tür und schlich in den Flur. Ihre Füße glitten leicht und geräuschlos über den abgewetzten

Teppich, der vom Flur ins Wohnzimmer führte und an den Küchenfliesen endete.

Die große weiße Schachtel stand auf dem Küchentisch und verströmte einen köstlichen Duft. Josies Magen knurrte so laut, dass sie sicher war, ihre Mutter und Needle würden es hören. Doch aus dem hinteren Teil des Wohnwagens kam kein Geräusch. Sie kletterte auf den Küchenstuhl und öffnete die Schachtel. Mit einem Blick nach hinten, um sich zu vergewissern, dass die anderen noch im Schlafzimmer waren, nahm sie ein Stück, das größer als ihr Kopf war, und begann zu essen. Josie aß, bis ihr übel und schwindelig wurde, aber sie fühlte sich so satt wie seit Wochen nicht mehr.

Josie war gerade beim dritten Stück, als jemand ihr hart auf den Hinterkopf schlug und sie von dem Stuhl stieß, auf dem sie hockte.

»Mein Gott, Belinda«, sagte Needle, als ihre Mutter sie am Arm packte und aus der Küche zerrte.

»Habe ich gesagt, dass du die Pizza essen darfst?«

Josie sagte nichts. Ihre Kehle fühlte sich an wie mit Beton gefüllt. Tränen schossen ihr in die Augen, und sie versuchte mit aller Macht, nicht zu weinen.

»Belinda«, sagte Needle. »Komm schon.«

»Du bist still«, sagte sie zu ihm.

Vor Josie öffnete sich die Tür des Schrankes, in dem an einer Stange mehrere Mäntel über einem staubigen, braunen Stück Teppich hingen. Es roch nach Zigarettenrauch und abgestandener Luft. Josie schrie: »Nein! Mommy, nein!«

Ihre Mutter stieß sie hinein. »Halt den Mund.«

Der Teppich kratzte an Josies Wange. Sie konnte die Tränen nicht mehr zurückhalten und würgte hervor: »Mommy, du hast gesagt ... Du hast gesagt, wenn ich nichts verrate, muss ich nicht in den Schrank. Mommy!«

»Mein Gott, Belinda«, sagte Needle. »Sie ist noch ein Kind.«

Ihre Mutter deutete mit dem Finger auf Needle. »Du hältst dich da raus.«

»Mommy, bitte!«, schluchzte Josie.

Dann schlug die Tür zu und um Josie herum schloss sich die Dunkelheit.

27

»Sind Sie sicher, dass das die Handschrift Ihrer Mutter ist?«, fragte Noah.

Josie ließ sich schwer auf den Stuhl fallen; hinter ihrer Stirn begann es schmerzhaft zu pochen. Als Josie ihm nicht antwortete, fragte er: »Haben Sie ein Beispiel? Etwas, auf dem ihre Handschrift zu sehen ist, damit wir sie vergleichen können?«

»Ich brauche kein Beispiel«, sagte Josie.

Vom Gästestuhl vor Josies Schreibtisch aus sagte Gretchen: »Lieutenant Fraley, haben Sie als Teenager gelernt, die Unterschriften Ihrer Eltern zu fälschen?«

Er schaute sie an. »Was? Nein. Warum hätte ich ihre Unterschriften fälschen sollen?«

Gretchen schüttelte den Kopf und zog ihre Mundwinkel in gespielter Traurigkeit nach unten. »Nun«, sagte sie ernst, »Sie müssen aus einer langen Linie von lauter Gutmenschen stammen.«

Unwillkürlich lachte Josie lange und laut, dankbar, dass Gretchen die Spannung im Raum löste. Josie spürte, wie sich die angespannten Muskeln ihrer Schultern durch das Lachen ein wenig lockerten.

Noah hob eine Augenbraue. »Was?«

Josie sagte: »Sie scherzen, oder? Sie können weder die Unterschrift Ihrer Mutter noch die Ihres Vaters fälschen?«

Sein Blick wanderte von Gretchen zu Josie. »Nein. Was wollen Sie ...«

Gretchen unterbrach ihn, indem sie aufstand und ihm ihr aufgeschlagenes Notizbuch zudrehte. Josie stellte sich so hin, dass auch sie die Seite sehen konnte. Darauf hatte Gretchen in zwei grundverschiedenen Handschriften geschrieben: *Agnes Palmer* und *Fred Palmer*. »Die Unterschriften meiner Großeltern«, bot sie an. »Ich habe während der Highschool bei ihnen gewohnt. Was glauben Sie, wie es mir gelungen ist, in meinem letzten Schuljahr siebzehn Tage zu schwänzen, ohne erwischt zu werden?«

Noah schüttelte den Kopf, aber um seine Lippen spielte ein kleines Lächeln. »Sie waren also eine Überfliegerin, was?«

Gretchen klopfte ihm mit ihrem Notizbuch auf die Schulter, lachte aber mit ihm.

Josie nahm ein Blatt Papier aus dem Drucker in der Ecke ihres Schreibtisches und schrieb den Namen ihrer Mutter, wie sie ihn kannte: *Belinda Rose*.

Gretchen und Noah starrten die Unterschrift mit großen Augen an. Sie sah fast genauso aus wie die Handschrift auf der Postkarte. »Ich habe mit zwölf Jahren angefangen, die Schule zu schwänzen«, erklärte Josie. »Meine Mutter war selten da; sie kümmerte sich weder um die Schule noch um Arzttermine oder sonst irgendetwas, das mich betraf, also war es ziemlich praktisch, dass ich gelernt hatte, ihre Unterschrift zu fälschen, bevor sie fortging. Als ich dann zu meiner Großmutter zog, erwischte sie mich dabei, wie ich ihre Handschrift übte, und gab mir eine Woche Hausarrest.«

Die Heiterkeit im Raum verflog, als Josie ihre gefälschte Unterschrift neben die Postkarte legte. Sie sah ihre Mitarbeiter nicht an. Das Pochen hinter ihren Augen war zu einem regelrechten Hämmern geworden, wie ein Herzschlag. Sie stieß hervor: »Sieht so aus, als wäre meine Mutter gerade von einer Person von besonderem Interesse zur Hauptverdächtigen aufgestiegen.«

28

JOSIE – ACHT JAHRE ALT

Josie schlug mit den Fäusten gegen die Schranktür. »Mommy, bitte!«, schrie sie. »Ich muss meine Hausaufgaben fertig machen.«

Etwas glitt über den Wohnzimmerteppich und schlug dann gegen die Schranktür. Josie sprang zurück. Der Lichtschimmer unten an der Tür verschwand. Josie stockte der Atem. Die letzten Male, als ihre Mutter sie im Schrank eingeschlossen hatte, hatte sie einen der Wohnzimmerstühle gegen die Tür geschoben, damit Josie nicht herauskommen konnte.

Josie hielt sich die Hand vor das Gesicht, konnte sie aber nicht sehen. Ihr Herz pochte so stark, dass ihr Herzschlag den winzigen dunklen Raum auszufüllen schien. Sie sank auf den Boden, rollte sich zu einer Kugel zusammen und versuchte verzweifelt, an Dinge zu denken, die sie glücklich machten, wie Grandma zu besuchen und zur Schule zu gehen. Der Gedanke an die Schule trieb ihr Tränen in die Augen; ihre Lehrerin würde enttäuscht von ihr sein, wenn sie ihre Hausaufgaben nicht erledigte. Das war so ungerecht. Sie hatte nicht einmal etwas falsch gemacht. Sie war von der Schule nach Hause gekommen und hatte mit ihren Hausaufgaben begonnen, dann war ihre Mutter wie ein Tornado hereingestürmt und hatte Josie wie einen alten Mantel in den Schrank geworfen.

Als Josie die gedämpfte Stimme eines Mannes hörte, verstand sie plötzlich, warum. Einer der besonderen Freunde ihrer Mutter war da. Josie musste immer in den Schrank gehen, wenn sie kamen. Süßlich riechender Rauch waberte unter der Tür hindurch und ihr wurde schwindlig. Die Stimme des Mannes war laut und wütend. »Ich habe dir gesagt, du sollst mir mein verdammtes Geld geben, Belinda«, sagte er. »Wo ist mein Geld?«

Es war nicht Needle. Josie hatte die Stimme dieses Mannes schon einmal gehört, aber noch nie sein Gesicht gesehen.

Ihre Mutter sagte: »Entspann dich. Ich habe dir doch gesagt, dass ich sowas kann.«

»Nein, kannst du nicht. Wenn du gut darin wärest, hättest du das Geld und ich müsste nicht warten. Was glaubst du, ist das? Ich gebe kein Shit umsonst weg. Wieviel hast du? Was kannst du mir jetzt gleich geben?«

Man hörte ein Rascheln, Schubladen wurden herausgezogen, Dinge umgeworfen. Dann sagte ihre Mutter: »Ich habe nur sieben Dollar.«

Ein noch lauteres Geräusch ertönte, ein schweres Krachen. Josie hörte ihre Mutter aufschreien. Als sie das nächste Mal sprach, klang ihre Stimme ganz gepresst und seltsam. »Komm … schon … lass los … wir finden eine Lösung, das verspreche ich.«

»Ach ja? Und wie soll die aussehen? Ich will mein Geld jetzt, und ich werde es auch bekommen, so oder so.«

»Weißt du was – ich habe kein Geld, aber es gibt andere Dinge, die ich tun kann, um es dir zurückzuzahlen.«

»Ja? Was zum Beispiel?«

»Ich habe ein Mädchen. Du kannst sie mit nach hinten nehmen. Mach mit ihr, was du willst.«

»Was meinst du, ein Mädchen?«

»Was glaubst du denn, was ich meine? Ein Kind. Du kannst sie haben. Ich werde mit ihr reden. Sie wird tun, was du willst.«

»Wie alt?«

Ihre Mutter antwortete nicht.

»Moment mal«, sagte der Mann. »Du meinst das kleine Kind? Das so dunkle Haare hat wie du?«

»Ich habe nur ein Kind«, sagte ihre Mutter.

Stille. Josie wusste, dass sie über sie sprachen, aber sie verstand nicht, was sie sagten.

Als der Mann wieder sprach, klang seine Stimme voller Abscheu. Einen Moment lang erinnerte er Josie an ihren Daddy und die Art und Weise, wie er mit ihrer Mutter gesprochen hatte, bevor er in den Himmel ging. »Willst du mich verarschen? Du machst Witze, oder? Hältst du mich für einen Perversen?«

»Nein, nein. Das habe ich nicht gesagt.«

»Ich mache nicht mit kleinen Kindern rum. Das ist ekelhaft. Du bist total verkorkst, weißt du das? Gib mir mein Shit zurück.«

Josie hörte krachende Geräusche, ein Ächzen und Keuchen und dann ihre Mutter, atemlos, bettelnd: »Nein, bitte. Ich kann dich bezahlen. Warte einfach.« Ein weiteres Rascheln ertönte, das Geräusch eines Reißverschlusses, und dann atmete der Mann scharf ein. Josies Mutter sagte: »Ich kann mich selbst um die Bezahlung kümmern.«

29

»Haben Sie in den Fotoalben Ihrer Großmutter keine Bilder von Ihrer Mutter gefunden?«, fragte Gretchen.

Josie saß auf dem Beifahrersitz von Gretchens Dienstwagen, einem Cruze, und starrte nach vorn. »Ich habe zwei Fotos von ihr und meinem Vater gefunden, auf denen sie von der Seite zu sehen ist, aber das war's. Auf beiden Fotos dreht sie ihr Gesicht zu weit von der Kamera weg, als dass sie uns nützen könnten. Meine Großmutter mochte sie nicht und hat sich nie mit ihr verstanden, deshalb wundert es mich nicht, dass sie kaum Fotos von ihr machte.«

»Klingt, als hätten sich viele Leute nicht gut mit ihr verstanden«, bemerkte Gretchen.

Josie blickte aus dem Fenster und beobachtete, wie die Arbeiterviertel von Denton den reicheren Gegenden wichen. Sie fuhren in das Viertel der Bürgermeisterin, wo die Häuser sich groß und prächtig auf riesigen, perfekt gepflegten Landflächen erhoben. Offenbar war auch Damon Todd nach der Highschool von Bellewood nach Denton gezogen und hatte sich dort recht gut behauptet. Gretchen hatte nur einen Tag gebraucht, um ihn ausfindig zu machen, und als sie ihn anrief, erklärte er sich bereit, mit ihnen zu sprechen, allerdings unter der Bedingung, dass es nicht um die Vorwürfe ging, die gegen seinen Bruder erhoben wurden.

Als Josie still blieb, sagte Gretchen: »Boss, ich weiß, Sie wollen nicht über sie reden, und ich muss nicht wissen, ... was sie getan hat, aber ich bin eine der leitenden Ermittlerinnen in diesem Fall. Es würde mir helfen, wenn ich eine bessere Vorstellung davon hätte, was für ein Mensch sie war.«

Josie wusste, dass Gretchen recht hatte. Bei jeder Untersuchung, die Josie selbst leitete, würde sie den Familienmitgliedern dieselben Fragen stellen. Man musste wissen, mit wem man es zu tun hatte – worauf man sich einstellen musste, wenn der Tag kam, an dem man der Person, die man jagte, schließlich gegenüberstand.

Gretchen hielt vor einem großen Kolonialgebäude aus weißem Backstein mit einer Säulenfassade, die von Bougainvillea gesäumt war. Sie stellte den Wagen ab, rutschte auf ihrem Sitz hin und her, zog ihr Polohemd aus der khakifarbenen Hose und hob es hoch, so dass darunter blasse Haut zum Vorschein kam.

»Was tun Sie da?«, fragte Josie.

Gretchen war um die vierzig und etwas übergewichtig am Bauch. Ihre teigige Haut wölbte sich, als sie ihr Hemd bis knapp unter ihre Brüste hochschob.

»Gretchen«, sagte Josie leicht beunruhigt. »Ich glaube nicht, dass ...«

Sie hielt inne, als sie die Narben sah. Sie zogen sich kreuz und quer über Gretchens oberen Bauch, einige davon silbern und dünn, andere lila-pink und dick wie Seilstränge. »Explorative Laparatomie, Bauchschnitt«, erklärte Gretchen. »Wissen Sie, was das Münchhausen-by-Proxy-Syndrom ist?«

Josie schluckte. »Das ist dieses Syndrom, bei dem Eltern ihre Kinder krank machen, um Aufmerksamkeit zu bekommen?«

Gretchen lächelte, zog ihr Hemd herunter und steckte es zurück in ihren Hosenbund. »Ja, genau.«

»Ihre Mutter hat Ihnen das angetan?«, fragte Josie. Gretchen schüttelte den Kopf.

»Nein, verschiedene Ärzte über viele Jahre hinweg. Meine Mutter hat sie glauben lassen, dass ich es brauche.«

»Das tut mir so leid«, sagte Josie und war so fassungslos, als hätte Gretchen sie gerade geschlagen. Gretchen war ein notorisch verschlossener Typ. Sie war schon fast ein Jahr in ihrem Team, aber niemand wusste etwas über sie. Meist trug sie eine abgewetzte Lederjacke, die sie in Verbindung mit ihrer stacheligen Kurzhaarfrisur wie eine Bikerin aussehen ließ, aber sie besaß kein Motorrad, soweit Josie wusste. Die Jacke hatte eindeutig eine Geschichte, aber niemand im Team hatte sich bisher getraut, Gretchen danach zu fragen. Josie verstand dieses Bedürfnis nach Privatsphäre; ihr ging es genauso. Gretchen machte ihren Job gut, und weder Josie noch sonst jemand aus dem Team hatte je das Bedürfnis gehabt, tiefer nachzuforschen.

»Hören Sie«, sagte Gretchen, »ich weiß, es ist nicht leicht, darüber zu reden. Es ist nicht leicht, seine Narben zu zeigen, nicht wahr?«

Josie schluckte und nickte steif.

»Auch wenn diese Narben hier sind«, Gretchen tippte mit dem Zeigefinger an ihre Schläfe, »oder hier«, fügte sie hinzu und tippte auf ihr Herz. »Aber ich weiß ein oder zwei Dinge über toxische Mütter.«

»Wie – wann hat Ihre Mutter damit aufgehört?«, fragte Josie.

»Als sie meine Schwester tötete«, sagte Gretchen. »Seitdem sitzt sie im Gefängnis. Muncy. Häftlingsnummer OY8977.«

Josie schwieg.

Die Eingangstür des Kolonialgebäudes öffnete sich, und ein großer Mann Ende vierzig mit gewelltem, graumeliertem Haar ging auf das Auto zu.

»Nun«, sagte Josie, während sie die Autotür öffnete, »vielleicht leistet meine Mutter ihr bald Gesellschaft«.

Gretchen lächelte und öffnete die Tür des Wagens. Sie trafen Damon Todd auf halbem Weg zu seiner Einfahrt und stellten sich vor. Aus der Nähe sah Josie, dass er für sein Alter sehr attraktiv war – braungebrannt, durchtrainiert und mit einem leichten Lächeln auf den Lippen. Er war das genaue Gegenteil seines stämmigen, knorpelgesichtigen Bruders. In seinem blauen Polohemd und der khakifarbenen Hose sah er aus, als würde er gleich zum Golfen gehen. Damon bat sie herein und führte sie durch ein großes Foyer mit hohen Decken, in dem Taschen voller Sportausrüstung an der Wand lehnten.

Damon ging mit einem verlegenen Lächeln auf sie zu. »Tut mir leid. Ich habe drei Jungs im Teenageralter, die alle Sport treiben – und jetzt habe ich auch noch Lloyds Jungs. Das Foyer wird zu einer Müllhalde, wenn die Kids heimkommen.«

Links vom Foyer befand sich das Wohnzimmer. Der Hartholzboden des Raumes wurde von einer U-förmigen, grauen Mikrofaser-Sitzgruppe dominiert, vor der ein großer Fernseher stand. Auf dem Multimedia-Center unter dem Fernseher sah Josie drei Videospielkonsolen. Der schlichte dunkle Couchtisch und die dazu passenden Sockeltische auf beiden Seiten des Raumes waren mit künstlichen Blumensträußen geschmückt. Durch die Blumen und die schweren, grauen Plisseevorhänge konnte man erkennen, dass die unordentlichen, sportbegeisterten Todd-Männer auch eine Frau in ihrem Leben hatten. Josie wusste aus den Nachforschungen, die Gretchen angestellt hatte, dass Damon jetzt Physiotherapeut war und eng mit den Sportstudenten vom Campus der Denton University zusammenarbeitete.

»Also«, sagte Damon und nahm auf einer Seite der Sitzgruppe Platz. »Sie sind hier, um über Belinda Rose zu sprechen. Ich habe mich immer gefragt, was aus ihr geworden ist.«

»Es tut mir leid, Ihnen sagen zu müssen, dass sie ermordet wurde«, sagte Gretchen und nahm ihm gegenüber Platz. Josie blieb stehen.

Unter der Bräune wurde Damons Haut blass. »Was? Wann ... wie?«

»Wir glauben, dass sie irgendwann in der Nacht, in der sie verschwand, oder danach umgebracht wurde«, schaltete sich Josie ein. »26. April 1984.«

Er runzelte die Stirn. »Sie ist verschwunden? In der Schule hieß es, sie habe jemanden kennengelernt und sie seien zusammen nach Philadelphia abgehauen. Woher wissen Sie, dass sie ermordet wurde?«

»Wir haben gerade ihre Überreste im Wald hinter der Wohnwagensiedlung gefunden«, antwortete Josie.

Er senkte den Kopf. »Mein Gott. Ich weiß nicht, was ich sagen soll.« Sie ließen ihm einen Moment Zeit. Er holte ein paar Mal tief Luft, und als er wieder den Kopf hob und sie ansah, sagte er: »Was hat das mit mir zu tun?«

Gretchen sagte: »Wir versuchen, uns ein Bild von Belindas Leben vor ihrem Tod zu machen – mit wem sie Zeit verbrachte, wie sie war, welche Orte sie besuchte und so weiter.«

»Nun, wir kannten uns nicht besonders gut.«

»Belindas Pflegemutter sagte, sie sei mit Ihrem Bruder Lloyd ausgegangen«, sagte Josie. »Ihr Bruder hat nach ihrem Verschwinden bei der Polizei ausgesagt, dass er ihr Freund war, und Sie haben das bestätigt.«

»Das habe ich nie gesagt, und Lloyd auch nicht. Vielleicht hat die Polizei das angenommen. Alle haben es angenommen. Ich meine, die Leute haben das einfach angenommen.«

Gretchen fragte: »Warum sollten die Leute nur annehmen, dass Belinda und Lloyd ein Paar waren?«

»Und warum sollte Lloyd das zulassen?«, fügte Josie hinzu.

Er faltete seine großen Hände zusammen und presste sie

zwischen seine Knie. »Nun, sie hat in der elften Klasse viel Zeit in unserem Haus verbracht.«

»Aber sie und Lloyd waren nicht zusammen?«, sagte Gretchen.

»Nein, nicht die beiden.«

»Wer dann? Sie und Belinda?«

Sein Mund verzog sich. »Ich schätze, das spielt jetzt keine Rolle mehr«, murmelte er wie zu sich selbst.

»Was spielt keine Rolle, Mr. Todd?«, fragte Josie.

»Belinda hat sich mit unserem Vater getroffen«, platzte es aus ihm heraus. Die Anstrengung, diese Worte zu sagen, schien ihm den Atem zu nehmen.

Josie und Gretchen sahen sich gegenseitig an. Dann sagte Josie: »Mit Ihrem Vater?«

»Er ist jetzt tot«, sagte Damon. »Er starb vor ein paar Jahren an Bauchspeicheldrüsenkrebs. Unser Vater war Mathematiklehrer an der Highschool. Meine Mutter verließ uns kurz vor meinem ersten Studienjahr, also gab es nur uns drei – mich, Lloyd und Dad. Er hat Belinda nach der Schule Nachhilfe gegeben, und die Dinge ... haben sich weiterentwickelt.«

»So kann man es auch ausdrücken«, sagte Gretchen. Sie holte ihr Notizbuch hervor und begann hektisch Notizen zu machen. »Wann hat die Affäre angefangen?«

»Kurz vor dem Sommer nach der zehnten Klasse.«

»1983?« fragte Gretchen.

»Ja. Das ist richtig. Das war der Sommer, bevor sie verschwand.«

»Haben Sie oder Lloyd jemals mit Belinda oder Ihrem Vater darüber gesprochen, was zwischen den beiden vor sich ging?«, fragte Josie.

»Wir haben es versucht. Wir waren beide ziemlich angewidert davon. Ich meine, wir waren nicht darauf vorbereitet, dass er sich überhaupt verabredete, geschweige denn eine Affäre mit jemandem hatte, mit dem wir zur Schule gingen. Lloyd war wütend. Ich dachte, er und mein Vater würden sich darüber streiten, aber mein Vater machte klar, dass er nicht aufhören würde, sie zu treffen, und schließlich gab Lloyd einfach auf. Sie sprachen lange Zeit nicht miteinander. Ich versuchte, mit Dad zu diskutieren, aber er sagte, das sei etwas, das ich erst verstehen könne, wenn ich älter sei. Er sagte, wir könnten so wütend auf ihn sein, wie wir wollten, bat uns aber darum, es niemandem zu erzählen, weil es seine Karriere ruinieren und er ins Gefängnis kommen könnte.«

Josie und Gretchen starrten ihn an.

Er breitete die Hände in einer klagenden Geste aus. »Hören Sie, ich weiß, es klingt furchtbar. Wenn ich zurückblicke, wird mir klar, wie schlimm es war, aber Lloyd und ich waren noch Kinder. Wir hatten nur unseren Vater. Wäre er ins Gefängnis gekommen, hätten wir allein klarkommen müssen. Ich glaube, deshalb hat Lloyd aufgehört, mit ihm darüber zu streiten. Er sagte immer wieder, dass es irgendwann aufhören würde und dass es, so schlimm es auch war, nicht wert sei, dass unser Vater dafür ins Gefängnis käme, also fügte ich mich einfach ...«

»Was ist mit Belinda?«, fragte Gretchen. »Haben Sie jemals mit ihr über die Beziehung gesprochen?«

»Ja, ein paar Mal. Sie sagte, sie würde nicht aufhören, meinen Vater zu treffen, und bat mich, es niemandem zu sagen. Sie sagte, Lloyd habe bereits zugestimmt, dasselbe zu tun. Wie ich schon sagte, wollte Lloyd ja nicht, dass unser Vater ins Gefängnis ging. Er war im selben Jahrgang wie Belinda, und als die Leute annahmen, sie käme ständig hierher, um ihn zu sehen, ließen wir sie in diesem Glauben. Sie erzählte den Leuten in der Schule, dass sie und Lloyd etwas miteinander hatten, und er leugnete es nicht. Sie folgte ihm überall hin, und obwohl er sie kaum beachtete, sahen die Leute sie zusammen und nahmen einfach an, sie seien ein Paar. Wissen Sie, sie hatte ... das wird sich seltsam anhören, aber sie hatte Reißzähne.

Nur an der Spitze. Sie waren nicht wirklich auffällig, aber in der Highschool wusste fast jeder, dass sie welche hatte.«

»Das wurde bei der Autopsie festgestellt«, sagte Josie. »Überzählige Zähne.«

»Heißen die so? Entschuldigung. Ich wollte nicht unhöflich sein. Ich spreche es nur an, weil sie in der Schule oft dafür gehänselt wurde. Sie hatte nicht viele Freunde – eigentlich gar keine –, und als Lloyd nicht mehr leugnete, dass sie ein Paar waren, und zuließ, dass sie ihm überall hin folgte, hörten die Hänseleien auf. Ich glaube, sie wollte sich nicht mit Jungs in ihrem Alter abgeben, weil die immer nur auf ihr herumhackten. Das hat sie aber nie gesagt. Das ist nur meine Sicht der Dinge. Ich meine, ich habe ihr gesagt, dass sie sich mit jemandem in ihrem Alter treffen solle, aber sie sagte ...«, er brach ab und sah weg.

»Sie hat was gesagt?«, fragte Josie.

»Sie sagte, sie möge ältere Männer – sie seien netter zu ihr und kultivierter und würden sie besser behandeln. Es hörte sich so an, als sei sie schon vorher mit älteren Männern zusammen gewesen.«

Gretchens Stift schwebte über ihrem Notizblock. »Hat sie irgendwelche Namen genannt?«

Damon schüttelte den Kopf. »Nein. Ich dachte, sie hätte sich das nur ausgedacht, um erwachsener zu wirken.«

»Hat Ihr Vater Belinda jemals etwas geschenkt? Schmuck oder etwas in der Art?«, fragte Josie.

»Nein. Das hätte er nie getan. Er war ziemlich paranoid, weil er Angst hatte, erwischt zu werden. Die Leute wussten, dass er alleinstehend war, und wenn er zum Juwelier gegangen wäre, hätte die ganze Stadt darüber geredet. Sie trug immer dieses Medaillon um ihren Hals, aber es war nicht von ihm.«

Josie kniff die Augen zusammen. »Wirklich? Hat sie gesagt, wer es ihr geschenkt hat?«

»Ich habe sie nie gefragt und sie hat auch nie darüber

gesprochen. Lloyd scherte sich zu wenig um sie, um danach zu fragen. Die anderen Mädchen in der Schule sprachen manchmal darüber, aber sie sagte nur, es sei von jemand Besonderem, und das war alles. Ich dachte immer, sie hätte es vielleicht selbst gekauft. Belinda war ein netter Mensch, aber sie suchte Aufmerksamkeit, und mit je mehr Geheimnissen sie sich umgab, umso mehr Aufmerksamkeit zog sie auf sich."

»Mr. Todd«, sagte Josie, »hat Belinda jemals erwähnt, dass sie schwanger war oder ein Kind bekommen hat?«

Seine Augen weiteten sich. »Was? Nein. Niemals.«

Josie wusste, dass Belindas Affäre mit Damon Todds Vater vier oder fünf Monate nach der Geburt ihres Kindes begonnen hatte, aber es war den Versuch wert – vielleicht hatte sie Damon ja davon erzählt. Josie fragte sich, ob Belinda die Schwangerschaft vor allen verheimlicht hatte. Hatte sie überhaupt irgendwelche Freunde oder Freundinnen gehabt, denen sie sich anvertrauen konnte? Gab es da draußen irgendjemanden, der wusste, was mit dem Baby geschehen war?

»Also, was ist zwischen Belinda und Ihrem Vater passiert?«, fragte Gretchen und griff die Frage erneut auf.

»Oh, es war nicht von Dauer. Als das neue Jahr kam, war es aus zwischen ihnen.«

»Wer hat Schluss gemacht?«, fragte Gretchen.

»Belinda. Mein Vater war am Boden zerstört. Ich glaube, er mochte sie wirklich. Im Herbst wäre sie achtzehn geworden. Sie hätten richtig zusammen sein können – zumindest sagte mein Vater das immer. Es dauerte Monate, bis er aufhörte, über sie zu reden. In jenem Herbst kursierten Gerüchte in der Stadt, dass sie einen Mann in Philadelphia kennengelernt habe, den sie heiraten wollte. Ich hatte meinen Vater noch nie so deprimiert gesehen – höchstens, als meine Mutter ihn verließ.«

»Woher kamen diese Gerüchte?«, fragte Josie.

»Eines der Mädchen, das mit ihr im Heim gelebt hatte, war im letzten Schuljahr, und als ihre Pflegemutter eine Postkarte von Belinda erhielt, sprachen die Mädchen im Heim von nichts anderem mehr. Die Neuigkeit machte die Runde. Irgendwann hörte mein Vater, dass einige Kinder in der Klasse darüber redeten.«

»Erinnern Sie sich an die Namen der Mädchen, mit denen Belinda im Heim lebte?«, fragte Josie.

Er ratterte ein paar Namen herunter, meist Vornamen, die so geläufig waren, dass man sie nicht genau zuordnen konnte. Aber in ein paar Tagen würden sie die Liste der ehemaligen Heimbewohnerinnen vom Department of Human Services bekommen, und dann könnten sie die Namen dieser Mädchen mit den Namen abgleichen, an die sich Damon erinnerte.

»Ich weiß, Sie sagten, dass sie nicht viele Freunde hatte, aber wissen Sie, ob sie enge Freundinnen hatte, mit denen sie ihre Zeit verbrachte? Die meisten Mädchen im Teenageralter haben mindestens eine.«

»Es tut mir leid, aber nein, mir fällt keine ein. Sie war nicht sehr beliebt, und in der Schule hatte sie keine wirklichen Freunde – außer den Mädchen, die im Heim lebten. Ich meine, wenn sie außerhalb der Schule Freunde hatte, dann weiß ich es nicht. Sie hatte einen Job im Gerichtsgebäude – vielleicht hatte sie dort Freunde, von denen ich nichts wusste. Wie ich schon sagte, sie war mit meinem Vater zusammen. Es war seltsam. Wir haben sie gedeckt, aber es war nicht so, dass wir Freunde waren, wissen Sie? Sie könnten natürlich jederzeit in den Jahrbüchern nachsehen. Alle Mädchen aus dem Heim gingen auf die Bellewood High.«

Josie ärgerte sich über sich selbst, dass sie nicht daran gedacht hatte. »Die Jahrbücher«, sagte sie. »Hat die Schule noch Kopien aus diesen Jahren?«

»Ich weiß es nicht, aber wenn Sie wollen, können Sie die von meinem Vater haben. Er hat von jedem Jahr, in dem er unterrichtete, ein Jahrbuch aufbewahrt. Sie sind in der Garage, zusammen mit einem Haufen anderer Sachen. Ich wusste nicht, was ich mit ihnen anstellen sollte. Es schien mir falsch, sie wegzuwerfen.«

Gretchen stand auf. »Das wäre großartig, Mr. Todd. Wir würden uns sehr darüber freuen.«

»Sicher. Meine Frau wird froh sein, wenn sie die Bücher los ist.«

30

JOSIE – NEUN JAHRE ALT

Josie bemalte den Bürgersteig vor dem Haus ihrer Großmutter mit einem Stück blauer Kreide. Von einem zum anderen Rand des Bürgersteigs erstreckten sich mehrere Vierecke, aufgemalt nach einem Muster: zwei Vierecke, dann eins, dann zwei, dann eins und so weiter. In der Schule spielten sie ständig Himmel und Hölle, aber Josie hatte die Kästchen noch nie selbst gemalt. Sie hatte vor Freude gequietscht, als ihre Großmutter ihr eine Packung bunter Straßenkreide schenkte. Es gab vier Farben: blau, rosa, gelb und grün. Josie mochte Blau am liebsten, und so begann sie mit dieser Farbe. Als die Kästchen fertig waren, ging sie zu einem Ende und begann zu springen. Ein Fuß, zwei Füße, ein Fuß, zwei Füße – bis zum Schluss.

»Josie«, rief ihre Großmutter von der Haustür aus. »Zeit, dich fertig zu machen.«

Josie legte die Kreide vorsichtig zurück in den Karton und hüpfte den Hausweg hinauf ins Haus.

»Wasch dir die Hände«, sagte Lisette.

Josie rannte in die Küche und tat wie ihr geheißen. »Glaubst du, ich falle hin, Oma?«, fragte sie.

Lisette lächelte, während sie ihre Jacken aus dem Schrank

im Vorraum holte. »Wahrscheinlich. Jeder fällt beim ersten Mal Schlittschuhlaufen hin. Das lässt sich nicht vermeiden.«

Josie trocknete sich die Hände am Geschirrtuch ab und lief zu Lisette, um ihre Jacke anzuziehen. »Wie lange dauert es bis zur Eislaufbahn?«

»Oh, nicht lange«, sagte Lisette und nahm ihre Handtasche und ihre Schlüssel. »Vielleicht zehn Minuten.«

»Hast du an das Geschenk gedacht?«, fragte Josie.

Lisette nahm ein hübsch verpacktes Geburtstagsgeschenk vom Tisch im Foyer. »Natürlich, Liebes.«

»Ich kann es kaum erwarten!«, rief Josie aus. »Ich bin noch nie zu einem Geburtstag eingeladen worden. Schon gar nicht auf eine Eislaufbahn!«

Ein strahlendes Lächeln breitete sich auf Lisettes Gesicht aus. Sie wusste, dass Josie sich schon seit zwei Wochen darauf freute. Sie sprachen über nichts anderes mehr. Lisette hatte sogar gesagt, dass sie vielleicht auch Schlittschuhe anziehen würde.

Ihr Lächeln erstarb, als sie die Haustür öffnete. Josies Mutter stand auf der Treppe in einer zerrissenen Jeans und einem schmutzigen blauen T-Shirt, das ihr über die Schulter fiel. In ihrer Hand glühte eine Zigarette. Ihre Wangen waren eingefallen, ihr langes, schwarzes Haar sah stumpf aus. Ihr freudloses Lächeln jagte Josie einen kalten Schauer über den Rücken.

31

Josie und Gretchen schleppten mehrere Kisten mit Jahrbüchern der Bellewood High School in Josies Büro auf dem Revier. Während Gretchen die Durchsuchungsbefehle überprüfte, blätterte Josie in den Jahrbüchern von 1981 bis 1985 und suchte unter den Hunderten von Fotos nach dem Gesicht ihrer Mutter.

»Hier ist nichts«, sagte sie, als Noah erschien.

Er setzte sich ihr gegenüber. »Sie ist also nicht mit Belinda Rose zur Schule gegangen. Wir haben immer noch die Mädchen aus dem Heim, und ich habe für morgen ein Gespräch mit einer Dame vereinbart, die zur gleichen Zeit wie Belinda im Gericht arbeitete.«

Seufzend schob Josie das letzte Jahrbuch zur Seite und drehte sich auf ihrem Stuhl, um aus dem Fenster zu schauen, das sich hinter ihrem Schreibtisch befand. Die Nacht war angebrochen – es war Zeit für sie, nach Hause zu gehen, allein, zu ihrem leeren Haus, einer Flasche Wild Turkey Whiskey und ihren aufgewühlten Erinnerungen an eine Mutter, deren größte Güte ihr gegenüber darin bestanden hatte, sie zu verlassen.

»Alles okay, Boss?«

Sie drehte sich um und schenkte ihm ein schwaches Lächeln. »Alles gut«, log sie. »Was gibt's?«

»Maggie Lane sagt, dass Belindas Medaillon nicht unter den persönlichen Gegenständen war, die sie im Heim zurückließ. Sie sagt, sie wisse nicht, wer es ihr geschenkt hat, aber Belinda habe angefangen, es um Weihnachten herum zu tragen, nachdem sie das erste Mal weggelaufen war. Ich habe bereits jemanden an den Tatort geschickt, um sich dort noch einmal umzuschauen. Es wurde nichts gefunden.«

»Interessant«, sagte Josie. »Vielleicht finden wir mehr heraus, wenn wir ein paar der Mädchen ausfindig machen, die mit ihr aufgewachsen sind.«

»Hoffentlich.« Er deutete auf das dunkle Fenster hinter ihr. »Es ist schon ziemlich spät, Boss.«

»Ich weiß.«

Noah sorgte sich immer um sie. Sie überlegte, ob sie ihn auf einen Drink einladen sollte, entschied sich aber dagegen. Noch vor zwei Jahren hatte sie eine einfache Antwort auf dieses widerliche Gefühl des Grauens und der Angst: Sex. Vor zwei Jahren war sie in einer festen Beziehung gewesen, in der Sex mit ihrem Verlobten stets verfügbar, unkompliziert und – vor allem – betäubend war. Ihr Körper sehnte sich nach diesem körperlichen Empfinden, das die düsteren Gefühle, die sich in ihren Kopf schlichen, auslöschen könnte. Sie wusste, dass Noah nicht nein sagen würde, aber sie wusste auch, dass es eine schlechte Idee war. Josie verdrängte den Gedanken; sie musste ihr Leben nicht noch komplizierter machen. Sie stand auf und fischte ihre Autoschlüssel unter den Jahrbuchstapeln hervor.

»Ich fahre nach Hause«, sagte sie. »Sehen wir uns morgen? Ich wäre gern bei der Befragung im Gericht dabei.«

»Geht klar.«

Josie ließ das Revier hinter sich und schlängelte sich durch die ruhigen Straßen von Denton. Ihre Gedanken waren bei der Flasche Wild Turkey, die auf dem Kühlschrank wartete – die nächstbeste Sache nach Sex –, aber als sie in ihre Einfahrt fuhr, merkte sie, dass etwas nicht stimmte. Die Lichter in ihren Schlafzimmerfenstern leuchteten hell und golden in der Dunkelheit.

Jemand war in ihrem Haus.

32

JOSIE – NEUN JAHRE ALT

»Belinda«, sagte Lisette, ihre Stimme klang seltsam und unnatürlich. »Was machst du hier?«

»Was glaubst du, was ich hier mache, Lisette? Ich bin hier, um mein Kind zu holen.«

Lisette warf Josie einen Blick zu, und Josie trat einen Schritt hinter ihre Großmutter. »Einfach so? Du hast sie hiergelassen, Belinda, ohne ein Wort. Das ist Monate her. Fast das ganze Schuljahr!«

Ihre Mutter verdrehte die Augen. »Na und? Sie ist mein Kind.« Sie streckte Josie eine Hand entgegen. »Lass uns gehen, JoJo.«

»Belinda, dieses Kommen und Gehen, das ist nicht gut für Josie. Sie braucht Stabilität.«

»Halt einfach den Mund, Lisette, ja? Keiner hat dich gefragt, was du denkst.«

Lisettes Stimme zitterte vor Wut. »Du brauchst mich nicht zu fragen, was ich denke. Du stellst mir das Kind vor die Tür, wenn du keine Lust mehr hast, es aufzuziehen. Das bedeutet, es geht mich etwas an. Ich bin ihre Großmutter. Ich liebe sie. Ich will sie hier bei mir haben.«

»Und ich bin ihre Mutter. Und ich tue, was immer ich will, verdammt noch mal. Jetzt komm schon, JoJo. Ich sagte, lass uns gehen.«

Lisette rührte sich nicht. Mit ihrem Körper hinderte sie Josie daran, zu ihrer Mutter zu gehen. »Es geht ihr gut hier, Belinda. Ihre Noten sind besser geworden, sie ist glücklich. Sie hat Freunde in der Schule gefunden. Lass sie einfach hierbleiben.«

»Verdammt noch mal, Lisette. Gib mir mein Kind.«

»Hör zu. Lass sie einfach das Schuljahr hier bei mir beenden.«

Josies Mutter legte eine Hand auf ihre schmale Hüfte und sah Lisette mit zusammengekniffenen Augen an. »Ich habe nein gesagt. Ich nehme jetzt meine Tochter mit und wir fahren nach Hause.«

»Belinda, bitte.«

»Provozier mich nicht, du Schlampe. Ich kann dafür sorgen, dass du sie nie wieder siehst.«

In diesem Moment wurde Josie klar, dass sie nicht zu der Eislaufparty gehen würde. Während die zwei Frauen diskutierten, hatte sie in Gedanken Berechnungen angestellt. Es gab Zeiten, in denen ihre Mutter auf die Wünsche ihrer Grandma einging, aber diese Zeiten waren selten. Josie wusste, dass ihre Mutter dieses Mal gewinnen würde. Sie erkannte es an dem glühenden Blick ihrer dunkelblauen Augen und an der Art, wie sie ihren ganzen Körper starr wie eine scharfe Klinge hielt. Josie war auf dem Weg zurück in den alten, stinkenden Wohnwagen und in den dunklen, einsamen Schrank. Zurück zu Hunger und den Geräuschen der speziellen Freunde ihrer Mutter, die Tag und Nacht im Wohnwagen ein und aus gingen. Es war dumm von ihr zu glauben, sie könne tun, was andere Kinder taten. Es war dumm zu glauben, sie könnte echte Freunde haben. Jetzt würden alle in der Klasse über die Eislaufparty reden, nur sie nicht. Nun, sie und dieser Junge Ray, der immer nett zu ihr war. Sie würde wieder ausgegrenzt werden und hätte nicht einmal ihre Grandma, die sie trösten könnte. Tränen stiegen ihr in die Augen, aber sie hielt sie zurück. Lisette legte eine Hand auf Josies Arm, aber Josie wusste, dass das nichts ändern würde.

»Okay«, sagte Lisette. »Na schön. Nimm sie mit, aber lass sie wenigstens zu der Geburtstagsparty ihrer Freundin gehen. Wir waren gerade auf dem Weg dorthin.« Lisette hielt das Geschenk hoch. »Ich habe sogar ein Geschenk gekauft. Es wird nur ein paar Stunden dauern. Ich bringe sie hin und setze sie danach bei dir ab.«

Ihre Mutter schob Lisette beiseite, legte eine Hand auf Josies Bizeps und zerrte sie über die Schwelle. »Die Geburtstagsparty eines dummen Kindes ist mir scheißegal. Lass uns gehen, JoJo. Und du, Lisette, ich weiß nicht, für wen du dich hältst, wenn du versuchst, über das Leben meiner Tochter zu entscheiden. Du wirst sie nie bekommen. Ich werde sie dir nie überlassen. Vergiss das nicht.«

33

Nachdem sie einen laufenden Raubüberfall gemeldet hatte, parkte Josie auf der anderen Straßenseite unter der großen Eiche des Nachbarn. Sie holte eine kugelsichere Weste aus dem Kofferraum ihres Escape, schnallte sie an und überprüfte ihre Glock-Pistole. Verborgen von der Dunkelheit umrundete sie das Haus zweimal mit leisen Schritten. Sie wusste, wo sich ihre Bewegungsmelder befanden und wich ihnen sorgfältig aus. Sie brauchte nur eine Runde, um herauszufinden, dass die Person, die sich in ihrem Haus aufhielt, durch eines der Küchenfenster eingebrochen war.

Wut kochte in ihr hoch und gleichzeitig tobte die Angst in ihr. Wer war in ihrem Haus? Was machten sie da drinnen? Allein der Gedanke, dass sich Fremde in ihren privaten Räumen aufhielten und ihre Sachen anfassten, fühlte sich wie eine Verletzung an. Sie hatte das Haus von ihrem eigenen Geld gekauft, nachdem sie Ray verlassen hatte. Es war groß und luftig, mit vielen Fenstern, die die Sonne hereinließen – das genaue Gegenteil von dem sargähnlichen Wohnwagen, in dem sie aufgewachsen war. An dieses Haus hatte sie nur gute Erinnerungen. Es war ihr sicherer Ort in einer Welt, die sie immer wieder in Angst und Schrecken versetzte – ihr Zufluchtsort. Zumindest war es das gewesen. Bis heute Abend.

Sie wurde aus ihren Gedanken gerissen, als zwei Einsatzwagen eintrafen, dicht gefolgt von Noah in seinem eigenen Auto. Noah, der seine Weste bereits angelegt hatte, lief zu ihr hinüber, überprüfte seine Waffe und gab den uniformierten Polizisten ein Zeichen, sich ihnen anzuschließen. Sie bildeten eine kleine Gruppe hinter Josies Escape und steckten die Köpfe zusammen, während Josie Anweisungen gab. »Es gibt zwei Zutrittsmöglichkeiten: vorn und hinten. Die Fliegengittertür auf der Rückseite ist von innen verriegelt, also kommt man von außen nicht herein – zumindest nicht unbemerkt. Sie sind durch ein Küchenfenster auf der Rückseite eingebrochen. Ich habe keine Ahnung, wie viele da drin sind oder ob sie bewaffnet sind. Ich konnte nichts hören. Bitte seien Sie äußerst vorsichtig.« Sie händigte Noah ihren Schlüsselbund aus. »Wir gehen vorn rein. Lieutenant Fraley und ich in einem Team und zwei von Ihnen in einem Team. Sie zwei bleiben hier draußen und behalten das Haus im Auge. Lieutenant, haben Sie einen Notizblock?«

Noah zog einen zusammengefalteten Notizblock aus seiner Gesäßtasche. Einer der anderen Beamten reichte ihr einen Stift. Sie kritzelte schnell den Grundriss ihres Hauses auf. »Hier ist das Licht an«, sagte sie und zeigte auf das Quadrat, das ihr Schlafzimmer darstellte. »Fraley und ich gehen in diese Richtung, Sie beide in die andere. Wir sichern den ersten Stock, gehen in den zweiten und dann diesen Flur entlang.«

Alle nickten.

Adrenalin schoss durch Josies Adern, als sie und Noah sich zur Haustür schlichen, gefolgt von zwei uniformierten Polizisten. Sie hatte das schon Dutzende Male gemacht, aber noch nie in ihrem eigenen Haus. Wieder drängte sich die Angst in den Vordergrund.

»Boss.« Noahs Flüstern unterbrach ihre Gedanken.

Sie musste sich konzentrieren. Dies war ein ganz normales Haus mit potenziellen Einbrechern darin. So musste sie es sehen. Sie legte eine Hand auf Noahs Schulter und er schob den Schlüssel in das Schloss ihrer Haustür. Die Tür schwang geräuschlos auf, und sie schritten in einer Kolonne über die Schwelle. Die zwei Teams spalteten sich mit geräuschlosen Bewegungen auf und trafen an der Treppe wieder zusammen, um Entwarnung zu geben. In der ersten Etage war niemand.

Als sie die Treppe hinaufstiegen, hörte Josie Stimmen – zwei, soweit sie es beurteilen konnte. Noah musste das Gleiche denken, denn er hob die Hand, um mit Zeige- und Mittelfinger zu signalisieren, dass es sich um zwei Täter handelte, und zeigte dann den Flur hinab zur letzten Tür, auf Josies Schlafzimmer, wo ein Lichtstreifen den Türrahmen erhellte.

Die Stimmen, die von drinnen kamen, waren männlich. »Yo, kommt er zurück oder was?«

»Nee, er hat gesagt, er hat alles, was er braucht. Wir machen den Scheiß hier richtig kaputt und hauen ab. Er sagte, diese Schlampe sei sowieso nie zu Hause.«

Zwischen ihnen und dem Hauptschlafzimmer befanden sich drei leere Räume – das Badezimmer, das Gästezimmer und ein Raum voller Überwachungsgeräte, den Josie als Arbeitszimmer nutzte. Sie überprüften heimlich jedes der Zimmer mit Taschenlampen, aber die Räume waren dunkel und leer. Schließlich blieb Noah vor Josies Schlafzimmer stehen; die anderen stellten sich hinter ihm in Position. Josies Herz machte einen Doppelschlag. Josie gab das Handzeichen zum Losgehen, und dann stießen sie mit einem Knall durch die Tür, Waffen schwenkten durch den Raum, Stimmen riefen: »Stehen bleiben! Polizei! Hände hoch! Runter auf den Boden!«

Zwei Teenager in Jogginghosen und Kapuzenpullis erstarrten, fassungslos. Einer von ihnen stand auf ihrem Bett, in der Hand eine Dose mit roter Sprühfarbe. Über den Kopfteil ihres

Bettes hatte er die Buchstaben *N*, *U* und *T* an die Wand gesprüht. Josie vermutete, dass die letzten Buchstaben wahrscheinlich ein *T* und ein *E* geworden wären. Der andere Junge hatte auf der anderen Seite des Zimmers Schubladen aus ihrer Kommode gerissen und den Inhalt auf dem Boden verteilt. Er riss sofort die Hände hoch. Der Junge ließ die Dose fallen und versuchte, vom Bett herunterzuspringen, nur um mit dem Gesicht voran auf den Teppich zu fallen. Innerhalb von Sekunden legten die Polizisten den beiden Jugendlichen Handschellen an und machten sie bereit für den Transport zum Revier. Sie verlasen den Teenagern ihre Rechte und tasteten sie ab, aber sie trugen nichts von Josies persönlichen Gegenständen bei sich.

»Yo, Alter«, sagte Sprühfarbe, als der Beamte ihn in den Flur schob. »Ich habe mir den Kopf gestoßen. Hey, sei vorsichtig, okay?«

Der Beamte sagte nichts, und der andere Junge, der seinem Freund sagte, er solle den Mund halten, verstummte, als die beiden aus dem Haus geführt wurden. Josie stand mit der Waffe an der Seite da, ihre Augen suchten jeden Zentimeter des Raumes ab. An eine der Wände war das Wort *Hure* gesprüht worden. Die meisten ihrer Kissen waren aufgeschlitzt, die Füllungen herausgerissen und im ganzen Zimmer verstreut worden. Ihre Kleidung war aus dem Schrank gerissen und überall verstreut worden. Ihr sauberer Teppich und ihre Bettdecke waren von schlammigen Stiefelabdrücken übersät. Der Spiegel über ihrer Kommode war zerbrochen. Ihre Nachttische waren umgestürzt, die Lampen waren zerbrochen, brannten aber noch und warfen seltsame Schatten auf die Verwüstung. Ihr Schmuckkästchen lag zerbrochen auf der Kommode.

Sie ging hinüber und durchsuchte die Überreste. »O nein«, flüsterte sie.

Noah legte ihr die Hand auf die Schulter. »Boss«, sagte er,

»ich denke, wir sollten die Spurensicherung rufen. Sie haben doch auch gehört, was ich im Flur gehört habe, oder? Da war noch jemand, der mit ihnen zusammengearbeitet hat. Sie können später herkommen und nachschauen, ob etwas fehlt.«

»Mein Schmuck«, sagte sie. Sie besaß nicht viel, aber im Laufe der Jahre hatte sie eine kleine Sammlung von Ohrringen, Halsketten und Armbändern zusammengetragen. Geschenke von ihrer Großmutter, Ray und ihrem Verlobten Luke, als sie noch zusammen waren. Stücke, die sie zu verschiedenen Anlässen für sich selbst gekauft hatte. Auf das meiste davon konnte sie verzichten, aber es gab drei Schmuckstücke, die ihr wirklich etwas bedeuteten.

»Mein Ehering«, krächzte sie, »mein Verlobungsring von Luke und der Diamantanhänger, den Ray mir zum Highschool-Abschluss geschenkt hat. Sie sind weg.«

Sie konnte nicht aufhören, die dunklen Holzscherben auf der Kommode anzustarren. Das Schmuckkästchen hatte nicht einmal ein Schloss gehabt. Es gab keinen Grund, es aufzubrechen, aber sie hatten es trotzdem getan. Und warum? Warum so viel Zerstörung? Der Rest des Hauses war unangetastet. Warum hatten sie den Raum in ihrer Wohnung zerstört, den sie am meisten liebte? Was hatten sie mit ihrem Schmuck gemacht?

»Diese kleinen Bastarde«, platzte Josie heraus. Schließlich sah sie Noah an.

Sein Gesicht zeigte einen unbehaglichen Ausdruck. Er wollte sie trösten, das war ihr klar, aber er hatte einen Job zu erledigen, und er wusste, dass sie wollte, dass er zuerst seinen Job machte. Sie steckte ihre Waffe in den Halfter, blieb aber stehen, starrte Noah an und versuchte, sich auf sein Gesicht zu konzentrieren und nicht auf die Trümmer um sie herum. Behutsam ergriff er ihren Ellenbogen und führte sie aus dem Raum.

»Wir werden der Sache auf den Grund gehen, Boss«, sagte er, als sie die Treppe hinuntergingen. Sein Mund war so nah an ihrem Ohr, dass sein Atem an ihrem Haar kitzelte. »Ich verspreche es.«

34

JOSIE – ZEHN JAHRE ALT

Ihre Schritte hallten laut durch die Flure des Amtsgerichts. Josie lief hinter ihrer Mutter her; kalte Luft flog an dem steifen braunen Rock hoch, den ihre Mutter ihr angezogen hatte. Sie blieb an einem Wasserbrunnen stehen und nahm gierig einen Schluck, bevor ihre Mutter sie ohrfeigen und anfauchen konnte, sie solle sich beeilen. Aber von ihrer Mutter kam nichts. Sie waren in der Öffentlichkeit, im Gerichtsgebäude, wo alles formell und offiziell war, und alles war kalt und die Erwachsenen starrten einen an, als wäre man ein Insekt.

»JoJo«, sagte ihre Mutter süß und lächelte. »Lass uns gehen, Schatz.«

Josie wusste, dass sie die Einzige war, die die Schärfe in den Worten ihrer Mutter hören konnte. Mit gesenktem Kopf folgte sie ihrer Mutter zu einer großen Holztür, die in einen riesigen Raum mit vielen Regalen führte, die mit mehr Büchern gefüllt waren, als Josie je gesehen hatte. In der Mitte des Raumes stand ein riesiger Schreibtisch. Vor dem Schreibtisch waren mehrere Stühle aufgestellt. Sie waren nach Seiten geteilt, und Josies Grandma saß auf einem der Stühle neben einem Mann, den Josie nicht kannte.

Josie folgte ihrer Mutter in den Raum. Ihre Großmutter beugte sich vor und drückte Josie fest, während Josies Mutter sie anfunkelte. »Denk daran, was ich gesagt habe«, flüsterte Lisette ihr ins Ohr, bevor sie sie losließ.

Ein winziger Nadelstich der Angst zuckte durch Josies Brust. Wie könnte sie das vergessen?

Als Josie Monate zuvor die Eislaufparty verpasst hatte, hatte ihre Großmutter beschlossen, Josies Mutter kurzerhand auf das Sorgerecht zu verklagen. Es hatte endlose Treffen und Termine gegeben, und viele spießige Erwachsene hatten Josie alle möglichen Fragen gestellt, von denen sie wusste, dass sie sie nicht ehrlich beantworten konnte. Sie musste sogar zu einem Psychologen gehen. Natürlich verstand keiner von ihnen, dass ihre Mutter jedes Mal, wenn Josie mit ihnen reden musste, hinter verschlossenen Türen noch wütender und grausamer wurde als sonst. Sie achtete darauf, keine Spuren auf Josies Körper zu hinterlassen, aber das war auch nicht nötig – sie wusste, wie sehr ihre Tochter den Schrank fürchtete. Der einzige Grund, warum Josie die immer länger werdenden Zeiträume in der dunklen Zelle überstand, war der Rucksack, den Ray ihr gegeben hatte und den sie in der Zelle versteckte. Er enthielt eine Taschenlampe, Ersatzbatterien, eine eselsohrige Ausgabe des ersten Harry-Potter-Buches, eine Stretch-Armstrong-Puppe und ein paar Müsliriegel. In den endlosen Nächten, die Josie in ihrem Nachthemd vor Angst und Kälte zitternd durchwachte, stellte sie sich oft vor, dass Ray bei ihr war. Das einzig Gute, das der Sorgerechtsstreit mit sich brachte, war der Umstand, dass Josies Mutter gezwungen war, sie für kurze Zeit bei Lisette zu lassen. Das war reine Strategie von Seiten ihrer Mutter. Josie hatte gehört, wie der Anwalt ihrer Mutter sagte, dass Lisette sie in ihrem Antrag an das Gericht als unvernünftig, gemein und boshaft bezeichnet hatte. Er sagte, wenn Josie Zeit mit ihrer Großmutter verbringen dürfe, würde das viel dazu beitragen, Lisettes Behauptungen zu entkräften. Aber die meiste Zeit, die Josie mit Lisette verbrachte, wurde sie nur darüber ausgefragt, was ihre Mutter ihr angetan hatte. Als Lisette erkannte, dass Josie niemals gestehen würde, was ihre Mutter mit ihr machte, verbrachte sie den Rest ihrer gemeinsamen Zeit damit, Josie davon zu überzeugen, dass sie die Wahrheit sagen solle, weil sie dann für immer bei Lisette bleiben könne.

»Josie, das ist sehr wichtig«, hatte sie gesagt. »Du musst dem Richter sagen, was deine Mutter mit dir macht. Wenn du sehr mutig bist und die Wahrheit sagst, wird sich dein ganzes Leben ändern. Ich weiß, dass du Angst vor ihr hast, aber ich sage dir, dass du keine Angst haben musst. Ich kann dir helfen. Ich kann dich beschützen, aber das kann ich nur, wenn du die Wahrheit sagst.«

Aber Josie wusste, dass niemand ihr helfen konnte. Nicht ihr Vater im Himmel, nicht ihre Großmutter, nicht die Lehrer in der Schule oder der Psychologe, zu dem sie gegangen war, und schon gar nicht der Richter, der in den Raum stürmte und anfing, allen die Hände zu schütteln.

Josie saß neben ihrer Mutter und wippte nervös mit den Füßen. Sie griff in die Tasche ihrer Strickjacke und tastete nach der Disney-Figur, die Ray ihr geschenkt hatte. Er hatte ihr die Miniaturfigur der guten Fee aus *Dornröschen* in die Hand gedrückt, als sie sich am Tag zuvor im Wald hinter den Häusern getroffen hatten. »Behalte sie«, sagte er zu ihr. »Vielleicht kommt eine echte gute Fee und rettet dich.«

Jetzt schloss sie ihre Hand darum zur Faust und konzentrierte sich ganz auf den Schmerz in ihrer Handfläche statt auf die Erwachsenen um sie herum, die mit ernster Stimme über sie sprachen, als wäre sie nicht da. Niemand hatte Macht über ihre Mutter. Josie mochte erst zehn sein, aber sie war nicht dumm.

»Miss Matson«, sagte der Richter. »Josie Matson.«

Ihre Mutter beugte sich vor, berührte leicht Josies Arm und zischte drohend, dass es in Josies Ohren widerhallte: »Du bist jetzt ein braves Mädchen, JoJo. Geh schon«.

35

KAPITEL FÜNFUNDDREISSIG

Josie saß im Beobachtungsraum des Polizeireviers und starrte auf den großen Bildschirm der Videoüberwachungsanlage, auf dem einer der Jugendlichen zu sehen war, die man bei ihr zu Hause verhaftet hatte. Eine Tasse Kaffee stand unangetastet auf dem Tisch neben ihr. Sie fühlte sich wie betäubt und erschöpft. Immer wieder musste sie an die Verwüstung denken, die sie in ihrem Schlafzimmer angerichtet hatten, an das Fenster, das sie eingeschlagen hatten, an die Tatsache, dass Fremde in ihr Haus eingedrungen waren und ihr Heiligtum verletzt hatten. Die Tür öffnete sich knarrend und Gretchen kam mit einem frisch geprägten Manila-Ordner in der Hand herein.

»Das hier ist Austin Jacks. Neunzehn Jahre alt. Hat letztes Jahr seinen Abschluss an der Denton East gemacht, seitdem hat er nicht mehr viel getan. Arbeitet Teilzeit in einem Fast-Food-Laden. Wurde letztes Jahr wegen Besitzes von Drogenutensilien verhaftet, aber die Anklage kam nicht durch.«

»Keine Verbindung zu Lloyd Todd?«

»Nicht, dass wir wüssten.«

»Was ist mit dem anderen?«, fragte Josie.

»Ian Colton. Er ist minderjährig. Sechzehn. Er befindet sich in Gewahrsam, bis seine Eltern hier sind. Er ist Junior in der Denton East. Keine Vorstrafen. Keine Verhaftungen. Er arbeitet mit Jacks zusammen. Daher kennen sie sich.«

Josie bezweifelte, dass sie an Ian Colton herankommen würden. Wenn seine Eltern auftauchten, würden sie wahrscheinlich sofort einen Anwalt verlangen. Der würde Josies Team erlauben, den Jungen zu befragen, ihn dann aber anweisen, keine Fragen zu beantworten. Das erlebte sie oft.

»Unsere beste Chance, herauszufinden, wer noch beteiligt war, ist dieser Junge«, sagte Josie zu Gretchen und zeigte auf den Bildschirm. Auf dem Bildschirm zappelte Austin Jacks in seinem Sitz herum. Seine Fersen wippten auf und ab und trommelten unruhig auf dem Boden. Er kaute an einem Niednagel an seinem Daumen und fuhr mit der anderen Hand immer wieder über den Scheitel seines blonden Haares, das kurz wie Pfirsichflaum war.

»Noah geht rein«, antwortete Gretchen, zog einen Stuhl heran und setzte sich neben Josie.

Sie sahen zu, wie der Junge immer hektischer wurde, bis Noah fünfzehn Minuten später hereinschlenderte. Er schob eine zerdrückte Zigarettenschachtel über den Tisch, die Austin sich schnappte. In Noahs Hand erschien ein Feuerzeug und er gab dem Jungen Feuer, steckte es wieder ein und lehnte sich an die Wand. Austin nahm gierig mehrere Züge von der Zigarette und schloss kurz die Augen, um den Rauch zu genießen. Seine fiebrigen Bewegungen verlangsamten sich, aber nur ein wenig.

Noah las ihm noch einmal seine Rechte vor, und Austin bestätigte, dass er sie verstanden hatte. Er fragte nicht nach einem Anwalt, also kam Noah gleich zur Sache. »Wissen Sie, in wessen Haus Sie heute Abend verhaftet wurden?«

Der Junge zuckte mit den Schultern. »Ich weiß es nicht. Irgendeine Polizistin. Es ist mir egal.«

»Warum waren Sie dort?«

Er blies Rauch in Noahs Richtung. »Was denken Sie denn? Um das herauszufinden, muss man kein Raketenwissenschaftler sein.«

»Sie und Ian waren dort, um diese Polizistin auszurauben, aber als wir Sie verhafteten, trug keiner von Ihnen etwas von ihrem persönlichen Eigentum bei sich. Wie erklären Sie sich das?«

Austins Blick huschte durch den ganzen Raum, nur nicht zu Noah. »Ihr habt uns erwischt, bevor wir etwas mitnehmen konnten, Mann.«

Noah trat auf den Tisch zu. »Der Schmuck ist verschwunden.«

Austins Knie wippten unter dem Tisch. »Ich weiß nicht, was ich sagen soll.«

»Wer war noch mit Ihnen dort?«

Wieder ein Achselzucken. »Sie wissen, wer da war – Sie haben ihn auch erwischt.«

Noah legte beide Handflächen auf den Tisch und beugte sich zu dem Jungen vor. »Wir wissen, dass da noch ein dritter Mann war, Austin. Er kam, nahm den Schmuck mit und ließ Sie und Ian zurück, um das Haus zu verwüsten. Wer war das?«

Ein schwaches Lächeln huschte über Austins Gesicht und verschwand kurz darauf wieder. Er drückte seine Zigarette in dem Aschenbecher aus, den Noah bereitgestellt hatte, und ballte die Hände im Schoß. »Ich weiß nicht, wovon Sie reden.«

Noah seufzte. »Na schön. Wir nehmen die Fingerabdrücke vom Küchenfenster. Es wird nicht lange dauern, sie zu überprüfen. Es sei denn, Ian sagt es uns vorher und spart uns die Zeit. Der Junge hat Todesangst. Ich bin mir sicher, dass er und seine Eltern an der Strafminderung interessiert sind, die der Staatsanwalt für Informationen über den dritten Täter anbietet – und dafür, dass er dich den Wölfen zum Fraß vorwirft.«

Ohne zu zögern, drehte sich Noah um und verließ den

Raum, während Austins Mund offenstand und seine Haut unter der Akne verblasste.

Zehn Minuten später stand er unter der Kameralinse und wedelte mit beiden Armen. »Hey Mann, komm zurück«, rief er. »Ich möchte etwas sagen.«

36

JOSIE – ZEHN JAHRE ALT

Josie blieb wie erstarrt stehen, bis eine Hand sie schließlich näher an den Schreibtisch des Richters schob. Ihre Füße schlurften nach vorn, bis sie fast die Tischkante berührte.

»Junge Dame«, sagte er, »ich werde dir jetzt einige Fragen stellen, und ich möchte, dass du sie so wahrheitsgemäß wie möglich beantwortest, hast du verstanden?«

Josie nickte. Sie spürte die Augen ihrer Mutter auf sich gerichtet wie einen weißglühenden Laserstrahl. Ihre Mutter lächelte für die anderen Erwachsenen, aber Josie sah das Glitzern in ihren Augen – sie wussten beide, dass Josie, egal was sie dem Richter sagte, mit ihrer Mutter nach Hause gehen würde. Josie wusste auch, dass das, was sie jetzt sagte, die Dinge für sie besser oder viel schlechter machen konnte.

Also log sie.

Mit jeder Lüge, die ihr über die Lippen kam, sackte Lisette ein wenig mehr in sich zusammen. Die Schuldgefühle erzeugten einen sauren Geschmack in Josies Kehle, so dass sie ihren Blick von ihrer Grandma abwandte und sich stattdessen auf das Gesicht ihrer Mutter konzentrierte, das mit jeder ihrer Lügen heller und zufriedener strahlte.

Wie erwartet sagte der Richter, dass Josie zu ihrer Mutter zurückkehren würde, Lisette aber ein Besuchsrecht haben solle. Bevor sie den Richtersaal verließen, nahm Lisette Josie in den Arm, und Josie spürte noch einmal die Lippen ihrer Grandma an ihrem Ohr. »Ich bin noch nicht fertig, Josie. Ich werde dich von ihr wegbringen. Ich verspreche es.«

Als Lisette losließ, lächelte Josie sie tapfer an, hielt die Tränen zurück und grub die Spitze des Plastikhuts der guten Fee tief in ihre Handfläche. »Ist schon gut, Grandma«, sagte sie zu Lisette. »Es wird mir gut gehen.«

Wieder eine Lüge.

37

Noah ließ Austin Jacks warten, ließ ihn schwitzen. Gerade als Josie glaubte, er würde gleich damit anfangen, wie eine Springspinne die Wände hochzuklettern, öffnete sich die Zimmertür und Noah steckte den Kopf herein. »Waren Sie das, der geschrien hat?«, fragte er.

Austin stand unter der Kamera und zeigte darauf. »Ja, das war ich. Ihr habt nicht zufällig jemanden, der mich gerade beobachtet?«

»Wir sind im Moment ziemlich beschäftigt, Mr. Jacks. Ich muss meine Leute auf Zeugen ansetzen, die etwas zu sagen haben, wie Ihr Kumpel Ian. Was brauchen Sie? Eine Toilettenpause?«

»Sie haben mit Ian gesprochen?«

»Wir sind jetzt bei ihm, ja«, sagte Noah und schickte sich an, den Raum wieder zu verlassen.

»Hat er Ihnen von dem Typen unter der Brücke erzählt?«, sagte Austin.

Noah ließ sich nicht beirren. »Ja, aber er sagte, er wüsste nicht, wie der Typ heißt.«

»Weil wir seinen Namen nicht kennen«, antwortete Austin. »Er ist einfach, na ja, der Typ unter der Brücke.«

Josie wusste, dass es in Denton nur zwei Brücken gab, die über den Susquehanna River führten, und nur eine von ihnen bot genug Platz und Ungestörtheit für Obdachlose und Drogendeals. Das wusste auch Noah.

«Austin«, sagte Noah geduldig, »da ist nicht nur ein Typ unter der Brücke. Meinst du, wir machen dort nicht jede Woche eine Razzia?«

Der Junge rieb sich mit beiden Händen den Kopf. »Ich kann Ihnen sagen, wie er aussieht. Sie könnten einen Zeichner oder so anheuern und ich kann ihm sagen, wie er den Kerl zeichnen soll. Sie wissen schon, wie im Fernsehen.«

Gretchen, die neben Josie stand, musste lachen. Jeder dachte, dass die Polizeiarbeit im wirklichen Leben so ablief wie im Fernsehen, aber so etwas wie Zeichner kosteten Geld. Sehr viel Geld. Die Art von Geld, die Polizeibehörden nie für einen einfachen Einbruch ausgeben würden – nicht einmal für ihre Polizeichefin.

Noah betrat den Raum, zog die Tür hinter sich zu und forderte Austin auf, sich wieder zu setzen. Diesmal war der Junge so unruhig, dass sein ganzer Stuhl klapperte. Noah sagte: »Wie wär's, wenn Sie mir einfach sagen, was Sie über den Kerl wissen, und dann machen wir weiter?«

Austin kaute mit den Zähnen auf seinen schmutzigen Fingernägeln. »Helfen Sie mir jetzt oder was? Zum Beispiel mit dem Staatsanwalt?«

»Ich kann mich um eine Strafminderung bemühen, klar.«

Verärgerung blitzte in Austins Augen auf. »Strafminderung? Komm schon, Mann. Sie könnten mich hier rausholen. Ich habe doch gar nichts getan. Ich meine, es war nicht einmal meine Idee.«

Noah lehnte sich entspannt in seinem Stuhl zurück. »Eine

Strafminderung ist das Bestmögliche, was ich tun kann, Austin. Ich treffe diese Entscheidungen nicht. Sie sollten wissen, dass die Polizistin, in deren Haus Sie eingebrochen sind, Josie Quinn war.«

Austin blieb der Mund offenstehen. »Die Polizeichefin? Die Heiße, die immer in den Nachrichten zu sehen ist?«

»Äh, ja. Wir haben nur eine Polizeichefin.«

»Shit.«

»Sehen Sie mein Dilemma? Ich würde Ihnen gern helfen, aber mir sind die Hände gebunden. Es sei denn, Sie haben Informationen über Lloyd Todd oder einen seiner Komplizen.«

Austins Stirn runzelte kurz die Stirn. »Wer?«

»Lloyd Todd«, wiederholte Noah langsam.

Die Falten auf Austins Stirn vertieften sich. »Sie meinen diesen großen Drogendealer, den ihr letzten Monat hochgenommen habt? Todd's Home Construction?«

Noah nickte.

»Ich lege mich nicht mit Lloyd Todd an«, sagte er. »Habe ich noch nie gemacht.«

Noah tippte gelangweilt mit den Fingern auf den Tisch. »Wie wäre es mit jemandem aus Todds Gruppe? Die sind ziemlich sauer, seit wir ihn weggesperrt haben. Hat jemand aus seiner Organisation Sie gebeten, diesen Job zu machen?«

Austin schüttelte den Kopf. »Nee, Mann. Ich habe Ihnen doch gesagt, dass ich mich noch nie mit Lloyd Todd eingelassen habe. Ich will mich da nicht reinziehen lassen. Ich meine, eines Tages will ich aufs College gehen und so. Diese Typen stecken da ganz tief drin. Er kontrolliert sie irgendwie.«

»Ja, wissen wir. Was ist mit Ihrem Typen unter der Brücke? Arbeitet er für Todd?«

»Das glaube ich nicht. Ich habe ihn nie mit einem von Todds Leuten reden sehen. Er ist da unten auf sich allein gestellt, da bin ich mir ziemlich sicher.«

»Was können Sie mir sonst noch über ihn erzählen?«

Austin rieb sich die Wangen, bis die Haut rot wurde. Schließlich sagte er: »Strafminderung, richtig? Was wollen Sie wissen?«

»Strafminderung«, wiederholte Noah. »Erzählen Sie mir alles, was Sie über ihn wissen.«

»Er ist alt, Mann. So richtig alt.«

»Können Sie sein Alter schätzen?«

»Ich weiß nicht, so um die fünfzig oder sechzig.«

Neben Josie stieß Gretchen einen langen Seufzer aus. »Schön zu wissen, dass fünfzig ›so richtig alt‹ ist.«

Wie Gretchen den Jungen imitierte, brachte Josie zum Lachen.

»Er ist wirklich dünn«, fuhr Austin fort. »Ich meine, der Typ ist die meiste Zeit abgedreht. Sie wissen, dass Lloyd Todd keine Spinner nimmt. Um für ihn zu arbeiten, muss man auf Zack sein. Wie auch immer, ich glaube, der Typ lebt die ganze Zeit unter der Brücke. Er hat immer dieselbe alte grüne Jacke an, sogar im Sommer.«

Noah kniff die Augen zusammen. »Ich dachte, Sie wüssten nicht viel über ihn. Klingt, als würden Sie ihn oft sehen.«

Austin sackte in seinem Stuhl zusammen. »Komm schon, Mann. Wollen Sie mich noch wegen etwas anderem verhaften? Also, ich und Ian gehen oft runter zum Fluss, okay?«

»Um Drogen zu kaufen«, fügte Noah hinzu.

»Das habe ich nicht gesagt. Sie haben mich nach dem Typen gefragt, ich erzähle Ihnen von ihm.«

»Okay, er ist um die fünfzig oder sechzig, dünn, grüne Jacke ...«

»Strähniges, graues Haar, trägt ein altes Paar Arbeitsstiefel, die aussehen, als seien sie zwanzig Jahre alt.«

»Sie kennen seinen Namen nicht?«

Austin schüttelte den Kopf. »Die Leute, die du da unten siehst – du fragst nicht nach Namen, verstehen Sie?«

»Na gut. Inwiefern ist er in Ihren Raubüberfall verwickelt?«

Austin legte sich eine Hand auf die Brust und spreizte die Finger. »Mein Raubüberfall? Mann, das war nicht mein Raubüberfall. Ich versuche nicht, die Polizeichefin auszurauben und so. Es war seine Idee.«

»Wessen Idee?«

»Na, von dem Typ unter der Brücke. Wir kriegen manchmal Zeug von ihm, wissen Sie?«

»Was für Zeug?«, fragte Noah.

»So Zeug eben, wissen Sie? Wollen Sie das wirklich wissen? Denn wenn ich es Ihnen sage, können Sie mich nicht, na ja, verhaften, oder?«

Noah seufzte. »Mich interessiert nur, was Sie über den Raubüberfall wissen. Es ist mir egal, was für ›Zeug‹ Sie von diesem Typen bekommen haben, okay?«

»Okay, okay. Wir haben Gras und Pillen und so was von ihm bekommen – ich und Ian –, und wir waren ein bisschen im Rückstand mit der Bezahlung, also hat der Typ gesagt, wir könnten den Rückstand aufholen und noch mehr Stoff bekommen, wenn wir einen Job für ihn erledigen.«

»Er ist damit an Sie herangetreten?«

»Ja, irgendwie schon. Er sagte, es sei ganz einfach. Er würde mit uns zum Haus gehen, uns reinbringen, und dann sollten wir irgendeinen Scheiß klauen und das Haus verwüsten. Aber da war nichts drin, wissen Sie? Nichts, was der Typ wollte. Er wollte keine Elektronik oder so. Er sagte, wir sollten im Schlafzimmer nach Schmuck und Bargeld suchen, also haben wir das gemacht.«

»Wer hat die Sprühfarbe mitgebracht?«

»Er hat sie uns gegeben. Er sagte, wir sollten etwas richtig Fieses an die Wände schreiben.«

»Also waren *Nutte* und *Hure* Ihre Idee?«

Austins Gesicht errötete. »Nein, Mann, nicht unsere. Wir

kannten diese Schlampe – ich meine, die Chefin – nicht einmal. Ich sagte zu ihm: ›Was meinst du mit fies?‹ Und er sagte, ich solle ›Nutte‹ oder ›Hure‹ oder so schreiben. Er sagte: ›Schlampen mögen es nicht, wenn man sie Nutte oder Hure nennt‹.«

Noah stieß einen schweren Seufzer aus. »Frauen mögen es auch nicht, wenn man sie Huren nennt.«

Austin wackelte mit dem Kopf. »Hey, Mann, das weiß ich.«

Neben Josie ließ Gretchen den Kopf hängen. »Wie fortschrittlich«, murmelte sie.

»Hat dieser Mann Ihnen gesagt, warum er wollte, dass Sie und Ian das alles tun?«, fragte Noah den Jungen.

»Nein. Wir dachten nur, er hätte ein Problem mit der Lady. Ich meine, er sagte, sie sei eine Polizistin und sie lebe allein, denn wir wollten nicht in ein Haus gehen, wenn dort Leute sind oder ein großer Hund und so. Er sagte, sie sei immer am Arbeiten. Jedenfalls war er da, und als wir den Schmuck gefunden hatten, ging er wieder. Er sagte, er würde sich später mit uns treffen, wenn wir fertig sind. Ian sagte, er solle bleiben, denn wenn wir erwischt würden, müssten wir alles ausbaden, also sagte er, er käme vielleicht zurück, aber ich wusste, dass er das nicht tun würde.«

Noah verschränkte die Arme vor der Brust. »Wo wollten Sie sich später treffen?«

»Unter der Brücke, wo sonst?«

Josie schüttelte den Kopf. »Gott, ist der Junge dumm.«

»Deshalb hat der Typ ihn auch benutzt«, stimmte Gretchen zu.

»Glauben Sie, er lügt?«, fragte Josie. »Über diesen Mann unter der Brücke?«

»Nun, nach dem, was Sie im Haus gehört haben, wissen wir, dass da noch jemand anderes beteiligt war. Schwer zu sagen, ob es jemand ist, den sie beschützen, oder ob er die

Wahrheit über diesen Drogendealer sagt. Aber es gibt eine Möglichkeit, das herauszufinden.«

»Er wird nicht unter der Brücke sein«, sagte Josie.

»Wahrscheinlich nicht«, stimmte Gretchen zu. »Aber es ist ein guter Ansatzpunkt. Ich werde mit ein paar Einheiten dorthin fahren. Ich lasse Sie wissen, was wir finden.«

38

JOSIE – ELF JAHRE ALT

Der kleine blaue Chevette ihrer Mutter stand vor dem Wohnwagen. Er war zur Seite gekippt, hatte einen platten Reifen auf der Beifahrerseite und sah aus wie ein kaputtes Spielzeug. Dort, wo ihre Mutter gegen einen glänzenden roten Mustang gefahren war, nachdem sie den Spirituosenladen verlassen hatte, war die Stoßstange von roten Farbstreifen überzogen. Es war schon vor zwei Tagen passiert, aber Josies Nacken schmerzte immer noch.

Ihre Hausaufgaben waren auf dem Küchentisch ausgebreitet. Bruchrechnung. Josie hasste Bruchrechnungen. Sie hatten in der vierten Klasse damit angefangen und sie verstand sie immer noch nicht. Ihre Mutter lief von der Küche in das Wohnzimmer und wieder zurück und blieb jedes Mal an der Haustür stehen, um das kaputte Auto anzustarren und leise zu fluchen.

Josie hörte ein Auto über das große Schlagloch zwei Wohnwagen weiter rumpeln, bevor der besagte rote Mustang neben der Chevette anhielt. Vom Küchenfenster aus sah Josie, dass er perfekt gewachst war – bis auf den langen, dicken Streifen, wo der Lack von der Fahrerfront bis zur Rückseite des Wagens abgeschürft war. Josie sah, wie ein Mann aus dem Mustang stieg, eine Zigarette ins Gras schnippte und auf die Eingangstür des Wohnwagens zuging. Er war groß und schlank, älter, aber nicht so alt wie Josies Grandma. Aus seiner abgewetzten blauen Baseballkappe lugte am Nacken stumpfes braunes Haar hervor. Die Ärmel seines weißen T-Shirts waren abgerissen und gaben den Blick auf drahtige Arme mit verblassten schwarzen Tätowierungen frei, deren Motive Josie nicht genau erkennen konnte. Unter der langen, knollenförmigen Nase zog sich ein breiter Schnurrbart über seine Oberlippe. Seine verblichenen Bluejeans waren mit alten Flecken übersät, und einer seiner Stiefel hatte ein Loch in der Schuhspitze.

Als er an die Tür klopfte, schallte das Geräusch durch den ganzen Wohnwagen. Ihre Mutter stand wie erstarrt zwischen Küche und Wohnzimmer. Sie führte ihren Zeigefinger an die Lippen, um Josie zu signalisieren, dass sie still sein sollte. Sie warteten, ohne sich zu rühren, während der Mann immer heftiger klopfte. Mehrere Minuten vergingen. Dann begann er zu schreien: »Ich weiß, dass du da drin bist, verdammt. Mach die Tür auf. Damit kommst du nicht durch. Du hast mein Auto angefahren und bist dann abgehauen.«

Mehr Klopfen. Noch mehr Schreie. »Ich weiß, wer du bist, Belinda Rose. Die Frau im Spirituosenladen kennt dich. Sie hat mir alles über dich erzählt. Jetzt komm raus, oder ich rufe die Polizei.«

Josies Mutter machte ein paar zaghafte Schritte auf die Tür zu. »Scheiße«, murmelte sie.

»Ich gebe dir zehn Sekunden«, brüllte der Mann. »Wenn du in zehn Sekunden nicht rauskommst, gehe ich und komme mit der Polizei zurück.«

Josies Mutter riss die Tür auf. »Okay, okay«, sagte sie. »Hier bin ich.«

»Willst du mich hier draußen stehen lassen oder lässt du

mich herein? Das Mindeste, was du tun kannst, ist, mir einen Drink anzubieten, nachdem du mein Auto zu Schrott gefahren hast.«

Ihre Mutter verdrehte die Augen, trat zur Seite und ließ den Mann eintreten. »Ich habe dein Auto kaum beschädigt«, sagte sie.

Der Mann stand mitten im Wohnzimmer und ließ seinen Blick über den Wohnwagen schweifen, bis er bei Josie landete. Er schenkte ihr ein breites Lächeln. »Hey, Schätzchen.«

Josie hob die Hand und winkte halbherzig. Ihre Mutter ging zur Abtropfplatte, nahm ein Glas und füllte den Boden mit dem Wodka, den sie im Laden gekauft hatte. Sie reichte es dem Mann, der den Wodka mit einem Schluck hinunterstürzte und ihr das Glas zurückgab. Sie stemmte eine Hand in die Hüfte und starrte ihn an. »Was willst du?«

Wieder lächelte er. »Was denkst du denn? Ich brauche eine neue Lackierung, und du wirst dafür bezahlen.«

»Ach ja? Wie denn? Ich habe keine Versicherung.«

Er lachte, sein Blick wanderte zu Josie und dann wieder zu Josies Mutter. »Natürlich hast du keine.«

»Wie viel kostet eine Lackierung?«, fragte ihre Mutter.

Er schaute durch die Wohnwagentür auf den Mustang. »Für so eine Schönheit? Mindestens fünfhundert.«

»Fünfhundert Dollar?«, rief ihre Mutter aus. »Willst du mich verarschen? Für ein bisschen Farbe?«

»Schatz, das ist ein 1965er Mustang GT. Ein Oldtimer. Ich habe Jahre gebraucht, um ihn zu restaurieren.«

Josies Mutter seufzte und warf die Hände in die Luft. »Ich habe keine fünfhundert Dollar. Komm in einer Woche wieder, vielleicht habe ich dann etwas für dich.«

Der Mann ging zur Couch hinüber und setzte sich. »Ich mache keine Zahlungsvereinbarungen, und wenn ich gehe, das habe ich dir doch gesagt, komme ich mit den Bullen wieder.«

Ihre Mutter folgte ihm, stellte sich zwischen seine Beine

und starrte auf ihn herab. »Die Bullen lösen gar nichts«, sagte sie ihm. »Hör auf, sie da mit hineinzuziehen. Das ist eine Sache zwischen dir und mir.«

Er streckte seine Arme über die Rückenlehne des Sofas aus und lächelte sie an, als wären sie alte Freunde. »Stimmt das?«

39

Wie Josie vorausgesagt hatte, war der Mann, den Austin Jacks beschrieben hatte, nicht unter der Brücke. Gretchen traf auf eine Handvoll Leute, die ihn kannten, aber nur unter dem Namen Zeke. Das war nicht viel, um weiterzumachen. Josie kannte niemanden, der Zeke hieß, und sie hatte keine Ahnung, was der Drogendealer von ihr wollte – vor allem, wenn er nicht mit Lloyd Todd in Verbindung stand, wie Austin gesagt hatte. Sie ließ Noah auf dem Revier zurück, um die Teenager in Verwahrung zu nehmen, und fuhr wieder nach Hause, um den Schaden zu begutachten und aufzuräumen. Sie betrat das Haus durch die Vordertür und ging langsam durch den ersten Stock, wobei sie nach und nach die Lichtschalter anknipste. Die untere Etage war unberührt. Alles war genauso, wie sie es verlassen hatte – man konnte nicht erkennen, dass jemand dort gewesen war. Aber Josie wusste es. Das Haus fühlte sich jetzt anders an – leerer und irgendwie kälter, als ob ihm etwas fehlte. Etwas, von dem sie nicht wusste, ob sie es zurückbekommen würde.

Bevor sie das Licht in der Küche anschaltete, zögerte sie kurz, denn sie wusste, dass der Anblick des zerbrochenen

Küchenfensters all die Gefühle von Unbehagen und Wut auslösen würde, die sie unterdrückt hatte, seit die Teenager-Jungs in Handschellen aus ihrem Schlafzimmer geführt wurden. Sie hatte auf der gesamten Fahrt nach Hause über diesen Einbruch nachgedacht – jetzt war das Glas zerbrochen, ihr Haus verletzlich und ungeschützt. Bis sie es repariert hatte, konnte jeder unbemerkt eindringen. Und dann waren da noch die Kosten für das Fenster.

Das Licht in der Küche flackerte auf und Josie stockte der Atem. In den Fensterrahmen war ein großes, dickes Brett einge-passt worden, um das Fenster abzudichten. Es gehörte nicht zu den Aufgaben der Polizei von Denton, Tatorte zu reinigen, und schon gar nicht, Fenster zu vernageln, aber ihr Team hatte es für sie getan. Sie ging hinüber und prüfte, ob das Fenster sicher war. Tränen der Dankbarkeit brannten in ihren müden Augen, als sie gegen das Fenster drückte und es sich nicht bewegte. Sie eilte die Treppe hinauf, zwei Stufen auf einmal nehmend. Ihr Schlafzimmer war aufgeräumt, die Nachttische wieder aufge-stellt, die Lampen, so gut es ging, wieder zusammengebaut. Die herausgerissenen Füllungen ihrer Kissen waren entfernt worden und die zerrissenen Kissenbezüge lagen ordentlich gefaltet am Fußende ihres Bettes. Jemand hatte die beschmutzte Bettwäsche abgezogen und ebenfalls gefaltet. Sogar die Scherben ihrer Schmuckschatulle waren ordentlich auf die Kommode gelegt worden. Sie ging zur Kommode hinüber, wo alle Schubladen wieder an ihren Platz gerückt waren und die Kleidung wieder gefaltet in den einzelnen Schubladen lag. Sie schaute den Teppich an und sah, dass jemand Staub gesaugt hatte. Viele Gegenstände mussten ersetzt werden, aber alles im Zimmer war sauber und ordentlich. Nur die hässlichen Worte, die in roter Farbe von den Wänden schrien, störten das aufgeräumte Zimmer.

Sie ließ sich auf das Bett sinken und kniff die Augen zusam-men, um nicht in Tränen auszubrechen. Ihr Handy in der

Jackentasche machte ein klingelndes Geräusch. Eine Textnachricht von Noah. *Ich bin draußen*, stand da. *Darf ich reinkommen?*

Er wartete an der Türschwelle mit einer braunen Tüte in der Hand, die köstlich nach Fleischbällchen duftete. »Sie haben nichts gegessen«, sagte er und ging an ihr vorbei ins Haus. Während er sich auf den Weg in die Küche machte, deutete er auf die Tüte. »Alles, was ich bekommen konnte, waren Sandwiches aus dem Minimarkt am College. Wir werden wahrscheinlich später dafür bezahlen.«

Josie warf einen Blick auf ihre Mikrowellenuhr und sah, dass es fast drei Uhr morgens war. »Sie müssen doch nicht ...«

»Ich denke, Sie sollten ein oder zwei Tage bei mir bleiben. Nur bis Sie hier alles wieder in Ordnung gebracht haben.« Ohne sie anzusehen verteilte er den Inhalt der Tüte auf dem Küchentisch. Ihr Magen krampfte sich zusammen, als der Geruch stärker wurde. Er hatte recht. Sie hatte noch nichts gegessen. Sie war am Verhungern.

»Das ist nicht nötig«, sagte sie zu ihm.

Sie setzten sich zusammen hin und begannen zu essen. Unter normalen Umständen würde Josie ein Minimarkt-Sandwich wahrscheinlich nicht schmecken, aber in diesem Moment waren die mit Käse und Soße überzogenen Fleischbällchen das Beste, was sie je gegessen hatte. Noah wartete, bis ihr Magen voll war, und versuchte es erneut.

»Sie können mein Bett nehmen, ich schlafe auf der Couch.«

»Es geht mir gut«, beharrte Josie.

Er hob eine Augenbraue. »Sie meinen also, Sie können heute Nacht hier schlafen?«

Da hatte er nicht ganz unrecht.

»Ich will morgen mit Ihnen zu dem Gespräch im Fall Belinda Rose gehen«, sagte sie.

»Dann sollten Sie unbedingt ein wenig schlafen. Bleiben Sie bei mir – zumindest für heute Nacht.«

40

JOSIE – ELF JAHRE ALT

Josie bemerkte, wie sich die Körpersprache ihrer Mutter veränderte. Ihre Haltung wurde lockerer und sie hatte dieses falsche Lächeln, das sie oft bei ihren besonderen Freunden aufsetzte, wenn sie nicht genug Geld für Nadeln oder Pillen hatte. Sie rückte näher an den Mann heran, ihre Beine berührten die Innenseite seiner Schenkel. »Unter uns gesagt, ich denke, wir könnten uns etwas einfallen lassen, nicht wahr?«

»Was meinst du?«, fragte er. »So etwas wie ein Handel?«

Josies Mutter griff nach unten und fuhr mit der Hand über seinen Oberschenkel zu seinem Gürtel. »So etwas in der Art. Ich tue etwas für dich, und wir vergessen die Sache mit der Lackierung. Sagen wir, wir sind quitt.«

Er gluckste. »Quitt, hm?«

Sie setzte sich mit gespreizten Beinen auf ihn. Seine Hände griffen nach ihren Hüften, doch sein Blick wanderte über ihre Schulter zu Josie, die wie gelähmt am Küchentisch saß. Ihre Mutter folgte seinem Blick und sah Josie an. Dann drehte sie sich wieder zu ihm um und lenkte seine Aufmerksamkeit mit dem Zeigefinger zurück auf sich. »Wir gehen nach hinten«, sagte sie.

Seine Hände fuhren über den Rücken ihrer Mutter und umfassten ihren Hintern. Er presste sich an sie und flüsterte ihr etwas ins Ohr. Zuerst lachte sie, aber dann flüsterte er weiter. Es gab eine längere Diskussion, die Josie nicht verstehen konnte. Dann löste sie sich von seinem Schoß. Sie ging zurück zum Waschbecken, spülte ein Glas aus und füllte es mit Wodka. Josie wartete darauf, dass sie im Schlafzimmer ihrer Mutter verschwanden, damit sie sich auf ihre Bruchrechnung konzentrieren konnte, aber plötzlich stand das Glas Wodka vor ihr. Ihre Mutter schob es über den Tisch, bis es unter Josies Nase stand. Der Mann auf der Couch lächelte breit.

»JoJo«, sagte ihre Mutter, »trink das«.

Josie starrte ihre Mutter an. »Mama, ich darf keinen Alkohol trinken. Ich darf das nicht.«

Ihre Mutter tippte mit dem Zeigefinger gegen den Rand des Glases. Josie spürte den Blick des Mannes. Sie sah ihn wieder an, aber diesmal sah sein Lächeln anders aus – hungrig und ein bisschen gierig. Josies Herz setzte für einen Moment aus und begann dann zu rasen. Der Raum schien sich um sie herum zu schließen.

Ihre Mutter sagte: »Ich bin deine Mutter, und was ich sage, geschieht. Du wirst das jetzt austrinken, und dann gehst du mit diesem netten Mann nach hinten.«

»Nach hinten?«, sagte Josie mit brüchiger Stimme.

Ihre Mutter verdrehte die Augen. »Ja, nach hinten. Du kannst mein Schlafzimmer benutzen.«

»Benutzen?«

Sie schob das Glas näher an Josie heran, und die Flüssigkeit schwappte über den Rand und ergoss sich über Josies Mathe-Hausaufgaben. Sie senkte ihre Stimme. »Stell keine Fragen, JoJo. Du gehst mit diesem Herrn ins Hinterzimmer und tust einfach, was er dir sagt, verstanden?«

Der Wodka brannte so sehr, dass Josie sich daran verschluckte. »Mein Gott, JoJo«, schimpfte ihre Mutter. Sie ging zum Kühlschrank und durchwühlte ihn, bis sie eine Packung Orangensaft fand, von der sie etwas in das Glas schüttete, um den Wodka zu verdünnen. Selbst zusammen mit dem Saft brannte der Wodka in Josies Mund und Rachen und hinterließ ein seltsames, taubes Gefühl auf ihrer Zunge.

Als Josie das erste Glas ausgetrunken hatte, musste sie noch ein weiteres Glas trinken. Als ihre Mutter sie am Arm packte und vom Stuhl hochzog, drehte sich der ganze Raum um Josie.

Josie konnte ihre Füße nicht bewegen. Sie konnte nicht sagen, ob es am Wodka lag oder an der Art, wie der Mann sie ansah. Die Schlafzimmertür ihrer Mutter schien eine Million Kilometer entfernt und gleichzeitig bedrohlich nahe.

Sie wollte nicht tun, was der Mann von ihr verlangen würde. Sie hatte das panische Gefühl, dass er die ekelhaften Dinge tun wollte, die ihre Mutter mit Männern machte. Josie hatte es schon oft gesehen. Manchmal war ihre Mutter zu betrunken oder zu high, um daran zu denken, Josie in den Schrank zu sperren oder mit ihren speziellen Freunden in ihr Schlafzimmer zu gehen. Manchmal saß Josie am Küchentisch, wenn die Männer begannen, sich auszuziehen. Niemand bemerkte sie und sie hatte zu viel Angst, an ihnen vorbei in ihr Zimmer zu rennen und damit ihre Aufmerksamkeit auf sich zu ziehen. Die Dinge, die die Männer mit ihrer Mutter machten, sahen schmerzhaft und beängstigend aus.

»Mommy, ich will nicht«, würgte Josie hervor.

»Halt den Mund, JoJo.« Ihre Mutter schob sie den Flur hinunter, und sie stolperte und griff nach den dunkel getäfelten Wänden, um sich abzustützen. Der Mann folgte ihr.

Josie spürte seine Hand in ihrem Haar und sie zuckte zusammen. Sie spürte sein heißes Lachen in ihrem Nacken. »Entspann dich, Schätzchen. Ich werde dafür sorgen, dass du dich wohl fühlst.«

Übelkeit stieg in ihr auf. Der Wodka und der Orangensaft drohten wieder hochzukommen. Er war so nah an ihr dran. Zu nahe. Sie konnte die Wärme seines Körpers spüren. Tränen schossen ihr in die Augen. Seine Hand glitt von ihrem Hals hinunter, zeichnete ihre Wirbelsäule nach und wanderte weiter herunter, bis sich einer seiner Finger in den Bund ihrer Baumwollshorts krallte.

Sie stolperte erneut, und ihre Shorts, die sich an seinem Finger verfangen hatten, schoben sich ein wenig herunter und entblößten sie. Der Mann gab einen leisen Pfiff von sich. »Das wird ein Spaß«, sagte er, was Josies Herz so heftig zum Pochen brachte, dass es wehtat. Sie machte die Augen zu, schloss ihre Hand um den Griff der Schlafzimmertür und drehte sich um ...

Plötzlich knallte die Haustür des Wohnwagens hinter ihr auf. Der Mann sprang zurück und riss seine Hand von ihrem Körper. Sie drehte sich um und blickte an ihm vorbei zu Needle, der nun im Inneren des Wohnwagens stand. Ohne sich zu bewegen, blickte er von ihrer Mutter zu Josie und zu dem Mann, die wie erstarrt dastanden. Seine dunklen, wulstigen Augen fixierten den Mann im Hausflur. »Was zum Teufel ist hier los?«, fragte Needle.

Alle Augen richteten sich auf Josies Mutter. Für den Bruchteil einer Sekunde glaubte Josie, Angst in den Augen ihrer Mutter zu sehen, die jedoch schnell in einen Anflug von Wut überging. Sie schritt auf Needle zu. »Nichts, was dich etwas angeht«, sagte sie zu ihm.

Aber Needle blieb wie angewurzelt auf der Stelle stehen. Er gestikulierte in Richtung des Mannes. »Wer zum Teufel ist das?«

Ihre Mutter verdrehte die Augen. »Das geht dich einen Scheißdreck an. Hast du etwas mitgebracht?«

Needle ignorierte sie. »JoJo«, rief er.

Josie sagte nichts. Die Angst, gepaart mit der Wirkung des Wodkas, raubte ihr die Sprache. Sie sah ihn flehend an.

»Hey«, sagte ihre Mutter gereizt. »Ich habe dir gesagt, du sollst hierbleiben ...«

»Sei still«, sagte Needle. Er streckte eine Hand zu Josie aus. »JoJo, komm jetzt. Komm hier rüber.«

Irgendwie trippelten Josies Füße auf ihn zu. Seine Hand berührte ihren Kopf, und er nickte in Richtung Haustür. »Geh nach draußen und spiel jetzt.«

»Du Mistkerl«, knurrte ihre Mutter, aber Needle ignorierte sie und schob Josie zur Tür.

Das ließ sie sich nicht zweimal sagen. Sie stürzte förmlich in die kühle Luft und rannte in den Wald, so schnell ihre Füße sie trugen.

41

Josie erwachte aus einem tiefen Schlaf. Mit verschlafenen Augen nahm sie die ungewohnte Umgebung wahr. Hellblaue Wände, eine von oben bis unten zerschrammte Kommode mit vier Schubladen, auf deren Oberfläche Gegenstände für Männer standen – ein elektrischer Rasierapparat, Eau de Cologne, eine schwarze Brieftasche. Und dann war da noch der Geruch. Nicht unangenehm. Nur anders. Es war Noahs Geruch, das wurde ihr klar. Als sich der Nebel des Schlafes lichtete, setzte sie sich in seinem Bett auf und lauschte. Sie vermeinte, Geräusche von unten zu hören. Dafür, dass sie in einem fremden Bett lag und immer noch erschüttert von dem Einbruch in ihr Haus war, hatte sie friedlich geschlafen. Sie sah sich erneut im Raum um und bemerkte, wie wenig Licht er im Vergleich zu ihrem eigenen Schlafzimmer bot. Die Einrichtung war zweckmäßig, obwohl Noah in den sechs Monaten, seit sie das letzte Mal in seinem Haus gewesen war, die untere Etage mit neuen, modernen Möbeln und Geräten ausgestattet hatte. Die Wohnung hatte immer noch das halbfertige Aussehen einer Junggesellenbude, wirkte nun aber viel einladender und gemütlicher.

An der Tür ertönte ein Klopfen. Bevor Josie antworten konnte, kam Noah herein, eine dampfende Tasse Kaffee in der Hand. Er erstarrte, als er sie sah. »Oh, das tut mir leid. Ich hätte wohl warten sollen, bis Sie sagen: ›Kommen Sie rein‹.«

»Ist schon gut«, sagte Josie.

»Sie hätten sich gerade umziehen können«, meinte er. »Es … ähm, es tut mir wirklich leid.«

Er wollte sich zurückziehen, aber Josie stand auf und griff nach dem Kaffee. »Es ist in Ordnung«, sagte sie. »Wirklich. Ich danke Ihnen.«

Sie stand da und nippte an dem Kaffee. Plötzlich wurde ihr bewusst, wie sie in Rays verblichenem alten Denton-Polizei-T-Shirt und der abgenutzten Jogginghose aussehen musste. Sie stellte die Tasse auf den Nachttisch und strich sich die Haare aus dem Gesicht. Unter ihren Fingern spürte sie einen dicken Klumpen verknoteter Haare am Hinterkopf.

»Ich schätze, ich sollte, ähm, Ihr Bad benutzen«, sagte Josie.

Sie wollte an ihm vorbeigehen, während er versuchte, aus der Tür zu kommen, aber sie bewegten sich beide in dieselbe Richtung. Der unbeholfene Tanz ging weiter, doch ihr Versuch, sich gegenseitig aus dem Weg zu gehen, endete damit, dass sie mit der Brust aneinanderstießen. Der berauschende Duft von Noahs Aftershave stieg ihr in die Nase. Sie wünschte, sie hätte Zeit gehabt, sich vor ihrem ersten Gespräch des Tages die Zähne zu putzen.

»Es tut mir leid«, sagte Noah und verließ endlich den Raum. Er zeigte nach links. »Zur Toilette geht es da lang.«

Josie lächelte angespannt. »Verstanden. Danke.«

Sie duschte, putzte sich die Zähne und zog sich schnell an. In der Küche bereitete Noah ein Frühstück mit Speck und Eiern vor, das sie schweigend verzehrten. Erst als sie aufbrachen, um sich mit Gretchen zu der Befragung der ehemaligen Gerichtsangestellten zu treffen, löste sich die Unbehaglichkeit zwischen ihnen langsam auf. Auf der Fahrt nach Bellewood zum Haus von Alona Ortiz, der pensionierten Angestellten des Amtsgerichts, die einst mit Belinda Rose zusammengearbeitet hatte, versuchte Josie, nicht daran zu denken, was am Abend zuvor in ihrem Haus vorgefallen war.

Ortiz lebte in einem zweistöckigen Backsteinhaus nahe dem Gerichtsgebäude im Zentrum von Bellewood. Ihre Veranda war voller Topfpflanzen und Kinderspielzeug. Als Ortiz herauskam, einen Strickschal um ihre gebeugten Schultern gewickelt, lächelte sie und zeigte auf das Chaos. »Enkelkinder«, erklärte sie. »Sie sind wie kleine Tornados. Kommen Sie rein, kommen Sie rein. Setzen Sie sich.«

Auch ihr Wohnzimmer war voller Pflanzen und Kinderspielzeug – bunte Bauklötze, abgewetzte Stofftiere, ein Werkzeugset aus Plastik und eine Schminktruhe mit glitzernden rosa und lila Kleidern und mehreren funkelnden Diademen. Gretchen sprach mit Alona Ortiz, während Josie und Noah auf dem abgenutzten burgunderroten Sofa Platz nahmen. Alona Ortiz saß ihnen gegenüber in einem Sessel und schob sich eine Strähne ihres schulterlangen silbernen Haars hinter die Ohren. Josie wusste, dass sie um die sechzig war, aber abgesehen von den tiefen Lachfalten, die ihren Mund umrahmten, hatte sie ein jugendliches Aussehen und ihre olivfarbene Haut war immer noch fast glatt.

»Sie sind zu dritt«, bemerkte sie. »Es muss wichtig sein. Was hat die junge Belinda angestellt? Steckt sie in Schwierigkeiten?«

Gretchen setzte sich auf die Armlehne des Sofas. »Es tut mir leid, Ihnen das sagen zu müssen, Mrs. Ortiz, aber wir glauben, dass Belinda 1984 ermordet wurde, möglicherweise am selben Tag, an dem sie verschwand. Wir haben ihre Leiche letzte Woche in Denton gefunden.«

Mrs. Ortiz' Mund zog sich nach unten. Ihre braunen Augen blickten zu Boden. »Es tut mir leid, das zu hören«, sagte sie mit ernster Miene.

»Wir haben uns gefragt, was Sie uns über Belinda und ihre Arbeit im Gerichtsgebäude erzählen können«, sagte Josie.

Mrs. Ortiz lehnte sich in ihrem Stuhl zurück und faltete die Hände über dem Bauch. »Das ist schon eine Weile her, aber ich hätte Sie nicht gebeten, zu mir zu kommen, wenn ich mich nicht an sie erinnern könnte. Es ist schwer, diese blonden Locken zu vergessen, aber hauptsächlich erinnere ich mich an sie, weil sie ziemlich kokett war. Sie sorgte für einige Konflikte im Büro, als sie dort war.«

»Was für eine Arbeit hatte sie am Gericht?«, fragte Noah.

»Ach, wissen Sie, hauptsächlich Akten ablegen, die Post vorbereiten und dafür sorgen, dass die Kaffeekanne voll war. Es war ein Teilzeitjob. Ich und eine andere Frau arbeiteten dort als Sekretärinnen. Wir hatten uns an die Highschool gewandt, um ein oder zwei Schülerinnen zu finden, die uns aushelfen könnten. Es gab eine Handvoll Bewerberinnen, aber Belinda bekam den Job. Sie war ein echter Sonnenschein. Sie hatte nie Probleme mit der Arbeit. Ich meine, sie war ein bisschen unzuverlässig. Ich wollte sie nach den Monaten, die sie gefehlt hatte, nicht wieder zurückhaben, aber wir brauchten Hilfe, und sie hat ihre Arbeit gut gemacht. Wie ich schon sagte, ich hatte nie ein Problem mit ihrer Arbeit.«

Josie lehnte sich vor, die Ellenbogen auf den Knien. »Aber Sie hatten andere Probleme mit ihr?«

Mrs. Ortiz lächelte knapp. »Nun, nicht nur ich. Wir hatten mehrere Richter, einige stellvertretende Staatsanwälte und einige Pflichtverteidiger, die im Gericht arbeiteten. Sie hatten eigene Mitarbeiter, denen es nicht gefiel, wie Belinda mit ihren Chefs flirtete.«

Noah fragte: »War das Personal hauptsächlich weiblich?«

Mrs. Ortiz lächelte ihn wissend an. »Wir sprechen von den frühen Achtzigern, mein Sohn. Die Richter und Anwälte waren männlich, das Personal war weiblich. Also ja, alle weiblich. Ich glaube, viele von ihnen waren einfach nur neidisch. Sie war eine sehr temperamentvolle junge Frau, die vielen Männern den Kopf verdrehte.«

Josie fragte: »Hatte Belinda eine Beziehung mit einem der Männer?«

Mrs. Ortiz runzelte die Stirn. »Sie war ein Teenager«, sagte sie, als ob das die Möglichkeit einer Affäre ausschließen würde.

»Nun, gab es jemanden, mit dem sie mehr flirtete als mit den anderen?«, fragte Gretchen.

»Ich glaube, sie hatte ein großes Interesse an Richter Bowen.«

Der Name kam Josie vage bekannt vor, aber sie konnte ihn nicht einordnen.

Gretchen kritzelte etwas in ihren Notizblock. »Wie hat Richter Bowen auf ihr Interesse reagiert?«

Mrs. Ortiz winkte mit der Hand. »Oh, er fand es toll. Natürlich musste er vorsichtig sein, denn er hatte eine junge Frau, und die arbeitete auch dort, als Sekretärin. Das Flirten führte anfangs zu Auseinandersetzungen zwischen ihnen, aber dann freundete sich Mrs. Bowen mit Belinda an. Sie waren fast gleichaltrig.«

»Fast gleichaltrig?«, fragte Josie.

»Oh, nun, Mrs. Bowen war erst zwanzig. Es war ein ziemlicher Skandal, als sie und der Richter heirateten, denn er war fünfzehn Jahre älter als sie, aber sie war volljährig und sie schienen sich zu lieben.«

»Wie alt war Mrs. Bowen, als sie heirateten?«, fragte Noah.

»Achtzehn«, antwortete Mrs. Ortiz.

Noah sah Josie mit einer hochgezogenen Braue an. Sie wusste, was er dachte. Wenn das Mädchen achtzehn gewesen war, als der Richter sie heiratete, hatten sie sich wahrscheinlich schon getroffen, bevor sie volljährig war. Das bedeutete, dass er wohl eine Vorliebe für junge Mädchen hatte. Belinda war schwanger geworden, kurz nachdem sie ihre Stelle bei Gericht angetreten hatte. Dieser Zufall war zu groß, um ignoriert zu werden.

»Wie ist der Vorname von Mrs. Bowen?«, fragte Gretchen.

»Sophia.«

»Sind die Bowens verheiratet geblieben?«, fragte Noah.

Mrs. Ortiz nickte. »O ja. Sie waren bis zum Tod von Richter Bowen verheiratet. Krebs. Das war vor etwa zehn Jahren. Ihre Kinder waren da schon erwachsen, Gott sei Dank. Sie hatten zwei Jungen.«

»Erinnern Sie sich, dass Belinda schwanger war?«, fragte Gretchen und lenkte das Gespräch wieder auf den Grund ihres Besuchs.

Auf Mrs. Ortiz' Stirn erschienen drei horizontale Linien. »Schwanger? Belinda war nie schwanger. Sie war noch ein Kind.«

Josie fragte sich, ob Belinda ihre Schwangerschaft wirklich so geschickt verheimlicht hatte oder ob die Erwachsenen in ihrem Leben einfach blind gewesen waren. Mrs. Ortiz wirkte auf Josie ein wenig naiv, obwohl die Dinge, die Josie tagtäglich in ihrem Job erlebte, sie abgestumpft hatten. Josie fragte: »Sie sagten, dass Belinda mit Sophia Bowen befreundet war. Gab es noch jemanden, dem sie nahestand? Jemand, dem sie sich vielleicht anvertraute?«

Mrs. Ortiz tippte mit zwei Fingern auf ihr Kinn und dachte nach. »Da war diese eine junge Dame vom Reinigungsdienst. Wie hieß sie doch gleich?« Sie schürzte ihre Lippen. Einige Sekunden verstrichen. Sie seufzte. »Ich kann mich nicht mehr an ihren Namen erinnern. Sie arbeitete für die Putzfirma, die nachmittags und abends zum Putzen kam. Eigentlich waren die drei Mädchen dicke Freundinnen, wenn ich so darüber nachdenke. Ich habe sie oft dabei erwischt, wie sie gemeinsam draußen Zigaretten rauchten und über alles Mögliche kicherten. Das wäre niemandem aufgefallen, wenn es nur Belinda und die Putzfrau gewesen wären, aber Sophia – nun ja, von der Frau eines Richters erwartet man ein gewisses Benehmen. Ich habe ein paar Mal mit ihr darüber gesprochen, dass sie sich nicht verhalten soll wie ein Teenager, der die Schule schwänzt.«

»Erinnern Sie sich an den Namen des Reinigungsdienstes?«, fragte Josie.

»Nein, nein, den weiß ich nicht.«

»Was ist mit dem Mädchen vom Reinigungsdienst, mit dem Belinda und Sophia befreundet waren?«, fragte Noah. »Wie sah sie aus?«

»Oh, sie war sehr hübsch«, sagte Mrs. Ortiz. »Sie hatte langes, schwarzes Haar. Fast bis zum Po. Blaue Augen. Sie war sehr dünn – nicht wie Belinda oder Sophia. Nein, das Putzmädchen war dünn wie eine Bohnenstange.«

»Wie alt war sie?«

»Ich bin mir nicht sicher, Liebes, aber sie war jung. Vielleicht um die zwanzig.«

Josie spürte, wie Noah seinen Blick auf sie richtete, aber sie sah ihn nicht an. Ihre Mutter musste jung genug gewesen sein, um als Achtzehnjährige durchzugehen, als sie Belindas Identität stahl. Sie hatte blaue Augen und trug ihr schwarzes Haar immer bis zum Po. Mit vierzehn Jahren hatte Josie schon mehr Gewicht als ihre Mutter gehabt. Das lag an den Drogen, wie Josie jetzt wusste. Ihre Mutter hatte sich fast ausschließlich von Drogen ernährt und sonst kaum etwas zu sich genommen. Essen war in ihrem Wohnwagen nie von Belang gewesen. Josie warf Noah einen kurzen Blick zu und bedeutete ihm mit den Augen, *das könnte sie sein*. Er nickte fast unmerklich.

»Wissen Sie noch, wem der Reinigungsdienst gehörte?«, fragte Noah. »Oder die Namen derer, die dort arbeiteten?«

Mrs. Ortiz schüttelte den Kopf. »Tut mir leid, das weiß ich nicht. Sie haben das Geschäft vor Jahrzehnten aufgegeben. Vielleicht erinnert sich jemand von Ihren Mitarbeitern? Die

Firma hatte auch Verträge mit allen Polizeidienststellen des Countys. Sie hatte mehrere Reinigungstrupps, die in verschiedenen Gebäuden putzten, aber wenn Sie nur nach dem Namen der Firma suchen: Alle Polizeidienststellen hatten in den frühen achtziger Jahren einen Vertrag mit der Firma.«

42

Sergeant Dan Lamay fuhr sich mit der Hand über sein schütteres graues Haar und schüttelte langsam den Kopf. »Ein Reinigungsdienst?«, fragte er. »In den Achtzigern?« Er dachte einen Moment nach, während Josie, Gretchen und Noah ihn anstarrten. Lamay war der älteste Beamte in der Truppe und der Einzige, der schon seit den 1980er-Jahren dabei war. Seine Karriere hatte vier Polizeichefs und einen gewaltigen Skandal überstanden. Er war fast im Rentenalter, hatte ein kaputtes Knie und einen Bauch, der sein Uniformhemd jeden Tag ein Stück mehr dehnte. Aber Josie wusste, dass er sein Einkommen und die Gesundheitszahlungen brauchte, da seine Frau gegen den Krebs kämpfte und seine Tochter das College besuchte, also ließ sie ihn auf seinem Posten und hatte ihm die Verantwortung für den Empfangsschalter übertragen.

»Alles, woran Sie sich erinnern können, wäre hilfreich«, drängte Josie.

Er kratzte sich über dem linken Ohr. »Es tut mir leid, Boss«, sagte er. »Ich kann mich nicht erinnern. Ich kann mich nicht einmal daran erinnern, dass es damals einen Reinigungsdienst gab. Ich war auf Streife, wissen Sie? Ganz frisch von der Polizeischule. Ich habe nicht viel Zeit im Revier verbracht.«

Josie seufzte und winkte in Richtung ihrer Bürotür. »Trotzdem danke, Sergeant.«

Lamay stapfte auf die Tür zu, blieb aber vor der Schwelle stehen. »Boss«, sagte er, »ich wette, oben gibt es Aufzeichnungen darüber. Ich musste letztes Jahr nach oben gehen, um eine alte Akte zu holen. Es gab Unterlagen, die bis in die siebziger Jahre zurückreichten – nicht nur abgeschlossene Fälle, sondern auch Quittungen und so.«

Josie stand aufgeregt von ihrem Stuhl auf. »Schauen wir uns das mal an«, sagte sie.

Der dritte Stock des Denton Police Department wurde kaum benutzt. Das alte, historische Gebäude hatte keinen Aufzug, und niemand hatte Lust, die Treppe hinaufzusteigen, also wurde es hauptsächlich als Lagerraum genutzt. Josie war nur ein paar Mal dort oben gewesen, meistens, um den Frauen von der Historischen Gesellschaft dabei zu helfen, die Weihnachtsdekorationen aus den Lagerschränken zu holen und sie runter und wieder hoch zu schleppen. Die vielen Aktenkartons, die sich in den Fluren stapelten, waren ihr nie aufgefallen – oder besser gesagt, sie hatte nie bemerkt, dass die Zimmer vor lauter Kartons überquollen.

Josie, Noah und Gretchen standen am Eingang zu einem der Flure und starrten auf die Kistenstapel. Gretchen, die neben ihr stand, sagte: »Das ist ja schlimmer als im Lagerraum des Polizeireviers von Bellewood.«

Noah sagte: »Das sieht nach Brandgefahr aus.«

»Haben wir wirklich so viele alte Akten und Unterlagen?«, fragte Josie.

Sie gingen den Flur entlang, und Josie schwang die Tür zum ersten Raum auf. Drinnen standen an jeder Wand Regale, alle vollgepackt mit Kisten, die fast einen halben Zentimeter dick mit Staub bedeckt waren.

Noah sagte: »Chief Harris hat alles aufbewahrt.«

»Und so wie es aussieht auch jeder andere, der vor ihm Chief war«, sagte Josie.

Gretchen nieste.

»Ich glaube, keiner von ihnen hatte die Zeit, das alles zu ordnen und die alten Sachen zu schreddern«, erklärte Noah.

Josie seufzte. »Nun, ich werde keine Überstunden anordnen, um dieses Schlamassel aufzuräumen, das ist klar, aber ein paar Leute sollen sich an den ruhigen Tagen nach und nach darum kümmern, ja?«

»Klar doch«, sagte Noah.

»In Ordnung, mal sehen, was wir finden können.«

Sie teilten sich auf, jeder nahm sich einen anderen Raum vor und durchsuchte die Kisten nach alten Quittungen und Verträgen aus den Mittachtzigern. Eine Stunde später – Josie hatte schon Rückenschmerzen, weil sie sich über die Kisten beugen musste, um den Inhalt zu durchwühlen – hörte sie Gretchen vom Flur her rufen: »Ich hab's!«

Josie und Noah gingen zu ihr in den Flur, wo sie eine alte weiße Dokumentenkiste über den Boden zerrte. »Hier«, sagte Gretchen und wischte sich mit dem Handrücken den Schweiß von der Stirn. »Reinigungsdienst ›Fleißige Hände‹. Sie hatten Verträge für die Abendreinigung des Gebäudes in den Jahren 1981, 1982 und anscheinend auch 1983. Es gibt keine Personalunterlagen, nur den Vertrag zwischen der Firma und der Polizei. Nach 1983 finde ich nichts mehr. Das muss in einer anderen Kiste liegen.«

Josie sagte: »Das ist in Ordnung. Nehmen Sie, was Sie haben. Was wir wirklich brauchen, ist der Name des Besitzers.

Ich bezweifle, dass er noch Personalakten hat, die über dreißig Jahre alt sind, aber vielleicht erinnert er sich an meine Mutter oder kennt jemanden, der sie kennt.«

43

»Das soll wohl ein Witz sein«, sagte Josie und blickte von Gretchen zu Noah, die vor ihrem Schreibtisch standen wie Schulkinder, die vom Direktor zurechtgewiesen wurden.

Noah schüttelte mit einem traurigen Blick den Kopf. »Es tut mir leid, Boss. Der Reinigungsdienst ›Fleißige Hände‹ hat 1984 seine Arbeit eingestellt, als der Besitzer starb. Ein Autounfall. Nicht lange nach Belindas Verschwinden.«

»Ich habe mit einigen seiner Verwandten gesprochen – seiner Nichte und seinem Neffen. Keiner von ihnen hat die Geschäftsunterlagen aufbewahrt«, berichtete Gretchen.

»Also gibt es auch keine Personalakten«, meinte Josie.

»Tut mir leid, Boss«, sagte Noah.

Gretchen sagte: »Es gibt noch Sophia Bowen, die Frau des Richters. Wenn sie früher mit Belinda und dem Mädchen vom Reinigungsdienst befreundet war, kann sie uns vielleicht einen Hinweis geben. Sie sagte, sie könnte sich später mit uns treffen. Sie wohnt jetzt in Denton.«

Josie überlegte. Die Befragung von Sophia Bowen hatte von Anfang an Priorität gehabt, aber sie hatte wirklich gehofft, dass die Personalakten des Reinigungsdienstes ihnen handfestere

Informationen bringen würden als die Erinnerungen anderer Leute. Einen Vor- und Nachnamen. Ein Geburtsdatum. Eine Sozialversicherungsnummer. Irgendetwas, das ihnen verraten könnte, welche Identität Josies Mutter hatte, bevor sie das Leben von Belinda Rose stahl.

»Ich komme mit Ihnen«, sagte Josie. »Wie weit sind Sie mit der Liste der Mädchen, die in Maggie Lanes Heim wohnten, als Belinda dort lebte?«

»Das ist die gute Nachricht«, sagte Gretchen, zog ein Bündel Papiere aus ihrer Hosentasche und reichte es Josie. »Ich habe eine vollständige Liste der Mädchen, und Angie ist auf dem Weg zum Revier, um mit uns zu sprechen.«

Die Enttäuschung, die Josie noch kurz zuvor empfunden hatte, wich neuer Hoffnung. »Das ist großartig.«

Gretchen half Josie, die Papierseiten auf dem Schreibtisch auszubreiten. »In Maggie Lanes Heim lebten insgesamt vierzehn Mädchen, als Belinda dort war. Zwei von ihnen können wir ausschließen, weil sie adoptiert wurden, bevor Belinda zehn Jahre alt war. Drei von ihnen sind tot. Eine ist im Gefängnis. Zwei wurden in andere Kinderheime verlegt, bevor Belinda das Highschoolalter erreichte. Damit bleiben sechs übrig, darunter Angie Dobson – das ist ihr Ehename –, die auf dem Weg hierher ist.«

Gretchen zeigte auf das Foto einer Frau um die fünfzig mit langem braunem Haar, das erste graue Strähnen zeigte. Das Bild sah aus, als sei es einem Social-Media-Account entsprungen. Auf dem Foto stand Dobson an einem Strand bei Sonnenuntergang, lächelte mit sonnenverbrannten Wangen und trug ein ärmelloses Sommerkleid mit Hawaii-Muster um ihren üppigen Körper gewickelt. Unter dem Kleid lugten die Träger eines Badeanzuges hervor, die in ihre gebräunten Schultern einschnitten. »Sie lebt nicht in Philadelphia, aber ihre Tochter studiert hier, und sie ist gerade zu Besuch in der Stadt. Sie hat ihren Abschluss in dem Jahr gemacht, in dem auch Belinda die Schule abgeschlossen hätte.«

»Was ist mit den anderen?«, fragte Josie und betrachtete die Fotos, die meist aus den sozialen Medien stammten. Es gab ein Fahndungsfoto, die Fotos der drei Frauen, die bereits verstorben waren, sowie ihre Todesanzeigen. Alle sahen aus, als seien sie um die vierzig oder fünfzig Jahre alt. Keine hatte Ähnlichkeit mit Josies Mutter.

»Ich habe mit allen gesprochen«, sagte Gretchen. »Sie hatten nicht viel anzubieten. Belinda ist ihren eigenen Weg gegangen. Die meisten Mädchen mochten sie nicht, weil Mrs. Lane sie wohl bevorzugte. Dann bekam sie den Job bei Gericht und war kaum noch zu Hause. Sie bestätigten, dass sie kurz nach ihrem Arbeitsantritt bei Gericht zunahm, drei Monate lang verschwunden war und dann, als sie zurückkam, immer bei Lloyd Todd übernachtete. Ein paar von ihnen sagten, sie hätten vermutet, dass sie schwanger war, es aber nicht mit Sicherheit sagen können. Keine von ihnen erinnert sich daran, dass sie erzählte, wohin sie gegangen war, als sie weglief. Zwei von ihnen sagen, sie glaubten, dass sie ein paar Freunde im Gericht hatte, aber sie erinnern sich nicht an ihre Namen. Keiner von ihnen kann sich an die Namen ihrer Freunde und Freundinnen erinnern, außer an Lloyd und Damon Todd.«

»Diese Angie ist also unsere letzte Hoffnung, was die Mädchen aus dem Heim angeht«, sagte Josie.

Gretchen nickte. »Ja, sie weiß hoffentlich etwas, was die anderen nicht wissen.«

»Nun, wenn Belinda sich niemandem im Heim anvertraut hat«, meldete sich Noah zu Wort, »gibt es immer noch die Frau von Richter Bowen«.

44

Angela Dobson machte es sich am Kopfende des Tisches im Konferenzraum bequem, während Gretchen eine neue Seite in ihrem bewährten Notizbuch aufschlug und Noah ihnen allen Kaffee brachte. Angelas schulterlanges Haar war grauer als auf dem Facebook-Foto, das Gretchen gefunden hatte. Wenn sie lächelte, bildeten sich Krähenfüße in den Winkeln ihrer braunen Augen. Sie trug eine gebügelte Jeans und einen Pullover, den bunte Schmetterlinge zierten. »Ich habe mich immer gefragt, was aus Belinda geworden ist«, sagte sie zu Josie und Gretchen. Sie schüttelte den Kopf, so dass ihr Haar rauschte. »So traurig. Ich habe nicht geglaubt, dass sie ihren Traumprinzen getroffen und geheiratet hat, aber ich hätte nie gedacht, dass sie tot ist. Auch noch ermordet. Wie traurig. Wie ist es ... Wie ist es passiert?«

Gretchen und Josie tauschten einen Blick aus. Josie sagte: »Es tut mir leid, Mrs. Dobson, wir dürfen diese Details noch nicht preisgeben.«

Angie nickte weise. »Ich verstehe. Ich schätze, es wird sowieso irgendwann ans Licht kommen.«

Noah erschien mit drei gefüllten Kaffeebechern aus Pappe,

die er zwischen seine Hände drückte. Er verteilte sie und holte dann Päckchen mit Zucker und Sahne sowie Plastikrührstäbchen aus seinen Taschen. Angie lächelte ihn an. »Genau mein Typ«, sagte sie.

Gretchen ließ ihren Kaffee unangetastet und begann: »Wie gut kannten Sie Belinda?"

Angie warf drei Stücke Zucker in ihren Kaffee und rührte um. »Ziemlich gut, denke ich. Wir waren im gleichen Alter, wissen Sie. Unsere Geburtstage lagen nur einen Monat auseinander. Ich kam allerdings zwei Jahre nach Belli ins Heim. So hat Maggie sie genannt. Hat sie Ihnen das gesagt?«

»Ja, das hat sie«, antwortete Josie.

Angie verdrehte die Augen. »Keiner von uns hatte Spitznamen, aber Belinda schon. Maggie hätte es nie zugegeben, aber wir alle dachten, Belinda sei ihr Liebling. Maggie war eine nette Frau, aber sie machte keinen Hehl aus ihrer Vorliebe für ihren Liebling Belli.«

»Maggie sagte, dass Belli als Teenagerin eine ziemliche Unruhestifterin war«, bemerkte Noah.

Angie winkte wegwerfend. »O ja, das waren wir alle. Belinda wurde nur öfter erwischt.«

»Haben Sie und Belinda viel Zeit miteinander verbracht?«, fragte Gretchen.

»Bei Maggie ja, aber das war's auch schon. Vor allem, als sie den Job im Gericht bekam. Sie war nie zu Hause.«

Josie fragte: »Hat Belinda jemals mit Ihnen über ihre Schwangerschaft gesprochen?«

Sie erwartete Schock und Überraschung, aber Angie lachte nur und sagte: »Sie hat mit niemandem über diese Schwangerschaft gesprochen.«

»Sie wussten von der Schwangerschaft?«, fragte Noah.

»Na ja, ich habe es vermutet. Sie hat es nie zugegeben, aber sie hat es auch nicht geleugnet. Einmal habe ich sie dabei erwischt, wie sie mitten in der Nacht den Kühlschrank plünderte, und sie bat mich, Maggie nichts zu sagen. Ich sagte: ›Ich werde ihr nicht sagen, dass du heimlich etwas gegessen hast, aber das ist deine geringste Sorge, denn sie wird ausflippen, wenn sie erfährt, dass du schwanger bist‹. Daraufhin sagte sie gar nichts. Sie hat nicht einmal geblinzelt. Sie watschelte einfach ins Bett. Da wusste ich, dass ich recht hatte.«

»Haben Sie sie jemals gefragt, wer der Vater war oder was sie mit dem Baby vorhatte?«, fragte Gretchen.

Angie schüttelte den Kopf. »Nein, jedenfalls nicht direkt. Ich habe sie ein paar Mal allein abgepasst und ihr gesagt, wenn sie darüber reden wolle, könne sie mir alles sagen, und ich würde Maggie nichts sagen, aber sie ist mir immer aus dem Weg gegangen.«

»Sie haben bemerkt, dass sie schwanger war«, sagte Josie. »Warum ist es sonst niemandem aufgefallen?«

Angie zuckte mit den Schultern und nippte an ihrem Kaffee. »Belinda war eines dieser Mädchen, die am ganzen Körper zunehmen, wenn sie schwanger sind. Sie hatte keinen richtigen Babybauch, sie wurde nur insgesamt breiter. Deshalb wirkte es so, als hätte sie einfach nur zugenommen. Ich wusste das, weil wir uns ein Zimmer teilten und sie sich immer in unseren Mülleimer erbrach. Außerdem wurde die Pflegemutter, bei der ich vor Maggie wohnte, kurz bevor ich verlegt wurde, schwanger, sodass ich wusste, worauf ich achten musste. Das war auch der Grund, warum ich im Heim landete, denn als meine Pflegemutter ihr eigenes Kind bekam, war sie mit uns Pflegekindern fertig. Ich schätze, ich kannte einfach die Anzeichen – die morgendliche Übelkeit, den großen Appetit, die Gewichtszunahme – und, wie gesagt, wenn wir uns nicht ein Zimmer geteilt hätten, wäre es mir vielleicht gar nicht aufgefallen. Wir haben sie im Heim kaum gesehen. Damals arbeitete sie die ganze Zeit. Morgens ging sie mit uns zur Schule und kam erst nach Hause, als die Hälfte der Mädchen schon im Bett war.

Maggie war so überlastet, dass sie keine Zeit hatte, auf irgendetwas zu achten.«

Diese letzte Aussage war nicht böse gemeint. Selbst als Angie sich darüber beschwerte, dass Maggie Belinda bevorzugt hatte, lag in ihrem Tonfall immer noch eine gewisse Zuneigung zu ihrer Pflegemutter.

»Haben Sie irgendjemandem etwas gesagt, als sie im Winter 1982 weglief?«, fragte Gretchen.

»Nein«, sagte Angie. »Das ging mich nichts an.«

»Sie waren damals alle fünfzehn Jahre alt«, sagte Noah. »Ihre Pflegeschwester verheimlichte eine Schwangerschaft. Sie haben es Maggie gegenüber nicht erwähnt, als Belinda verschwand? Haben Sie sich keine Sorgen um sie gemacht?«

»Schauen Sie«, antwortete Angie, »Belinda war ziemlich unabhängig, wissen Sie? Ja, sie hat die Schwangerschaft verheimlicht, aber sie schien nicht in Schwierigkeiten zu sein. Sie war nicht die Art von Mädchen, um die man sich Sorgen machte. Sie kam immer zurecht. Sicher, Maggie machte sich Sorgen um sie, aber Maggie musste sich auch um den Rest von uns kümmern, und bevor Belinda ging, waren die Streitereien zwischen den beiden unerträglich. Ich sage es nur ungern, aber es war für uns alle eine Art Erleichterung, dass Belinda fortlief. Ich wusste, dass sie kurz vor der Entbindung stand, und ich nahm an, dass sie Vorkehrungen getroffen hatte. Außerdem war es nicht mein Geheimnis, wissen Sie? Dann war sie ein paar Monate später wieder da, als wäre nie etwas passiert.«

»Haben Sie sie gefragt, was mit dem Baby passiert ist?«, fragte Josie.

»Natürlich habe ich das. Sie hat nur gesagt, dass alles gut gegangen sei. Sie war sehr geheimnisvoll, was die ganze Sache anging.«

»Sie hat Ihnen nicht gesagt, was sie mit dem Baby gemacht hat?«, fragte Gretchen.

»Nein, kein einziges Wort.«

»Sie hat Ihnen nie einen Hinweis darauf gegeben, wo sie in diesen drei Monaten war?«, fragte Josie.

»Nein. Sie hat nur gesagt, dass es ihr gut gehe und dass alles gut gegangen sei.«

»Angenommen, sie hat das Kind ausgetragen und es ist gesund zur Welt gekommen, dann kann sie keinen offiziellen Weg beschritten haben«, sagte Noah. »Sie hat auf keinen Fall in einem Krankenhaus entbunden. Wenn eine Minderjährige in einem Krankenhaus auftaucht, um ihr Kind zu gebären – vor allem, wenn sie bereits in einem Heim lebt –, bleibt das nicht unbemerkt oder ungemeldet. Und bei einer Adoption hätten die Gerichte eingeschaltet werden müssen.«

Angie trank ihren Kaffee aus und stellte ihren Becher auf dem Tisch ab. »Das stimmt.«

»Was, glauben Sie, ist mit dem Baby passiert?«, fragte Gretchen.

Angie dachte einen Moment lang nach. »Ich weiß es ehrlich gesagt nicht. Aber jemand muss ihr geholfen haben. Ich meine, sie musste doch in den letzten Monaten irgendwo bleiben, oder? Vielleicht hat ihr jemand das Baby weggenommen. Wussten Sie, dass man bei einer Hausgeburt die Geburtsurkunde selbst ausfüllen und an den Staat schicken kann?«

Josie runzelte die Stirn. »Braucht man nicht eine Hebamme, die die Formulare ausfüllt?«

»Nein, in Pennsylvania kann man auch ohne fremde Hilfe gebären. Ich habe meine erste Tochter zu Hause in der Badewanne bekommen. Genau dasselbe. Ich meine, ich bin während der Schwangerschaft zu einem richtigen Arzt gegangen, aber bei der Geburt hat mir mein Mann geholfen. Wir hatten Glück, dass es keine Komplikationen gab. Aber das Einzige, was ich tun musste, war, die Formulare für die Geburtsurkunde auszu- füllen. Ich weiß nicht, wie die Gesetze heute sind, aber damals brauchte man nur zwei Zeugen, die ein Formular unterschrieben, auf dem stand, dass man schwanger war. Es war durchaus möglich, das zu beschaffen.«

»Glauben Sie, das ist mit Belindas Baby passiert?«, fragte Noah. »Dass sie jemanden gefunden hat, der es nahm?«

Angie starrte auf den Tisch, ihr Gesicht wirkte angespannt. »Es ist besser als die Alternative, oder?«

»Die da wäre?«, fragte Noah.

Josie wusste, was Angie sagen wollte, bevor sie zu sprechen begann. »Dass das Baby gestorben ist und Belinda es irgendwo vergraben hat.«

»Glauben Sie, sie war in der Lage, mit der ganzen Sache umzugehen?«, fragte Josie.

Angie hielt ihrem Blick stand. Ihre dunklen Augen schienen Josie zu durchdringen und jagten ihr einen kalten Schauer über den Rücken bis hin zu den Zehen. »Wenn man ein fünfzehnjähriges Pflegekind ist, das keine Mittel und Chancen hat, ist man in der Lage, mit so ziemlich allem fertig zu werden.«

»Hat sie jemals darüber gesprochen, wer der Vater war?«, fragte Gretchen.

»Nein. Sie wollte nicht über ihn sprechen.«

»Hatte sie einen Freund, als sie schwanger wurde?«

Wieder schüttelte Angie den Kopf. »Nein, nicht dass ich wüsste. Maggie hätte sie umgebracht. Wir durften uns nicht verabreden, bis wir siebzehn waren. Die meisten von uns taten es trotzdem, seit wir dreizehn oder vierzehn waren, aber wir hielten es geheim. Offensichtlich war Belinda mit jemandem zusammen, sonst hätte sie nicht schwanger werden können, aber ich weiß nicht, wer es gewesen sein könnte.«

Gretchen sagte: »Oder sie wurde sexuell missbraucht.«

Angie dachte nach. »Das ist wohl wahr, aber ich glaube, sie war mit jemandem zusammen. Ich meine, sie war nicht innerlich zerrissen oder so. Obwohl die meisten von uns in diesem Alter schon angegriffen oder sexuell belästigt wurden.«

Angie sagte das auf eine so sachliche Art und Weise, dass Josie nicht wusste, ob sie traurig sein oder ihre Stärke und Offenheit bewundern sollte. »Wenn ich so darüber nachdenke«, fuhr Angie fort, »sie kam nach der Schwangerschaft mit diesem hübschen kleinen Medaillon nach Hause. Sie hat es nie abgenommen und wollte auch niemandem erzählen, wer es ihr geschenkt hatte. Wo auch immer sie gewesen war und wer auch immer ihr geholfen hat – ich glaube nicht, dass es gegen ihren Willen geschah.«

Josie fragte: »Was ist mit Freunden und Freundinnen? Erinnern Sie sich, mit wem sie befreundet war?«

Angies Lippen verzogen sich, während sie eine endlose Minute lang nachdachte. Dann sagte sie: »In der Schule auf jeden Fall mit niemandem. Die Leute haben sie gnadenlos gehänselt, vor allem wegen ihrer Zähne. Sie wissen davon, oder?«

»Wir wissen es«, sagte Noah.

»In der elften Klasse fing sie an, sich mit diesem Todd zu treffen – ich glaube, das ist derselbe, der gerade verhaftet wurde. Das ist doch etwas, oder?«

Um sie wieder auf das Thema Belinda zu lenken, fragte Gretchen: »Was ist mit den Leuten, mit denen sie arbeitete?«

»O ja, es gab ein paar Mädchen im Gericht, mit denen sie befreundet war. Die eine war die Frau des Richters, wenn ich mich nicht irre. Die andere hat auch dort gearbeitet.«

»Erinnern Sie sich an ihre Namen?«, fragte Josie.

»Tut mir leid, nein.«

»Wir haben den Namen der Frau des Richters«, erklärte Gretchen. »Sophia Bowen. Den Namen der anderen Frau, mit der sie befreundet war, kennen wir nicht.«

Angie sagte: »Ich weiß, dass er mit einem L anfängt, aber das ist auch schon alles. Linda? Lilly? Laura? Irgendetwas in der Art. Sie war ein paar Jahre älter als Belinda. Ich erinnere mich daran, weil Belinda ständig davon sprach, wie cool sie war und dass sie eine eigene Wohnung hatte.«

»Hat sie gesagt, wo sich diese Wohnung befand?«, fragte Josie.

»Nein. Ich nahm an, in Bellewood.«

Gretchen notierte etwas in ihren Block. »Erinnern Sie sich noch an irgendetwas, was Belinda über dieses Mädchen sagte?«

»Es tut mir wirklich leid, aber nein.«

45

Noah fuhr sie zum Haus von Sophia Bowen. Während sie durch die Straßen von Denton fuhren, listete er auf, was sie über den Fall wussten. »Belinda fängt irgendwann Anfang 1982 an, nach der Schule in Teilzeit beim Gericht zu arbeiten. Im Herbst ist sie schwanger, aber die einzige Person, die es bemerkt, ist ihre Mitbewohnerin. Sie verschwindet drei Monate und kehrt zurück, nicht mehr schwanger, aber dafür mit einem schönen Medaillon. Wir haben keine Ahnung, wohin sie gegangen ist, bei wem sie gewohnt hat oder was mit ihrem Baby geschehen ist. Soweit wir von den Leuten wissen, mit denen wir gesprochen haben, hat sie nie jemandem erzählt, was passiert ist. Sie kam nach Hause und führte ihr normales Leben weiter. Einige Monate später beginnt sie eine Affäre mit einem Lehrer, dessen Söhne ihm helfen, die Liaison zu vertuschen. Schließlich trennt sie sich von dem Lehrer, und drei oder vier Monate später schlägt ihr jemand mit einem Montierhebel oder Ähnlichem den Kopf ein und vergräbt sie im Wald. Sechs Monate später fängt die Mutter der Polizeichefin an, hier in Denton ihre Identität zu benutzen.«

»Belinda hatte eine Menge Geheimnisse«, sagte Gretchen. »Jedes dieser Geheimnisse hätte zu ihrem Tod führen können.«

»Oder keines davon«, murmelte Josie.

Sie spürte Noahs Blick. »Was meinen Sie?«

»Ich meine, meine Mutter konnte impulsiv sein, verrückt sogar. Vielleicht hat das, was wir über die echte Belinda Rose wissen, sie gar nicht wütend gemacht. Vielleicht sah Belinda meine Mutter an diesem Tag einfach nur schief an, und sie beschloss, ihr den Kopf einzuschlagen.«

Als der Campus der Denton University vor ihrem Fenster vorbeizog, wurde Josie die drückende, unangenehme Stille im Wagen bewusst. Sie drehte sich um, sah, dass Noah sie aus den Augenwinkeln beobachtete, und reckte dann den Hals in Richtung Rücksitz, wo Gretchen sie musterte. Mit einem Seufzen sagte sie: »Sie haben gesagt, Sie müssen mehr über meine Mutter wissen«.

»Angie und Mrs. Ortiz zufolge waren die beiden eng befreundet«, sagte Noah.

Josie lachte trocken. »Meine Mutter hatte keine Freunde. Sie hat sich nur für eines interessiert: Was die Leute für sie tun konnten.«

»Nun, offensichtlich hatte sie eine Beziehung zu Belinda, lange bevor sie ihre Identität gestohlen hat«, sagte Gretchen. »Was also hätte Belinda für sie tun können?«

Josie hatte keine Zeit zu antworten, denn Noah hielt vor einem großen Haus mit Giebeldach, gemusterten Kunststeinwänden und Bogenfenstern, die mit Holzrollläden und schmiedeeisernen Blumenkästen geschmückt waren. Die Blumenkästen waren leer, aber Josie konnte sich gut vorstellen, wie sie im Frühjahr gefüllt mit bunten Blumen aussahen. Noch bevor sie aussteigen konnten, öffnete sich die Haustür und eine Frau trat auf die Steinstufen. Sie war klein, rundlich und schick gekleidet in einen langen roten Rock, eine weiße Bluse und einen roten Schal, den sie um den Hals drapiert trug. Ihr dünnes blondes Haar fiel ihr aus dem Gesicht und war am Hinterkopf zu einem Dutt zusammengesteckt.

Als sie die Treppe hinaufstiegen, sagte Noah: »Mrs. Bowen?«, und reichte ihr die Hand.

Sie stellten sich vor und Mrs. Bowen führte sie in ihr Haus. Es war groß und geschmackvoll in gedeckten Pastelltönen eingerichtet. Im Foyer und im großen, hellen Wohnzimmer standen jede Menge Topfpflanzen. Zwei hellgraue, mit Knöpfen gesteppte Chesterfield-Sofas säumten einen runden Couchtisch mit Glasplatte, in dessen Mitte eine große Vase mit frischen Blumen stand.

Die drei Polizisten setzten sich auf ein Sofa. Mrs. Bowen setzte sich ihnen gegenüber auf die Sofakante, die Füße übereinandergeschlagen und die Hände im Schoß verschränkt. »Darf ich Ihnen Kaffee oder Tee anbieten?«, fragte sie.

»Danke, aber das ist nicht nötig«, sagte Gretchen, die ihr Notizbuch und einen Stift in der Hand hielt.

Sophias Blick sank für einen Moment auf ihren Schoß. »Es tut mir so leid zu hören, was mit Belinda passiert ist. Das hätte ich nie gedacht. Alle dachten, sie sei mit einem Mann durchgebrannt.«

»Wo haben Sie das gehört?«, fragte Josie.

Sophia zuckte mit den Schultern. »Oh, ich bin mir nicht mehr sicher. Ich glaube, Mrs. Lane kam vorbei und erzählte es jemandem im Gericht. Wir waren alle besorgt. Sie kam nicht mehr zur Arbeit. Malcolm und ich hatten inzwischen unseren ersten Sohn bekommen, deshalb hatte ich aufgehört zu arbeiten, aber Malcolm erzählte mir alle Neuigkeiten aus dem Büro, wenn er abends nach Hause kam. Wie kann ich Ihnen also so viele Jahre später helfen?«

Gretchen sagte: »Wir versuchen nur, einen Eindruck davon zu bekommen, wie Belindas Leben in den Wochen vor ihrem Tod aussah. Mit welchen Leuten sie die meiste Zeit verbrachte, so etwas in der Art. Alona Ortiz erwähnte, dass Sie und Belinda gute Freunde waren.«

»O ja. Wir standen uns ziemlich nahe. Wir haben immer zusammen Raucherpausen gemacht und über das Neueste aus *Denver-Clan* gesprochen.«

»Mrs. Ortiz erwähnte, dass Belinda oft mit Ihrem Mann geflirtet hat«, sagte Noah. »War das ein Problem zwischen Ihnen?«

Sophia lachte, ein Lachen, das wie ein klimperndes Windspiel klang, und wedelte mit der Hand in der Luft. »Ach das. Ja also, Belinda hat mit jedem geflirtet. So war sie nun mal. Sie liebte es, Aufmerksamkeit zu bekommen, wie alle jungen Mädchen. Es stimmt, dass ich anfangs besorgt darüber war, wie viel Aufmerksamkeit Malcolm ihr schenkte. Ich war frischvermählt und ziemlich unsicher. Was ich damals nicht verstand, war, wie schwer es Mädchen wie Belinda hatten.«

»Mädchen wie Belinda?«, wiederholte Josie.

Sophia lächelte. »Pflegekinder. Keine Familie und kein Unterstützungssystem. Sie hatte zwar eine Pflegemutter, aber überhaupt keine Vaterfigur in ihrem Leben. Mein Malcolm hat nur versucht, ihr Orientierung zu geben, ein starkes männliches Vorbild, zu dem sie aufschauen konnte. Er sagte immer, es sei christlich, sich so zu verhalten.«

Josie fragte sich, wie Malcolm sonst noch versucht hatte, sich um Belinda Rose zu kümmern, aber sie schwieg.

Gretchen sagte: »Sie haben sich also mit Belinda angefreundet.«

Sophia nickte.

»Hat sie sich Ihnen anvertraut?«, fuhr Gretchen fort.

»Na ja, sicher.«

Josie fragte: »Hat sie mit Ihnen über ihr Baby gesprochen?«

Sophias bedächtiges Lächeln gefror. »Ihr was?«

»Ihr Baby«, sagte Noah.

Sophias Augenlider flatterten und sie kämpfte darum, ein höfliches Lächeln aufzusetzen. »Belinda hatte kein Baby.«

Josie sagte: »Ihre Autopsie hat ergeben, dass sie vor ihrem Tod entbunden hat.«

»Nein«, sagte Sophia. »Das kann nicht sein. Belinda war nie schwanger.«

»Es muss 1982 gewesen sein«, sagte Josie. »Sie muss irgendwann Ende 1982 entbunden haben.«

Sophia legte eine manikürte Hand auf ihre Brust. »Mein Gott. Das wusste ich nicht. Ich wusste, dass sie in jenem Winter verschwunden war. Sie hatte sich oft mit ihrer Pflegemutter gestritten, so viel weiß ich noch. Aber ich kann mich mit Sicherheit nicht daran erinnern, dass sie schwanger war.«

»Sie arbeitete danach wieder im Gericht. Haben Sie sie jemals gefragt, wo sie gewesen ist?«

»Ja, natürlich. Das haben wir alle. Sie wollte nicht darüber reden. Ich habe sie nicht gedrängt. Wahrscheinlich hat sie nur bei einer Freundin gewohnt, aber Belinda liebte es, ein wenig Drama zu erzeugen.«

»Ja«, sagte Josie. »Das haben wir schon gehört.«

»Apropos Freunde«, sagte Gretchen. »Mit wem hat sich Belinda noch so getroffen?«

»Oh, ich weiß nicht, was für Freunde sie hatte, abgesehen von dem Mädchen, mit dem sie sich ein Zimmer im Heim teilte. Ich bin sicher, dass sie Freunde in der Schule hatte, aber ich habe sie nur im Gericht getroffen, also kann ich das nicht sagen.«

Josie sagte: »Soweit wir wissen, war sie mit einem der Mädchen vom Reinigungsdienst befreundet, genau wie Sie.«

Sophia verfiel wieder in ihr Windspiel-Lachen. »Oh, die Grapschenden Hände?«

Noah sagte: »Sie meinen ›Fleißige Hände‹?«

»Nein, wir haben den Dienst Grapschende Hände

genannt, weil der Inhaber ein bisschen ... hm ... übergriffig war, wenn Sie wissen, was ich meine.«

»Sie meinen, er hat seine Angestellten sexuell belästigt?«, fragte Gretchen spitz.

Sophia räusperte sich lächelnd. »Ich nehme an, so würde man es heute nennen. Eine Menge junger Mädchen arbeitete für ihn, und es hieß, dass er seine Hände nicht bei sich behalten konnte. Deshalb wechselten die Mädchen auch so oft. Wer will schon für so wenig Lohn damit klarkommen müssen, ständig von seinem Chef betatscht zu werden?«

Josie verkniff sich die bissige Antwort, die ihr in den Sinn kam, ebenso wie die Erklärung, dass das Gehalt keine Rolle spielen sollte – eine Frau sollte niemals betatscht oder belästigt werden, weder an ihrem Arbeitsplatz noch sonst irgendwo. Sophia schien völlig vergessen zu haben, dass sie vor ihrer Heirat die Sekretärin des Richters gewesen war. Anstatt sie darauf hinzuweisen, fragte Josie: »Waren Sie mit einer der jungen Frauen vom Reinigungsdienst befreundet?«

»Oh, nun, nicht wirklich. Wie ich schon sagte, die Mädchen wechselten oft und keine von ihnen war sehr lange da. Außerdem kamen sie erst gegen Ende des Tages, als wir anderen schon dabei waren, nach Hause zu gehen.«

»Mrs. Ortiz sagte, Sie und Belinda waren mit einer der jungen Damen ziemlich eng befreundet«, sagte Noah. »Sie war dünn, hatte lange dunkle Haare und blaue Augen. Sagt Ihnen das etwas?«

Josie fügte hinzu: »Ihr Name begann vielleicht mit einem L. Linda, Lilly? So etwas in der Art? Laura vielleicht?«

Sophia runzelte die Stirn. Ihr Blick wanderte hinauf zur Decke. »Hmmm ...«, sagte sie. »Das kommt mir bekannt vor. Ich meine, ich würde nicht sagen, dass ich mit irgendeiner von ihnen ›eng‹ befreundet war, aber es gab eine oder zwei, die länger da waren als die anderen, mit denen ich redete. Ich muss zugeben, dass ich früher geraucht habe, und diese Putzfrauen haben sich manchmal zu Belinda und mir nach draußen gesetzt, um eine Zigarette zu rauchen.«

Gretchen fragte: »Erinnern Sie sich an eine bestimmte Frau, deren Name mit einem L begann?«

»Ich bezweifle nicht, dass es eine junge Frau gab, eine Linda oder eine Lilly – kommt mir irgendwie bekannt vor –, aber ich kann mich nicht genau an sie erinnern. Es tut mir sehr leid.«

Wieder eine Sackgasse. Wie konnten so viele Menschen Josies Mutter so leicht vergessen, dass sich keiner auch nur an ihren Namen erinnerte? War das Absicht? Oder hatte jemand gelogen? Hatten mehrere Leute gelogen? Und wenn ja, warum? Josie konnte keinen Grund erkennen, warum Mrs. Ortiz lügen sollte. Auch Damon Todd hatte keinen Grund zu lügen, besonders nachdem er das skandalöse Geheimnis seines Vaters preisgegeben hatte. Sein Vater, sein Bruder und er selbst hatten alle ein Alibi für die Nacht, in der Belinda verschwunden war. Angie Dobson war mitteilsamer gewesen als die anderen, mit denen sie gesprochen hatten. Sie hatte ihnen den ersten echten Hinweis auf die wahre Identität von Josies Mutter gegeben – oder zumindest auf die Identität, unter der sie gelebt hatte, bevor sie Belindas Identität stahl. Josie konnte sich nicht vorstellen, warum Sophia Bowen lügen sollte, aber sie war sich sicher, dass sie nicht die ganze Wahrheit sagte.

»Wann haben Sie aufgehört, im Gericht zu arbeiten?«, fragte Josie sie.

»Oh, das war im Sommer 1983, als wir mit unserem ältesten Sohn nach Hause kamen. Ein paar Jahre später wurde dann unser zweiter Sohn geboren, und ich habe nie zurückgeblickt. Jetzt sind sie natürlich erwachsen. Andrew ist Anwalt, wissen Sie, hier in Denton.«

In diesem Moment wurde Josie klar, warum ihr der Name Bowen so bekannt vorkam. Andrew Bowen war schon oft auf dem Polizeirevier gewesen, um seine Mandanten zu verteidigen. Josie hatte nie direkt mit ihm gesprochen, aber sie war ihm im Laufe der Jahre oft über den Weg gelaufen. »Praktiziert Ihr Sohn Strafrecht?«, fragte Josie.

Sophias Lächeln wurde breiter. »Ja, das ist richtig. Er befasst sich ein wenig mit Familienrecht und anderen zivilrechtlichen Angelegenheiten, aber sein Spezialgebiet ist die Strafverteidigung. Mein anderer Sohn ist Arzt. Er lebt in San Francisco.«

Sophia und Gretchen unterhielten sich noch einige Minuten lang, ohne dass Josie sich die Mühe machte zuzuhören. Sie stand auf, lief durch den Raum und bemerkte, dass Sophias Blicke immer wieder zu ihr wanderten, obwohl sie nicht wusste, was Sophia so nervös machte. Sie dankten ihr, dass sie sich die Zeit genommen hatte, baten sie, im Revier anzurufen, falls ihr noch etwas einfiele, und machten sich auf den Weg zur Haustür.

In diesem Moment fielen Josie die gerahmten Fotos auf, die hinten im Foyer an der Wand hingen. Es waren mehrere Bilder von zwei gutaussehenden jungen Männern – wahrscheinlich nur ein paar Jahre älter als Josie, der eine braunhaarig, der andere blond. Es gab Fotos von ihnen beim Highschoolabschluss, beim Collegeabschluss, Schnappschüsse, die die beiden bei verschiedenen Sportarten zeigten, und sogar ein Foto, auf dem einer der zwei Männer auf einem Berggipfel stand. Josie erkannte Andrew Bowen. Die Bildergalerie war eine beeindruckende Präsentation der Leistungen von Sophia Bowens scheinbar perfektem Nachwuchs, aber das war es nicht, was Josie die Kehle zuschnürte. Sie zeigte auf das große Porträt, das alle anderen Fotos überragte – Sophia Bowen als junge Frau, die in starrer Haltung neben ihrem Mann, Richter Malcolm Bowen, saß.

Noah stellte sich neben sie. »Was ist los, Boss?«

Josies Mund öffnete sich, aber sie blieb stumm. »Boss?«, wiederholte Noah.

»Er«, presste sie hervor.

Sophia ging zu ihnen hinüber. »Das war mein Malcolm«, sagte sie liebevoll. »Das ist natürlich schon lange her.«

Gretchen schlich sich neben Josie und schaute von Josie zu dem Porträt und wieder zurück. »Sie kannten Richter Bowen?«, fragte sie.

»Was ist denn los?«, fragte Sophia mit leichter Unsicherheit in der Stimme.

Schließlich fand Josie ihre Stimme wieder. »Ich kannte ihn nicht, aber er kannte meine Mutter.«

»Ach ja? Wer war Ihre Mutter?«, fragte Sophia.

»Boss«, sagte Noah mit einem Anflug von Besorgnis in der Stimme.

Josie ignorierte Sophia und wandte sich an Noah. »Es gab eine Sorgerechtsanhörung. Nein, keine Anhörung, eine Mediation. Nur ich, meine Mutter, meine Großmutter, ihre Anwälte und Richter Bowen. Ich war neun oder zehn. Meine Großmutter wollte das Sorgerecht. Sie hat verloren. Hauptsächlich deshalb, weil ich über all die Dinge log, die meine Mutter mir angetan hatte. Ich hatte zu viel Angst, die Wahrheit zu sagen.«

Josie fragte sich, ob es einen Unterschied gemacht hätte, die Wahrheit zu sagen. Ihre Großmutter hatte ihre Mutter unter dem Namen Belinda Rose verklagt, und Richter Bowen hatte die echte Belinda Rose gekannt, die 1982 im Gericht gearbeitet hatte. Josie war nun bereit zu wetten, dass er der Vater von Belindas Baby war. Er hätte 1997, als Josies Mutter zur Mediation bei ihm erschien, wissen müssen, dass sie nicht Belinda Rose war. Vielleicht erinnerte er sich sogar noch an sie aus ihrer Zeit bei den »Fleißigen Händen«. Oder hatte er einfach geglaubt, es gäbe mehr als eine Frau mit diesem Namen in der Gegend?

Josie versuchte, an jenen Tag zurückzudenken und ihre Erinnerungen auf jedes kleine Detail zu überprüfen, das ihr beweisen könnte, dass der Richter und ihre Mutter miteinander im Bunde gewesen waren. Wenn Josie recht behielt und Richter Bowen derjenige war, der Belinda Rose geschwängert hatte, war es möglich, dass ihre Mutter von der Affäre gewusst und den Richter damit erpresst hatte. Es gab mehrere Richter im County. Warum war ihr Fall bei ihm gelandet, und zwar für eine Mediation und nicht für eine Anhörung?

Sophia fragte erneut: »Wer war Ihre Mutter?«

Aber jetzt war der Richter tot. Aus seinen Unterlagen und Prozessaufzeichnungen ging nur noch hervor, dass eine Frau namens Belinda Rose das Sorgerecht für ihre leibliche Tochter bekommen hatte. Josie fragte sich, ob Malcolm Bowen der Richter gewesen war, der den Sorgerechtsbeschluss gefällt hatte, als ihre Mutter sie schließlich ein für alle Mal verließ. Der einzige Mensch, der wusste, dass ihre Mutter nicht diejenige war, für die sie sich ausgab, war verstorben und ließ Josie mit nichts als einem Schatten und mehr Fragen als Antworten zurück.

»Ich weiß es nicht«, antwortete Josie. »Ich habe keine Ahnung, wer sie war.«

46

»Sie lügt«, sagte Josie.

Sie war mit Noah und Gretchen zurück im Revier. Sie hatten sich Essen zum Mitnehmen geholt und waren in den Konferenzraum gegangen, wo sie ihre Notizen und Unterlagen zum Fall Belinda Rose auf dem Tisch ausgebreitet hatten.

»Boss«, sagte Noah, »sie hat aufgehört, im Gericht zu arbeiten, lange bevor Ihre Großmutter versuchte, das Sorgerecht für Sie zu bekommen. Ich bezweifle, dass sie überhaupt etwas davon gewusst hat.«

»Es sei denn, Malcolm kam nach Hause und hat es ihr erzählt«, sagte Gretchen. »Er scheint ihr nach der Arbeit gern vom Büroklatsch erzählt zu haben. Sie glauben doch nicht, dass er nach Hause kam und ihm plötzlich einfiel: ›Hey, erinnerst du dich an das Mädchen, das bei Gericht arbeitete und verschwand? Nun, sie ist heute im Gericht aufgetaucht, aber sie war nicht dieselbe.‹«

»Oder«, sagte Noah, »es gibt mehr als eine Belinda Rose im Bundesstaat. Wir wissen nicht einmal, ob Malcolm Bowen Josies Mutter kannte, als sie noch für den Reinigungsdienst arbeitete. Fallen Männern wie ihm wirklich die Hilfskräfte auf?«

»Belinda Rose ist ihm aufgefallen«, betonte Josie. »Ich wette darauf, dass er der Vater des Babys ist.«

Gretchen nickte zustimmend. »Das habe ich auch schon gedacht.«

Noah gab ein frustriertes Geräusch von sich. »Das heißt aber immer noch nicht, dass er Ihre Mutter in den frühen Achtzigern kannte oder sich an sie erinnerte.«

»Meine Mutter hatte etwas gegen ihn in der Hand«, sagte Josie mit Bestimmtheit. »Ich weiß, dass sie es wusste. Wie frech ist es, zum Gericht zu spazieren unter der Identität eines Mädchens, mit dem du früher dort gearbeitet hast?«

»Wir reden hier von fünfzehn Jahren später, Boss«, sagte Noah.

Josie setzte gerade an, ihre Argumente zu erläutern, als ihr Handy vibrierte und geräuschvoll über den Glastisch tanzte. Als Mistys Name auf dem Display aufblitzte, nahm Josie das Handy und ging ran, hörte einen Moment zu und sagte dann: »Ich erledige das. Gib mir eine halbe Stunde, okay?«

Sie legte auf, stand auf und bemerkte, dass Noah und Gretchen sie anstarrten. »Misty braucht mich«, erklärte sie. »Sie und das Baby sind krank. Mrs. Quinn hat sie zum Arzt gebracht, aber sie muss arbeiten. Misty braucht mich, um ein Rezept für das Baby zu besorgen.«

Sie starrten sie weiter an, und Josie wurde klar, dass es sonst nicht ihrer Art entsprach, mitten in einem laufenden Fall von der Arbeit zu verschwinden, obwohl sie als Chefin nicht unbedingt anwesend sein musste. Sie sollte besser im Delegieren werden. »Ich bin in einer Stunde zurück«, sagte sie. »Sie schreiben in der Zwischenzeit ein paar Anordnungen. Ich möchte, dass nach allen weiblichen Pflegekindern gesucht wird, die zwischen 1962 und 1982 in staatlicher Obhut waren und deren Vorname Linda, Lilly oder Laura war.«

Noah stöhnte auf. »Boss, bei allem Respekt, das ist wie die Suche nach einer Nadel im Heuhaufen.«

Gretchen machte sich bereits Notizen. Josie hob eine Augenbraue und blickte Noah an. »Haben Sie eine bessere Idee?«

»Gibt es noch jemanden, den Ihre Mutter kannte und der vielleicht Aufschluss darüber geben könnte, wer sie war oder was aus ihr geworden ist?«, fragte Noah.

»Nein«, sagte Josie. »Jeder, der sie kannte, kannte sie als Belinda Rose. Das hilft mir aber nicht weiter. Die meisten Leute, die sie kannte, waren auf die eine oder andere Art in Drogengeschäfte verwickelt. Ich kenne ihre Namen nicht. Ich kenne sie nur unter den Spitznamen, die ich ihnen als Kind gab. Die meisten von ihnen sind wahrscheinlich schon tot.«

Gretchen fragte: »Hatte sie irgendwelche Freunde? Nachdem ihr Vater gestorben war?«

Wieder kam ihr Dexter McMann in den Sinn. »Es gab einen Mann«, gab sie zu. »Einen Freund. Aber ich glaube nicht, dass wir viel mit ihm anfangen können. Er wird sie nur als Belinda Rose gekannt haben, genau wie ich. Ich weiß nicht, was aus ihm geworden ist.«

»Kennen Sie seinen Namen?«, fragte Gretchen.

»Ich ... ich erinnere mich nicht«, log Josie.

Gretchen sah sie eindringlich an. Dann sagte sie: »Versuchen Sie, sich zu erinnern. Ehemalige Partner bewahren fast immer Fotos auf. Es könnte sich lohnen, ihm einen Besuch abzustatten. In der Zwischenzeit machen wir uns daran, die Lindas, Lillys und Lauras im Pflegeverzeichnis aufzuspüren.«

JOSIE – DREIZEHN JAHRE ALT

Im Bett ihrer Mutter lag ein Mann. Das war nichts Ungewöhnliches – nur dass seit zwei Wochen jeden Morgen derselbe Mann im Bett ihrer Mutter lag. Der Lärm ihrer lebhaften nächtlichen Aktivitäten war in dem winzigen Wohnwagen kaum zu überhören, aber Josie ging sicher, jeden Morgen aufzustehen, zu duschen, sich anzuziehen und den Wohnwagen zu verlassen, bevor einer der beiden aufstand. Sie nahm immer die Abkürzung durch den Wald, um auf der Veranda von Rays Haus auf Ray zu warten. Josies Mutter und der Neue waren nachmittags nicht da; sie kehrten meist erst nach dem Abendessen in den Wohnwagen zurück, wenn Josie sich schon in ihrem Zimmer verbarrikadiert hatte. Josie mochte es nicht, wenn Männer über Nacht blieben, aber sie liebte es, wenn ihre Mutter einen Grund hatte, um sie nicht zu beachten.

Als sie ihm schließlich begegnete, war es ein zufälliges Treffen. Ein Magenvirus hatte sie fast die ganze Nacht wachgehalten, und als sie vom Badezimmer in die Küche schlurfte, um sich ein Glas Wasser zu holen, stolperte sie direkt an seine nackte Brust. Durch den Aufprall wurde Josie nach hinten geschleudert und schlug mit dem Hintern hart auf den Küchenfliesen auf. Das Licht ging an, und Josie hob ihren Unterarm, um das plötzliche grelle Licht abzuschirmen. Über ihr stand ein Kerl, der unfassbar groß wirkte und näher an Josies Alter sein musste als an dem ihrer Mutter. Zottelige braune Haare fielen ihm ins Gesicht. Er trug nur Boxershorts, und die Muskeln seines langen Oberkörpers wellten sich, als er sich bückte, um ihr aufzuhelfen.

»Hey«, sagte er. »Alles in Ordnung?«

Sie nickte und wurde sich plötzlich bewusst, dass sie nach Erbrochenem riechen musste.

»Du siehst nicht gut aus«, sagte er zu ihr. »Übrigens, ich bin Dex. Deine Mom wollte mich dir vorstellen, aber du bist ja nie da.«

Oh, ich bin hier, dachte Josie. Ihre Mutter hätte nur an ihre Zimmertür klopfen müssen, aber jetzt sah Josie, warum ihre Mutter nicht wollte, dass sie sich begegneten. Sie konnte ihren Blick nicht von seinem flachen Bauch und der Linie seiner Körperhaare abwenden, die vorn in seinen Boxershorts verschwand. Sie hatte Ray schon ein Dutzend Mal ohne Hemd gesehen, aber so sah er nicht aus.

»Wie ... wie alt bist du?«, fragte Josie.

Dex lachte. »Ich bin zwanzig. Ich weiß, ich weiß, das ist ein ziemlicher Altersunterschied, aber deine Mom, weißt du, sie ist echt cool.«

Josie machte sich nicht die Mühe, darauf zu antworten. Dex wirkte nicht so, als sei er – wie die meisten Männer – nur wegen einer alkohol- und drogengeschwängerten Orgie hier. Er wollte tatsächlich hier sein, was ihn entweder wirklich dumm oder genauso kaltherzig wie Josies Mutter machte. Josie tippte auf dumm; sie hatte schon oft erlebt, wie ihre Mutter Männer manipulierte. Sie drängte sich an ihm vorbei und holte ein Glas aus dem Hängeschrank, füllte es mit Wasser und trank. Sie bereute es sofort, denn in ihrem Magen machte sich Übelkeit breit.

»Bist du krank?«, fragte Dex.

Ja, er war definitiv nicht der Schlaueste.

Josie ignorierte ihn und versuchte, sich an ihm vorbei zu drängen. Sie hatte noch nicht das Wohnzimmer erreicht, als ihr übel wurde und Erbrochenes explosionsartig auf den Teppich vor ihr strömte. Sie hielt sich den Bauch und schwankte. Es war nur das Wasser, das sie gerade getrunken hatte, aber der Geruch war widerlich. Ihre Mutter würde sie richtig dafür büßen lassen.

Dann stand Dex zu ihren Füßen und wischte den Teppich mit Papiertüchern ab. Er ging und kam mit einem Reinigungsmittel zurück, das er unter der Küchenspüle gefunden hatte.

»Du solltest dich hinlegen«, sagte er. »Ich mache das schon.«

Josie wusste, dass sie sich bei ihm bedanken sollte, aber sie hatte Angst, nicht durchzukommen, wenn sie nicht sofort in ihr Bett käme. Sie rannte in ihr Zimmer und kletterte in ihr Bett, zog die Decke bis zum Hals hoch und ließ sich von den Wogen der Krankheit übermannen.

Josie erinnerte sich nicht einmal, eingeschlafen zu sein, aber als sie aufwachte, standen auf ihrem Nachttisch vier Dosen Ginger Ale und zwei Packungen Salzcracker. Sie setzte sich auf, verwirrt und sicher, dass sie träumte. Als sie eine der Dosen begutachten wollte, stieß sie mit dem Fuß gegen etwas Hartes aus Plastik neben ihrem Bett. Ein Eimer. Für sie, um sich zu übergeben. Einen Moment lang fragte sich Josie, ob ihre Großmutter in der Nacht da gewesen war, aber sie wusste es besser. Ihre Mutter erlaubte Lisette nie, den Wohnwagen zu betreten. Ihre Mutter konnte es nicht gewesen sein, also war es ... Dex?

Es dauerte zwei Wochen, bis sich ihre Wege wieder kreuzten, und als sie ihn sah, brachte sie nur ein gemurmeltes »Danke« heraus. Es machte sie nervös, wenn Männer nett zu ihr waren. Es hatte immer einen hohen Preis – die Wut ihrer Mutter, einen Handel oder Schlimmeres. Gelegentlich lud Dex sie ein, mit ihm und ihrer Mutter zu essen oder fernzusehen, aber Josie lehnte immer ab. Er lud sie ein, mit ihnen ins Kino oder essen zu gehen, aber auch das lehnte Josie ab. Er wirkte immer ein wenig enttäuscht, aber er hatte keine Ahnung, wie die Dinge in der Welt ihrer Mutter liefen.

Dann begann er, Kontakt zu ihr zu suchen, wenn ihre Mutter nicht zu Hause war. Inzwischen war er praktisch bei ihnen eingezogen, und wenn ihre Mutter unterwegs war, um das zu tun, was sie so machte, um die Miete für den Wohnwagen zu verdienen, versuchte Dex, Josie aus der Reserve zu locken: Er bot ihr an, sie zur Schule zu fahren, wollte mit ihr Eis essen gehen, fragte, ob sie Hilfe bei den Hausaufgaben brauchte, und versuchte, sie dazu zu bringen, mit ihm fernzusehen. Eines Tages brachte er ein Dutzend Donuts mit nach Hause und bot ihr welche an, mit dem Hinweis, dass er sechs Stück von ihrer Lieblingssorte besorgt hatte: French Crullers, Spritzkuchen. Woher er das überhaupt wusste, war ihr ein Rätsel. Hatte sie es ihm gesagt?

Als würde er ihre Frage spüren, sagte er: »Die letzten beiden Male, als deine Mutter Donuts geholt hat, sind die French Crullers auf mysteriöse Weise verschwunden. Ich habe einfach mal geraten.«

Josie stand mit der Hand in die Hüfte gestemmt in der Mitte der winzigen Wohnwagenküche, ihr Magen knurrte beim Anblick der Donuts. »Hör mal«, sagte sie zu ihm, »ich habe schon einen Freund, ich brauche keine Hilfe von irgendjemandem, und ich brauche ganz sicher nicht noch einen von den perversen Freunden meiner Mutter, die versuchen, ›nett‹ zu mir zu sein. Ich würde dich nicht mal für eine Million Donuts anfassen, also lass es einfach sein. Okay?«

Einen Moment lang starrte er sie mit großen Augen an, der Schock ließ seinen Kiefer erschlaffen. Dann breitete sich langsam ein Lächeln auf seinem Gesicht aus und er begann zu lachen. Er beugte sich in der Taille, hielt sich den Bauch und lachte sich einfach kaputt. Josie warf ihm den unflätigsten Blick zu, den sie aufbringen konnte.

Schließlich sagte er: »Du bist ziemlich frech, weißt du das? Wie viele ›perverse‹ Freunde hatte deine Mutter, bevor ich eingezogen bin?«

Josie ging von ihm weg und fläzte sich auf die Wohnzimmercouch, auf der ihre Hausaufgaben ausgebreitet waren. »Genug«, sagte sie.

»Ich bin nicht nett zu dir, weil ich etwas von dir will, und ich bin ganz sicher kein Perverser.«

»Das sagen sie alle«, murmelte sie, während sie ihren Bleistift nahm und versuchte, sich auf ihre Hausaufgaben zu konzentrieren.

Ein French Cruller auf einem gefalteten Papierhandtuch erschien neben dem Arbeitsblatt vor ihr. »Wir leben zusammen«, sagte er. »Ich bin mit deiner Mutter zusammen. Ich will nichts von dir. Ich versuche nur, mit dir zu reden, damit du nicht so unglücklich aussiehst, wie du es öfter mal tust.«

»Dann versuch auch nicht, mein Vater zu sein«, schnauzte Josie.

»Ich versuche nicht, der Vater von irgendjemandem zu sein«, erwiderte Dex. »Deine Mom und ich, wir haben nur Spaß.«

»Ich weiß«, sagte Josie. »Ich höre euch jede Nacht.«

Wieder lachte er. »Du bist herrlich«, sagte er. »Wie auch immer, nimm dir ein paar Donuts oder lass es sein. Ich gehe jetzt aus. Wenn du morgen mit dem Auto zur Schule willst, kann ich dich fahren.«

Er schenkte ihr ein Lächeln, seine grünen Augen leuchteten unter dem dunklen Haarschopf; dann verließ er den Wohnwagen. Josie lauschte dem Geräusch seines wegfahrenden Autos und fragte sich, wie lange er noch in ihrem Leben bleiben würde.

48

Josie verließ die Apotheke mit Harris' Antibiotika in einer Hand und ihrem Handy in der anderen. Misty plapperte weiter, während Harris im Hintergrund schrie und Josie am liebsten zu ihm gerannt wäre und ihn in die Arme genommen hätte. Aber sie wusste, dass er nur zu seiner Mutter wollte, wenn er krank war. Die Medikamente zu holen, war die bestmögliche Art, wie sie ihm helfen konnte. »Ich habe auch noch etwas Tylenol für Kleinkinder geholt«, sagte Josie. »Ich bin nur ein paar Minuten von euch entfernt.«

»Oh, großartig«, sagte Misty. »Du bist eine große Hilfe.«

Als sie auf den Parkplatz zu ihrem Auto lief, stand dort ein Mann gegen die Fahrertür von Josies Escape gelehnt. Sie beendete das Gespräch mit Misty, legte auf und blieb direkt vor ihm stehen. Es war dunkel und der Parkplatz war bis auf ihren Escape und ein paar andere Fahrzeuge menschenleer, aber Josie konnte unter seiner Baseballkappe dunkle Augen hervorblitzen sehen. Er trug verblichene blaue Jeans und eine blaue Daunenweste über einem Flanellhemd. Sie schätzte ihn auf Mitte vierzig. Seine Hände steckten in den Gürtelschlaufen seiner Jeans, sein Fuß stützte sich flach an die Tür ihres Autos. Ein Lächeln huschte über sein Gesicht, als sie ihn von oben bis unten musterte.

»Kann ich Ihnen helfen?«, fragte Josie.

Er lächelte sie auf eine Weise an, die ihr die Nackenhaare aufstellte. Ihre Hand glitt in ihre Jacke und legte sich auf den Griff ihrer Dienstwaffe.

»Das ist aber nicht sehr nett, oder, Chief?«, sagte er.

»Kenne ich Sie?«, fragte Josie.

»Nein ...«, sagte er, »... zumindest noch nicht.«

»Danke, kein Interesse«, sagte Josie. »Gehen Sie mir aus dem Weg. Ich muss noch wohin.«

Er trat ein Stück zur Seite und legte eine Hand auf den Griff der Autotür, als wolle er sie öffnen, aber Josie hatte die Schlösser noch nicht entriegelt. Sie wollte ihm nicht nahekommen, geschweige denn seinen Weg kreuzen, um zu ihrem Fahrzeug zu gelangen. »Gestatten Sie«, sagte er mit gespielter Höflichkeit.

»Ich kann das jetzt selbst übernehmen«, sagte Josie.

Es beruhigte sie, die Hand auf ihrer Waffe zu haben, aber sie wusste, dass sie vorsichtig sein musste – die Bürgermeisterin würde sie am Arsch kriegen, wenn sie die Polizeichefin dabei erwischte, wie sie eine Waffe auf einen Mann richtete, der ihr nur die Autotür öffnen wollte.

Der Mann rührte sich nicht, also fragte Josie: »Was wollen Sie?«

»Ich versuche nur, ein Gespräch mit dir zu führen, Süße.«

Josie sprach mit klarer und fester Stimme. »Ich heiße nicht Süße, und ich habe wirklich keine Zeit für so etwas. Ich habe Ihnen doch gesagt, dass ich wohin fahren muss. Jemand wartet auf mich.«

»Weißt du, du könntest netter zu einem Gentleman sein, der nur versucht, höflich zu sein«, sagte er zu ihr, während sein widerliches Lächeln sich hartnäckig hielt.

Sie hatte schon genug. »Gehen Sie mir aus dem Weg«, sagte Josie zu ihm.

Der Schlag kam schnell und hart. Sie konnte sich gerade noch rechtzeitig wegducken, als seine Hand links an ihrem Kopf vorbeizischte. Josie stemmte sich mit ihrem ganzen Körpergewicht gegen den Mann und wuchtete ihn gegen ihren Escape. Sie hörte, wie er das Wort »Schlampe« ausstieß. Dann passierte alles auf einmal – sie trat einen Schritt zurück und zog ihre Glock-Pistole aus der Jacke; doch bevor sie in Schussposition gehen konnte, holte er wild mit der Faust aus und traf sie seitlich ins Gesicht. Sie spürte, wie die Haut an ihrer Wange anschwoll, stolperte zur Seite, versuchte, das Gleichgewicht zu halten, und hob die Glock erneut in seine Richtung. Blitzschnell schlug sein Arm nach ihrem Handgelenk. Die Glock fiel klirrend zu Boden und die Hände des Mannes schlossen sich um Josies Hals. Er schleuderte sie herum und ihr Körper prallte seitlich gegen das Fahrzeug. Ein Schmerz schoss durch ihren Schädel.

Der Mann hielt sie fest. Josie krallte sich an seinen Fingern fest, doch er drückte ihre Kehle zu, bis alles um sie herum grau wurde. »Du hast gesagt, du willst es«, hauchte er ihr ins Gesicht. »Ich werde es dir geben, Chief.«

Josies Herz erstarrte; dann begann es wie wild zu rasen und gegen ihr Brustbein zu hämmern. Er ließ mit einer Hand von ihrer Kehle ab und griff zwischen ihre Beine, riss an ihrer Jeans und zog sie nach unten. Das war die Atempause, die Josie brauchte. Sie hob einen Ellenbogen und schlug damit den Unterarm des Mannes nach unten, um seinen Griff zu lockern. Dann zog sie schnell den anderen Ellenbogen hoch und traf seine Nase. Er taumelte nach hinten, murmelte noch einmal »Schlampe« und hielt sich die Hände vors Gesicht. Sie waren blutig. Er starrte sie an und sah dann wieder zu ihr. »Oh, du willst also wirklich, dass das echt ist. Nun, jetzt nehme ich mir, wofür ich hergekommen bin.« Er stürzte sich auf sie, und Josie wich aus, ergriff eines seiner Handgelenke und drehte seinen Arm hoch hinter seinen Rücken. Sie trat heftig zwischen seine Füße, drückte seine Beine auseinander und brachte ihn damit aus dem Gleichgewicht. Mit dem Unterarm schlug sie sein Gesicht gegen das Fenster des Escape und dann zur Sicherheit noch ein zweites Mal. Josie hatte keine Handschellen, aber sie ergriff sein zweites Handgelenk und drehte auch dieses hinter seinen Rücken. »Gehen Sie auf die Knie«, befahl sie.

Sie spürte, wie er sich gegen ihren Griff wehrte und verdrehte seine Handgelenke, bis er vor Schmerz aufschrie und seine Knie nachgaben. Sie drückte ihn auf den Boden und richtete ihren Griff um seine Handgelenke neu aus, so dass beide nun in einem unnatürlichen Winkel verdreht waren. Josie wusste, dass der Schmerz das Einzige war, das ihn davon abhalten konnte, erneut nach ihr zu schlagen. Als er mit dem Gesicht auf dem Asphalt lag, legte sie ein Knie auf seinen Rücken und eines auf seinen Nacken. »Sie sind verhaftet«, sagte sie und verlas ihm seine Rechte.

»Was zum Teufel soll das?«, schrie er.

Josie nahm kurz ihre Hand weg, um ihr Handy aus der Tasche zu fischen und den Notruf zu wählen. Sie ließ es auf den Bürgersteig fallen und schrie in das Handy, um ihn weiterhin festhalten zu können. Sie rasselte die Adresse herunter. »Officer braucht sofortige Hilfe. Schicken Sie die nächste Polizeieinheit her. Kontaktieren Sie Lieutenant Fraley.«

Der Mann krümmte sich unter ihr. »Willst du mich verarschen?«, spuckte er. »So war das nicht abgemacht. Das war nicht Teil der Abmachung.«

Josie beugte sich über sein Gesicht. »Was?«

»Du hast versprochen, mich nicht zu verhaften«, rief er.

»Versprochen, Sie nicht zu verhaften? Ich kenne Sie doch gar nicht.«

»Ich bin's«, sagte er. »Keith. Ich habe auf deine Anzeige geantwortet.«

Josie spürte, wie sich ihr Magen zusammenzog. »Meine Anzeige? Welche Anzeige?«

Er zappelte weiter, stemmte sich gegen sie und stöhnte. »Deine Anzeige auf Craigslist, du verrückte Schlampe.«

49

Noah kam direkt hinter zwei Polizeiwagen an, sprang aus seinem Auto und raste auf sie zu, noch bevor die Streifenpolizisten ihre Sicherheitsgurte abgelegt hatten. Blaue und rote Lichter pulsierten in der Dunkelheit. Noah ließ sich auf die Knie fallen, zog zwei Plastikkabelbinder aus seiner Tasche und packte die Handgelenke des Mannes, um seine Hände zu fesseln.

»Ich habe ihm bereits seine Rechte verlesen«, sagte Josie zu Noah, während sie Keith vom Boden hoben und den Polizisten übergaben, die ihn auf den Rücksitz eines Streifenwagens beförderten. Josie lief um den Escape herum, suchte ihre Waffe und steckte sie in das Halfter. Dann machte sie sich auf die Suche nach der Apothekentüte, die sie bei dem Angriff weggeworfen hatte. Glücklicherweise war sie nicht zerdrückt. Sie hielt sie hoch, als Noah zu ihr kam. »Ich muss das zu Misty bringen«, sagte sie.

Noah musterte sie, und sie sah, wie sich seine Miene veränderte – die harte Professionalität wich einem Ausdruck des Schocks. Selbst unter den surrenden roten und blauen Lichtern konnte Josie sehen, dass er blass wurde. Als sie an sich herunterschaute, sah sie, dass der Reißverschluss ihrer Jeans aufgerissen war und der Bund ihres schwarzen Slips zum Vorschein kam.

»Josie«, sagte Noah.

Sie streckte ihre freie Hand aus. »Geben Sie mir Ihre Jacke, Fraley.«

Er zog langsam seine Jacke aus und gab sie ihr. Sie gab ihm die Apothekentüte, band sich die Jacke um die Taille und verknotete die Ärmel im Rücken. »Misty braucht das, verstehen Sie?«

Er trat näher an sie heran. Die Polizisten warteten einige Meter entfernt bei ihren Streifenwagen. »Ich mache mir gerade keine Gedanken um Misty«, sagte Noah.

Josie wandte den Blick von ihm ab. »Das sollten Sie aber. Wenn Sie mir jetzt helfen wollen, können Sie das zu ihr bringen und mich danach im Revier treffen.«

Sie gab einem der Polizisten ein Zeichen, und er kam zu ihr gelaufen. »Der Laden hat wahrscheinlich Aufnahmen von dem, was gerade passiert ist. Gehen Sie rein und fragen Sie nach, ob sie hier draußen auf dem Parkplatz Kameras haben. Ich will alles, was sie haben.«

»Geht klar, Boss«, sagte er und machte sich auf den Weg in das Geschäft.

Noahs Gesicht zeigte einen Ausdruck von Verdruss. Josie blickte ihn mit hochgezogener Augenbraue an. »Haben wir ein Problem, Fraley?«

Er schüttelte den Kopf, aber einer der Muskeln an seinem Kiefer zuckte.

»Gut«, sagte Josie. Sie ließ ihren Blick wieder über den Boden schweifen. »Sie müssen sich an die Arbeit machen. Dieser Kerl hat auf eine Anzeige geantwortet, und ich bin mir ziemlich sicher, dass es diesmal um mehr ging als um einen ›frivolen Spaß‹.«

Noah schluckte. »Was wollen Sie damit sagen?«

»Ich glaube, in der Anzeige, die aufgegeben wurde, ging es um eine Vergewaltigungsfantasie.«

50

»Sein Name ist Keith Gibbs«, sagte Noah. »Er ist vierundvierzig Jahre alt und wohnt in Denton. Alleinstehend, keine Kinder. Arbeitet in der Kartoffelchips-Fabrik. Er sagt, dass er vor ein paar Tagen Ihre Anzeige gelesen hat, dass Sie beide E-Mails ausgetauscht und das Szenario arrangiert haben. Das ist alles, was ich aus ihm herausbekommen konnte, bevor er nach einem Anwalt fragte.«

Josie folgte Noah in den Überwachungsraum und strich sich das T-Shirt und die Jeans glatt, die sie in ihrem Büro angezogen hatte. Leider hatten die Kleidungsstücke schon so lange in ihrer Schreibtischschublade gelegen, dass sie faltig geworden waren. Aber sie würden reichen müssen. »Haben Sie die E-Mails?«, fragte Josie.

»Er hat sie Gretchen von seinem Handy aus geschickt. Sie druckt sie gerade aus.«

Sie blickten auf den großen Überwachungsbildschirm, der den Blick in den Verhörraum freigab, in dem Keith Gibbs aufgeregt hin- und herlief.

»Haben Sie die Anzeige gefunden?«, fragte Josie.

Sie sah ihn gerade lange genug an, um zu bemerken, wie

ihm die Röte vom Hals bis zu den Haarwurzeln stieg. Er reichte ihr ein Blatt Papier. Darauf stand die Betreffzeile der Anzeige:

Erfülle meine Fantasie … ich suche nach gewaltsamem Sex. Darunter stand:

Heiße Polizistin um die dreißig sucht einen großen, starken Hengst, der ihre Vergewaltigungsfantasien erfüllt. Antworte nicht, wenn du nicht bereit bist, mich hart anzupacken und keinen guten Kampf magst. Wenn du Spaß und Tabulosigkeit willst, melde dich bei mir.

Josie wurde übel, und das Abendessen, das sie eine Stunde zuvor im Konferenzraum eingenommen hatte, drohte wieder hochzukommen. »Mein Gott«, sagte sie.

Noah nahm ihr die Seite aus der Hand und legte sie mit der Vorderseite nach unten auf den Tisch. »Ich habe die E-Mails gelesen. Es sind nur vier Stück. Im Grunde gibt die Person, die sich als Sie ausgibt, Ihren Namen und Ihre Adresse an und sagt, Sie seien die Polizeichefin. Sie entwirft ein Szenario, in dem Keith Ihnen ein oder zwei Tage lang folgt, sich Ihnen dann an einem öffentlichen Ort nähert und Sie vergewaltigt. Sie werden sich wehren, aber er soll nicht aufhören, und Sie versprechen, ihn nicht zu verhaften.«

»Die E-Mail-Adresse?«, fragte Josie.

»Es ist eine kostenlose E-Mail-Adresse, die jederzeit mit einem Pseudonym erstellt werden kann. Sie ist natürlich auf Ihren Namen registriert. Ich habe einen Durchsuchungsbefehl für den E-Mail-Anbieter und Craigslist verfasst, aber ich bezweifle, dass wir viel herausfinden werden. Wer immer das tut, ist technisch versiert genug, um anonym zu bleiben. Ich meine, vielleicht, wenn wir eine größere Abteilung hätten oder das FBI wären, aber wir haben nicht viele Ressourcen für solche Sachen. Ich kann das an die Staatspolizei weitergeben oder jemanden vom College um Rat fragen, wenn Sie wollen.«

Josie schüttelte den Kopf. Sie hatte jemand anderen im Sinn. »Ich mache das schon. Besorgen Sie mir einfach alles, was Sie können, okay?«

»Sie kennen jemanden?«

»Ich kenne jemanden, der Leute kennt«, antwortete sie.

Sie nahm ihr Handy heraus und schickte eine Textnachricht an Trinity Payne.

Hey, kommst du noch in die Stadt? Bist du immer noch an der Lloyd-Todd-Story interessiert? Ich gebe dir einen Exklusivbericht, aber ich brauche deine Hilfe in einer Angelegenheit. SO SCHNELL WIE MÖGLICH.

Zu Noah sagte sie: »Ich will mit Lloyd Todd sprechen.«

»Boss.«

»Egal, was Sie tun müssen, verschaffen Sie mir ein Treffen mit ihm. Ich werde zum Bezirksgefängnis fahren und mit ihm sprechen. Er kann sieben Anwälte haben, wenn er will. Das hat jetzt ein Ende.«

Ihr Handy klingelte. Es war Trinity. »Ich komme heute Abend in die Stadt«, sagte sie, als Josie abnahm. »Ich wohne im Eudora, und ja, ich bin immer noch an der Lloyd-Todd-Story interessiert. Aber ich bin noch mehr daran interessiert, eine Story über dich zu schreiben.«

»Das kann dauern!«, sagte Josie.

Trinity lachte. »Sag niemals nie, meine Liebe. Ich kenne dich inzwischen gut genug, um zu wissen, dass du mich nur anrufst, wenn du etwas brauchst. Was soll ich im Austausch für die Todd-Geschichte tun?«

»Ich brauche deine Hilfe bei einigen ... Computerverbrechen. Du hast doch Beziehungen, oder?«

»Oh, Schätzchen, ich kenne einige der besten Hacker, die du nie treffen wirst. Aber ich bin mir nicht sicher, ob die Todd-Story groß genug ist, um dir diesen Gefallen zu tun.«

Josie stöhnte auf. »Das kann doch nicht dein Ernst sein.«

»Allein in den letzten zwei Jahren warst du in einige der interessantesten Fälle des ganzen Landes verwickelt. Der Sender glaubt, eine Story über dich würde hohe Einschaltquoten bringen.«

»Ich habe wirklich keine Zeit für so etwas, Trinity. Ganz zu schweigen davon, dass ich absolut kein Interesse daran habe, dass mein Gesicht wieder landesweit in den Nachrichten auftaucht.«

»Ich wusste, dass du das sagen würdest. Lass mich einfach ausreden. Wir werden persönlich darüber reden. Allein. Keine Produzenten, keine Kameraleute. Nur ich. Komm einfach morgen vorbei, okay? Ich helfe dir bei deinem Fall mit der Cyberkriminalität.«

Josie spürte Noahs Blick. Sie hatte wirklich weder die Zeit noch die Lust, Trinity in dieser Angelegenheit ausreden zu lassen. Sie hasste es, für die Presse zu arbeiten, und das Letzte, was sie brauchte, war, im nationalen Fernsehen unter die Lupe genommen zu werden. Aber sie wusste, dass Trinitys Kontakte die Leute, die die Craigslist-Anzeigen aufgegeben hatten, innerhalb weniger Stunden ausfindig machen würden, während es auf dem offiziellen Weg mehrere Wochen dauern konnte. Nach den letzten Tagen wollte sie mehr als alles andere, dass diese Angriffe auf ihr Leben aufhörten, selbst wenn das bedeutete, dass sie Trinity für ein paar Stunden ihren Willen lassen und das Interview mit ihr führen müsste.

Mit einem schweren Seufzen sagte Josie: »Gut. Schick mir deine Zimmernummer, wenn du da bist.«

Der Freudenschrei, den Trinity von sich gab, war im ganzen Raum zu hören. Noah war verdutzt.

Sie wusste, dass es aussichtslos war, aber Josie drückte das Telefon näher an ihren Mund und ermahnte Trinity: »Ich habe nicht gesagt, dass ich es tun werde. Ich habe nur gesagt, ich werde dich anhören.« Aber Josie konnte sich Trinitys raubtier-haftes Grinsen vorstellen. Trinity bekam immer, was sie wollte.

»Wie auch immer«, sagte sie zu Josie und legte in dem Moment auf, als Gretchen mit einem Stapel Papiere herein-kam. Josie nahm ihr die Seiten ab, las sie aber nicht.

Gretchen sagte: »Ihr potenzieller Vergewaltiger, Keith Gibbs, hat keine Verbindung zu Lloyd Todd. Er war nur ein verdrehter Typ, der auf eine Anzeige geantwortet hat.«

»Das habe ich mir gedacht«, sagte Josie. »Wir werden herausfinden, wer hinter den Anzeigen steckt, und diese Leute aufspüren.«

Gretchen schaute auf den Überwachungsbildschirm, wo Gibbs sich endlich hingesetzt hatte, und wieder zu Josie. »Boss«, sagte sie, »wir können ihn nicht festhalten.«

Josie schritt auf Gretchen zu. »Was?«

»Das wissen Sie doch«, sagte Noah. »Er dachte, er würde auf eine Anzeige für ein einvernehmliches sexuelles Treffen antworten. Aus fachlicher Sicht hat er nichts falsch gemacht. Zumindest wird sein Anwalt so argumentieren.«

»Sein Anwalt ist mir scheißegal«, schnauzte Josie. »Er hat mich angegriffen. Er hat mich mit seinen schmierigen Händen angefasst. Er hat ein Nein nicht akzeptiert.«

»Weil er dachte, das sei so vereinbart«, sagte Gretchen. »Hören Sie, ich gebe Ihnen recht, der Kerl ist ein Scheißkerl und er hat Sie angegriffen, ja, aber er dachte, das sei eine Abma-chung zwischen Ihnen beiden. Er hatte keinen Grund zu glau-ben, dass Sie nicht die Person waren, die die Anzeige aufgab und die E-Mails schrieb. Er hat keine Vorstrafen. Nicht einmal Strafzettel. Komplett sauber.«

»Ich möchte Anzeige erstatten«, sagte Josie.

»Der Staatsanwalt wird sie abweisen«, erklärte Noah ihr. »Ich weiß, dass Sie das auch wissen, Boss.«

In Josies Brust flammte Wut auf, und ihre Haut begann zu brennen. »Das ist mir scheißegal. Ich werde selbst mit dem

Staatsanwalt sprechen, wenn es sein muss. Er wird heute Nacht hierbleiben. Verklagen Sie ihn.«

Gretchen und Noah schauten sich an und schienen sich auf etwas zu einigen. »Okay«, sagte Gretchen. »Ich werde die Unterlagen fertigmachen.«

51

Die leuchtenden Zahlen auf Noahs Kabelbox zeigten an, dass es fast ein Uhr nachts war. Zusammengerollt unter einer Decke auf Noahs Couch zwang sich Josie dazu, wach zu werden, bis ihr auffiel, dass im Fernsehen eine alte Sitcom aus den neunziger Jahren lief. Sie versuchte, sich auf die Serie zu konzentrieren, aber sämtliche Zellen ihres Körpers waren schwer vor Sehnsucht nach erneutem Schlaf. Sie lauschte auf die Geräusche in der Küche – das Klirren von Geschirr, das Surren der Mikrowelle und ein anderes Geräusch, das Josie nicht definieren konnte. Ein warmes Gefühl friedlicher Ruhe zog sie wieder in den Schlaf zurück. Hier war sie sicher. Sie konnte sich entspannen – nur für eine kurze Weile. Sie griff nach der Fernbedienung, drehte die Lautstärke ein wenig auf, um den Raum mit Fernsehgelächter zu erfüllen, und ließ ihre Augenlider wieder zufallen. Sie war fast da, fast ganz unten, als sich Keith Gibbs' Hände auf sie drückten und sie seinen feuchten Atem roch. Josie stockte das Blut in den Adern, und sie schlug auf ihn ein.

»Boss!«, Noahs Stimme ließ sie aufschrecken. Er stand mit

besorgtem Blick und zwei großen Kaffeetassen in den Händen vor ihr.

Josie richtete sich auf und wischte sich den Schweiß von der Stirn. »Tut mir leid«, sagte sie. »Ich – ich, äh, bin eingeschlafen.«

»Sie haben geträumt«, sagte Noah.

Nicht geträumt, dachte sie. Sie erinnerte sich. Jetzt, wo sie nicht mehr auf die Arbeit konzentriert war, versuchte ihr Verstand, diese schrecklichen, chaotischen Momente zu verarbeiten.

»Geht es Ihnen gut, Boss?«, fragte Noah.

Sie ignorierte seine Frage und sagte: »Wissen Sie, Sie können mich Josie nennen – ich meine, zumindest, wenn wir hier allein sind.«

Sie klopfte auf den Platz neben sich, und Noah setzte sich und reichte ihr eine Tasse. Darin dampfte weißer Schaum mit etwas, das wie gemahlener Zimt aussah. Es roch süß und würzig, mit einem schwachen Hauch von Whiskey. »Was ist das?«

Noah lächelte und hob seine Tasse. »Ein Dirty Chai Latte – Kaffee, Gewürze und Single Malt. Ich dachte, er würde Ihnen schmecken. Ich kann Ihnen auch etwas zu essen machen, wenn Sie wollen.«

Josie lächelte und nippte an dem Getränk, um es in Ruhe zu genießen. »Nicht nötig«, sagte sie. »Das hier ist perfekt, danke.«

Sie tranken schweigend und vertieften sich einen Moment lang in die Bilder, die im Fernsehen liefen. Dann sagte Noah: »Wollen wir über heute Abend reden?«

»Nein«, antwortete Josie.

»Boss ... Josie, Sie wissen, dass Sie mit mir reden können.«

»Und Sie wissen, dass ich nicht gern rede.«

Er lachte. »Das stimmt. Also gut, was ist mit dem Personenschutz, über den wir gesprochen haben? Ein Mann durchgehend bei Ihnen, bis die Sache geklärt ist?«

Josie war ihm dankbar, dass er sie nicht drängte. Sie hatte nur überlebt, weil sie die schrecklichen Dinge, die geschehen waren, und all die dunklen Gefühle, die damit einhergingen, verdrängt hatte. Die einzige Möglichkeit, die sie je gehabt hatte, bestand darin, immer weiterzumachen. Sie wusste, dass das nicht gesund war – ein Therapeut, den sie im College aufsuchen musste, hatte ihr gesagt, dass sie das alles eines Tages einholen würde, aber bisher war es ihr gelungen, ihren Dämonen immer einen Schritt voraus zu sein. Sie hatte vor, das auch weiterhin so zu tun.

Der Chai Latte wärmte Josie und machte sie schläfrig. Sie stellte ihre Tasse auf den Tisch, stand auf und schenkte ihm ein kleines Lächeln. »Können wir später darüber reden? Ich glaube, für mich ist es jetzt das Beste, einfach ins Bett zu gehen.«

Mit einem überraschten Blick stellte Noah seine Tasse auf dem Tisch ab. »Oh, sicher, okay. Ich meine, es sei denn, Sie wollen noch ein bisschen mit mir zusammensitzen. Wir müssen nicht über die Arbeit reden.«

»Danke, aber ich brauche wirklich nur etwas Schlaf.«

Sie spürte seinen Blick in ihrem Rücken, als sie das Zimmer verließ. Oben brach sie in seinem Bett zusammen und fiel sofort in einen tiefen, traumlosen Schlaf.

***

Einige Stunden später wachte sie auf. Ihr Rücken und ihr Nacken fühlten sich steif an, aber die Erinnerung an den Angriff von Keith Gibbs war ein wenig verblasst. Bald würde die Erinnerung schwach genug sein, um sie mit all den anderen Schrecken, die sie hatte ertragen müssen, in ihrem geistigen Tresor wegzusperren.

Auf dem Weg nach unten schlich Josie auf Zehenspitzen an

Noah vorbei, der auf der Couch lag und schnarchte. Ihr Handy lag in der Küche und lud auf. Es war fast die Zeit, zu der sie sich normalerweise für die Arbeit fertig machen würde. Sie hatte eine Nachricht von Gretchen, vor zwanzig Minuten geschrieben:

Todd hat zugestimmt, sich mit Ihnen zu treffen. Heute zehn Uhr, Bezirksgefängnis.

Es gab auch eine Nachricht von Trinity:

Zimmer 227. Wir sehen uns heute, richtig?

Josie beantwortete sie nicht. Sie ging zurück ins Wohnzimmer und rüttelte Noah sanft wach. »Fraley«, sagte sie. »Wachen Sie auf. Sie sind heute mein Personenschutz.«

52

Das Alcott-Bezirksgefängnis befand sich in Bellewood und wurde vom Amt des Sheriffs verwaltet. Das Gefängnis diente allen Polizeidienststellen des Bezirks als Knotenpunkt – hier wurden die Gefangenen registriert und bis zum Prozess in Verwahrung gehalten. Das Polizeirevier von Denton verfügte zwar über einen Haftraum, doch der war hauptsächlich für betrunkene Studenten und andere Leute gedacht, die sich kleinerer Vergehen schuldig gemacht hatten. Wenn eine Person verklagt und inhaftiert werden sollte, brachte der Sheriff sie zum Bezirksgefängnis. Da Lloyd Todds Anwalt darauf bestand, bei dem Treffen anwesend zu sein, hatten die Polizeibeamten sie in einen separaten Besprechungsraum geführt. Lloyd saß über den Tisch gebeugt, seine Hände waren mit Handschellen gefesselt und durch eine an der Tischplatte befestigte Eisenschlaufe gezogen. Er trug einen orangefarbenen Overall, der sich eng um seine breiten Schultern spannte. Unter seinen buschigen Augenbrauen blickten dunkle Augen hervor, sein kurzes, struppiges braunes Haar war von grauen Strähnen durchzogen, und auch der ungleichmäßige Stoppelbart, der seine Wangen bedeckte, war grau meliert. Er sah viel älter aus als sein Bruder, obwohl Josie wusste, dass ihr Altersunterschied nur zwei Jahre betrug. Noah wartete draußen.

»Das ist in höchstem Maße ordnungswidrig«, sagte Lloyds Anwalt, der hinter seinem Mandanten stand und mit seinem schwarzen Haar und dem anthrazitfarbenen Anzug, der wahrscheinlich mehr gekostet hatte als Josies Auto, smart und eindrucksvoll wirkte.

»Ihr Mandant hat zugestimmt«, sagte sie.

Der Anwalt nahm eine drohende Haltung an. »Ich habe ihm davon abgeraten.«

Niemand war überraschter als Josie, dass Lloyd einem Treffen mit ihr zugestimmt hatte, aber wie Trinity Payne oft sagte: *Menschen wollen immer etwas, man muss nur herausfinden, was es ist.* Normalerweise war es nicht Josies Art, mit Leuten zu verhandeln, aber sie hatte zwei große Probleme, die sie mit Todd besprechen musste, und wann immer es möglich war, ging sie lieber gleich direkt zur Quelle.

Lloyd jedoch gab nichts preis.

Josie kam direkt zum Punkt. »Ich habe mich neulich mit Ihrem Bruder getroffen.«

Nichts.

»Ihren Jungs geht es dort gut.«

Ein Flackern in seinen Augen, kaum wahrnehmbar. Er faltete die Hände zusammen, die Ketten klirrten. Josie sprach weiter. »Ich war dort, um mit ihm über Belinda Rose zu sprechen. Erinnern Sie sich an sie?«

»Wir waren zusammen auf der Highschool«, sagte Lloyd.

»Das stimmt«, sagte Josie. Sie wiederholte alles, was Damon ihr erzählt hatte, und Lloyd bestätigte, dass es stimmte.

»Sie würden nicht herkommen und nach ihr fragen, wenn ihr nicht etwas Schlimmes zugestoßen wäre«, sagte Lloyd.

»Sie ist tot«, erklärte Josie ihm. »Jemand hat ihr vor dreiunddreißig Jahren den Kopf eingeschlagen und sie im Wald von Denton begraben.«

Lloyds Gesichtsausdruck änderte sich nicht, aber er bot an: »Tut mir leid, das zu hören.«

»Mr. Todd«, sagte Josie, »können Sie sich an die Leute erinnern, mit denen Belinda ihre Zeit verbrachte? Freunde von ihr? Vielleicht aus dem Gericht?«

»Warum fragen Sie mich das?«

»Damon sagte, Sie und Belinda hätten viel Zeit miteinander verbracht«, sagte Josie.

»Damon hat Ihnen auch erzählt, dass sie sich mit unserem Vater traf, also wissen Sie, dass die Zeit, die ich mit ihr verbrachte, nur Vortäuschung war.«

Josie hob eine Augenbraue. »Aber Sie haben doch Zeit mit ihr verbracht. Sicherlich haben Sie beide ab und zu miteinander gesprochen.«

Lloyd gluckste. »Belinda hat viel geredet, Chief. Ich erinnere mich nicht an alles, was sie sagte.«

»Ich verlange nicht, dass Sie sich an alles erinnern, was sie sagte«, erklärte Josie ihm. »Ich stelle nur eine Frage. Sie erinnern sich doch sicher daran, dass Belinda von ihren Freunden gesprochen hat.«

Lloyd seufzte. »Sie war mit einer Tussi namens Angie aus dem Heim befreundet«, sagte er.

»Sonst noch jemand?«, spornte Josie ihn an.

»Das ist mehr als eine Frage.«

»Es ist dieselbe Frage. Ich möchte wissen, wer Belindas Freunde waren.«

»Da waren ein paar Mädchen aus dem Gericht.«

»Namen?«, fragte Josie.

»Kommen Sie, Chief –«, begann er.

»Sie erinnern sich an den Namen ihrer Freundin aus dem Heim; wie hießen ihre Freundinnen vom Gericht?«

Er seufzte und schüttelte den Kopf, als sei ihre Frage lächerlich, schien aber darüber nachzudenken. Falten zogen sich über seine Stirn, bis er schließlich sagte: »Sophia. Sophia und Lila. Das war die andere, Lila.«

Josie hoffte, dass man ihr die Aufregung nicht ansehen konnte. Ihre Wirbelsäule richtete sich auf und sie beugte sich leicht vor. Sie hatte nicht erwartet, dass er sich erinnern würde. Nicht Linda oder Lilly oder Laura.

Lila.

Es war, als hätte sie einen Geheimcode entschlüsselt. Ihr stockte fast der Atem. »Erinnern Sie sich an Lilas Nachnamen?«

Er schüttelte den Kopf. »Nein, tut mir leid. Ich habe sie und das andere Mädchen nie getroffen. Ich habe nur gehört, wie Belinda die ganze Zeit von ihnen redete. Sie hat viel geredet, und wie Damon Ihnen erzählt hat, habe ich ihr manchmal erlaubt, mit mir in der Schule herumzulaufen, damit niemand auf falsche Gedanken über sie und meinen Dad kam.«

Josie war sich sicher, dass Noah bereits telefonierte und Gretchen aufforderte, das Pflegekinderverzeichnis des Countys zu durchsuchen, aber sie warf trotzdem einen bedeutungsvollen Blick auf die Kamera über der Tür. »Da ist noch etwas«, sagte sie zu ihm.

»Ich denke, das reicht«, warf der Anwalt ein. »Mein Mandant hat sich in dieser Angelegenheit mehr als hilfsbereit gezeigt. Er war nicht dazu verpflichtet, sich heute mit Ihnen zu treffen.«

Lloyd blickte über die Schulter und brachte den Mann mit einem Blick zum Schweigen. Er drehte sich wieder zu Josie um und öffnete seine Handflächen, um sie zu weiteren Fragen aufzufordern.

»Ich möchte, dass Sie Ihren Leuten sagen, dass sie aufhören sollen, mich zu belästigen. Sie haben gestern Abend eine Grenze überschritten.«

»Chief Quinn«, sagte der Anwalt und trat näher an den Tisch.

Erneut brachte Lloyd ihn zum Schweigen. »Ich fürchte, ich weiß nicht, wovon Sie sprechen«, sagte er.

»Okay, na gut«, sagte Josie. »Vielleicht halten Ihre Lakaien Sie hier drin nicht über alle Aktivitäten auf dem Laufenden, aber seit Ihrer Verhaftung wurden Dienstfahrzeuge des Polizeireviers mutwillig beschädigt, das Revier wurde mit Eiern beworfen, jemand hat Kot unter die Griffe meiner Autotüren geschmiert, mein Haus ausgeraubt und mein persönliches Eigentum zerstört. Aber das Schlimmste ist, dass unter meinem Namen üble Kontaktanzeigen auf Craigslist aufgegeben wurden. Letzte Nacht versuchte ein Mann, mich auf dem Parkplatz einer Apotheke anzugreifen – er hat auf eine Anzeige für eine Vergewaltigungsfantasie reagiert, die jemand in meinem Namen aufgegeben hatte.«

Der Anwalt sagte: »Das sind sehr ernste Anschuldigungen.«

Josie richtete ihren Blick auf Lloyd, dessen Gesichtsausdruck unverändert war. »Ich beschuldige nicht ihn«, sagte sie. »Ich beschuldige die Leute, mit denen er zu tun hat. Ich glaube, wenn er mit diesen Leuten reden und sie dazu auffordern würde, dieses Verhalten einzustellen, würde das seine Situation stark verbessern.«

Der Anwalt öffnete den Mund, um zu sprechen, aber Lloyd sagte: »Meine Situation?«

Josie lehnte sich wieder nach vorn und stützte beide Ellenbogen auf den Tisch. »Ich bin nicht dumm, Mr. Todd. Ich weiß, Sie hätten sich nicht mit mir treffen müssen. Sie hätten nicht mit mir über Belinda Rose sprechen müssen. Sie haben etwas für mich getan. Also, was kann ich für Sie tun? Was kann ich für Sie tun, damit Sie bereit sind, mit Ihren Mitarbeitern zu sprechen?«

»Ich habe keine Mitarbeiter«, antwortete er. »Aber wenn ich welche hätte, würden sie nicht so einen Mist bauen wie Ihr Haus auszurauben oder Anzeigen ins Internet zu stellen.«

»Was wollen Sie damit sagen?«

»Ich will damit sagen, dass die Leute, mit denen ich zu tun habe, höchstens ein paar harmlose Streiche aushecken.«

»Aufgeschlitzte Reifen und zertrümmerte Windschutzscheiben der gesamten Fahrzeugflotte des Reviers sind keine Kleinigkeiten«, meinte Josie.

Lloyd zuckte mit den Schultern. »Ich sagte doch, ich habe keine Mitarbeiter. Ich meinte das rein hypothetisch.«

Josie widerstand dem Impuls, die Augen zu verdrehen. »Okay, rein hypothetisch, was wollen Sie mir damit sagen?«

»Dass die anderen Dinge, von denen Sie sprechen – Raubüberfälle und Kontaktanzeigen –, dass meine hypothetischen Mitarbeiter nichts damit zu tun haben.«

»Der Mann, der mein Haus ausgeraubt hat, ist um die fünfzig oder sechzig, schlank, hat graue Haare, trägt immer eine grüne Jacke, hält sich unter einer Brücke auf und nennt sich Zeke. Wäre er – hypothetisch – jemand, mit dem Sie zusammenarbeiten?«

Lloyd lachte, seine Schultern zitterten. »Sie reden von Larry Ezekiel Fox. Er ist ein alter Junkie. Niemand arbeitet mit ihm zusammen. Er ist ein Pirat, der absolut keine Loyalität kennt. Er nimmt Drogen, seit Sie und ich in den Windeln lagen. Er nannte sich früher Larry. Vor ein paar Jahren fing er an, seinen zweiten Vornamen zu benutzen. Jetzt nennen ihn alle Zeke.«

»Also hat er, rein hypothetisch, mein Haus nicht ausgeraubt, um Rache dafür zu üben, dass meine Abteilung Sie verhaftet hat?«

Das Gesicht des Anwalts lief rot an. »Wirklich, Chief, das ist höchst regelwidrig. Ich muss ...«

Diesmal hob Josie eine Hand, um ihn zum Schweigen zu bringen.

Lloyd antwortete: »Rein hypothetisch, nein. Wenn Zeke Ihr Haus ausrauben wollte, hatte er seine eigenen Gründe.«

»Wo kann ich ihn finden?«, fragte Josie.

»Da kann ich Ihnen nicht helfen.«

»Aber Sie können mir bei meinem hypothetischen Problem mit Vandalismus und ›unerheblichen‹ Sachbeschädigungen helfen?«

Ein Lächeln glitt über sein Gesicht. »Wenn Sie mir mit meinem Sohn helfen könnten. Meinem Ältesten. Sehen Sie, er wurde in dieses Schlamassel verwickelt – dass ich fälschlich angeklagt wurde und so weiter. Er wurde wegen Dingen beschuldigt, die er nicht getan hat.«

»Ich bin sicher, er hat einen guten Anwalt«, sagte Josie spitz.

»Oh, den hat er. Aber es kann nie schaden, wenn die Polizeichefin ein Gespräch mit dem Staatsanwalt führt.«

Normalerweise hätte Josie ihre helle Freude daran gehabt, einem Mann wie Lloyd Todd zu sagen, dass er sich ins Knie ficken solle. Irgendwie bezweifelte sie, dass sein ältester Sohn so unschuldig war, wie Todd ihn darstellte, aber sie verstand sein Bedürfnis, sein Kind zu schützen. Sie wusste auch, dass Todd nicht alles preisgeben würde, was er wusste, um dann im Nachhinein um einen Gefallen zu bitten. Er hatte noch etwas in der Hinterhand, und der einzige Weg, um es herauszufinden, bestand darin, guten Willen zu zeigen.

»Lassen Sie mich ein paar Anrufe tätigen«, sagte sie.

Zwei Stunden später saß sie Lloyd wieder im Konferenzraum gegenüber und übergab seinem Anwalt die Unterlagen zu Lloyd Todd junior. »Ich konnte nicht erreichen, dass die Anklage fallen gelassen wird«, sagte sie zu ihm. »Aber ich habe für eine Minderung des Strafmaßes gesorgt. Außerdem kann er an einem beschleunigten Rehabilitationsprogramm teilnehmen. Er geht zur Therapie, zur Drogen- und Alkoholberatung und macht eine Berufsausbildung. Er leistet gemeinnützige Arbeit und zahlt ein paar Bußgelder, und wenn er alle Auflagen erfüllt hat, werden die Anklagen aus seinem Strafregister gelöscht. Das ist das Bestmögliche, was ich für ihn tun kann. Er wird immer noch eine weiße Weste haben. Für dieses Mal.«

Lloyd ärgerte sich über die spitze Bemerkung, sah sich aber die Unterlagen an, die sein Anwalt ihm vorlegte, und nickte, während Josie sprach. Er sah sie in aller Ruhe durch. Nach gut fünf Minuten sah er zu ihr auf und sagte: »Es gibt ein Einkaufszentrum in der Sixth Street. Der Waschsalon, der schon seit Jahrzehnten dort ist.«

»Den kenne ich«, sagte Josie.

»Zeke hängt dort herum, wenn er nicht gerade unter der Brücke ist. So habe ich es gehört. Rein hypothetisch.«

Josie stand auf. Sie konnte nicht glauben, dass diese Worte aus ihrem Mund kamen, aber sie taten es: »Danke, Mr. Todd«.

Sie hatte die Hand schon am Türknauf, als Lloyd ein letztes Mal nach ihr rief.

»Bowen und Jensen«, sagte er.

Josie drehte sich um. »Was?«

»Die Freundinnen von Belinda. Ihre Nachnamen. Bowen und Jensen. Ich erinnere mich, weil sie zusammen die Initialen B. J. bildeten, Sie wissen schon, wie *Blow Job*?«

53

»Lila Jensen.«

Noah fuhr den Wagen, Josie saß auf dem Beifahrersitz und starrte nach vorn ins Leere. Sie wiederholte den Namen immer wieder. Probierte ihn aus. Er war nicht das, was sie erwartet hatte. Aber Josie war sich auch nicht sicher, was sie erwartet hatte. Lila Jensen klang so normal, sogar hübsch. Ganz und gar nicht wie die Teufelin, die ihre Mutter immer gewesen war.

»Lila Jensen«, sagte sie wieder.

»Gretchen telefoniert bereits mit dem DHS und versucht, die Suche nach den Unterlagen von Lila Jensen zu beschleunigen. Sie überprüft auch die Datenbanken, um herauszufinden, wie viele Lila Jensens es im Staat gibt oder gab, und sucht nach allen Jensens, die zwischen 1958 und 1964 geboren wurden – angenommen, sie war zwischen achtzehn und vierundzwanzig Jahre alt, als Belinda sie zum ersten Mal im Gericht traf. Wir wissen, dass sie älter war als Belinda, aber nicht viel älter.«

Josie blinzelte, und die blinkende Berglandschaft rückte wieder in ihr Blickfeld. »Das wird Ihnen nicht helfen, sie zu finden.«

»Was?«

»Wir wissen jetzt, wer sie war, bevor sie Belindas Identität stahl. Sie hat ihre Identität aus einem bestimmten Grund abgelegt. Sie wird sie nicht wieder verwenden. Sie will nicht gefunden werden.«

Die seltsame freudige Erregung über die Entdeckung eines der Geheimnisse ihrer Mutter wich plötzlich einem Gefühl der Enttäuschung. Vielleicht würden sie einige Dinge über Josies Mutter herausfinden, bevor sie ihre Mutter geworden war, aber sie wusste instinktiv, dass sie das nicht zu ihr führen würde. Sie hatten noch immer keine Möglichkeit, sie aufzuspüren. Noch nicht einmal Fotos.

»Dex«, flüsterte sie.

Noah schaute kurz zu ihr herüber. »Was ist?«

Josie räusperte sich und sprach lauter. »Dexter McMann. Der Freund meiner Mutter, von dem ich Ihnen erzählt habe. Ich habe mir seinen Namen gemerkt. Sie müssen seine aktuelle Adresse finden. Er müsste jetzt siebenunddreißig sein.«

»Meinen Sie, er hat Fotos?«

»Das bezweifle ich«, sagte Josie. »Es ist wahrscheinlich eine Sackgasse, aber Gretchen hat recht, ich muss zumindest versuchen, mit ihm zu reden. Aber zuerst will ich Larry Ezekiel Fox finden und mit ihm sprechen.«

54

JOSIE – VIERZEHN JAHRE ALT

Ihr größter Fehler bestand darin, dass sie sich erlaubte, das Leben mit Dex in ihrer Nähe zu genießen. Er lebte seit fast einem Jahr bei ihnen, und er hatte recht: Er war kein Perverser, und er wollte nicht ihr Vater sein. Sie hatten eine ungewöhnliche Freundschaft entwickelt, die sich auf die Stunden beschränkte, in denen Josies Mutter nicht im Wohnwagen war. Sie sah sich mit ihm *Emergency Room* an, und er sah sich mit ihr *Ally McBeal* an. Lisette hätte gesagt, Josie sei zu jung, um solche Fernsehserien für Erwachsene anzuschauen, aber Dex schien das nicht als Problem zu sehen. Er fuhr sie jeden Tag zur Schule, nahm unterwegs Ray mit, und manchmal holte er sie auch am Nachmittag wieder ab. Er ging mit ihr Eis essen, im Sommer zum Schwimmen im Fluss und im Winter zum Schlittenfahren. Einmal war er während eines Schneesturms mit ihr auf einen leeren Parkplatz gefahren, hatte mit dem Auto im eisigen Schneematsch Kreise gedreht und es irgendwie geschafft, dabei nicht gegen die Lichtmasten zu fahren, was Josie zum Schreien und Kichern brachte.

Falls ihre Mutter die Freundschaft der beiden bemerkte, gab sie keinen Kommentar dazu ab. Wie immer ging Josie ihr aus dem Weg, und Dex richtete seine ganze Aufmerksamkeit auf ihre Mutter, wenn sie da war. Eine Zeit lang dachte Josie, sie könnten für immer so weitermachen. Aber das konnte nicht ewig so weitergehen. Das war der dumme Traum einer naiven Vierzehnjährigen.

Das erste Anzeichen kam an dem Tag, an dem Josie sich bei einem Naturwissenschaftsprojekt in die Hand schnitt. Sie wollte Fingerabdrücke nehmen und vergleichen. Als sie ihre und Dex' Abdrücke nahm und nach der Küchenrolle griff, zerbrach sie ein Glas.

Ein Glassplitter ragte aus dem Fleisch ihrer Handfläche. Es floss viel Blut, aber Josie spürte den Schmerz erst, als sie Dex sagen hörte: »Verdammte Scheiße!« Er reagierte sofort, wickelte ihre Hand in ein Geschirrhandtuch und brachte sie ins Krankenhaus. In der Notaufnahme entfernten sie das Glas, vernähten die Wunde und schickten Josie nach Hause, wo ihre Mutter bereits auf sie wartete.

Josie konnte ihren alkoholisierten Atem riechen, noch bevor sie durch die Tür traten. Sie stand neben den blutigen Glassplittern, die sie in der Küche zurückgelassen hatten, stemmte die Hände in die Hüften und starrte die beiden an. Josie erkannte an ihren zusammengekniffenen Augen, dass sie jetzt tief in der Scheiße steckte. Aber als ihre Mutter zu sprechen begann, sah sie Dex an. »Was zum Teufel machst du da?«

Josie sah ihn aus den Augenwinkeln an und erkannte die Verwirrung in seinem Gesicht. Er lächelte, als sei er sich nicht sicher, ob das ein Scherz sein sollte. »Entschuldige«, sagte er. »Was hast du gesagt?«

»Wo warst du?«

»Ich habe JoJo ins Krankenhaus gebracht. Sie hat sich ziemlich schlimm in die Hand geschnitten. Sie musste genäht werden. Ich ...«

»Habe ich dir die Erlaubnis gegeben, meine vierzehnjährige Tochter ins Krankenhaus zu bringen?« Die Stimme ihrer

Mutter war hart und kalt und jagte Josie einen Schauer über den Rücken.

Dex wirkte verblüfft. »Hast du nicht gehört, was ich gesagt habe? Sie musste genäht werden. Sie hat alles vollgeblutet.«

»Ich habe dich nicht als Babysitter angeheuert, Dex«, sagte ihre Mutter. »Du gehörst mir.«

Er legte sich eine Hand auf die Brust. »Tut mir leid, was?«

»JoJo kann selbst auf sich aufpassen. Sie braucht deine Hilfe nicht. Du bist für mich hier.«

»Sie ist ein Kind«, wandte Dex ein.

»Ja, sie ist mein Kind. Nicht deines. Du hältst dich von ihr fern und mischst dich nicht in unsere Angelegenheiten ein, hast du verstanden? Es ist mir egal, ob ihre verdammte Hand herunterhängt. Und was zum Teufel ist das hier?« Sie winkte in Richtung des provisorischen Fingerabdrucksets, das Josie auf dem Couchtisch liegengelassen hatte.

»Ich habe ihr bei einem Naturwissenschaftsprojekt geholfen«, sagte Dex. »Aber lass mich raten, du willst auch nicht, dass ich das mache?«

Ein Lächeln umspielte die Lippen ihrer Mutter. »Jetzt hast du es begriffen.«

Dex machte einen Schritt auf sie zu. »Belinda, wann hast du deinem Kind das letzte Mal bei einem Wissenschaftsprojekt geholfen? Oder ihr bei den Hausaufgaben geholfen, oder ...«

»Dex«, sagte Josie, »nicht«.

Das Lächeln ihrer Mutter wich einem Ausdruck purer Wut. Sie schaute von Josie zu Dex und wieder zurück. Dann ahmte sie Josie in einem spöttischen Tonfall nach: »Dex, nicht.«

»Belinda«, sagte Dex.

»Ich verstehe, was hier los ist. Du dachtest, JoJo sei Teil der Abmachung. Und du ...«, sie wandte sich zornig an Josie, »du bist am Ende doch nur eine kleine Hure, was?«

»Hey!«, rief Dex. Er stellte sich vor Josie und tippte mit dem Finger auf die Brust ihrer Mutter. »Sieh dich vor!«

Ihre Mutter sah ihn von oben bis unten an, als sei er unter ihrer Würde. »Ach? Und was, wenn ich es nicht tue?«

Er schnupperte in der Luft und näherte sein Gesicht dem ihren. »Du bist betrunken«, sagte er.

»Na und? Das macht das, was du tust, nicht richtig.«

»Ich tue gar nichts, und JoJo auch nicht. Sie ist ein Kind, Belinda.«

»Genau wie du. Verschwinde aus meinem Haus.«

Mit diesen Worten trottete sie langsam in ihr Schlafzimmer im hinteren Teil des Wohnwagens. Josie stieß die Luft aus, die sie angehalten hatte. Ihre Handfläche brannte wie Feuer. Dex starrte sie eine Weile an. »Alles in Ordnung?«, fragte er.

Josie nickte.

Sie glaubte, dass er gehen würde. Das taten sie immer. Aber sie hatte sich geirrt. Stattdessen folgte er ihrer Mutter in den Flur, stieß ihre Tür mit einem lauten Knall auf und schlug sie hinter sich zu. Josie stand wie angewurzelt da und hörte, wie aus dem Schreien ihrer Mutter ein Keuchen wurde und das vertraute Geräusch von knarrenden Bettfedern den kleinen Wohnwagen erfüllte – schneller, lauter und länger, als Josie es je zuvor gehört hatte. Sie floh zu Rays Haus und blieb dort bis weit nach Mitternacht, aber als sie nach Hause kam, waren sie immer noch zu hören.

55

So gern Josie Zeke auch selbst verhaften wollte – wenn sie vorhatte, ihn wegen des Einbruchs in ihr Haus anzuklagen, war es für den Staatsanwalt sehr viel einfacher, wenn sie Zeke von einem ihrer Streifenpolizisten abholen ließ. Wie Lloyd Todd versprochen hatte, fanden sie Zeke auf zwei Plastikstühlen schlafend in der hinteren Ecke des Waschsalons.

Als er im Revier eintraf, ließ Noah ihn in den Verhörraum bringen. Er verlangte nicht nach einem Anwalt. Wie sein jugendlicher Komplize ihnen gesagt hatte, trug er eine glanzlose grüne Jacke, die an den Rändern ausgefranst war und an der alle Knöpfe fehlten. Sein Gesicht war von Altersfalten und einem harten Leben gezeichnet, und sein langer grauer Bart war am unteren Ende gelb. Um die Stirn trug er ein verblichenes gemustertes Kopftuch, das die Farbe verloren hatte und nun schmutziggrau war; darunter hingen zottelige weiße Haare hervor. Josie beobachtete auf dem Videobildschirm, wie er die Zigaretten, die Noah ihm hingelegt hatte, eine nach der anderen rauchte und sich vom Ende der letzten Zigarette eine neue anzündete.

»Nicht mal tausend Zigaretten können seinen Gestank

überdecken«, bemerkte Noah, als er hereinkam und ihr eine Akte überreichte. »Der Typ hätte schon vor zehn Jahren ein Bad gebraucht. Die meiste Zeit der letzten zehn Jahre war er obdachlos. Hat ein paar Mal gesessen, weil er Drogen besaß, herstellte und verkaufen wollte und so weiter. Keine bekannten Verbindungen zu Lloyd Todd, genau wie Todd gesagt hat.«

Josie blätterte die Akte durch, die Verhaftungsberichte, Eintragungen zu seinen Verurteilungen und ein paar alte Fahndungsfotos enthielt. Ihr stach ein Foto ins Auge, das vor sieben Jahren aufgenommen worden war und bei dem irgendetwas in ihr klingelte. Sie blätterte weiter, bis sie ein weiteres Foto fand, das dreizehn Jahre alt war. Er hatte weniger Falten im Gesicht und seine Gesichtszüge waren etwas klarer. Sie kamen ihr bekannt vor, das war ihr klar. Aber warum?

»Glauben Sie, dass Todd die Wahrheit über den Überfall und die Anzeigen gesagt hat?«, fragte Noah.

Josie wandte den Blick nicht von der Akte, während sie nach weiteren Fotos suchte. »Sie wissen, dass es nicht meine Art ist, suspekten Typen wie Todd zu vertrauen, aber ich verstehe nicht, warum er mir so viele Informationen gegeben hat, bei dieser Sache aber gelogen haben soll. Er hat den teuersten dieser Vorfälle ja hypothetisch zugegeben. Warum sollte er mir die anderen Dinge vorenthalten? Das würde ihm doch keinen Nutzen bringen.«

»Das nehme ich auch an. Aber das wirft die Frage auf: Wer steckt hinter dem Raubüberfall und den Craigslist-Anzeigen?«

Josie deutete auf den Bildschirm. »Vielleicht kann Zeke es uns sagen.«

Plötzlich fand sie, wonach sie gesucht hatte: ein drittes Fahndungsfoto, das vor zwanzig Jahren aufgenommen worden war, als Josie zehn Jahre alt gewesen war. Sie keuchte, und der restliche Inhalt der Akte flatterte auf den Boden.

»Boss?«, sagte Noah. »Was ist los?«

Josie brachte das Wort kaum über die Lippen: »Needle«.

»Was ist los?«

Sie blickte auf den Videobildschirm. »Ich muss mit ihm sprechen.«

Noah blieb ihr dicht auf den Fersen, als sie aus dem Beobachtungsraum lief und den Flur hinunter zum Verhörraum eilte. »Boss«, rief er, aber er war nicht schnell genug.

Die Tür schlug auf und Needle starrte zu ihr hoch. Sie ging langsam zu dem Tisch, während Noah hinter ihr ins Zimmer schlüpfte und die Tür schloss. Sie spürte, dass Noah etwas sagen wollte, um sie aufzuhalten, aber er schwieg. Josie legte eine Handfläche flach auf den Tisch und lehnte sich zu Needle vor. Der Gestank von Rauch und altem Körpergeruch überwältigte sie fast. »Erinnerst du dich an mich?«

Er starrte sie an, ein zahnloses Lächeln spaltete sein Gesicht.

»Tust du es?«, forderte Josie.

»Die kleine JoJo.«

Josie spürte, wie Noah erschrak. Niemand nannte sie je anders als Josie oder Boss. Nur Ray hatte das Privileg gehabt, sie mit ihrem Kurznamen Jo anzusprechen. Auch Josie erstarrte, als sie den Spitznamen ihrer Kindheit nach so vielen Jahren wieder hörte, bemühte sich aber, ihre Überraschung zu verbergen.

»Du kanntest meine Mutter«, sagte Josie. »Wie hieß sie?«

Needle lachte. »Du kennst den Namen deiner Mutter.«

»Ich will ihn von dir hören.«

»Belinda«, sagte er leichthin. »Belinda Rose.«

»Und ihr richtiger Name?«, fragte Josie.

Ein Ausdruck von ungespielter Verwirrung zog über sein Gesicht. »Be-linda Rose«, wiederholte er.

Ihre Mutter hatte sich Needle also nicht anvertraut. Josie änderte ihre Taktik. »Warum hast du mein Haus ausgeraubt?«

»Ich habe niemandes Haus ausgeraubt.«

Josie verdrehte die Augen. Sie schlug mit der Handfläche

gegen die Tischplatte, um seine Aufmerksamkeit auf sich zu lenken. »Hör auf mit dem Scheiß, Zeke«, sagte sie. »Ich habe zwei Zeugen, die dich nicht nur dorthin gebracht haben, sondern auch aussagen werden, dass du sie dazu angestiftet hast. Warum? Warum ich? Warum jetzt?«

Er fummelte eine Zigarette aus der zerdrückten Packung, die vor ihm lag, und zündete sie sich am Stummel seiner letzten Zigarette an. »Du warst ein süßes Kind, weißt du das, JoJo?«

Josie sagte nichts.

»Das hat deine Mutter ein bisschen verrückt gemacht, glaube ich. So ein hübsches Ding um sich zu haben. Alle haben dir immer so viel Aufmerksamkeit geschenkt. Dein Vater – er hat sich kein bisschen um deine Mutter gekümmert, wenn du da warst. Das hat ihr nicht gepasst, weißt du.«

Ohne bewusst darüber nachzudenken, fasste Josie in ihr Gesicht und zeichnete die Narbe nach, die sich über ihren Kiefer zog. Needle deutete auf ihr Gesicht. »So wütend hatte ich sie noch nie zuvor gesehen«, sagte er. »Na ja, bis zu jener Nacht.«

»Du hast sie aufgehalten«, sagte Josie.

Er nickte. »Sie hat mir in dieser Nacht Angst gemacht. Ich habe sie schon viele Dinge tun sehen, aber das war etwas ganz anderes.«

»Hast du mich ins Krankenhaus gebracht?«

»Ja.«

Josie hatte das Gefühl, als würde es ihr die Kehle zuschnüren. Als sie ihre nächste Frage stellte, kam fast nur noch ein Flüstern heraus. »Warum bist du nicht reingegangen und hast ihnen gesagt, was sie getan hat?«

Er zuckte mit den Schultern. »Das stand mir nicht zu. Außerdem legt man sich mit einer solchen Frau nicht an.« Er nahm einen langen Zug von seiner Zigarette, die Asche glühte hellorange. »Das solltest du besser wissen als die meisten.«

Sie sagte nichts. Der Rauch hing in der Luft, bewegungslos.

Noah, der die beiden beobachtete, trat leise einen Schritt näher an den Tisch heran. Schließlich richtete er seinen Blick auf Needle und sagte: »Zeke, wir haben Sie bei dem Raubüberfall erwischt. Sagen Sie uns einfach, was Sie mit dem Schmuck gemacht haben. Haben Sie ihn verkauft?«

Needle schüttelte den Kopf.

Noah fragte: »Sie haben ihn nicht verkauft?«

»Ich weiß nicht, was damit passiert ist.«

»Er ist einfach aus Ihren Händen verschwunden, was?«, fragte Noah.

»Wusstest du, dass es mein Haus war?«, warf Josie ein.

Needle sah ihr in die Augen, und sie fühlte sich in ihre Kindheit zurückversetzt, wie sie sich hinter der Couch oder unter dem Küchentisch versteckte, Needle ihren Blick auffing, sie anlächelte und ihr ein Stück von seinem Sandwich oder einen Schluck von seiner Limonade anbot. Sie war immer hungrig gewesen. Und dann war da noch der Tag, an dem er ihre Mutter dabei erwischt hatte, wie sie versuchte, Josie für eine Farblackierung zu verkaufen, und ihr gesagt hatte, sie solle nach draußen gehen, um zu spielen. Josie wusste bis heute nicht, was passiert war, nachdem sie weglief. Aber als sie nach Hause kam, war der Mann weg. Es wurde nie wieder über die Lackierung gesprochen. Needle war zur richtigen Zeit am richtigen Ort gewesen. Er war nett zu ihr gewesen. So nett, wie jemand wie er sein konnte.

Er lächelte ein trauriges Lächeln. »Es tut mir leid, kleine JoJo.«

»Warum warst du nett zu mir, als ich ein Kind war?«, fragte sie.

Er zuckte mit den Schultern. »Warum nicht? Du schienst in einer ziemlich schlimmen Lage zu sein, besonders als dein Vater gestorben war.«

Erneut fiel ihr auf, dass seine Freundlichkeit und sein Mitgefühl nur bis zu einem gewissen Punkt reichten. Ja, er war nett zu ihr gewesen, hatte erkannt, was man nur als Missbrauch bezeichnen konnte, aber er war nicht so weit gegangen, ihr aus der Situation herauszuhelfen. Die Welt war voll von Menschen wie Needle. Menschen, die bemerkten, wenn andere in Schwierigkeiten waren, aber letztlich ihren Selbsterhaltungstrieb vor die Gerechtigkeit stellten.

»Warum?«, versuchte es Josie noch einmal. »Warum hast du mein Haus ausgeraubt?«

Needle schüttelte die Zigarettenschachtel, aber sie war leer. Er drückte die letzte Kippe in dem Aschenbecher aus, den Noah bereitgestellt hatte, und stieß einen langen Seufzer aus. »Du bist schlau, JoJo. Kannst du es nicht selbst herausfinden? Hast du es noch nicht rausbekommen?«

Josie spürte, wie die kalten Finger der Angst ihre Wirbelsäule hinaufkrochen. »Was herausgefunden?«

Needle lehnte sich in seinem Stuhl zurück und faltete seine nikotinverschmierten Hände über dem Bauch. »Ich bin fertig hier. Wenn Sie mich verklagen wollen, dann verklagen Sie mich, und wenn ich mir keinen Anwalt leisten kann, nehme ich den, den Sie mir zur Verfügung stellen, wie Sie sagten. Mehr habe ich nicht zu sagen.«

Noah und Josie starrten ihn lange an, um zu sehen, ob er seine Meinung ändern oder etwas fordern würde, aber er saß entspannt auf seinem Platz und pfiff eine nicht erkennbare Melodie vor sich hin. Schließlich ging Noah zur Tür; Josie folgte ihm. Er hielt ihr die Tür auf und sie wollte gerade hindurchgehen, als Needle wieder sprach.

»Ich weiß nicht, was du ihr je angetan hast, kleine JoJo.«

Ihr Herz krampfte sich zusammen. Sie drehte sich wieder zu ihm um. »Was hast du gesagt?«

»Sie sagte, du würdest mich finden. Ich sagte, nein, du würdest nie erfahren, dass ich etwas damit zu tun habe. Aber sie hatte recht. Du hast mich gefunden. Du hast mich sogar erkannt.«

»Wer hat gesagt, ich würde dich finden?«, fragte Josie, die wie erstarrt in der Tür stand. »Wovon redest du?«

Er begegnete ihrem Blick. »Sie wollte, dass ich dir eine Nachricht übermittle. Sie sagt, sie wird alles zerstören, was du liebst.«

56

»Boss«, sagte Noah, als sie an ihm vorbei den Flur hinunterlief. Der Weg vom Verhörraum zu ihrem Büro schien Josie endlos – als sei sie in einem dieser Albträume gefangen, in denen man, egal wie schnell man rannte, nie vorankam und das Ziel immer unerreichbar blieb. Ihr Atem kam in kurzen Zügen, und als sie endlich die Tür öffnete, waren ihre Handflächen feuchtkalt.

Noah war nur ein paar Meter hinter ihr; sie hörte, wie das Geräusch seiner Schritte auf den Fliesen langsamer wurde. »Boss«, rief er wieder. »Was zum Teufel sollte das denn?«

Sie schlug ihm die Tür vor der Nase zu, schloss sie ab, lehnte sich dagegen und sank zu Boden. Ihr Herzschlag donnerte. Zu schnell – das ging alles zu schnell. Ein Schwindelgefühl überkam sie. Noah rief ihr von der anderen Seite der Tür etwas zu, aber sie konnte nicht antworten. Sie sah sich in ihrem Büro um, aber alles, was sie sah, waren Bilder aus ihrer Kindheit – ihre Mutter, die durch die Dunkelheit des Wohnwagens schlich, auf die Rückkehr von Josies Vater wartete und Worte murmelte, die Josie nie vergessen würde:

Ich werde alles zerstören, was du liebst.

Sie war es die ganze Zeit gewesen. Wie lange war sie schon

zurück? Was hatte sie nach all den Jahren wieder hierhergeführt? Wo war sie? Die Erinnerungen an die Dinge, die Belinda – nein, Lila – ihr angetan hatte, erwachten und wüteten in Josies Kopf, schwarz und widerwärtig. Sie presste ihre Augen zu, aber das machte es nur noch schlimmer.

Josie kam mühsam wieder auf die Beine, lief zu ihrem Schreibtisch und suchte nach dem gerahmten Foto, das sie und Ray als neunjährige Kinder zeigte. Sie konzentrierte sich auf Rays Gesicht und erinnerte sich daran, wie er ihr geholfen hatte, mit den Monstern in ihrem Kopf fertig zu werden. Plötzlich war sie froh, dass Ray tot war – denn es bedeutete, dass ihre Mutter ihm nicht wehtun konnte.

Sie blickte auf die Korkpinnwand über ihrem Schreibtisch, an die sie mehrere Fotos gepinnt hatte – Josie und ihr Vorgänger, Chief Harris, bei einer ihrer Beförderungsfeiern mehrere Jahre zuvor. Fotos von Menschen, die sie nie kennengelernt hatte – Opfer, deren dankbare Familien ihr Briefe geschrieben hatten, nachdem sie ihre Fälle gelöst hatte. Ein Foto, das Josie und Lisette an Lisettes letztem Geburtstag zeigte. Das jüngste Foto war ein Schnappschuss des kleinen Harris Quinn, der kichernd und mit zerquetschten jungen Erbsen im Gesicht umherlief.

»O Gott«, murmelte Josie.

Sie sprang auf und öffnete ihre Bürotür, hinter der Noah stand, mit vor der Brust verschränkten Armen und stechendem Blick. »Ich brauche Personenschutz für Misty Derossi und meine Großmutter«, sagte sie.

»Wovon hat der Typ gesprochen, Boss?«, fragte Noah.

»Er redet von meiner Mutter. Sie ist zurück. Sie ist hier oder irgendwo in der Nähe. Sie steckt hinter all dem – den Anzeigen, dem Raubüberfall. Sie ist hinter mir und den Menschen her, die ich liebe; niemand ist vor ihr sicher. Sie müssen jemanden nach Rockview schicken. Ich würde Grandma mit nach Hause nehmen, aber dort ist sie nicht sicher.

Und Misty und Harris … Sie wird das mit ihnen herausfinden. Ich kann nicht zulassen, dass ihnen etwas zustößt. Nicht meinetwegen.«

Noahs ließ die Arme sinken, während sie redete. »Erlauben Sie mir, dass ich mir den Kerl vorknöpfe. Er muss wissen, wo sie ist. Wir werden ihr zuvorkommen.«

»Nein«, sagte Josie. »Er weiß nicht, wo sie ist. Er würde es Ihnen ohnehin nicht sagen. Sie ist zu schlau dafür. Sie muss zu ihm gekommen sein. Wenn sie wüsste, dass ich ihn finden würde, hätte sie es mir nicht so leicht gemacht.«

Hinter Noah näherte sich Gretchen mit einem Stück Papier in der Hand. Sie ging an Noah vorbei und reichte es Josie. »Ich habe den Freund gefunden. Fraley hat mir seinen Namen gesagt. Dexter McMann wohnt jetzt in Fairfield.«

Das war etwas mehr als eine Stunde entfernt. Josie konnte es in der Hälfte der Zeit dorthin schaffen.

»Hier ist seine Telefonnummer«, sagte Gretchen.

»Die brauche ich nicht«, sagte Josie. Sie ging zu ihrem Schreibtisch und nahm ihre Autoschlüssel. »Ich bin in ein paar Stunden zurück.«

»Ich fahre mit Ihnen«, sagte Noah.

»Nein, das tun Sie nicht. Ich möchte, dass Sie hierbleiben, dafür sorgen, dass Zeke ordnungsgemäß festgenommen wird, und danach jemanden zu Mistys Haus und nach Rockview schicken.«

Josies Handy surrte in ihrer Tasche. Sie holte es heraus und sah eine weitere Nachricht von Trinity, die sie daran erinnerte, dass sie sich für diesen Tag verabredet hatten. *Auf der Arbeit ist etwas dazwischengekommen*, schoss Josie zurück. *Ich werde versuchen, heute Abend vorbeizukommen, aber es wird wahrscheinlich bis morgen warten müssen.* Als Antwort schickte ihr Trinity ein schmollendes Emoji. Josie verdrehte die Augen, steckte ihr Handy ein und verließ das Gebäude.

57

JOSIE – VIERZEHN JAHRE ALT

Seit Dex bei ihnen eingezogen war, gab es weitere Vorfälle, die den zarten Frieden im Wohnwagen störten. Eines Abends kam ihre Mutter früh von der Arbeit nach Hause und sah die beiden nebeneinander auf der Couch sitzen und über einen Film im Fernsehen lachen. Sie ging auf Josie los und ohrfeigte sie, bis Dex sie von ihrer Tochter wegzog. Josie flüchtete in ihr Zimmer und blieb dort, bis der Streit sich gelegt hatte. In dieser Nacht ging Dex fort und kehrte eine Woche lang nicht zurück.

Einmal regnete es in Strömen, und Dex ließ Josies Mutter im Wohnwagen zurück, um Josie von der Schule abzuholen, damit sie nicht zu Fuß nach Hause gehen musste. Zuerst sagte ihre Mutter nicht viel dazu, aber als Dex schlief, stürmte sie in Josies Zimmer und übergoss ihre schlafende Tochter mit einem Eimer kaltem Wasser. Als Josie erschrocken aufwachte, fand sie sich mitten in einer Schimpftirade wieder. Falls Dex auffiel, wie müde Josie in den Tagen danach war, weil ihre Matratze trocknen und sie deshalb auf dem Boden schlafen musste, gab er zumindest keinen Kommentar dazu ab.

Die Forensikbücher, die Dex in einem Secondhandladen gefunden und Josie geschenkt hatte, wurden in der Metalltonne vor dem Wohnwagen verbrannt, während er bei der Arbeit war. Als er sie fragte, ob die Bücher ihr gefielen, brachte sie es nicht übers Herz, ihm zu sagen, was ihre Mutter getan hatte. Vielleicht hätte sie es tun sollen. Vielleicht wäre er dann fortgegangen. Oder vielleicht wäre er mit ihrer Mutter ins Schlafzimmer gegangen und hätte sie noch mehr gevögelt. Josie hatte die seltsame Beziehung zwischen den beiden nie verstanden. Sie hatte auch nie verstanden, was für Beziehungen andere zu ihrer Mutter hatten – außer Lisette: Grandma hasste ihre Mutter abgrundtief.

Der Todesstoß für dieses eigentlich schöne Jahr kam durch Josies Schuld. Vielleicht war sie mutiger geworden, weil es jemanden gab, der mit ihr sprach, der sich um sie kümmerte und Interesse an ihr zeigte. Vielleicht war sie dadurch aber auch nur genauso dumm wie Dex geworden. Es stand ein Tanzabend für die neunte Klasse an – ein offizieller Tanz –, und Ray hatte sie gebeten, mit ihm hinzugehen. Sein Vater war seit einem Jahr nicht mehr da, und Ray fühlte sich endlich frei: Er wollte, dass sie wie ein ganz normales Paar zum Ball gingen. Josie dachte, sie könnte sich selbst die Haare machen und Make-up auflegen, so wie sie es bei den anderen Mädchen in der Schule gesehen hatte, die sich immer auf der Schultoilette schminkten. Aber sie wusste, dass sie ein Kleid brauchte, und sie hatte wenig Geld.

Josie fragte Dex, ob er sie zum Secondhandladen fahren und sie und Ray später zum Tanzabend bringen würde. Aber Dex ging – wie er nun einmal war – noch einen Schritt weiter, setzte sie vor einer Boutique ab und sagte ihr, dass hinter dem Tresen ein Guthaben für sie hinterlegt sei, mit dem sie sich ein Kleid ihrer Wahl aussuchen könne. Ihr Herz schlug höher, als sie sich für ein hautenges, aber schlichtes blaues Kleid entschied, von dem die Verkäuferin sagte, es würde ihre Augen betonen. Dex hatte bei seiner Cousine, die einen Friseursalon besaß, einen Termin für Josie vereinbart, als sie in der Boutique fertig war.

Josie erkannte sich im Spiegel kaum wieder, als Dex sie abholte, um sie nach Hause zu bringen, damit sie sich vor dem Ball umziehen konnte. »Ray wird nicht wissen, wie ihm geschieht«, sagte er lächelnd zu ihr.

Josie konnte es kaum abwarten, Rays Gesicht zu sehen. Sie ging in ihr Schlafzimmer, zog das Kleid an und wirbelte vor dem Spiegel herum, weil sie sich zum ersten Mal in ihrem Leben wirklich schön fühlte. Ihre Nachttischuhr zeigte an, dass sie nur noch ein paar Minuten Zeit hatte, bevor Dex sie zu Ray bringen würde. Ihre Mutter würde die ganze Nacht arbeiten, und Josie hoffte, dass sie nie etwas von dem Ball, dem Kleid, dem Make-up oder den Gefühlen erfahren würde, die Ray in ihr geweckt hatte, als er sie bat, mit ihm auszugehen.

Dex' Augen leuchteten auf, als er sie sah. »Wow«, sagte er. »Du siehst umwerfend aus.«

»Danke«, erwiderte Josie.

Sie standen an der Haustür und wollten gerade gehen, als Dex stehenblieb. »Warte«, sagte er. Er fasste sie an den Schultern und schaute ihr ins Gesicht. Eine Sekunde lang schoss die Angst in ihr hoch und sie zuckte zusammen, als er eine Hand hob, an seiner Daumenkuppe leckte und über eine Stelle direkt unter ihrem linken Auge strich. »Wimperntusche«, sagte er.

Josie lachte nervös. Seine Hand fühlte sich warm auf ihrer Schulter an. Sie war Dex noch nie so nahe gewesen. Diese Nähe – gemischt mit ihrer Vorfreude auf den Tanz – war schwindelerregend. Er grinste sie an. »JoJo«, sagte er sanft. »Sieh zu, dass du dich heute Abend gut amüsierst, okay?«

Sie nickte.

»Ray ist ein Glückspilz, Kleines.«

Einem plötzlichen Impuls folgend stellte sich Josie auf die Zehenspitzen und drückte Dex einen Kuss auf die Wange. Sein Gesicht leuchtete vor Überraschung und einen Moment lang schien die Zeit stehenzubleiben: Sie standen sich reglos gegenüber – Josies Lippenstift auf seiner Wange, seine Hand auf ihrer Schulter – und lächelten sich verlegen an. In diesem Moment öffnete sich die Tür; ihre Mutter stand da, mit einem Sechserpack Bier im Arm. Sie starrte sie an und nahm die Situation in sich auf: Josies Kleid, ihr Make-up, ihre Haare, die Art und Weise, wie sie dicht beieinanderstanden, Dex' Autoschlüssel, der in seiner freien Hand baumelte.

Josies Herz blieb stehen, und sie zählte zwei lange Sekunden, bis es donnernd wieder zum Leben erwachte wie ein wütendes wildes Tier, das sich mit seinen Krallen den Weg aus ihrer Brust bahnen wollte. Sie wartete darauf, dass ihre Mutter wütend wurde, dass sie Josie die Bierdosen an den Kopf werfen oder sich auf sie stürzen und an ihrem Kleid und ihren Haaren reißen würde, bis Josie so ramponiert aussah, dass sie nicht mehr unter Leute gehen konnte.

Aber ihre Mutter tat nichts. Sie stand einfach nur da. Dann fragte sie: »Was ist hier los?«

Dex sagte: »JoJo hat einen Schulball. Sie geht mit Ray hin. Ich habe ihnen gesagt, dass ich sie hinfahre.«

Ihre Mutter richtete ihren Blick auf Josie. »Deine Großmutter hat dir das Zeug wohl heimlich besorgt? Dieses Miststück, sie mischt sich immer ein.«

Josie hätte nicht darauf reagiert. Das wäre das Beste gewesen. Aber Dex mischte sich ein, bevor sie ihre Antwort formulieren konnte. »Nein, das war ich, und ich habe es nicht heimlich gemacht. JoJo brauchte ein Kleid für den Ball, und meine Cousine macht Haare und Make-up, also habe ich sie gebeten, uns zu helfen.«

Ihre Mutter sah ihn mit zusammengekniffenen Augen an. »Du warst das?«

»Komm schon, Belinda. Warst du noch nie auf einem Schulball? Gönn dem Kind eine Pause. Du lässt sie nicht zu ihrer Großmutter. Ihr Vater ist tot. Der einzige Mensch, den sie je sieht, ist dieser dürre kleine Ray. Sie will also zu einem Tanz gehen. Lass sie doch ein bisschen Spaß haben.«

Josie wappnete sich für den Angriff, der – wie sie wusste – unvermeidlich kommen würde. Sie schloss die Augen, holte tief Luft und wartete darauf, dass ihre Mutter ausholte, um ihr schönes Kleid zu zerreißen und ihr Gesicht grün und blau zu schlagen und damit ihr Make-up unbrauchbar zu machen.

Aber nichts geschah. Sie spürte, wie jemand sie streifte, und als sie die Augen öffnete, saß ihre Mutter auf der Couch und öffnete eine Dose Bier. Josie und Dex starrten sie schockiert an, aber sie nippte nur an ihrem Bier, nahm die Fernbedienung in die Hand und schaltete den Fernseher ein. Als sie merkte, dass die beiden sie immer noch anstarrten, sagte sie: »Na, dann geht ihr wohl besser.«

Sie gingen nach draußen und ließen die Tür des Wohnwagens zufallen. Ein Zischen lag in der Luft, als seien sie nur knapp etwas Gewaltigem entkommen. Auf dem Weg zu Rays Haus sprachen sie nicht miteinander und sahen sich nicht an.

Ray schien nichts zu bemerken, vielleicht hielt er ihre Nervosität für Aufregung vor dem Tanz. Sie versuchte, sich zu amüsieren, sich auf Ray zu konzentrieren und auf die Art, wie er sie ansah wie einen verborgenen Schatz, aber ihre Gedanken wanderten immer wieder zu ihrer Mutter, wie sie mit furchterregender Ruhe gelassen auf dem Sofa saß und Bier trank.

Als Dex Josie später an diesem Abend vom Ball nach Hause fuhr, schien ihre Mutter sich keinen Zentimeter bewegt zu haben, nur, dass jetzt eine Flasche Wodka vor ihr stand. Dex sagte: »Ich gehe ins Bett. Kommst du mit?«

»Nein«, sagte sie. »Ich glaube, ich bleibe noch ein bisschen wach. Vielleicht schlafe ich hier vor dem Fernseher.«

58

Die Angst nagte an Josie, als sie allein zu Dexter McManns Adresse fuhr, die Gretchen ihr gegeben hatte. Bevor sie zu ihrem Auto ging, hatte sich Noah noch einmal angestrengt bemüht, sie davon zu überzeugen, ihn mitzunehmen, aber schließlich tat er, was sie ihm sagte, blieb im Revier und schickte Einsatzwagen zur Überwachung von Rockview Ridge und Misty Derossis Haus. Vom Auto aus rief Josie Misty an und erklärte ihr, dass sie in letzter Zeit wegen ihres Jobs von einigen Leuten bedroht worden sei und sicherstellen wolle, dass sich diese Belästigungen nicht auf die Menschen in ihrem Umfeld ausdehnten. Zum Glück war Misty zu krank und erschöpft von der Pflege ihres kranken Babys, um viele Fragen zu stellen. Josie sprach auch mit dem Verwalter von Rockview, der versprach, die Sicherheitsmaßnahmen zu verschärfen. Gretchen war damit beschäftigt, den Papierkram für die Inhaftierung von Needle zu erledigen. Sie hatten alle Hände voll zu tun, bis Josie zurückkam.

Fairfield war eine kleine Stadt in Lenore County, das südlich von Alcott County lag. Der größte Teil von Lenore County bestand aus Farmen und staatlich verwalteten Jagdgebieten. Josies Escape schlängelte sich durch kurvenreiche Bergstraßen, die schließlich in hügelige, einspurige Straßen übergingen, die kilometerweit durch Farmgebiete verliefen. Normalerweise hätte Josie die Fahrt durch die idyllische Landschaft genossen, aber bei dem Gedanken, Dex wiederzusehen, drehte sich ihr der Magen um.

Die Adresse, die Gretchen ihr gegeben hatte, führte sie zu einem einstöckigen Haus mit schmutzig-weißer Fassade und mehreren schlecht errichteten Anbauten an der Seite. Das Haus lag etwa eine Grundstücksbreite von der Straße entfernt am Ende einer Schotterauffahrt. Vor der Veranda stand ein alter roter Pick-up. Josie sah mehrere abgesägte Baumstämme, die wie Wachposten im Gras vor dem Haus standen. Als sie näherkam, sah sie, dass einige der Stämme zu Tierformen geschnitzt waren – es gab einen Bären, einen Adler und eine große Eule. In einen Baumstamm war das Gesicht eines Mannes geschnitzt – er hatte einen langen, wallenden Bart, der bis zum Boden reichte. Die Skulpturen waren atemberaubend schön. Sie stellte ihren Escape ab und ging zu den Baumstämmen. Im langen Gras standen noch einige kleinere Exemplare – eine Ente und ein schlafender Kojote.

Eine Männerstimme rief: »Sie fangen bei dreihundert an. Der Adler ist bereits verkauft, fürchte ich. Hinten habe ich noch mehr. Ich habe gerade meine erste Meerjungfrau fertiggestellt.«

Sie hörte, wie seine Schritte näherkamen. Sie wollte sich nicht umdrehen, um ihn anzusehen, aber jetzt war sie hier, und es gab kein Entrinnen.

»Ich, äh, habe auch ein paar Drachen, falls Sie sich dafür interessieren. Heutzutage suchen viele Leute nach so etwas. Es gibt plötzlich eine große Nachfrage nach Fabelwesen. Ich dachte, ich könnte es mit einem Einhorn versuchen, aber ich ...« Er verstummte, als Josie sich umdrehte und ihn anblickte.

Wie erstarrt sah er sie an. Er war schon immer groß gewesen, und in den Jahren, seit sie ihn das letzte Mal gesehen hatte, hatte er etwas zugenommen. Er sah jetzt kräftiger aus, stark und stattlich in einem Paar fleckiger, zerrissener Jeans und einem schwarzen T-Shirt, das an seiner Brust klebte. Er war immer gutaussehend gewesen. Bis zu dem Feuer.

Sie hatte gehofft, die Narben seien mit der Zeit verblasst oder er hätte einen Schönheitschirurgen gefunden, der wiederherstellte, was ihm verlorengegangen war. Aber als sie ihn jetzt ansah, trug sein Gesicht immer noch die schweren, unauslöschlichen Spuren des Zorns ihrer Mutter.

»Ich habe dich seit fast zwanzig Jahren nicht mehr gesehen, JoJo«, sagte er mit heiserer Stimme.

»Josie«, sagte sie. »Mein Name ist Josie.«

Er lächelte, und die Seite seines Gesichts, die nicht vernarbt war, lichtete sich. »Ich weiß«, sagte er. »Josie Quinn. Du hast schließlich doch Ray geheiratet. Es tat mir leid, von seinem Tod zu hören. Ihr habt so gut zusammengepasst.«

»Es stellte sich heraus, dass wir doch sehr unterschiedlich waren«, sagte Josie.

Er nickte. »Ja, das stimmt wohl, nicht wahr? Ich sehe dich ständig in den Nachrichten, seit du den Fall mit den vermissten Mädchen gelöst hast und Polizeichefin geworden bist. Du hast es zu was gebracht.«

Josie trat einen Schritt näher. Sie fuhr mit einem Finger über die riesige Bärenskulptur. »Du auch, wie es aussieht.«

Er zuckte mit den Schultern. »Mir geht es gut. Besser, als jeden Tag zur Arbeit zu gehen und mit den Leuten zurechtkommen zu müssen.« Er deutete auf seinen Kopf. Durch die Verbrennungen hatte er einen Teil seiner Haare hinter der linken Schläfe verloren. »Es ist anstrengend, die Fragen zu beantworten, weißt du?«

Sie wusste es nicht, aber sie nickte trotzdem. »Sie haben dir ein Glasauge gegeben«, sagte sie. »Sieht gut aus.«

Seine Finger berührten eine Stelle knapp unter seiner

linken Augenhöhle. »Ja, es lässt mich menschlicher aussehen, denke ich.«

Ein unbehagliches Schweigen breitete sich zwischen ihnen aus. Josie drehte sich um und schaute wieder auf die Skulpturen. »Die sind großartig, Dex. Ich hatte keine Ahnung, dass du so was kannst.«

»Was machst du hier, JoJ... Josie?«

Josie deutete auf die Veranda. Es gab keine Stühle, aber ein paar Stufen, auf die sie sich setzen konnten. »Setzen wir uns hin?«

Er führte sie hinüber und sie setzten sich nebeneinander auf die Treppe. Ein paar Minuten lang starrten sie auf den offenen Vorgarten und beobachteten, wie der Wind die Wipfel der Bäume an der Straße zerzauste. Dann sagte Dex: »Ich habe dir das nie gesagt – ich hatte nie die Gelegenheit dazu –, aber es war nicht deine Schuld.«

Josie bekam einen Kloß im Hals und schluckte. »Unsinn. Es war allein meine Schuld. Es tut mir so, so leid, Dex.«

Er tippte mit dem Oberschenkel gegen ihr Bein. »Hör auf. Wir wissen nicht einmal, ob sie es wirklich war. Es war nur ein seltsames Timing.«

»Jemand zündet dir die Haare an, während du schläfst? In der Nacht, in der sie zufällig auf der Couch einschläft, an einem sicheren Ort? Du weißt genauso gut wie ich, dass sie diejenige war, die dir das angetan hat. Und sie hat es meinetwegen getan.«

»Du warst ein Kind. Belinda war verrückt.«

»Lila«, sagte Josie. »Ihr richtiger Name war Lila Jensen.«

»Was? Was meinst du damit?«

Sie erzählte ihm alles, und als sie fertig war, schwieg er lange. Dann sagte er: »Da fragt man sich, womit sie sonst noch ungestraft davongekommen ist, nicht wahr?«

Josie nickte.

»Was brauchst du von mir?«

»Ein Foto«, antwortete Josie. »Wenn du eines hast – oder eines aufgehoben hast. Ich weiß, es ist weit hergeholt; ich würde wahrscheinlich keine Fotos von einer Frau aufheben, die mich verunstaltet hat.«

Er starrte auf die Straße hinaus. »Das habe ich auch nicht.«

Josies Schultern sackten enttäuscht nach unten. Als sie gerade dabei war, vollends zu verzweifeln, sagte Dex: »Aber ich habe ein Foto von dir. Und deine Mutter ist zufällig auch darauf zu sehen. Ich dachte die ganze Zeit, das sei ärgerlich.«

59

JOSIE – VIERZEHN JAHRE ALT

Josie erwachte von Dex' Schreien. Er schrie wie ein wildes, gefangenes Tier – ein Geräusch, das sie noch jahrelang in ihren Träumen verfolgen sollte. Sie sprang aus dem Bett und rannte in den Flur, wo aus dem Zimmer ihrer Mutter Rauch hervorquoll. Drinnen war Dex, sein Kopf ein Flammenball, er rannte hin und her und warf sich gegen die Wände, als sei er in einem Flipperautomaten gefangen. Eines der Kissen auf dem Bett brannte und das Feuer griff schnell auf die gesamte Bettdecke über. Ein Luftzug vom offenen Fenster wehte die Gardine in die Flammen und setzte auch sie in Brand. Dex schlug sich wie wild mit den Händen auf den Schädel, aber die Flammen loderten so stark, dass er sie nicht löschen konnte.

Josie rannte in ihr Zimmer und riss die Bettdecke vom Bett. Zurück im Schlafzimmer schrie sie Dex' Namen, um seine Aufmerksamkeit zu wecken, aber er schien sie nicht zu hören. Schließlich kletterte sie auf das Bett. Sie versuchte, auf der Seite zu bleiben, die nicht brannte, passte ihn ab, als er vorbeirannte, und warf die Bettdecke über ihn. Ihre Hände fanden seinen runden, harten Schädel, und sie schlug mit beiden Handflächen darauf ein. Er schrie weiter. Sie musste ihn aus dem Zimmer bringen. Josie sprang vom Bett und brachte ihn zur Tür. Er stolperte und fiel auf den Boden. Josie zog die Tür hinter sich zu, um das Feuer einzudämmen, und versuchte, unter der Bettdecke seine Arme zu ergreifen. Ihre Hand schloss sich um seine. »Dex«, sagte sie. »Komm. Wir müssen gehen.«

Er schwankte, kam aber wieder auf die Beine. Die Bettdecke war immer noch über seinem Kopf, Rauchschwaden zogen darunter hervor. Der Geruch von verbranntem Fleisch stieg Josie in die Nase, als sie ihn ins Wohnzimmer und zur Haustür führte. Ihre Mutter beobachtete sie von der Couch aus, reglos, mit einem Glas Wodka in der Hand und einem zufriedenen Lächeln auf den Lippen.

60

Bevor sie ins Auto stieg, hielt Josie inne, um ein Handyfoto von Lilas Gesicht zu machen. Sie schickte es an Noah und Gretchen, die es so schnell wie möglich an die Nachrichtenagenturen weiterleiten sollten. Während der Fahrt lag das Foto auf dem Beifahrersitz ihres Escape und Josie musste es immer wieder anschauen. Ihre Mutter stand vor dem Wohnwagen, dünn, aber wohlgeformt in einer Jeans und einem lavendelfarbigen T-Shirt mit V-Ausschnitt. Langes, glänzendes schwarzes Haar fiel ihr in Stufen über die Schultern. Ihr schmales Gesicht, die hohen Wangenknochen, das kantige Kinn und die blauen, etwas schräg gestellten Augen verliehen ihr ein leicht exotisches Aussehen. Josie erinnerte sich noch gut an den ständigen Strom männlicher Verehrer, die Lila Jensen anzog – wenn sie es wollte.

Josies dreizehnjähriges Ich stand neben ihrer Mutter, in einem ärmellosen Sommerkleid, das ihr zwei Nummern zu groß war, mit leeren blauen Augen. Ihr Gesichtsausdruck und ihre steife Haltung sagten, *ich bin hier, aber ich bin nicht wirklich hier*, und ihr Körper neigte sich von ihrer Mutter weg, obwohl sie Schulter an Schulter nebeneinanderstanden.

Josie konnte sich nicht daran erinnern, dass dieses Foto gemacht worden war. Nur wenige Menschen, die sie kannten, hatten eine Kamera, und wenn jemand eine besaß, hatte Lila in der Regel keine Fotos erlaubt – jetzt verstand Josie, warum. Josie war dankbar, dass Dex dieses Foto aufbewahrt hatte. Es war ihre bisher greifbarste Spur.

Zurück im Revier berichtete Gretchen, dass es vier Lila Jensens in Pennsylvania gab, aber nur eine von ihnen war im Alter von Josies Mutter – und sie hatte 1983 eine Wohnung in Bellewood gemietet, bevor sie für immer von der Bildfläche verschwand. Es war eine Sackgasse. Alles, was sie jetzt mit Sicherheit wussten, war ihr wahres Geburtsdatum. Nicht im Oktober, sondern im Juli. Josie stand vor ihrem Schreibtisch, auf dem sich ein Haufen Unterlagen türmte – Verwaltungsarbeit, die sie die ganze Woche aufgeschoben hatte. Nervosität durchzog ihren Körper, und ihre Finger trommelten auf dem Schreibtisch, während sie auf ihrem Stuhl saß und versuchte, sich zu konzentrieren. Sie telefonierte und erkundigte sich nach Misty und Harris. Dann rief sie erneut in Rockview an. Keine Berichte über irgendetwas Ungewöhnliches.

Gretchen hatte Lila Jensen im Pflegesystem ausfindig gemacht, allerdings in einem viele Stunden entfernten County, dessen DHS-Amt Schwierigkeiten hatte, eine so alte Akte zu finden. Josie hatte das ungute Gefühl, dass die Lila-Jensen-Akte sich dort befand, wo auch die Belinda-Rose-Akte aufbewahrt wurde. Sie fragte sich, ob Richter Malcolm Bowen vor seinem Tod etwas damit zu tun gehabt hatte. Er war die einzige Person gewesen, die genug Einfluss hatte, um zwei Pflegeakten verschwinden zu lassen. Auch der Gedanke, dass Sophia Bowen bei der Befragung nicht die Wahrheit gesagt hatte, ließ Josie nicht los. Jetzt, da sie ein Foto hatten, konnten sie sie vielleicht aufs Revier bringen lassen, sie offiziell befragen und schauen, ob sie noch mehr aus ihr herausholen konnten. Sie rief bei Bowen zu Hause an, aber es ging nur die Mailbox ran. Josie hinterließ eine Nachricht, in der sie fragte, ob Sophia für eine formelle Befragung aufs Revier kommen könne, und gab ihre Büro- und Handynummer an. Nun war Sophia am Zug.

Josie gab den Versuch auf, irgendwelchen Papierkram zu erledigen, und beschloss, ins Eudora zu fahren und sich mit Trinity zu treffen. Aber als Josie an die Tür zu ihrem Zimmer klopfte, kam keine Antwort. Sie wartete fünfzehn Minuten auf dem Flur und schrieb Trinity, dass sie da war, erhielt aber keine Antwort.

Die Nacht brach herein, als sie das Hotel verließ und ziellos durch die Stadt fuhr, bis die Müdigkeit in ihren Augen brannte. Sie wollte in Bewegung bleiben, irgendetwas tun, um die Erinnerungen in Schach zu halten. Aber die Uhr auf ihrem Armaturenbrett zeigte Mitternacht an, und Noah hatte ihr bereits zweimal geschrieben, um sie daran zu erinnern, dass sie Ruhe brauchte; er schlug vor, dass sie zu ihrer eigenen Sicherheit wieder bei ihm bleiben sollte.

Noah.

Die Lichter seines kleinen Hauses leuchteten hell, als sie ihr Auto davor abstellte. Wortlos ließ er sie eintreten. Sein dichtes braunes Haar war noch nass vom Duschen; er trug Shorts und ein T-Shirt der Polizei von Denton.

Josie ging die Treppe hinauf und zog sich eine Jogginghose und ein T-Shirt an. Sie nahm wieder auf Noahs Couch Platz und starrte im schwarzen Bildschirm des Fernsehers auf ihr Spiegelbild: ein gezeichnetes Gesicht, gequälte Augen.

Noah setzte sich zu ihr auf die Couch. Es gab keinen Dirty Chai Latte. Keine Frikadellen-Sandwiches. Er fragte nicht einmal, ob sie etwas gegessen hatte. Sie wusste, dass er dieses Mal wirklich wütend auf sie war; sie hatte ihm nichts von Needle erzählt und war dann weggelaufen, um allein mit Dex zu reden. »Es tut mir leid«, sagte sie.

»Ich werde Ihre Grenzen respektieren«, sagte Noah. »Sie müssen mich nicht ausschließen.«

»Ich bin nicht ... ich habe nicht ... ich ...«

Er winkte mit der Hand. »Es ist okay. Lassen Sie sich einfach von uns beschützen. Ihnen steht eine ganze Abteilung zur Verfügung. Wenn einer von Ihren Mitarbeitern innerhalb einer Woche ausgeraubt und überfallen worden wäre, würden Sie jemanden für seinen Schutz abstellen wollen – das wissen Sie.«

Er hatte recht. Es stimmte auch, dass sie ungern Schwäche oder Verletzlichkeit zeigte, und sie wollte auf keinen Fall, dass ihre Mitarbeiter sie so sahen. »Ich werde es versuchen«, sagte sie.

»Das Foto von Lila Jensen wurde in den Elf-Uhr-Nachrichten gezeigt«, sagte Noah. »Es ist bereits online auf allen lokalen Nachrichtenseiten zu sehen. Sie werden sofort benachrichtigt, wenn ein hilfreicher Hinweis eingeht.«

»Danke«, sagte Josie.

»Gretchen hat versucht, etwas aus Zeke herauszubekommen, aber er wollte nicht reden.«

Josie blickte auf ihr Spiegelbild im Fernseher. »Ich sagte doch, er redet nicht. Er hat nichts zu verlieren. Er meint, was er sagt – er würde meine Mutter nicht verraten, selbst wenn er wüsste, wo sie ist.«

»Josie, denken Sie wirklich, dass sie so gefährlich ist? Dass sie hinter Ihrer Großmutter oder Misty und dem Baby her ist?«

Sie schüttelte den Kopf. »Vielleicht nicht direkt. Sie haben doch gesehen, dass sie jemanden beauftragt hat, mein Haus auszurauben. Ich bezweifle, dass sie sich gut mit Computern auskennt. Wahrscheinlich hat sie jemand anderen beauftragt, die Craigslist-Anzeigen zu schreiben. Einer dieser Teenager-Idioten, die im Spur-Mobil-Laden arbeiten, hat ihr wahrscheinlich meine Nummer gegeben – verdammt, dieser Teenager ist wahrscheinlich derselbe, der die Anzeigen aufgibt. Sie benutzt Menschen; es gab immer Leute, die bereit waren, für Drogen oder Gefälligkeiten etwas für sie zu tun – oder weil sie etwas gegen sie in der Hand hatte. Sie arbeitet jetzt schon seit über einem Monat daran. Sie wird nicht aufhören, bis alles, was ich liebe, fort ist.«

Noah ließ einen Moment verstreichen. Sie spürte, dass er versuchte, einen taktvollen Weg zu finden, um die Frage zu stellen. »Warum ... warum ist sie ...«

Josie begegnete seinem Blick. »Warum hasst sie mich so sehr?«

Er wandte den Blick ab.

»Ist schon gut. Schauen Sie ...« Sie strich sich die Haare aus dem Gesicht und drehte sich so, dass er die lange, silbrige Narbe sehen konnte, die seitlich über ihr Gesicht verlief. »Sie hat mir das angetan, als ich sechs war. Der Mann, den Sie heute Abend hergebracht haben? Zeke? Er hat sie aufgehalten. Ich habe ihn immer Needle genannt, weil ich seinen Namen nicht kannte und er immer Nadeln mitbrachte.«

»Das tut mir leid«, sagte Noah.

»Das war wahrscheinlich noch das Geringste, was sie mir angetan hat. Der Mann, den ich heute besucht habe, war ihr Partner. Sie war wütend auf ihn wegen etwas, das ich getan hatte, also hat sie sein Haar angezündet, als er schlief. Zumindest glaube ich das. Es gab keine Beweise. Sie waren beide Raucher, und man nahm an, dass er mit einer brennenden Zigarette im Mund eingeschlafen ist. Aber ich weiß einfach, dass sie es war.«

»Mein Gott.«

»In meinem zweiten Studienjahr am College hatte ich ... Probleme. Ich war depressiv. Habe zu viel getrunken. Ich musste zu einem Therapeuten gehen. Ich war nicht lange dort, aber was ich aus dieser Erfahrung mitgenommen habe, war die Erkenntnis, dass meine Mutter jeden hasste – nicht nur mich.« Sie lachte freudlos. »Mit anderen Worten, es ist nichts Persönliches. Sie kümmert sich nur um sich selbst. Das heißt, sie kümmert sich um andere Menschen nur dann, wenn sie etwas haben, was sie will oder braucht. Wenn sie ihren Zweck erfüllt haben, macht es ihr Spaß, sie leiden zu lassen. Sie ist boshaft, eifersüchtig und rachsüchtig, und vor allem ist sie unberechenbar. Und sehr, sehr gefährlich.«

»Ich hatte keine Ahnung«, sagte Noah.

»Natürlich nicht. Keiner weiß es. Ich spreche nicht darüber. Niemals. Nur Ray wusste, wie sie wirklich war, und selbst er wusste nicht alles. Lange Zeit blieb mein Vater nur meinetwegen bei ihr. Als er nicht mehr da war, hat sie mich aus reiner Grausamkeit von meiner Großmutter ferngehalten. Die Antwort auf Ihre Frage lautet also: Sie hasst mich, weil sie einfach so ist. Was ich nicht weiß, ist, warum sie zurückgekehrt ist. Warum jetzt?«

Während sie sprach, breitete sich ein Gefühl tiefer Müdigkeit in ihr aus. Sie schloss die Augen, und einen Moment später spürte sie, wie Noahs Hand in ihre glitt und sie sanft drückte. Es gab nichts, was er hätte sagen können, um sie zu trösten, und sie schätzte das ruhige Schweigen, das er zwischen ihnen zuließ. Sie drückte seine Hand zurück.

Als sie die Augen wieder öffnete, sah sie, wie er sie intensiv anschaute. So müde sie war, die elektrisierende Spannung, die zwischen ihren ineinandergefalteten Händen aufflammte, rüttelte sie sofort wach. Noah berührte sie mit seiner freien Hand und drückte ihr eine Handfläche an die Wange. Sie war warm, und Josie ließ ihren Kopf darin versinken. Tränen stiegen ihr in die Augen, und sie blinzelte, um sie zurückzuhalten. Sie wusste nicht, ob sie diese Art von Zärtlichkeit ertragen konnte. Er musterte ihr Gesicht und beugte sich leicht vor; seine Lippen blieben nur wenige Zentimeter von ihrem Mund entfernt, um die Luft zwischen ihnen zu kosten. Sie hob ihre Lippen auf seine, und er küsste sie, lange und langsam und tief, bis ihre Beine nachgaben und ihr ganzer Körper kribbelte. Ihn zu küssen war seltsam und nicht so, wie sie es erwartet hätte; es war besser als alles, was sie sich je erträumt hatte, und das machte ihr Angst.

Er brach seinen Kuss ab, hielt sie aber weiter fest und drückte seine Stirn an ihre, während ihr Atem einen Moment lang ineinander überging.

»Noah«, sagte sie. »Du darfst nicht ... du solltest nicht ...«

»Was?«

»Du willst mich nicht. Du bist so gut und ich bin zu – kaputt.«

Er nahm seinen Kopf gerade so weit zurück, dass sie sein Lächeln sehen konnte. Er berührte sie an beiden Wangen. »Nein«, sagte er mit absoluter Überzeugung. »Du bist nicht kaputt. Du bist außergewöhnlich.«

Als sich ihr Mund auf seinen presste, fingen ihre Körper Feuer, und dann begannen sie sich zu berühren und an der Kleidung des jeweils anderen zu zerren. Mit Noahs ungestümen Händen und seinen Küssen auf ihrem Körper fiel das Trauma der letzten Tage von ihr ab. Es gab nur noch ihn und die Empfindungen, die er in ihrem Körper auslöste. Es war, als würde man versuchen, einen Waldbrand mit einer Gießkanne zu bekämpfen ... Aber irgendwo tief in ihrem Innern zwang ihr vernünftiger Teil sie, sich zurückzuziehen. Sie wollte so eine Person nicht mehr sein – eine Frau, die die Hitze und Ekstase des Sex nutzte, um ihre Dämonen in Schach zu halten, wenn sie glaubte, sie könnten sie überwältigen.

»Hör auf«, sagte Josie. »Wir müssen aufhören.«

Ihre letzten beiden Beziehungen waren kolossal gescheitert. Vielleicht nicht nur wegen des Sex und des Whiskeys, mit denen sie versuchte, ihren Gefühlen zu entfliehen, aber sie waren trotzdem gescheitert.

Noahs Mund drückte sich heiß an ihre Kehle. Sie schob ihn sanft von sich, löste sich aus seiner Umarmung und stand auf. Sie brauchte etwas Abstand, auch wenn sich jede Zelle ihres Körpers danach sehnte, ihm wieder nahe zu sein.

Seine Brust hob sich. »Was ist los?«, keuchte er und starrte zu ihr hoch. Sie hatte es irgendwie geschafft, ihm das Hemd auszuziehen. Sie blickte auf die Narbe an seiner rechten Schulter, wo sie ihn angeschossen hatte, als sie den Fall der vermissten Mädchen lösten. Er hatte ihr ohne Weiteres verziehen, aber ihre Schuldgefühle waren immer noch da.

»Du verdienst etwas Besseres als mich«, sagte sie.

Eine Falte erschien über seinem Nasenrücken. »Was?«

»Ich bin nicht – ich bin nicht gut genug für dich.«

Er sprang auf. Er hatte nur noch seine Boxershorts an, und sie konnte sehen, dass er bereit für sie war. »Ich glaube, das muss ich entscheiden, nicht du«, sagte er.

Plötzlich spürte sie die kühle Luft auf ihrer Haut. Sie sah sich um, konnte aber ihr T-Shirt nicht entdecken. Sie verschränkte die Arme über ihrem BH und sah ihm in die Augen. Alle möglichen Emotionen kochten in ihr hoch. Sie versuchte, sich irgendwie zu konzentrieren. »Noah«, sagte sie, »das ist einfach keine gute Idee«.

Er hob eine Hand, um sie zu berühren, aber sie wich zurück, außerhalb seiner Reichweite. Die Kante des Couchtisches schnitt in ihre Waden. Aus der Verwirrung in Noahs Augen wurde Schmerz. Sein Blick fühlte sich an wie ein Messer in ihrer Brust.

»Es tut mir leid«, brachte sie hervor. »Ich denke nur, wir sollten nicht ...«

Das gleichzeitige Klingeln ihrer Handys unterbrach sie.

Noah riss seinen Blick von ihr los und sah sich nach seinem Handy um.

»Auf dem Tisch«, sagte Josie, während sie nach ihrem eigenen Handy suchte. Sie fand es zwischen den Polstern der Couch. Es hatte aufgehört zu klingeln, aber der verpasste Anruf war von der Polizei. Noah sprach bereits. »Ja, ich habe verstanden«, sagte er. »Ich bin auf dem Weg.«

»Was ist los?«, fragte Josie.

Er seufzte und fuhr sich mit der Hand durch die Haare. Er sah sie nicht an. »Eine große Collegeparty in einem der Häuser, die nicht auf dem Universitätsgelände liegen. Kennst du die großen Häuser oben auf dem Turner Hill?«

»Die mit dem großen Steilhang dahinter?«

»Ja, dahinter fließt ein Bach. Einer der Nachbarn rief die Polizei wegen des Lärms. Als die Streife kam, rannten ein paar Kids hinten raus und einer von ihnen stürzte bei der Flucht vom Steilhang. Er lebt, musste aber mit dem Rettungshubschrauber ins Geisinger gebracht werden.«

»Mein Gott.«

Noah fand sein T-Shirt auf dem Boden neben der Couch und zog es an. »Die haben einen Haufen Verhaftungen wegen Alkoholkonsums bei Minderjährigen. Ich fahre rüber und helfe aus.«

Er verschwand die Treppe hinauf. Josie hörte, wie er oben in seinem Schlafzimmer Schubladen öffnete und schloss. Als er wieder herunterkam, trug er Jeans und sein Schulterholster.

Die Arme immer noch über ihrem halbnackten Oberkörper verschränkt, schritt Josie auf ihn zu. »Ich komme mit.«

Er schüttelte den Kopf und schnappte sich seine Schlüssel vom Couchtisch. »Ich komme mit einer Collegeparty zurecht. Geh nach oben. Geh schlafen.«

Josie blickte auf seinen Rücken, als er von ihr weg in Richtung Flur ging, und spürte, wie sich tief in ihrer Brust Panik breit machte. »Du musst vorsichtig sein«, platzte sie heraus und rannte ihm hinterher. »Meine Mutter – sie wird auch versuchen, dich zu erwischen. Sie wird wissen ...«

Noahs Hand lag auf dem Türknauf, aber er sah sie immer noch nicht an. »Was wissen?«

Sie griff nach seinem Rücken, ihre Finger streiften über sein Hemd. Eine heiße Röte kroch ihre Wangen hinauf. »Dass ich ...« Sie brach ab. Sie sah, wie sich unter seinem Hemd die

Muskeln seiner Schultern anspannten. Sie versuchte es erneut. »Dass mir etwas an dir liegt.«

Er zog die Tür auf und sagte mit einem kurzen Blick über die Schulter: »Irgendwie glaube ich nicht, dass das stimmt«. Dann war er verschwunden.

61

Die grün leuchtenden Ziffern von Noahs Digitaluhr verkündeten, dass es nach zehn Uhr morgens war. Josie setzte sich mit einem Ruck auf und warf die Decke von sich. Das Sonnenlicht lugte um die Kanten der Jalousien in seinem Schlafzimmer. Warum zum Teufel hatte er sie nicht geweckt? War er wirklich so wütend auf sie? War er überhaupt nach Hause gekommen? Als sie ihr Handy vom Nachttisch nahm, sah sie, dass sie keine Nachrichten hatte. Irgendetwas stimmte nicht. Sie warf sich ein paar Sachen über und ging nach unten. Alles war genauso, wie sie es verlassen hatte, als sie am Abend zuvor in Noahs Schlafzimmer gegangen war. Die Kaffeekanne war leer, ein sicheres Zeichen dafür, dass er nicht nach Hause gekommen war.

Unbehagen machte sich in ihrer Magengrube breit. Seit sie Chief war, hatte es keinen einzigen Tag gegeben, an dem sie nicht mindestens drei Anrufe vor zehn Uhr morgens erhalten hatte, selbst an ihren freien Tagen. Sie lief die Treppe hinauf, um ihre Sachen zu packen, und rannte dann zu ihrem Auto. Sie sprang hinein und suchte mit dem rechten Fuß nach dem

Gaspedal, fand es aber nicht. Erst dann bemerkte sie, wie weit ihr Sitz vom Lenkrad entfernt war.

»Was zum Teufel?«

Leichte Panik stieg in ihr auf. Sie schob ihren Sitz zurück und brach drei Verkehrsregeln, um zur Wache zu gelangen. Sergeant Lamay saß am Schreibtisch in der Lobby. Josie konnte an seinen großen Augen erkennen, dass etwas nicht stimmte. Sie ging durch die Tür, die den öffentlichen Bereich vom Rest des Gebäudes trennte, und lief auf Lamay zu. »Was zum Teufel ist los?«

Lamay sprach im Flüsterton. »Es hat einen Zwischenfall gegeben. Nun, einen Mord. Einen schlimmen. Boss ... Ich weiß, dass Sie es nicht waren. Das wissen wir alle. Aber der Brandinspektor hat die Bürgermeisterin angerufen, weil er Fraley und Palmer nicht zutraute, das auf die Reihe zu bekommen. Zumindest sagte er das, als er vor ein paar Stunden mit ihr hier auftauchte.«

Josies Herz begann zu rasen, das Kribbeln in ihrem Körper wurde zu einem heftigen Vibrieren. »Vor ein paar Stunden?«, fauchte sie.

Lamay blickte sich um, um sich zu vergewissern, dass sie allein waren. »Sie wollten Sie abholen.«

»Mich abholen? Sie meinen, mich verhaften?«

Lamay nickte. Er lehnte sich zu ihr, der Stuhl knarrte unter seinem korpulenten Körper. »Sie können immer noch gehen, Boss«, sagte er zu ihr. »Ich kümmere mich um die Kameras.«

Josie legte ihm eine Hand auf die Schulter. »Danke, aber das ist nicht nötig.«

»Boss, es ist übel.«

»Ich werde nirgendwo hingehen. Ich bin die Polizeichefin dieser Stadt, und das hier ist meine Abteilung, mein Revier. Wo sind sie?«

Lamays Schultern sanken nach unten und er fummelte an

einem der Knöpfe seines Uniformhemdes herum. »Im Konferenzraum.«

Josie wandte sich zum Gehen, blieb aber stehen, bevor sie den Flur erreichte, der sie tiefer in das Gebäude und näher zu ihrem Verhängnis führen würde. Sie dachte an ihre Großmutter, dann an Misty und den kleinen Harris. Ein ungutes Gefühl machte sich in ihr breit. »Lamay«, sagte sie. »Das Opfer. War es eine Frau? Oder ein Kind?«

»Nein«, sagte er. »Es war der Besitzer der Autolackierwerkstatt an der Sixth and Seller. Nicht weit entfernt von dem Ort, an dem Zeke neulich Abend aufgegriffen wurde.«

Die Farbe wich aus ihrem Gesicht.

»Alles in Ordnung, Boss?«, fragte Lamay.

Nein. Nichts war in Ordnung. Ihr fehlten die Worte. Sie stützte sich mit einer Hand an der Wand ab.

»Kannten Sie ihn?«, erkundigte sich Lamay.

Die Galle stieg ihr in die Kehle. »Sozusagen.«

62

Bürgermeisterin Tara Charleston waltete über den Konferenztisch mit einem Blick, der so kalt war, dass Josie eine Gänsehaut bekam. Die beiden waren noch nie gut miteinander ausgekommen, und Josie wusste, dass Bürgermeisterin Charleston nur auf eine Gelegenheit wartete, um ihr als Polizeichefin zu kündigen. Oder »vorübergehende Chefin«, wie Tara sie gern nannte. Josie wusste nicht, was verdammt noch mal los war, aber was auch immer es war, es konnte ihre Karriere beenden.

»Chief Quinn«, sagte sie, als Josie durch die Tür kam. »Wir wollten schon jemanden losschicken, um nach Ihnen zu suchen.«

»Darauf wette ich«, sagte Josie.

Gretchen und Noah saßen nebeneinander an der anderen Seite des Tisches. Beide sahen abgespannt und verzweifelt aus. Dunkle Bartstoppeln bedeckten Noahs Gesicht. Als er Josie ansah, wirkte der Ausdruck von Schmerz und Verwirrung in seinem Blick wie ein körperlicher Schlag auf sie. Josie wünschte, die Dinge zwischen ihnen hätten am Abend zuvor nicht so unangenehm geendet. Gretchens leichtes Lächeln war verschwunden. Jede Linie, die ihre vierundvierzig Jahre in ihr Gesicht gezeichnet hatten, war klar zu sehen. Die beiden sahen aus, als würde man sie gegen ihren Willen festhalten. Vielleicht wurden sie das auch; sie konnte sich nicht vorstellen, dass die beiden nicht versucht hätten, sie zu warnen. Es sei denn, Noah war wirklich so tief verletzt. Dann sah sie ihre Handys neben Taras rechter Hand liegen.

»Was ist hier los?«, fragte Josie und richtete sich auf.

»Boss«, sagte Gretchen.

»Detective«, mahnte Tara.

Nackter Zorn flammte in Gretchens Gesicht auf, als sie Tara ansah. Noah stieß sie mit dem Ellenbogen an, eine stumme Aufforderung, dass sie die Ruhe bewahren sollte. Sie schwieg, schüttelte aber den Kopf. Auf ihrer Stirn pochte eine Ader – Josie konnte sich nicht erinnern, sie jemals so wütend gesehen zu haben.

»Setzen Sie sich«, sagte Tara.

Josie verschränkte die Arme vor der Brust. »Ich glaube, ich stehe lieber.«

»Wie Sie wollen.« Tara drehte sich leicht in ihrem Stuhl und drückte eine Taste auf dem Arbeitslaptop, wodurch der Bildschirm zum Leben erwachte. »In der vergangenen Nacht gegen drei Uhr morgens sind Sie oder eine Frau, die Ihnen verblüffend ähnlich ist, mit Ihrem Escape – oder einem identischen Fahrzeug mit Ihrem Kennzeichen – zu Ted's Auto Body gefahren, wo der Besitzer, Ted Heinrich, an einen Stuhl gefesselt, geschlagen und in Brand gesetzt wurde. Er hat nicht überlebt.«

Josie schluckte, sagte aber nichts.

Tara drehte den Laptop zu Josie, damit sie den Bildschirm sehen konnte. Sie drückte eine weitere Taste und ein Video begann zu laufen. Oben links im Video konnte Josie den Schriftzug Rowland Industries erkennen. Ted Heinrich besaß offensichtlich eine hochauflösende Videoüberwachungsanlage.

Das Beste, was es gab. Ihr Blick fiel wieder auf das Video, das die Fassade seiner Werkstatt aus der Vogelperspektive zeigte. Eine Betonauffahrt mit einem riesigen Ölfleck führte zu zwei großen Garagentoren, deren Fenster weiß gestrichen waren. Rechts neben den Garagentoren befand sich eine Tür mit einem Schild darüber: Büro. Rechts in der Ecke konnte Josie einen Teil von Heinrichs rotem 1965er GTO Mustang erkennen. Bei seinem Anblick wurde ihr übel.

Ein paar Sekunden später fuhr ein Escape vor; als der Wagen anhielt, stand er vollständig über dem Ölfleck. Als Josie ihr eigenes Nummernschild sah, wünschte sie, sie hätte zugestimmt, sich zu setzen. Die Bremslichter erloschen und die Fahrertür öffnete sich.

Und dann stieg Josie in einem gelben T-Shirt, Jeans und weißen Turnschuhen aus dem Auto. Die Schuhe sahen neu aus. Josie spürte, wie drei Augenpaare sie mit bohrenden Blicken ansahen, aber sie bewahrte die Ruhe, während ihr Gehirn in Hochgeschwindigkeit arbeitete, um sich einen Reim auf das zu machen, was sie sah. Für den Bruchteil einer Sekunde zweifelte sie an sich selbst. Hatte man sie unter Drogen gesetzt? Schlafwandelte sie? War sie in der Nacht zu Ted Heinrichs Geschäft gefahren und hatte ihn umgebracht? Sicherlich hatte sie im Laufe der Jahre darüber fantasiert. *Aber nein*, wurde ihr klar, als sie sich daran erinnerte, dass ihr Fahrersitz nicht richtig eingestellt gewesen war, als sie an diesem Morgen in ihr Auto gestiegen war. Das hier war etwas anderes.

Die Frau auf dem Bildschirm schloss die Autotür, entfernte sich zwei Schritte von ihrem Escape und sah sich um. Ihre Augen blickten suchend nach oben, bis sie die Kamera fand. Sie blickte hinein, und Josies Gesicht starrte sie an. Josie zählte die Sekunden ab. Eins, zwei, drei, vier. Dann griff die Frau nach oben, nahm ihr langes, schwarzes Haar in die Hände, als würde sie es zu einem Pferdeschwanz binden, und zog es zur Seite, so dass ihr gesamtes Haar über ihrem linken Schlüsselbein lag. Ihr

Kopf neigte sich ein wenig nach links, fast so, als würde sie auf etwas horchen. Aber sie horchte nicht. Sie entblößte ihr Profil. Die rechte Seite ihres Gesichts schimmerte im Mondlicht weich, glatt und makellos.

»Trinity«, murmelte Josie.

Trinity ging durch die Bürotür, und Tara griff hinüber und spulte das Video vor. Sie stoppte es, als Trinity wieder herauskam – mit derangierter Kleidung, die mit etwas Dunklem bedeckt war. Öl oder Blut oder beidem, wie Josie vermutete. Diesmal machte sie sich in ihrer Eile, zum Escape zu gelangen, nicht die Mühe, in die Kamera zu schauen. Innerhalb von Sekunden waren sowohl Trinity als auch der Escape verschwunden. Tara klappte den Laptop zu.

Gretchen sagte: »Die Bürgermeisterin hat ein paar Einsatzwagen angewiesen, zu Ihrem Haus zu fahren und Sie und Ihr Fahrzeug abzuholen – für die Beweisaufnahme –, aber Sie waren nicht da.«

Noah wusste, wo sie gewesen war, aber er hatte nichts gesagt. Weil er sie beschützen wollte oder weil er wusste, dass auch er auf dem heißen Stuhl landen würde, falls die Bürgermeisterin herausfand, dass Josie in seinem Haus geschlafen hatte?

»Chief Quinn«, sagte Tara, »der einzige Grund, warum Sie jetzt nicht ins Bezirksgefängnis eingeliefert werden, ist der, dass Lieutenant Fraley uns gesagt hat, dass die Frau im Video unmöglich Sie sein können. Vor allem, weil Sie im Gegensatz zu der Frau in dem Video eine Narbe auf der rechten Seite Ihres Gesichts haben.«

Josie hob ihre Haare an und drehte ihr Gesicht so, dass Tara die Narbe gut erkennen konnte, die Josies Mutter ihr im zarten Alter von sechs Jahren zugefügt hatte.

»Nun«, sagte Tara. »Es scheint, Sie haben eine Doppelgängerin.«

»Da ist noch mehr«, sagte Gretchen. »Sagen Sie es ihr.«

Tara zögerte, fügte aber hinzu: »Wir haben am Tatort etwas gefunden, von dem wir glauben, dass es Ihr alter Ehering ist, aber Detective Palmer hat mir erzählt, dass Ihr Schmuck vor ein paar Tagen aus Ihrem Haus gestohlen wurde, also können Sie den Ring unmöglich am Tatort zurückgelassen haben.«

»Das ist offensichtlich eine Falle«, sagte Gretchen.

Josie sagte: »Sie sollten mit Trinity Payne, der Reporterin, sprechen. Sie wohnt im Hotel Eudora. Zimmer 227.«

»Warum sollte Trinity Payne einen Mann töten und versuchen, das Ihnen anzuhängen?«, fragte Tara.

Warum sollte Trinity überhaupt einen Mann töten?, fragte sich Josie. Was Josie noch mehr beschäftigte, war die Frage: Warum Heinrich, und warum jetzt? Was für eine Verbindung hatte Trinity zu diesem Mann?

Die Story.

Josie hätte die Worte fast laut herausgeschrien, konnte sich jedoch im letzten Moment zurückhalten. Trinity würde alles für eine Story tun, und sie wollte eine Story über Josie schreiben. Aber Josie hatte sie wiederholt abblitzen lassen. War sie auf eigene Faust losgezogen und hatte angefangen, in Josies Vergangenheit zu wühlen? Und selbst wenn, wie war sie auf die Verbindung zu Heinrich gekommen? Niemand wusste von ihm. Nicht einmal Ray hatte es gewusst. Es gab nur vier Menschen, die wussten, was damals zwischen Heinrich und Josie beinahe passiert wäre – Heinrich, Josie, Needle und Lila.

Verdammte Lila.

»Trinity muss unter Zwang gestanden haben«, sagte Gretchen. »Was auch immer in der Werkstatt passiert ist – Trinity hat aus Zwang gehandelt. Sie ist das Gesicht eines landesweiten TV-Netzwerks. Warum sollte sie so etwas tun, wenn nicht unter Zwang?«

»Es sieht nicht so aus, als würde sie unter Zwang stehen«, sagte Tara. »Und sie war allein. Sie fuhr vor, ging hinein, verbrachte dort fast eine Stunde und kam allein wieder heraus.

Wie kann sie unter Zwang gestanden haben, wenn sie freiwillig dorthin ging?«

Trinity wäre freiwillig zu Heinrich gegangen, wenn sie dafür eine Story bekommen hätte. Lila musste ihr etwas zugesteckt haben. Aber wie? Hatte Trinity Lila irgendwie ausfindig gemacht? Nein, der gesamten Polizei von Denton war es nicht gelungen, die Frau aufzuspüren. Trinity verfügte über einige der besten Mittel und Quellen, um sowohl Menschen als auch Informationen aufzuspüren, aber sie hatte es sicher nicht geschafft, Josies Mutter zu finden, während alle anderen gegen die Wand rannten.

Das bedeutete, Lila hatte irgendwie Kontakt zu Trinity aufgenommen. Trinity hätte einem Treffen mit Lila definitiv zugestimmt. Es hätte sie interessiert, was Lila über Josies Kindheit zu berichten wusste. All die pikanten Geheimnisse – vor allem das, was Heinrich der damals elfjährigen Josie beinahe angetan hätte. Lila hätte natürlich gelogen und alles verdreht. Wenn sie Trinity die Geschichte erzählt hatte, hätte sie nicht erwähnt, dass sie Josie für einen Lackierauftrag verkauft hatte. Nein, sie hätte aus Josie eine Verführerin im Teenageralter gemacht, und sie hätte den Teil weggelassen, in dem Needle auftauchte und die ganze Sache stoppte. Aber wenn Trinity wegen einer Story zu Heinrich gegangen war, warum dann mitten in der Nacht, und was hatte zu seinem Mord geführt?

»Jemand hat sie bedroht«, sagte Gretchen.

»Sie meinen also, jemand hat sie dazu gebracht, das Auto der Polizeichefin zu stehlen und zu Heinrich zu fahren, um ihn zu ermorden? Warum sollte sie dann vor der Kamera zeigen, dass sie nicht die Narbe der Chefin hat?«, argumentierte Tara.

»Weil sie wusste, dass die Polizei das Video veröffentlichen würde. Sie wollte, dass wir wissen, dass sie unter Zwang handelte«, schoss Gretchen zurück.

Josies Gedanken drehten sich weiter. Es war eine Sache, dass Lila Trinity mit der Aussicht auf eine große Story in Heinrichs Werkstatt gelockt hatte, aber eine ganz andere, dass Trinity ihn ermordet haben sollte. Hatte sie den Mann tatsächlich umgebracht? Josie versuchte sich vorzustellen, wie Trinity ihn tötete. Das war nicht schwer. Josie stellte sich seit Jahrzehnten vor, diesen Mann zu töten. Sie hatte auch gesehen, wie rücksichtslos Trinity sein konnte, aber bedeutete dieses mörderische Verhalten in ihrer Arbeit auch, dass sie in der Lage war, jemanden umzubringen? War Trinity in der Lage, einen Mann an einen Stuhl zu fesseln, zu verprügeln und in Brand zu setzen? Josie glaubte die Antwort zu wissen – aber vielleicht lag sie falsch.

Tara schüttelte den Kopf. »Wir wissen nicht einmal genau, ob das Trinity ist. Man kann eine Narbe auch mit Make-up verdecken.«

»Sie ist es«, beharrte Gretchen.

»Vielleicht ist sie es«, sagte Tara. »Vielleicht aber auch nicht. Chief Quinn, haben Sie ein Alibi für letzte Nacht?«

»Natürlich habe ich ...«, Josie brach ab. Sie hatte kein Alibi. Sie war allein bei Noah gewesen, während er sich hier im Revier aufhielt. Selbst wenn er es wollte, er konnte nicht für sie lügen – nicht, dass sie das jemals von ihm erwartet hätte.

Tara lächelte kalt. »Nun, die DNA wird es zeigen. Angesichts der besonderen Umstände habe ich mit einem meiner hochrangigen Kontaktmänner bei der Staatspolizei gesprochen und er hat sich damit einverstanden erklärt, die Tests zu beschleunigen. Wir sollten sie innerhalb von achtundvierzig Stunden zurückhaben. In der Zwischenzeit habe ich Ihr Personal angewiesen, seine Arbeit fortzusetzen. Lieutenant Fraley und Detective Palmer werden die Ermittlungen leiten. Sie werden mit Miss Payne sprechen, um etwas Licht in diese unglückliche Situation zu bringen.«

»Sie haben mein Personal angewiesen?«, sagte Josie.

»In Anbetracht der Tatsache, dass Sie jetzt eine Verdächtige sind ...«

»Person von Interesse«, warf Gretchen ein, was ihr einen bösen Blick von Tara einbrachte, den sie sofort erwiderte.

»Person von Interesse«, wiederholte Tara. »Ich halte es für unangemessen, dass Sie weiterhin als Chief arbeiten. Ich suspendiere Sie daher bis zum Abschluss der Ermittlungen. Sie dürfen die Stadt nicht verlassen, haben Sie verstanden?«

Josie hörte wieder die Worte ihrer Mutter. *Ich werde alles zerstören, was du liebst.*

Sie hatte ihre Mutter unterschätzt und die Situation völlig falsch beurteilt. Josie liebte nichts auf der Welt mehr als ihren Job. Das Amt des Chiefs war eine ziemliche Herausforderung, und sie empfand ihren Beruf oft als stressig – aber wenn sie sich entscheiden müsste, Chief zu sein oder aus dem Polizeidienst auszusteigen, würde sie jedes Mal wieder Chief wählen. Lila Jensen hatte sie wirklich ausgeweidet – das war schlimmer als die Messerstiche, schlimmer sogar, als verkauft zu werden.

Josie hatte alles geopfert, um Polizistin zu werden. Sie war bei der Polizeibehörde von Denton schnell aufgestiegen, wurde erster weiblicher Lieutenant, dann erster weiblicher Detective und schließlich die erste weibliche Polizeichefin in der Geschichte der Polizei von Denton. Sie hatte gekämpft und sich engagiert, um den Bürgern, denen sie diente, Gerechtigkeit, Schutz und Frieden zu bringen. Es war ihr Lebenswerk, und während sie schlief, hatte ihre Mutter – indem sie Trinity Payne benutzte – ihr das weggenommen.

»Ich brauche Ihren Dienstausweis und Ihre Waffe«, sagte Tara. »Und wir brauchen Ihr Auto, um es als Beweismittel zu sichern.«

Nur Gott wusste, was Lila Trinity erzählt hatte, aber Josie war sich sicher, dass Trinity niemals ihre eigene Karriere wegwerfen würde, um einen Pädophilen zu töten. Ihr makelloses Gesicht vor der Kamera zu zeigen, war eine klare Botschaft an Josie. Die Frage war nur: Welche Botschaft wollte Trinity damit übermitteln?

»Und Sie werden keinen Fuß mehr in dieses Gebäude setzen, bis ich es wieder erlaube«, fuhr Tara fort.

In den letzten zwei Jahren hatte Trinity immer wieder versucht, Josie dazu zu bringen, ihr zu sagen, woher sie die Narbe hatte. Trinity hatte nie ein Wort über ihre Ähnlichkeit zu Josie gesagt, aber wenn Josie bei ihren Treffen auffiel, dass sie sich ähnlich sahen, hatte Trinity es mit Sicherheit auch bemerkt. Trinity wusste, dass man sie mit Josie verwechseln würde. Steckte Trinity mit Lila unter einer Decke oder war sie Lilas unfreiwillige Marionette? Hatte Lila etwas gegen sie in der Hand? Wollte Trinity Josie nur das Messer in den Rücken stoßen, oder wollte sie Josie sagen, dass sie nicht freiwillig dort gewesen war?

»Ms. Quinn, haben Sie mich verstanden?«

Taras Worte schienen aus weiter Ferne zu kommen, und sie hatte gar nicht mehr wahrgenommen, dass sie sich noch im Konferenzraum befand. Josie blinzelte, und Taras durchdringender, schadenfroher Blick rückte wieder in ihr Blickfeld. Josie nahm ihre Dienstmarke und ihren Polizeiausweis aus der Tasche und warf sie auf den Tisch. Die Glock glitt aus ihrem Holster. Sie zog das Magazin heraus und reichte es Gretchen zusammen mit der Pistole. Dann entfernte sie ihren Autoschlüssel vom Schlüsselbund und übergab auch diesen.

»Ich werde dafür sorgen, dass Sie das zurückbekommen«, sagte Gretchen und ignorierte den vernichtenden Blick, den Tara ihr zuwarf.

Josie nickte. Sie wandte den Blick zu Noah, aber er sah ihr nicht in die Augen. Das tat fast so weh wie der Verlust ihrer Waffe und ihrer Dienstmarke. Ihr blieb nichts anderes übrig, als zu gehen, also schob sie ihr Kinn vor und warf Tara einen letzten herausfordernden Blick zu, drehte sich um und verließ den Raum und ihr Revier.

63

Ohne Auto und ohne Job saß Josie auf einer Bank gegenüber vom Polizeirevier und starrte auf das Gebäude, das noch vor wenigen Stunden ihr Zuhause gewesen war. Ihre Gedanken rasten, ihr Körper war wie betäubt. Heinrich war tot. Das Schreckgespenst ihrer Kindheit war verschwunden. Endlich. Wie oft hatte sie sich ausgemalt, er würde bestraft werden für das, was er ihr hatte antun wollen. Obwohl Needle sie davor bewahrt hatte, in dieses Schlafzimmer zu gehen, hatte sie immer noch Albträume von dem, was dort mit ihr geschehen wäre. Sie musste zugeben, dass sie einen gewissen Frieden empfand, weil dieses Monster nun besiegt war. Aber vor allem fühlte sie sich leer. Heinrichs Tod änderte nichts. Ihre Seele blieb vernarbt. Er war schließlich nicht derjenige gewesen, der den Deal ausgehandelt hatte. Das war Lila gewesen.

Sie versuchte, sich von den widersprüchlichen Gefühlen, die in ihr tobten, ein wenig abzulenken. Lila war immer noch da draußen und dabei, Josies Leben zu zerstören; und dann war da noch Trinity. Es gab mindestens ein halbes Dutzend Dinge, die sie dringend erledigen musste, aber sie hatte kein Auto. Es würde ein paar Tage dauern, bis sie ihren Wagen wiederhatte, und sie war sich sicher, dass Tara alles tun würde, um diese Zeitspanne zu verlängern. Sie hatte nicht einmal die Möglichkeit, nach Hause oder zu Noah zu fahren, um die Sachen abzuholen, die sie dort gelassen hatte. Ihre Nachrichten an Trinity blieben unbeantwortet, und als sie Trinitys Handy anrief, ging direkt die Mailbox ran. Josie hinterließ keine Nachricht.

»Boss?«

Sie blickte auf und sah Sergeant Lamay neben ihr bei der Bank stehen. Sie hatte nicht einmal bemerkt, dass er das Revier verlassen und die Straße überquert hatte.

»Ich bin nicht mehr Ihr Chief, Lamay«, sagte sie.

»Könnten wir dann sagen, dass wir Freunde sind?«

»Nun, so weit würde nicht –« Sie hielt inne, blinzelte, um sich ganz auf ihn zu konzentrieren, und blickte in seine Augen, die schelmisch funkelten. »Ich meine, natürlich sind wir Freunde, Dan.«

Er hielt ihr einen Schlüsselbund hin. »Dann hätte die Bürgermeisterin kein Problem damit, wenn ich einer Freundin mein Auto leihe. Stimmt's, Josie?«

Auf Josies Gesicht breitete sich ein Grinsen aus, das sich kaum zurückhalten ließ. Als sich ihre Hand um die Schlüssel schloss, schossen ihr Tränen der Dankbarkeit in die Augen. Ihr Arm erstarrte in der Luft, die Schlüssel klirrten. »Warten Sie«, sagte sie. »Ich kann Ihr Auto nicht leihen. Sie brauchen es. Ihre Frau hat Chemo... «

»Meine Tochter ist fort zum College«, unterbrach Lamay. »Sie hat ihr Auto bei uns stehen lassen. Wir werden einfach ihres nehmen, bis Sie Ihr Fahrzeug wiederbekommen. Meine Frau und ich müssen die Versicherung dafür sowieso bezahlen.«

Ohne darüber nachzudenken, sprang sie auf und umarmte Lamay kurz. »Danke, Dan«, sagte sie. »Das werde ich Ihnen nie vergessen.«

Josie fuhr zum Eudora. Sie schlich sich an der langen

Schlange von Hotelgästen vorbei, die darauf warteten, an der Rezeption einzuchecken, und lief zu Zimmer 227. Sie klopfte mehrmals an die Tür, aber es kam keine Antwort, und hinter der Tür blieb alles reglos. Zurück in der Lobby stellte sich Josie hinter den letzten Hotelgast in die Schlange. Als der Concierge den Mann eingecheckt hatte, trat Josie vor. Der junge blonde Mann mit dem Dauergrinsen erkannte sie sofort, und sein freundlicher Blick wich der Verachtung. Genau an dieser Stelle hatte sie vor sechs Monaten gestanden, als sie an einem Fall arbeitete, in den ein Kasinomogul verwickelt gewesen war, der das Penthouse des Hotels gemietet hatte.

»Chief Quinn«, grinste der Mann mit einem aufgesetzten Kundenlächeln. »Kann ich Ihnen irgendwie helfen?«

Ihre Suspendierung war nicht öffentlich gemacht worden und der Concierge fragte nicht nach ihrem Dienstausweis. »Ich bin hier, um das Wohlergehen eines Ihrer Hotelgäste zu überprüfen – Trinity Payne in Zimmer 227. Ich habe an ihre Tür geklopft. Sie antwortet nicht. Seit vierundzwanzig Stunden hat keiner mehr etwas von ihr gehört und wir haben Grund zu der Annahme, dass sie in Schwierigkeiten sein könnte.«

Er musterte sie skeptisch. »Nun, wenn Sie an ihre Tür geklopft haben und sie nicht geantwortet hat, kann ich nicht viel mehr tun, um Ihnen zu helfen, fürchte ich.«

»Sie könnten jemanden von Ihrem Personal bitten, das Zimmer zu überprüfen«, sagte Josie.

»Wir verletzen ungern die Privatsphäre unserer Gäste.«

»Ich bitte Sie nicht darum, die Privatsphäre Ihrer Gäste zu verletzen, ich bitte Sie darum, nachzuschauen und sicherzustellen, dass sie nicht tot oder verletzt in diesem Zimmer liegt. Wie lauten die Regeln Ihres Hauses, wenn Sie vermuten, dass sich ein Hotelgast in unmittelbarer Gefahr befindet? Wie viele Stunden müssen Sie warten, bis Sie das Zimmer überprüfen dürfen?«

Das falsche Lächeln wich nicht von seinem Gesicht, und

doch schaffte er es irgendwie, sie anzustarren. »Gehört es zu den Methoden der Polizei von Denton, die Polizeichefin für Gesundheitskontrollen herzuschicken?«, fragte er.

Josie stützte sich mit den Ellenbogen auf dem Tresen ab und rückte näher an ihn heran. »Trinity Payne ist eine enge persönliche Freundin von mir. Sie ist auch eine kleine Berühmtheit, wie Sie sicher wissen. Wenn sie tatsächlich verletzt oder tot in ihrem Zimmer liegt, wollen Sie dann wirklich landesweite Aufmerksamkeit auf sich ziehen, weil Sie sich geweigert haben, der Polizei zu erlauben, eine ordnungsgemäße Untersuchung vorzunehmen, als diese Ihnen klar gemacht hat, dass Miss Payne in Gefahr sein könnte?« Josie zitierte eine unsichtbare Schlagzeile in die Luft über seinem Kopf: »›Concierge verweigert Gesundheitskontrolle. Trinity Payne, Korrespondentin eines nationalen Nachrichtensenders, stirbt.‹ Ich kann mir vorstellen, wie schnell das viral gehen würde.«

Seufzend tippte er auf der Tastatur seines Computers. Dann erschien eine Schlüsselkarte in seiner Hand. »Lassen Sie sich von meinem Mitarbeiter in ihr Zimmer bringen.« Er tätigte einen Anruf, und fünf Minuten später erschien ein Hotelmitarbeiter, der Josie zu Zimmer 227 führte.

Wortlos ließ er sie in das Zimmer hinein, blieb mit gefalteten Händen an der Tür stehen und beobachtete, wie Josie sich umsah. Das Badezimmer und der Kleiderschrank waren leer. Trinity war nicht da. Josie war beruhigt und besorgt zugleich. Sie hatte nicht wirklich erwartet, Trinitys Leiche im Hotelzimmer zu finden, aber sie war trotzdem erleichtert. Aber wenn Trinity nicht in ihrem Hotelzimmer war, wo zum Teufel war sie dann? Wo war sie hin, nachdem sie Heinrich getötet hatte?

»Sind Sie fertig?«, fragte der Mann.

»Nur eine Sekunde«, sagte Josie. Trinitys offener Koffer lag quer über dem Bett. Auf dem kleinen runden Tisch in der Ecke des Zimmers lagen ein geschlossener Laptop, eine Gucci-

Tasche, ein Satz Autoschlüssel und Trinitys Handy. Der Anblick ihres Handys jagte Josie einen Schauer über den Rücken. Trinity ging nie ohne ihr Handy aus dem Haus. Josie holte ein Paar Latexhandschuhe aus ihrer Jackentasche – auch als Chief hatte sie sich das angewöhnt –, zog sie an, ergriff Trinitys Handy und drückte den Einschaltknopf, um den Sperrbildschirm aufzurufen. Es fragte nach einem Passwort.

Sie hatte keine Ahnung, was für ein Passwort Trinity benutzte, und auch keine Zeit, um darüber nachzudenken. Tara hielt Josie eindeutig für Heinrichs Mörderin. Aber Josie wusste: Sobald die Bürgermeisterin Gretchen und Noah aus den Augen ließ, würden sie sich auf die Suche nach Trinity Payne machen. Sie waren ihr unmittelbar auf den Fersen. Gretchen wusste, wie man das Telefon entsperren konnte, da war sich Josie sicher.

Josie wandte sich an den Hotelmitarbeiter. »Ich muss mir die Überwachungsvideos von diesem Flur, vom Hoteleingang und möglicherweise auch vom Parkplatz ansehen.«

Der Mann wirkte gelangweilt. »Gehen wir wieder in die Lobby«, sagte er. »Ich rufe den Manager an.«

Der Manager, ein kahlköpfiger blonder Mann um die vierzig, war sympathischer und hilfsbereiter als der Concierge und der Hotelmitarbeiter, der Josie in Trinitys Zimmer gelassen hatte. Auch er fragte nicht nach ihrem Dienstausweis, und Josie verstand nach wenigen Augenblicken, warum. »Ich habe Sie nach der Verhaftung von Lloyd Todd im Fernsehen gesehen«, sagte er. »Sie sind in natura viel attraktiver – und das meine ich nicht auf unangemessene Art und Weise.«

Josie lächelte unbehaglich, während sie hinter der Lobby im Überwachungsraum neben einer Hotelmitarbeiterin standen und darauf warteten, dass die junge Frau alle Videoaufnahmen von Trinity aufrief, die sie finden konnte. Der Manager plapperte weiter: »Wie auch immer, ich wollte mich nur persönlich bei Ihnen bedanken. Mein Sohn ist schon seit Jahren drogenabhängig. Wir konnten ihm nicht helfen. Es stellte sich heraus, dass sein Dealer einer von Todds Leuten war. Als diese Typen verhaftet wurden, ist mein Sohn in den Entzug gegangen.«

»Ich bin froh, das zu hören«, sagte Josie.

»Wer weiß, ob er dabeibleibt, aber wir sind zuversichtlich. Wissen Sie, er hat uns seit dem Tag seiner Geburt immer wieder Probleme gemacht.«

Bevor der Manager mit der Geschichte beginnen konnte, sagte die Mitarbeiterin, die vor den Bildschirmen saß: »Bitteschön – sie hat ihr Zimmer gestern Nachmittag gegen 14 Uhr verlassen.«

Sie sahen auf dem Bildschirm, wie Trinity aus ihrem Hotelzimmer kam, in derselben Kleidung, die sie in dem Überwachungsvideo von Heinrich getragen hatte. Sie lief mit leeren Händen den Flur hinunter. An den Fahrstühlen drückte sie hektisch auf den Abwärtsknopf und lief durch die Tür, noch bevor diese ganz geöffnet war.

»Hier ist sie in der Lobby«, sagte die Frau und zeigte auf einen anderen Bildschirm. Josie und der Hotelmanager beobachteten, wie Trinity aus dem Fahrstuhl in die Lobby trat. Sie lief geradewegs auf die Tür zu, so schnell, dass sie fast rannte.

»Und hier ist sie auf dem Parkplatz«, fügte die Angestellte hinzu. Sie deutete auf drei weitere Bildschirme, und sie sahen, wie Trinity über den Parkplatz bis zum äußersten Rand des Kamerabildes lief, wo sie aus dem Bild verschwand. »Ich fürchte, das war's«, sagte die Frau. »Weiter reichen die Kameras nicht.«

Wohin war Trinity ohne ihr Telefon, ihre Autoschlüssel und ihre Handtasche geflüchtet?

»Was ist mit dem Rest des Tages und der Nacht? Können Sie sehen, ob sie irgendwann in ihr Zimmer zurückgekehrt ist?«, fragte Josie.

Die Angestellte konzentrierte sich auf den Bildschirm, der den Flur vor Trinitys Zimmer zeigte, und spulte das Material bis zum gegenwärtigen Zeitpunkt vor. Trinity war nicht zurückgekehrt.

Josie wandte sich an den Hotelmanager. »Vielen Dank für Ihre Hilfe«, sagte sie. »Meine Kollegen werden wiederkommen, um Beweise zu sichern. Wenn Sie etwas von Miss Payne hören, rufen Sie bitte sofort die Polizei an.«

»Natürlich«, sagte er.

Als Josie in Sergeant Lamays zehn Jahre altem Camry vom Parkplatz fuhr, fuhr sie an Gretchen und einem Streifenwagen vorbei, der ihrer Kollegin folgte. Weder Gretchen noch die Streifenpolizisten blickten auch nur in ihre Richtung.

64

Vom Eudora aus fuhr Josie zu Heinrichs Lackierwerkstatt, aber das gesamte Gebäude war mit Absperrband abgeriegelt und vor der Tür stand ein Streifenwagen. Das war klar. Tara wusste, dass Josies instinktiv zuerst zum Tatort fahren würde, um ihn selbst zu untersuchen. Sie fuhr durch die Stadt und verdrängte die seltsame Mischung aus Erleichterung und Leere, die sie empfand, seit sie von Heinrichs Tod erfahren hatte. Josie versuchte nachzudenken. Was sollte sie als Nächstes tun? Ihre Gedanken kehrten immer wieder zu Trinity zurück. Die Reporterin hatte ihr Hotelzimmer freiwillig verlassen. Niemand war bei ihr gewesen, ihr wurde keine Waffe an den Kopf gehalten. Sie musste sich mit Lila getroffen haben. Danach stahl sie Josies Auto, fuhr zu Heinrich, ermordete ihn und fuhr dann allein weg, um Josies Escape wieder vor Noahs Haus abzustellen.

Aber wenn Trinity den Escape zurück zu Noahs Haus gefahren hatte, warum war der Sitz dann ganz nach hinten geschoben? Trinity war genauso groß wie Josie. Sie hätte keinen Grund, den Sitz zu verstellen. Das bedeutete, Trinity hatte sich irgendwo zwischen der Werkstatt und Noahs Haus mit jemandem getroffen und Josies Auto an diese Person übergeben. Es musste jemand sein, der größer war als Trinity und Lila. Lila war kleiner als Josie, also hätte sie den Sitz nicht zurückgeschoben.

Wer war also in ihrem Auto gewesen?

Josie hielt an und holte ihr Handy heraus. Sie begann, Gretchen eine Nachricht wegen des Autos zu schreiben, aber dann fiel ihr ein, dass ihr Spurensicherungsteam sowieso Fingerabdrücke im gesamten Auto nehmen würde. Wenn die Person, die in ihrem Auto gewesen war, Fingerabdrücke hinterlassen hatte, würden sie sie finden. Josie steckte ihr Handy weg und reihte sich wieder in den Verkehr an – sie verspürte den unbeugsamen Drang, in Bewegung zu bleiben.

Wo war Trinity jetzt?, fragte sie sich. Versteckte sie sich, weil sie einen Mann getötet hatte, oder hielt Lila sie irgendwo fest? Josie hatte keinen Zweifel daran, dass Lila auf irgendeine Weise hinter dem Mord an Heinrich steckte und dass Trinity sich mit Lila getroffen hatte, weil Lila ihr eine Story versprochen hatte. Aber was würde Trinity dazu bringen, so bereitwillig einen Mann zu töten? Josie überlegte, was sie dazu bringen würde, ihr Leben und ihre Karriere wegzuwerfen und einen Mord zu begehen. Was könnte sie so verzweifelt machen, dass sie so etwas tun würde? Nicht die Bedrohung ihres eigenen Lebens. Sie würde lieber sterben, als unterzugehen und alles zu verlieren. Aber würde sie ihre Karriere und ihre Moral aufgeben, um jemanden zu retten, den sie liebte? In diesem Moment wurde Josie klar, dass sie Trinity überhaupt nicht kannte. Sie wusste nichts Persönliches über die Reporterin, ihr Leben, ihre Familie, ihre Lieben.

Josie kehrte um und fuhr zurück zu ihrem Haus. Sie war schon seit Tagen nicht mehr dort gewesen, und die Räume fühlten sich leer und steril an – als ob sie nicht mehr wirklich ihr gehörten. Sie hoffte, dass ihr Haus sich eines Tages wieder wie ein sicherer Ort anfühlen würde. Aber jetzt schreckte sie bei jedem kleinen Geräusch auf – zum Beispiel, als sie im

Gästezimmer ihren Laptop hochfuhr und sich das Garagentor des Nachbarn quietschend öffnete. Sie nahm ihren Laptop mit in die Küche, machte sich eine Kanne Kaffee, konnte aber immer noch nicht das Gefühl ablegen, sich in einem fremden Raum zu befinden.

Während der Kaffee durchlief, ging Josie ins Internet und gab den Namen Trinity Payne ein. Die Suche ergab mehr Ergebnisse, als Josie in ein paar Stunden oder gar einer Woche durchgehen konnte, also gab sie *Biografie Trinity Payne* ein, was die Suche etwas einschränkte. Sie klickte sich durch mehrere Seiten und fand immer wieder die gleichen Informationen. Sie war auf die NYU gegangen und hatte dort ihr Journalismusstudium mit summa cum laude abgeschlossen. Angefangen hatte sie in der Gegend von Denton als rasende Reporterin für WYEP, wechselte aber schnell zum Morgenmagazin des Senders in New York City und arbeitete dort als Nationalkorrespondentin, bis sie von einer Quelle eine schlechte Story geliefert bekam. Sie stürzte in Ungnade und ging zurück zu WYEP, bis sie Josie vor zwei Jahren dabei half, den Fall der vermissten Mädchen zu lösen, und der Sender sie wieder auf die nationale Bühne holen wollte.

Das wusste Josie alles. Sie klickte sich schneller durch die Seiten, überflog die immer gleichen Informationen und suchte nach etwas Anderem. Schließlich fand sie auf einer Website für ehemalige Studenten der NYU einen ausführlicheren Artikel über Trinity, der drei Monate zuvor geschrieben worden war:

Journalismus-Absolventin der NYU steigt von Tragödie zur Fernsehkönigin auf

Der erste Absatz lautete:

Trinity Payne, der Liebling des Fernsehsenders, ist keine Unbekannte in Sachen Kontroversen. Ihr Leid mit schlechten

Quellen sowie ihr jüngster Aufstieg zu Ruhm, als sie dabei half, einige der größten Kriminalfälle in der Geschichte ihres Heimatstaates zu lösen, sind gut dokumentiert. Was die meisten Menschen nicht über Payne wissen, ist, dass ihr Leben von einer Tragödie geprägt wurde, als sie nur wenige Wochen alt war. Ihre jungen Eltern waren beide beim Pharmariesen Quarmark beschäftigt – Christian als Marketingleiter und Shannon als aufstrebende Chemikerin. Da sie beruflich erfolgreich waren, bestand ihr nächstes Ziel darin, sich niederzulassen und Kinder zu bekommen. Ihr Traumhaus war schnell gefunden – ein zweistöckiges Herrenhaus im Tudor-Stil in einer kleinen Stadt namens Callowhill. Shannon wurde gleich beim ersten Versuch schwanger – mit Zwillingen. »Sie waren klassische Überflieger«, erzählt Trinity und lächelt.

»Zwillinge?«, murmelte Josie. Sie hatte keine Ahnung, dass Trinity einen Zwilling hatte. Sie wusste, dass Trinity in Callowhill aufgewachsen war. Es war eine kleine Stadt, ein paar Stunden entfernt auf der anderen Seite von Bellewood. Die Bezirkshauptstadt war etwa gleich weit von Denton und Callowhill entfernt. Josie stand auf, holte sich eilig eine Tasse Kaffee und kehrte zu ihrem Laptop zurück.

Während Eltern, die zum ersten Mal Zwillinge bekommen, oft ein wenig Angst haben, machten sich Shannon Payne und ihr Mann nie Sorgen darüber, wie sie mit den zwei Neugeborenen zurechtkommen würden. »Der Tag, an dem unsere Mädchen geboren wurden, war einer der glücklichsten Tage in unserem Leben.«

Der Tag, an dem unsere Mädchen geboren wurden. Irgendetwas klingelte in Josies Hinterkopf, aber sie konnte nicht genau ausmachen, was es war.

Sie las weiter:

Nur wenige Wochen nach der Geburt der Zwillinge ereignete sich eine Tragödie: Ihr Vier-Zimmer-Haus wurde bei einem Brand zerstört. Das Kindermädchen war mit den Zwillingen zu Hause, konnte aber nur eines der Kinder retten – Trinity.

»Mein Gott«, sagte Josie.

Sie überflog den Rest – dass die Paynes sich nie wirklich von dem Verlust von Trinitys Zwillingsschwester erholt hatten und dass Trinity froh war, dass sie sich an nichts mehr erinnern konnte, weil es zu schmerzhaft wäre. Ein Schauer lief Josie über den Rücken. Sie wusste nicht, ob sich ein Mensch jemals vom Verlust seines Kindes erholen konnte. Sie hatte keinen Zweifel daran, dass dies eine offene Wunde war, die Shannon und Christian Payne mit ins Grab nehmen würden. Josie empfand eine Welle des Mitgefühls für Trinity, und doch konnte sie nicht umhin, sich zu fragen, ob Trinity weniger gewinnsüchtig geworden wäre, wenn sie den Einfluss einer Schwester gehabt hätte. Jetzt würden sie es nie erfahren.

Die einzige andere neue Information war, dass Trinity einen viel jüngeren Bruder namens Patrick hatte, der noch auf die Highschool in Callowhill ging. Von Josies Liebschaften wurde nichts erwähnt. Josie hielt Trinity nicht für den Typ Frau, der Zeit für einen Freund hatte. Aber sie hatte nun, was sie brauchte – die Namen von Trinitys nahen Familienmitgliedern. Sie öffnete einen neuen Tab und suchte nach einer Telefonnummer von Familie Payne in Callowhill. Sie konnte keine finden. Bei einer so berühmten Tochter wie Trinity wollten die Paynes sicher nicht, dass ihre Telefonnummer der Öffentlichkeit so leicht zugänglich war.

Josie war erst seit ein paar Stunden suspendiert. Es war durchaus möglich, dass sie noch Zugang zu den Datenbanken der Polizei von Denton hatte. Josie loggte sich in eine der Datenbanken ein und stemmte die Faust in die Luft, als ihre Anmeldedaten akzeptiert wurden. Sie suchte zuerst nach

Shannon Payne, in der Hoffnung, eine Festnetznummer zu finden, denn in den entlegeneren Gebieten von Pennsylvania war der Handyempfang eher spärlich. Heute war das Glück auf ihrer Seite.

Josie tippte die Nummer in ihr Handy und ließ es achtmal klingeln, bis die Mailbox antwortete und eine weibliche Stimme, die ähnlich wie die von Trinity klang, sie dazu aufforderte, eine Nachricht zu hinterlassen. Nach dem Signalton sagte Josie: »Hier ist Josie Quinn. Ich bin die Polizeichefin von Denton. Ich rufe wegen Ihrer Tochter Trinity an. Es ist sehr wichtig, dass Sie mich zurückrufen, sobald Sie diese Nachricht erhalten haben.« Dann hinterließ sie ihre Nummer und legte auf.

Als sie den Browser ihres Laptops schließen wollte, fiel Josie der letzte Absatz des Artikels im Alumni-Magazin ins Auge.

Auf die Frage, ob die Tragödie vom Tod ihrer Schwester sie als Journalistin beeinflusst habe, lächelt Payne tapfer und blickt in die Ferne. »Ich denke, wenn ich nicht erfahre, was wirklich passiert ist – wer das Feuer gelegt hat –, wird diese Tragödie meine Familie für immer verfolgen, und das hat mich auf jeden Fall dazu gebracht, sorgfältiger zu berichten. Ich werde nie aufhören, bis ich alle Antworten habe. So bin ich einfach.«

Josie schaute auf ihr Handy und stellte fest, dass es nichts zu tun gab, solange sie auf den Rückruf der Paynes wartete. Sie öffnete einen weiteren Tab, rief eine Suchmaschine auf und gab *Payne Callowhill Hausbrand* ein. Es gab Ergebnisse zu *Payne* und *Callowhill* sowie *Callowhill* und *Hausbrand*, aber kein Suchergebnis, das alle drei Begriffe enthielt. Josie wusste, dass Trinity etwa so alt war wie sie, und wenn der Brand ein paar Wochen nach ihrer Geburt stattgefunden hatte, musste er in den späten achtziger Jahren passiert sein – bevor das Internet zum Alltag gehörte. Wenn der Brand damals in den Nachrichten aufgetaucht war, hatte mit Sicherheit auch eine der Bezirkszeitungen davon berichtet.

Sie trank ihren Kaffee aus und machte sich auf den Weg zur Bibliothek.

65

Die Bibliothek von Denton war ein zweistöckiges Steingebäude, das Anfang des zwanzigsten Jahrhunderts von einem örtlichen Architekten im neoklassischen Stil entworfen worden war. Es verfügte über eine prachtvolle Treppe und große dorische Säulen. Josie liebte das Gebäude; als Jugendliche hatte sie viele Stunden zwischen den Regalen verbracht und in der ehrfürchtigen Stille, die über der riesigen Büchersammlung herrschte, gelernt. In den letzten Jahren hatte man einen Großteil des Bauwerks modernisiert; die Tische waren Computerstationen gewichen und die Bibliothek hatte zusätzliche Konferenz- und Veranstaltungsräume bekommen. Josie erklärte einer Bibliothekarin, wonach sie suchte, und die Frau führte sie zu einer Computerstation im zweiten Stock.

»Gibt es das auch als Mikrofiche?«, fragte Josie.

»O nein, meine Liebe. Wir haben das ganze alte Zeug in die neue Datenbank übertragen. Es ist jetzt alles digitalisiert. Sie werden es sehen. Wir haben die *Denton Tribune*, den *Bellewood Record* und ein paar andere Lokalzeitungen aus dem County. Wenn Sie Ihre Suchbegriffe eingeben, werden alle diese Zeitungen durchsucht, oder nur die, die Sie anklicken.«

Die Bibliothekarin langte über Josie hinweg und bewegte die Maus, bis das Bild einer alten Titelseite der *Denton Tribune* neben der Login-Leiste erschien. Sie tippte ihre Anmeldedaten ein und gab Josie eine kurze Einführung, um ihr zu zeigen, wie man eine Suche durchführt und die Parameter eingrenzt.

Als die Bibliothekarin sie allein ließ, warf Josie einen Blick auf ihr Handy und legte es neben sich auf den Schreibtisch – immer noch nichts von den Paynes. Als sie sich an die Arbeit machte, dauerte es nur ein paar Minuten, bis sie zwei Suchergebnisse fand. Das eine war von der *Denton Tribune* und auf den 4. Oktober 1987 datiert. Der Artikel stand auf der Titelseite und bot die gleichen Informationen, die Trinity in ihrem Interview mit dem Alumni-Magazin preisgegeben hatte. Der Brandinspektor von Callowhill wurde mit den Worten zitiert, die Brandursache werde noch untersucht. Josie speicherte den Artikel und ging zum nächsten über, der auf den 17. Dezember 1987 datiert war. Dieser Artikel stammte aus dem *Bellewood Record*, stand auf Seite vier und enthielt eine Reihe von Bezirksnachrichten, die nicht wichtig genug waren, um auf der Titelseite zu landen. Die Überschrift lautete: *Ursache des Brandes in Callowhill: Brandstiftung. Polizei leitet Mordermittlung ein.*

Josie überflog den Artikel und erfuhr, dass das Kindermädchen, das Trinity gerettet hatte, noch einmal in das Haus zurückgegangen war, um den anderen Zwilling zu retten, und daraufhin an einer Rauchvergiftung gestorben war – was den Fall zu einem Doppelmord machte. Es gab keine Hinweise und keine Verdächtigen. Nur wenige Monate nach dem Brand wurden die Ermittlungen eingestellt. Der Artikel endete mit einem Zitat von Shannon Payne, das Josie einen kleinen Stich ins Herz versetzte.

> *»Von dem Tag an, als meine Mädchen geboren wurden, habe ich sie nie allein gelassen. Das war das einzige Mal, dass ich sie mit dem Kindermädchen allein ließ. Ich denke die ganze*

Zeit, wenn ich da gewesen wäre, hätten wir die beiden retten können.«

Von dem Tag an, als meine Mädchen geboren wurden. Der formlose Schatten in Josies Hinterkopf regte sich, machte sich bemerkbar, wurde aber nicht deutlich. Seufzend speicherte Josie den zweiten Artikel und ging zu der Bibliothekarin, um Zugang zu einem Drucker zu erhalten.

Als die Frau auf mehrere Dropdown-Menüs klickte und ein Gerät in der Nähe auswählte, fragte Josie sie: »Äh, haben Sie Kinder?«

»Ja, die habe ich«, antwortete die Bibliothekarin. »Ein Mädchen und einen Jungen. Sie sind natürlich schon erwachsen. Warum fragen Sie?«

»Oh, Sie kamen mir bekannt vor«, log Josie. »Ich dachte, ich wäre vielleicht mit Ihrer Tochter auf die Highschool von Denton East gegangen.«

»O nein, meine Liebe«, sagte die Bibliothekarin und lächelte Josie an. »Ich bin erst vor ein paar Jahren von Pittsburgh hierhergezogen. Vielleicht habe ich einfach nur ein Allerweltsgesicht. Haben Sie Kinder?«

Josie war froh, dass die Frau gesprächig war und sie sich nicht allzu sehr anstrengen musste, um das Thema anzusprechen, auf das sie eigentlich aus war. »O nein«, antwortete Josie. »Ich meine, vielleicht eines Tages. Die Welt ist ein beängstigender Ort heutzutage. Der Gedanke, ein Kind in dieses Chaos zu setzen ...« Sie brach ab, und die Frau nahm das Thema sofort wieder auf.

»Oh, so fühlen sich alle Eltern, meine Liebe. Als meine Tochter geboren wurde, hatte ich schreckliche Angst. Es schien, als sei die Welt schlimmer als jemals zuvor. Dann, einige Jahre später, wurde mein Sohn geboren und mir kam alles noch schlimmer vor. Aber das Leben geht weiter, und man schafft es.«

»Danke«, sagte Josie. Auf der anderen Seite des Raumes surrte ein großer Drucker und spuckte mehrere Blätter Papier aus. Die Bibliothekarin eilte hinüber und hob sie auf. Josie bedankte sich noch einmal bei ihr, bis die Frau von einem anderen Besucher gerufen wurde. Josie setzte sich wieder an ihren Computer, rief die Zeitungsdatenbank auf und suchte nach den Begriffen *Baby* und *Adoptivkind* aus den Jahren 1982 und 1983.

Der Schatten in ihrem Hinterkopf hatte sich durch das Gespräch mit der Bibliothekarin verflüchtigt – sie wusste nun, was sie die ganze Zeit irritiert hatte. Wenn Shannon Payne über ihre Zwillinge sprach, erzählte sie von dem Tag, an dem sie geboren wurden. Als der Manager des Eudora Josie von seinem drogenabhängigen Sohn erzählte, benutzte er dieselben Worte: der Tag, an dem sein Sohn geboren wurde. Als die Bibliothekarin über ihre eigenen Kinder sprach, benutzte auch sie das Wort »geboren«.

Doch als Josie und ihr Team Sophia Bowen befragten, sagte sie, dass sie im Sommer 1983 aufgehört hatte zu arbeiten, »als wir mit unserem ältesten Sohn nach Hause kamen«. Irgendetwas an dieser Formulierung hatte sich in Josies Hinterkopf festgesetzt, sie gepiesackt und danach verlangt, weiter überprüft zu werden. Vielleicht übertrieb sie es. Sie war nicht mehr Polizeichefin und leitete kein Polizeirevier mehr, das sie beschäftigt hielt. Vielleicht dachte sie sich diese Dinge nur aus, um sich davon abzulenken, dass ihr Leben aus den Fugen geraten war und weder sie noch die Polizei von Denton bei der Suche nach Lila Jensen irgendwelche Fortschritte vorweisen konnten. Vielleicht hatte sich Sophia Bowen auch nur auf den Tag bezogen, an dem sie ihren ältesten Sohn aus dem Krankenhaus nach Hause brachten.

Es war weit hergeholt. Das wusste sie. Adoptionen landeten normalerweise nicht in den Nachrichten – nicht in den Achtzigern und auch nicht heute. Aber wenn ein bekannter Richter und seine junge Frau ein Baby adoptierten, bestand die winzige Möglichkeit, dass die Zeitungen an einem ruhigeren Tag darüber berichtet hatten.

Sie hatte Zeit und eine Recherchedatenbank zur Hand – Josie hatte nichts zu verlieren.

Die meisten Suchergebnisse waren Artikel über Änderungen der Adoptionsgesetze im Bundesstaat, über Gerichtsverfahren und über adoptierte Kinder, die nach ihren leiblichen Eltern suchten. Ihr Herz machte einen Sprung, als sie in einer Ausgabe des *Bellewood Record* vom Dezember 1987 fündig wurde – dasselbe Jahr, in dem Familie Payne ihre Tochter und ihr Haus durch den Brand verloren hatte. Es war nur ein kleiner Artikel auf Seite acht der Zeitung; er stand neben den Ankündigungen der Termine für die Gottesdienste an den Feiertagen.

Das Krippenbaby von Alcott County spielt fünf Jahre später den Josef im Krippenspiel.

Der kleine Andrew Bowen war erst ein paar Tage alt, als er zum unfreiwilligen Star des Freiluft-Krippenspiels der Maplewood Baptist Church wurde. Kurz vor Weihnachten 1982 ließ ihn jemand in weiße Baumwolltücher gewickelt in der Krippe zurück. Die Bewohner von Alcott County waren schockiert. Das »Krippenbaby«, wie man es nach seiner Entdeckung nannte, wurde während eines Abendgottesdienstes in der eisigen Kälte ausgesetzt. Als sie den Gottesdienst verließen, hörten die Gemeindemitglieder sein Schreien und riefen die Polizei. Die Eltern des Babys wurden nie gefunden, doch es fand bei dem örtlichen Richter Malcolm Bowen und seiner Frau Sophia eine neue Familie.

Man hatte das Krippenbaby in ein Kinderheim gebracht und der Fall kam auf den Tisch des Richters. »Als ich ihn sah,

*verliebte ich mich sofort«, erinnert sich Richter Bowen.
»Meine Frau und ich versuchten schon lange, Kinder zu
bekommen, und als ich das Baby zum ersten Mal gesehen
hatte, ging ich nach Hause und sagte: ›Sophia, was hältst du
von einer Adoption?‹ Natürlich war sie sofort begeistert.«*

*Im Sommer 1983, als es sechs Monate alt war, konnten die
Bowens das Krippenbaby mit nach Hause nehmen. »Das war
der glücklichste Tag in meinem Leben«, rief Sophia Bowen
aus. »Ich wurde Mutter.«*

*Fünf Jahre später gedeiht der junge Andrew Bowen in
seinem neuen Zuhause prächtig – er hat sogar einen kleinen
Bruder. Er wird in diesem Jahr die Rolle des Josef im Krippenspiel übernehmen – in der gleichen Dorfkirche, in der er
als Säugling ausgesetzt wurde.*

*»Wir haben unseren Frieden damit gemacht, was Andrews
leibliche Eltern ihm angetan haben. Wir haben ihnen
vergeben und wir hoffen, dass Andrew, wenn er erwachsen
ist, das auch tut. Wir wissen nicht, in welcher verzweifelten
Lage sich die Mutter befand, dass sie ein so kostbares
kleines Baby aufgab. Ich weiß nur, dass Gott uns ein
Geschenk gemacht hat«, sagte Sophia Bowen. »Andrew hat
uns zum ersten Mal zu Eltern gemacht. Es gibt kein größeres
Geschenk.«*

Gerade rechtzeitig zu Weihnachten.

Nach allem, was sie über Malcolm Bowen und Belinda
Rose wusste, krampfte sich Josie bei dem fröhlichen, zucker-
süßen Ton des Artikels der Magen zusammen. Sie dachte an die
Fotos von Andrew Bowen, die sie in Sophias Haus gesehen
hatte, und an die Begegnungen, die sie mit ihm als Strafvertei-

diger in Denton gehabt hatte. Er war das Ebenbild von Malcolm Bowen, nur in blond. Konnte es sein, dass Malcolm Bowen seinen eigenen Sohn zur Adoption freigegeben hatte? Hatte Belinda das Baby in der Krippe zurückgelassen?

Josie dachte an das Medaillon, mit dem Belinda zurückgekehrt war, nachdem sie verschwunden war, um ihr Baby zur Welt zu bringen. Es war eine Sache, dass sie fortging, um das Baby zu bekommen und es dann irgendwo auszusetzen – aber sie war monatelang verschwunden, nicht nur für ein paar Tage. Belinda Rose hatte einen Plan gehabt. Sie hatte ein Ziel gehabt. Sie hatte Hilfe gehabt. Malcolm Bowen besaß genug Macht und Einfluss, um dafür zu sorgen, dass sein eigener Sohn bei ihm und Sophia landete.

Josie googelte die Büronummer von Andrew Bowen und rief bei ihm an. Seine Sekretärin sagte ihr, dass er im Gericht sei. Sie hinterließ ihre Handynummer und bat ihn, sie anrufen, sobald er das Gericht verließ. Josie war noch ganz aufgewühlt von ihrer Entdeckung über die Bowens, als ihr Handy klingelte. Sie erkannte die Nummer sofort und ging ran.

»Chief Quinn?«

»Mrs. Payne?«, sagte Josie. »Shannon Payne?«

Josie erntete böse Blicke von den Bibliotheksbesuchern in ihrer Nähe und senkte ihre Stimme. Sie drückte das Telefon an ihr Ohr, sammelte ihre Ausdrucke ein und ging nach draußen. »Danke, dass Sie mich zurückrufen, Mrs. Payne«, sagte sie.

Ein kühler Wind peitschte über die Stufen der Bibliothek; Josie löste sich aus dem Strom der Menschen, die das Gebäude betraten und verließen, und stellte sich hinter eine der Säulen.

Shannon Payne sagte: »Ich rufe wegen meiner Tochter zurück. Ich habe vorhin mit einem Ihrer Detectives gesprochen. Ist alles in Ordnung?« Josie hörte, wie Shannon tief durchatmete. »Ich schätze, das ist es nicht, sonst würden Sie nicht anrufen – die Polizeichefin. Mein Gott ...«

»Mrs. Payne«, unterbrach Josie Shannon, bevor sie hysterisch wurde, »es tut mir leid. Ich habe keine Neuigkeiten. Ich habe nur angerufen, um mich zu vergewissern, dass Sie, Ihr Mann und Ihr Sohn in Sicherheit sind. Ich versichere Ihnen, dass mein Team alles tut, was es kann, um Trinity zu finden.«

Sie hasste es, Shannon anzulügen, vor allem, wenn sie so unter Stress stand und sich Sorgen um ihr Kind machte, aber es würde zu lange dauern, die aktuelle Situation zu erklären.

Außerdem wusste Josie, dass die Polizei von Denton alles in ihrer Macht Stehende tun würde, um Trinity zu finden – Gretchen und Noah waren ihr schon einige Schritte voraus, wenn sie die Paynes bereits kontaktiert hatten.

»Oh, danke«, sagte Shannon. »Das weiß ich sehr zu schätzen. Uns geht es gut. Ich meine, uns geht es nicht gut. Wir machen uns Sorgen um meine Tochter, aber wir sind alle wohlauf und in Sicherheit.«

»Ausgezeichnet«, sagte Josie. »Ich habe nur noch ein paar Fragen, wenn es Ihnen nichts ausmacht. Hat Trinity einen Freund?«

Shannon lachte. »O nein. Für so etwas hat sie keine Zeit.«

»Dachte ich mir schon«, sagte Josie. »Was ist mit engen Freunden? Jemand, den sie vielleicht besuchen, bei dem sie mehrere Tage lang bleiben könnte, wenn sie mal abschalten will?«

Shannon schwieg einen Moment. Dann sagte sie: »Ich sage das nur ungern, aber Trinity hat auch nicht wirklich Zeit für Freunde. Das klingt schrecklich, aber Sie müssen verstehen, sie ist sehr karriereorientiert.«

Josie konnte sich ein Lachen nicht verkneifen. »Oh, ich weiß, Mrs. Payne.« Shannon lachte ebenfalls, wenn auch ein wenig nervös. »Das glaube ich auch. Sie hat mit Ihnen an ein paar Fällen gearbeitet, nicht wahr?«

»Ja, sie war eine unschätzbare Informationsquelle.«

»Ich habe Detective Palmer die Namen aller Leute gegeben, mit denen sie in New York befreundet ist«, sagte Shannon. »Aber würde sie wirklich mal abschalten wollen, käme sie hierher.«

»Ich verstehe«, sagte Josie, und ihre Kehle schnürte sich zu. Wenn Trinity keine Freunde, Liebhaber oder andere nahestehende Personen hatte, zu denen sie in Zeiten der Not gehen konnte, dann wurde es immer wahrscheinlicher, dass Lila sie gegen ihren Willen festhielt. Josie fuhr fort: »Wenn Sie irgendwelche Fragen haben oder irgendetwas brauchen, können Sie Lieutenant Fraley oder Detective Palmer anrufen. Natürlich können Sie sich auch an mich wenden, aber die beiden werden aktiv in dem Fall ermitteln.«

»Nun, da wäre noch eine Sache«, sagte Shannon. »Da ich Sie gerade am Telefon habe.«

»Oh? Was denn?«

»Nun, ich weiß nicht, ob es etwas mit Trinity zu tun hat, aber es hat mich beschäftigt.« Sie hielt inne. Einen Moment lang dachte Josie, der Anruf sei unterbrochen worden. Dann fügte Shannon hinzu: »Es ist albern. Ich weiß nicht einmal, warum ich das Thema anspreche.«

»Erzählen Sie weiter«, sagte Josie. »Ich höre zu.«

Ein Seufzen. »Nun, WYEP bringt gerade einen Bericht über eine Frau, nach der die Polizei von Denton fahndet. Sie zeigen immer wieder ihr Bild und sagen, sie sei eine Person von polizeilichem Interesse in einer Reihe von lokalen Verbrechen. Es ist allerdings ein ziemlich altes Foto.«

»Ja«, sagte Josie und fragte sich, worauf das hinauslaufen würde. »Ihr Name war Lila Jensen, aber sie hat viele Jahre lang den Decknamen Belinda Rose benutzt.«

»Ich kannte sie als Belinda.«

Josies Herzschlag überschlug sich. »Was?«

»Mein Mann hält mich für verrückt«, sagte sie und lachte nervös.

»Die Männer von heute«, erwiderte Josie. »Fahren Sie fort.«

»Sie hat für den Reinigungsdienst gearbeitet, der zu uns nach Hause kam. Das war Mitte bis Ende der achtziger Jahre.«

»Die Fleißigen Hände?«, fragte Josie, bevor ihr einfiel, dass der Reinigungsdienst 1984 nach dem Tod des Besitzers geschlossen worden war.

»Oh, nein. Ich glaube, sie hießen AB Clean. Es gab ein paar Mädchen, die dort arbeiteten, und sie war eine von ihnen. Seit sie zu uns kam, verschwanden immer mehr Dinge aus dem

Haus. Vor allem mein Schmuck. Ich habe sie ihrem Chef gemeldet, und er hat sie gefeuert. Nicht einmal eine Woche später brannte unser Haus bis auf die Grundmauern nieder. Meine Mädchen waren mit dem Kindermädchen zu Hause. Sie waren erst ein paar Wochen alt. Nur Trinity hat überlebt.«

»Ich weiß von dem Brand«, sagte Josie. »Haben die Behörden damals ihr Alibi überprüft?«

»Sie haben es überprüft und behauptet, sie hätte ein Alibi für den Tag des Feuers, aber ich habe immer gedacht ...« Sie brach ab.

Josie beendete den Satz: »Sie glauben, dass Belinda etwas mit dem Feuer zu tun hatte?«

Ein schwerer Seufzer. »Ich weiß es nicht. Bis vor Kurzem konnte ich es nicht einmal laut aussprechen. Wie gesagt, die Polizei hat uns gesagt, dass sie nicht in der Nähe von Callowhill war, als das Feuer ausbrach. Aber es hat mich immer beschäftigt. Sie war ... Sie hatte etwas an sich, etwas ... Dunkles. Das klingt furchtbar. Wirklich, ich sollte einfach den Mund halten. Es hat nichts mit meiner Tochter zu tun. Wahrscheinlich versuche ich nur, mich abzulenken – ich hole diese alten Sachen wieder hervor, um nicht darüber nachdenken zu müssen, wo meine Tochter sein könnte oder was mit ihr passiert ist.« Josie hörte sie schluchzen und dann mehrmals tief einatmen. Dann fügte sie hinzu: »Ich weiß nicht, ob das, was ich sage, überhaupt einen Sinn ergibt.«

Josie lehnte sich an die Säule und schloss die Augen, das Telefon immer noch an ihr Ohr gedrückt. »Es ergibt absolut einen Sinn.«

Shannon atmete noch ein paar Mal tief durch. »Jedenfalls habe ich gerade ihr Bild im Fernsehen gesehen und das hat mir einen Schock versetzt. Es brachte all die Erinnerungen an den Brand zurück. Es ging mir einfach zu nahe. Ein Kind zu verlieren, und jetzt, wo Trinity vermisst wird ...«

Es war zu merkwürdig, zu zufällig. Belinda wurde als Putzfrau der Paynes gefeuert, und kurz danach kam das Feuer. All das geschah in dem Jahr, in dem Josie geboren wurde.

»Ich verstehe«, sagte Josie. »Das tue ich wirklich. Hören Sie, wenn ich fragen darf, wo waren die Mädchen, als das Feuer ausbrach?«

»Sie schliefen in ihrem Laufgitter im Wohnzimmer. Bevor sie starb, sagte das Kindermädchen uns, dass beide geschlafen hätten und sie nur kurz auf die Toilette gegangen sei. Als sie wiederkam, war das Erdgeschoss voller Rauch. Sie sagte, sie habe kaum noch etwas sehen können. Sie rannte ins Wohnzimmer, um die Mädchen zu holen, aber im Laufgitter war nur noch Trinity. Sie schnappte sich Trinity und brachte sie nach draußen. Inzwischen war unsere Nachbarin dazugekommen. Das Kindermädchen übergab ihr Trinity und ging wieder hinein. Als die Feuerwehrleute eintrafen, sahen sie, wie sie das Haus durchsuchte, und zwangen sie, herauszukommen. Die Polizei war ihr gegenüber immer sehr misstrauisch. Sie haben ihr nie geglaubt, dass nur eines der Mädchen in dem Laufgitter gewesen sein sollte. Wäre sie nicht gestorben, hätten sie wohl versucht, ihr die ganze Sache in die Schuhe zu schieben. Aber wenn sie das Feuer gelegt hat, warum sollte sie nur eines der Mädchen retten und dann wieder zurück ins Haus gehen? Das ergibt keinen Sinn. Sie hatte Glück, dass sie nach dem Brand nur noch wenige Tage lebte. Die Feuerwehr sagte, meine Tochter sei ...« Shannons Worte verstummten, und ein heller Schrei drang an Josies Ohr. Shannon brauchte einige Augenblicke, um sich wieder zu fassen, und ihr leises Weinen bohrte sich wie hundert Dornen durch Josies Herz. Shannon räusperte sich und sagte: »Der Leiter der Feuerwehr hat uns gesagt, dass sie ... in dem Feuer verbrannt ist. Sie war so winzig. Wir hatten nicht einmal Überreste, die wir begraben konnten.«

Josie versuchte zu sprechen – zu sagen, dass es ihr leidtat, ein paar Worte des Trostes oder des Mitgefühls zu finden. Sie war keine Mutter, aber sie hatte nur wenige Augenblicke gebraucht, um eine Bindung zu dem kleinen Harris aufzubauen. Auch wenn sie ihn nur selten sah, wusste sie, dass sie sich nie davon erholen würde, wenn ihm etwas zustieße. Und Misty wäre völlig am Boden zerstört. Normale Mütter – gute Mütter – liebten ihre Kinder. Das war eine Tatsache, die Josie zwar immer mit dem Verstand gewusst, aber nie selbst erlebt hatte.

»Es tut mir leid«, sagte Shannon. »Ich hätte nicht davon sprechen sollen. Es ist lächerlich. Wie gesagt, ich lenke mich nur ab, oder wie die Psychologen das nennen, damit ich nicht darüber nachdenken muss, dass meine Trinity verschwunden ist.«

»Ich werde sie finden«, sagte Josie, und ihre Stimme kehrte zurück. Zumindest das konnte sie tun. »Ich verspreche Ihnen, ich werde sie finden.«

67

Lisette saß an ihrem üblichen Platz an einem Tisch der Cafeteria und knobelte an einem Kreuzworträtsel, während die anderen Bewohner ein- und ausgingen. Sie trug ihre Brille tief auf dem Nasenrücken und ihre grauen Locken fielen ihr ins Gesicht, während sie den Kopf über das Blatt vor sich beugte. Sie blickte auf, als Josie neben ihr erschien. »Liebling, wie schön, dich zu sehen. Und das mitten am Tag.« Sie verrenkte den Hals, um einen Blick hinter Josie zu werfen. »Schon wieder wegen der Arbeit?«

Josie schüttelte den Kopf. Lisette musste an ihrem Gesichtsausdruck erkannt haben, dass etwas ganz und gar nicht stimmte. Sie ließ ihr Kreuzworträtsel liegen, griff an beide Seiten ihres Rollators und ging an Josie vorbei. »Dann komm, wir reden in meinem Zimmer.«

Lisette setzte sich in ihren Sessel, während Josie ihr gegenüber auf der Bettkante Platz nahm. »Was ist denn los, Josie?«, fragte Lisette. »Was ist los?«

»Grandma«, sagte Josie, »ich muss dir ein paar Fragen stellen, und du musst mir ehrlich antworten. Versprich es mir.

Wenn du in diesem Leben nichts anderes für mich tust – du musst meine Fragen wahrheitsgemäß beantworten.«

Lisette gluckste nervös. »Natürlich, Liebes.«

»War mein Vater mit im Krankenhaus, als ich geboren wurde?«

Das schwache Lächeln auf Lisettes Gesicht wurde angestrengt. »Nein, war er nicht. Deine Mutter – nun, sie lebten zusammen, und sie hatten einen großen Streit. Deine Mutter ist fortgegangen. Sie war monatelang weg. Eli dachte, es sei vorbei. Er hatte nicht erwartet, sie je wiederzusehen, ehrlich gesagt. Er war dabei, aus dem Wohnwagen auszuziehen, hatte ein anderes Mädchen kennengelernt und war mit ihr ein paar Mal ausgegangen. Dann kam er eines Tages nach Hause, und da saß deine Mutter auf seiner Couch, mit dir in der Armbeuge.«

Ein Band des Schmerzes legte sich um Josies Schädel. In ihren Schläfen begann es zu pochen. »Sie ist eines Tages einfach mit einem Baby aufgetaucht?«

»Nicht mit irgendeinem Baby. Mit dir.«

»Dad hat die Vaterschaft nicht in Frage gestellt?«

»Natürlich nicht«, spottete Lisette. »Was für ein Mann würde so etwas tun? Belinda sagte, dass sie ein paar Monate, nachdem sie ihn verlassen hatte, herausfand, dass sie schwanger war, und dass sie ihm eigentlich nicht von dir erzählen wollte, aber als du dann da warst, hatte sie zu große Schuldgefühle, also kehrte sie zurück. Sie stellte ihn vor die Wahl, miteinbezogen zu werden oder nicht. Natürlich wollte dein Vater miteinbezogen werden. Er hat dich auf den ersten Blick geliebt.«

Josie wusste, dass es 1987 noch keine DNA-Tests gab – jedenfalls keine, die leicht für die Öffentlichkeit zugänglich waren. Heutzutage konnte man online einen Vaterschaftstest bestellen, einen Wangenabstrich machen und diesen an ein Labor schicken. Aber in den späten achtziger Jahren hatte man bei einem solchen Verdacht keine Möglichkeit herauszufinden, ob ein Kind das eigene war oder nicht.

»Hat sie gesagt, in welchem Krankenhaus ich geboren wurde?«

»Oh, sie hatte eine Hausgeburt. Eigentlich hatte sie noch nicht einmal deine Geburtsurkunde angefordert, als sie dich zu deinem Vater nach Hause brachte.«

»Wie alt?«, fragte Josie. »Wie alt war ich?«

»Drei Monate. Sie hat dich irgendwann im Dezember nach Hause gebracht; es war das schönste Weihnachtsgeschenk, das wir je bekamen!«

Unter normalen Umständen hätte Josie gelächelt und sich in der Liebe ihrer Großmutter gesonnt. Aber in diesem Moment schien jeder Muskel in ihrem Gesicht einzufrieren. Der Verdacht, der während des Gesprächs mit Shannon Payne in ihr aufgekommen war, ging ihr immer noch durch den Kopf. Den Schleier wegzureißen, würde bedeuten, alles zu zerstören, was sie für wahr hielt. Ganz zu schweigen davon, wie absurd es war, was sie jetzt über das Payne-Feuer und ihre eigene Herkunft zu vermuten begann. Sie konnte sich nicht dazu durchringen, es zu denken, geschweige denn, es laut auszusprechen.

»Josie, warum stellst du mir diese Fragen? Was ist denn los?«

Josies Stimme zitterte. »Wusstest du gleich, dass ich das Kind von jemand anderem war?«

Lisette blieb still und verharrte in ihrer Haltung wie eine Statue aus Granit. »Wovon redest du?«

»Ich sehe nicht aus wie Dad«, sagte Josie. »Und ich sehe nicht aus wie du.«

»Du hast das Aussehen deiner Mutter«, sagte Lisette.

»Nein«, sagte Josie. »Dass wir beide schwarzhaarig sind, hat nicht viel zu bedeuten. Grandma, du hast es gewusst, nicht wahr? Du musst gewusst oder zumindest vermutet haben, dass ich nicht vom selben Blut wie mein Vater und du bin.«

Lisettes Gesicht errötete. »Spielt das eine Rolle? Ist das

wirklich wichtig? Du gehörst zu mir. Du hast immer zu mir gehört. Ich brauchte keinen Bluttest, um das zu beweisen, und das solltest du auch nicht. Wer hat geholfen, dich aufzuziehen, Josie? Wer hat für dich gekämpft? Ich habe wie der Teufel gekämpft, um dich zu mir nach Hause zu holen.«

»Die Karten waren längst gemischt, Grandma. Der Richter, zu dem du gegangen bist, Malcolm Bowen? Er kannte meine Mutter und wusste, dass sie eine falsche Identität benutzte. Ich wäre immer wieder zu ihr zurückgeschickt worden, egal, was passiert wäre.«

»Das kannst du nicht mit Sicherheit wissen. Richter Bowen war ein guter Mann, ein fairer Mann. Als deine Mutter endlich fort war, hat er den Sorgerechtsbeschluss schnell und schmerzlos durchgesetzt. Er hat mir geholfen.«

»Richter Bowen war kein guter Mensch. Tut mir leid, dass ich deine Illusionen zerstören muss, Grandma. Wenn er dir geholfen hat, dann nur, weil …« Sie brach ab, und ihr Gehirn spielte alles noch einmal durch.

Es war nur eine Theorie, dass Richter Bowen Josies Mutter geholfen hatte, aber Josie war sich sicher, dass sie recht hatte. Sie war sich sicher, dass ihre Mutter ihn aufgesucht hatte, als Lisette das erste Mal das Sorgerecht beantragte, und ihn gebeten hatte, die ganze Sache im Stillen zu regeln, mit Hilfe einer Mediation. Lila hatte etwas gegen ihn in der Hand – wahrscheinlich das Wissen, dass er eine Affäre mit einer Minderjährigen, der echten Belinda Rose, gehabt hatte. Er wollte nicht, dass sie dieses Geheimnis aufdeckte, also half er ihr. Er konnte Lisette vier Jahre später nur deshalb helfen, weil Lila es ihm erlaubt hatte, und Lila hätte nicht zugelassen, dass Lisette nach vierzehn Jahren das Sorgerecht für Josie bekam, es sei denn …

»Grandma, was hast du getan?«

»Josie Quinn«, setzte Lisette in einem scheltenden Ton an.

»Richter Bowen war mit meiner Mutter im Bunde. Sie

hätten dir nicht erlaubt, mich aufzuziehen, wenn du nicht etwas getan hättest. Meine Mutter hat nie etwas umsonst getan. Was hast du ihr gegeben? Was hast du ihr versprochen?«

Lisette ließ den Kopf hängen. »Meine süße Josie.«

»Sag es mir einfach.«

Mit einem Seufzen sagte Lisette: »Fünfzigtausend Dollar«.

»Was?« Josies Stimme klang schrill. »Woher hattest du denn so viel Geld?«

»Dein Vater hatte eine Lebensversicherung. Ich habe sie nach seinem Tod nicht angerührt. Ich wusste, er hätte gewollt, dass ich das Geld für dich anspare, damit du es fürs College oder für dein erstes Haus verwenden kannst. Aber nach dem Brand im Wohnwagen kam deine Mutter zu mir. Sie sagte, sie wolle etwas aushandeln. Ich glaube, die Polizei hatte sie wirklich im Visier, weil sie das Feuer im Wohnwagen gelegt hatte und dem armen Jungen Dexter etwas zugestoßen war. Ich habe nicht widersprochen. Ich habe ihr fünfundzwanzigtausend angeboten, aber im Gegenzug dafür sollte sie fortgehen und nie mehr zurückkehren. Sie wollte mehr. Ich sagte ihr, wenn ich ihr fünfzigtausend gäbe, müsse sie mir das volle Sorgerecht übertragen und dürfe nie wieder einen Fuß in dein Leben setzen.«

Josie stand auf und lief im Zimmer auf und ab. »Mein Gott, Grandma.«

»Ich musste es tun. Es war meine einzige Chance. Ich weiß, es war eine Menge Geld, aber das war es wert. Ich musste dich von ihr fortbringen. Es tut mir nur leid, dass ich das nicht schon früher tun konnte. Der Schaden, den sie angerichtet hat – Josie, ich hoffe, du weißt, wie leid es mir tut.«

Josie hob ihre Hände. »Hör auf. Hör einfach auf. Ich kann nicht ... ich kann nicht darüber reden. Ich ... ich kann nicht ... Grandma, du wusstest die ganze Zeit, dass ich nicht zu dir gehöre. Du hast so hart gekämpft, um das Sorgerecht für mich zu bekommen, aber warum hast du mich behalten? Warum hast du nichts gesagt? Ist dir jemals in den Sinn gekommen, dass mich da draußen irgendeine Familie vermisst?«

Lisette lachte abschätzig. »Eine Familie? Ich bitte dich. Vielleicht ein Drogenabhängiger, den deine Mutter für eine Nacht mit in ihr Bett genommen hat. Verstehst du denn nicht? So wie ich sie kannte, hätte derjenige, der dich wirklich zeugte, noch schlimmer sein können als deine Mutter. Es war schwer genug, dich von ihr wegzubekommen, besonders nach dem Tod deines Vaters. Wir wollten gemeinsam um dich kämpfen. Er hatte mir versprochen, dass wir das Sorgerecht vor Gericht beantragen würden. Wir wollten uns nicht von ihr einschüchtern lassen. Er wollte jeden Cent ausgeben, den er hatte, und ich wollte ihm dabei helfen. Ich werde nie verstehen, warum er aufgab. Das sah ihm gar nicht ähnlich. Aber dann war er weg, und du warst allein mit diesem ... diesem Monster. Alles, was ich wusste, war, dass ich dich von ihr fortbringen musste.«

»Du hättest etwas sagen können«, sagte Josie. »Jemandem sagen, dass du nicht glaubst, dass ich ihre leibliche Tochter bin. Einen Aufstand machen. Mit Richter Bowen reden. Die Alarmglocken läuten. Aber du hast es nicht getan.«

Lisettes Augen blitzten auf. Sie zeigte mit einem ihrer krummen Finger auf Josie. »Du hörst mir nicht zu. Was wäre passiert, wenn ich das getan hätte und wir irgendwie herausgefunden hätten, wer dein richtiger Vater ist, und er wäre schlimmer gewesen als deine Mutter? Hast du dir das nie überlegt?«

»Nicht mein richtiger Vater«, sagte Josie. »Meine richtige Familie. Grandma, ich glaube, sie hat mich aus einer völlig anderen Familie geholt.«

»Josie, wovon in aller Welt redest du da?«

Josie kniete sich vor ihrer Großmutter hin und hielt ihre Hände fest. »Grandma, was ich dir jetzt erzähle, wird verrückt klingen. Aber angesichts dessen, was du bereits über meine Mutter weißt, wird es sich auch vollkommen richtig anhören.«

68

Josie kehrte nach Hause zurück, trottete in ihre Küche und kochte noch eine Kanne Kaffee. Aber so erschöpft, wie sie war, würde der Kaffee auch nicht helfen – ihre Glieder fühlten sich an, als würden sie durch Melasse waten. Sie hatte sich nicht mehr so ausgelaugt gefühlt, seit sie vor sechs Monaten den kleinen Harris aus dem Susquehanna River gezogen hatte. Der Tag war voller schockierender Entdeckungen gewesen, aber sie war bei ihrer Suche nach Lila und Trinity keinen Schritt weitergekommen.

Josie war so in Gedanken vertieft, dass sie sich fast zu Tode erschreckte, als sie drei laute Klopfgeräusche an ihrer Haustür hörte. Durch den Türspion sah sie Noah auf der Treppe stehen, die Hände in den Taschen seiner Jeans, den Blick fest auf seine Füße gerichtet.

Sie öffnete die Tür und starrte ihn an. »Was machst du hier?«, fragte sie. »Hast du Lila gefunden? Trinity?«

Er schüttelte den Kopf und wich immer noch ihrem Blick aus.

Sie hasste diese Befangenheit, die zwischen ihnen bestand, und sie wollte auf keinen Fall darüber sprechen, was in der letzten Nacht zwischen ihnen vorgefallen war – und was nicht. Aber er war trotzdem hier. »Willst du hereinkommen?«

Er ging an ihr vorbei in den Flur; sie zog die Tür hinter sich zu und wies auf die Küche. »Ich habe Kaffee gemacht.«

Erst als er sich an ihren Tisch gesetzt hatte, sah er sie wieder an. »Es tut mir leid wegen heute Morgen – wegen Tara«, sagte er. »Ich wollte anrufen, um dich zu warnen, aber Tara hat uns nicht gehen lassen.«

»Ich verstehe«, sagte sie.

Sie stellte den Kaffeebecher vor ihm ab, doch als sie sich abwenden wollte, berührte er ihren Arm. »Ich habe versucht herauszufinden, wie ich dich am besten beschützen kann.«

Josie seufzte und nahm neben ihm Platz. »Noah«, sagte sie, »du kannst mich nicht davor beschützen. Keiner kann das. Dieser Kampf stand schon lange aus, und ich bin die Einzige, die ihn führen kann.«

»Nein, bist du nicht«, beharrte Noah mit einem ernsten Ausdruck in den haselnussbraunen Augen. Als sie sah, dass in seinem Blick noch etwas anderes als Schmerz und Verwirrung lag, fühlte sie sich gleich besser. »Gretchen und ich werden dir helfen. Wir haben die Bürgermeisterin bereits davon überzeugt, dass du nicht die Frau auf dem Band bist. Wir müssen nur noch Trinity finden. Wir werden das in Ordnung bringen.«

»Bist du jetzt vorläufiger Polizeichef?«, fragte Josie hoffnungsvoll.

»Die Bürgermeisterin hält weder Gretchen noch mich für unvoreingenommen, was wahrscheinlich klug von ihr ist. Sie hat diesen Typen an der Hand. Er ist schon fast im Ruhestand. Hat eine eigene Sicherheitsfirma. Davor hat er als hochrangiger Polizeibeamter in Pittsburgh gearbeitet. Er wird bis auf Weiteres als vorläufiger Chief einspringen.«

Es war keine Überraschung für Josie, dass Tara jemanden in Reserve hatte, der ihren Job als Polizeichefin übernehmen würde. »Richtig«, sagte Josie.

»Nun, hoffentlich ist dieser Typ vernünftiger als Tara.«

»Nichts Neues von Trinity?«, fragte Josie, um sich wieder dringenderen Dingen zuzuwenden. »Ich weiß, dass Gretchen im Hotel war. Habt ihr Trinitys Handy entsperrt?«

Er hob eine Augenbraue, stellte aber keine Fragen. »Es gab Textnachrichten zwischen ihr und einer unbekannten Nummer – ein Prepaid-Wegwerfhandy. Wir versuchen gerade herauszufinden, ob wir den Standort des Handys ausfindig machen können. Wer auch immer es war, die Absender sagten, sie hätten Informationen über ihre Schwester. Wir haben Shannon Payne angerufen – das ist ihre Mutter –, doch Trinitys Schwester ist als Säugling gestorben.«

»Ja, das habe ich gehört.«

»Die Nachrichten waren sehr geheimnisvoll, und als sie aufhörten, gab es ein paar aus- und eingehende Anrufe, unter anderem einen Anruf von der unbekannten Nummer. Er ging auf Trinitys Handy ein, kurz bevor sie aus ihrem Zimmer lief.«

»Das war Lila«, sagte Josie.

»Aber warum? Warum ist sie hinter Trinity her? Und wer zum Teufel ist dieser Heinrich? Ich konnte keine Verbindung zwischen ihm und Belinda Rose oder Lila Jensen finden. Obwohl er auf der Liste der Sexualstraftäter verzeichnet ist. Wusstest du das?«

Josie nickte. »Ja. Er hat fast zehn Jahre gesessen, weil er seine dreizehnjährige Nichte sexuell belästigt hat.«

»Woher weißt du das?«, fragte Noah. »War das einer deiner Fälle?«

»Nein, als ich bei der Polizei von Denton anfing, wurde er gerade entlassen.«

Es hatte lange gedauert, bis Josie Heinrich als den Mann identifizieren konnte, an den Lila sie verkauft hatte, und da nichts zwischen ihnen vorgefallen war, konnte Josie ihm rechtlich nichts anhaben. Sie hatte befürchtet, dass er sich nach seiner Entlassung aus dem Gefängnis an weiteren jungen

Mädchen vergreifen würde, aber es hatte nur eine mehrtägige Überwachung gebraucht, um zu erkennen, dass Heinrich nicht mehr in der Lage war, jemanden anzugreifen. Was auch immer im Gefängnis mit ihm geschehen war, er hinkte stark und konnte seinen Arm nur noch eingeschränkt bewegen. Die meiste Zeit bewegte er sich sehr langsam, so als ob er große Schmerzen hätte.

»Das verstehe ich nicht«, sagte Noah.

Der stechende Schmerz in ihren Schläfen tauchte wieder auf. »Es gibt einige Dinge, die ich dir unbedingt erzählen muss.«

Der einfache Teil war, ihm zu sagen, was sie von Trinitys Mutter erfahren hatte und was ihre eigene Großmutter bestätigt hatte – Josies Vater war bei ihrer Geburt nicht dabei gewesen. Lila war monatelang verschwunden und dann eines Tages unerwartet mit Josie aufgetaucht. Es gab keine Beweise dafür, dass Lila jemals schwanger gewesen war oder ein Kind geboren hatte, was bedeutete, dass es durchaus möglich war, dass Lila sie den Paynes weggenommen hatte.

Noah trank bereits seine zweite Tasse Kaffee, als sie fertig war. Unter seinen Augen hatten sich dunkle Ringe gebildet.

»Ich weiß, es klingt verrückt«, sagte Josie.

»Nein. Ich meine, ja. Es klingt verrückt. Völlig verrückt, aber bei allem, was wir jetzt wissen, kann es nicht anders sein. Wenn das alles vorbei ist, solltest du einen DNA-Test machen. Man kann das jetzt auf dem Postweg erledigen. Das geht schnell. Meine einzige Frage ist, warum sollte Lila ein Baby stehlen?«

»Weil es das Schlimmste ist, was man einer Frau antun kann.«

»Nur weil Shannon Payne sie feuern ließ?«

»Lilas Reaktionen auf Geschehnisse waren nie verhältnismäßig«, betonte Josie.

Er trank den letzten Schluck von seinem Kaffee, und sie

saßen einige Augenblicke schweigend da. Es tat ihr weh, den letzten Teil des Puzzles zur Sprache zu bringen, aber Josie wusste, dass sie es tun musste. Noah hatte sie trotz der Maßnahme der Bürgermeisterin mit blindem Vertrauen unterstützt, und er war ihr gegenüber äußerst loyal – selbst nachdem sie ihr Rendezvous so abrupt abgebrochen und ihn eindeutig verletzt hatte. Er hatte es verdient, alles zu erfahren, und das bedeutete, dass sie ihm von Heinrich erzählen musste. »Noah«, sagte Josie. »Da ist noch etwas anderes. Etwas, das ich dir sagen muss. Es geht um Ted Heinrich.«

Als sie es ihm gesagt hatte – und sie hielt sich kurz –, schwieg er. Die wenigen Worte, die sie aufbringen konnte, genügten nicht, um das Ausmaß und die Tiefe dessen auszudrücken, was Lila ihr angetan hatte und was ihr an diesem Tag fast genommen worden wäre. *Vielleicht ist das gut so*, dachte Josie. Sie hatte so viele Jahre damit verbracht, diese Gefühle zu unterdrücken und aus ihrem Bewusstsein zu drängen, dass sie mit dem Aussprechen der Worte vielleicht ein wenig von ihrer Kraft verlieren würden.

Josie beobachtete die Bandbreite der Gefühle, die über Noahs Gesicht zogen, während sie sprach: Schock, Entsetzen, Mitleid, Traurigkeit, Ekel, Wut und Erleichterung, dass Needle eingegriffen hatte. Sie wusste, dass er im Stillen nach etwas suchte, was er sagen konnte – irgendetwas.

Sie war erleichtert, als Noahs Mobiltelefon klingelte. Langsam, ohne den Blick von ihr abzuwenden, nahm er es in die Hand und schaltete es aus.

»Noah«, sagte sie sanft, »du musst rangehen.«

Er blickte sie intensiv an, seine Augen mit der Schärfe eines Lasers auf sie gerichtet. »Nein«, sagte er, »muss ich nicht«.

Sie starrten sich gegenseitig an. Sein Telefon klingelte erneut. Wieder brachte er es zum Schweigen.

»Noah, es könnte wichtig sein.«

Er tippte mit dem Zeigefinger auf den Tisch. »Das hier ist wichtig. Du bist wichtig.«

Sie lächelte. »Dann hilf mir. Geh an dein Telefon. Es könnte um Trinity gehen. Oder um meine Mutter.«

»Lila«, sagte er. »Von jetzt an ist sie Lila. Sie war keine Mutter für dich.«

»Dann Lila.« Sein Telefon klingelte wieder und er ging ran, hörte kurz zu und beendete das Gespräch mit den Worten: »Ich bin in zehn Minuten da«.

Josie sah ihn hoffnungsvoll an, aber er schüttelte den Kopf. »Tut mir leid. Nichts von Trinity. Aber Gretchen hat einen dieser Teenager aus dem Spur-Mobile-Laden aufgegabelt und ihn dazu gebracht zuzugeben, dass eine ›seltsame alte Dame‹ ihm Gras zugesteckt hat, damit er deine neue Nummer herausgibt, und dass sie ›ein paar andere Dinge‹ getan hat, um ihn dazu zu bringen, die Craigslist-Anzeigen aufzugeben.«

Josie stand auf und begleitete ihn zur Haustür. »Ich wusste es«, sagte sie. »Ich wette, ich weiß auch, welcher von diesen miesen kleinen Mistkerlen es war. Mal sehen, was du noch aus ihm herausbekommst. Wenn sie in dem Laden war, gibt es vielleicht ein Video. Finde heraus, ob sie dem Jungen ihren Namen gesagt hat. Vielleicht können wir herausfinden, welchen Decknamen sie jetzt benutzt.«

Noah stand an der Haustür und lächelte sie an. »Alles klar, Boss«, sagte er.

»Tut mir leid«, antwortete Josie. »Es ist schwer, sich das abzugewöhnen – dich herumzukommandieren.«

»Das macht mir überhaupt nichts aus.« Er schenkte ihr ein kleines Lächeln, und ihr Herz machte einen Sprung.

69

Kurz nachdem Noah gegangen war, klingelte Josies Handy und riss sie aus ihren Gedanken. Diese letzten Minuten mit Noah hatten so viele Emotionen in ihr aufgewühlt, dass es ihr schwer fiel, die Kontrolle zu bewahren. Sie ging ran, ohne auf die Nummer zu achten. Eine Männerstimme fragte: »Spreche ich mit Chief Quinn? Chief Josie Quinn?«

»Ja«, sagte Josie. »Hier ist Josie Quinn. Wer spricht da?«

»Chief, hier ist Andrew Bowen, ich rufe Sie zurück ...«

»Oh, ja. Ich habe aus zwei Gründen angerufen. Zum einen ist Ihre Mutter ...«

»Ja, meine Mutter«, warf er ein. »Sie sagte mir, Sie hätten sie angerufen und aufgefordert, zu einer offiziellen Befragung in Ihr Revier zu kommen. Sie sollten wissen, dass sie mich als ihren Anwalt beauftragt hat.«

Josie unterdrückte ein Stöhnen. »Lassen Sie mich raten: Sie haben nicht die Absicht, sie zu einem Gespräch herzubringen, weil sie meinen Ermittlern bereits alles gesagt hat, was sie weiß. Klingt das richtig?«

Er lachte. »Jep, das trifft es ungefähr.«

»Und wenn das nicht funktioniert, werden Sie sich auf ihr

Alter und ihre gesellschaftliche Stellung berufen und argumentieren, dass es keinen Grund gibt, sie wie eine Kriminelle zum Polizeirevier zu zitieren.«

Wieder Gelächter. »Wollen Sie mir auch sagen, wie ich meine nächste Gerichtsverhandlung angehen soll? Ich würde wirklich gern wissen, ob ich gewinne oder nicht.«

»Tut mir leid, ich bin keine Hellseherin«, sagte Josie. »Ich bin es nur gewohnt, mit Strafverteidigern zu verhandeln. Sagen Sie mal, Mr. Bowen, wenn Ihre Mutter nichts Kriminelles getan hat und nichts zu verbergen hat, warum bringen Sie sie dann nicht auf eine Tasse Kaffee zu uns, damit sie ein paar weitere Fragen beantworten kann?«

Sie hörte, wie er einen Schluck trank. Dann sagte er: »Okay, Chief, was erhoffen Sie sich wirklich? Sie haben Mrs. Bowen zu einem Mord befragt, der über dreißig Jahre zurückliegt und bei dem ein Mädchen zu Tode kam, das sie kaum kannte.«

»Ich würde nicht sagen, dass sie sich kaum kannten«, sagte Josie. »Mehrere Leute, mit denen wir gesprochen haben, sagten, dass sie sich sehr nahegestanden haben. Ihre Mutter hat sogar zugegeben, dass sie sich mit Belinda anfreundete, als Ihr Vater Interesse an ihr zeigte. Sie hatten Mitleid mit ihr, weil sie ein Pflegekind war.«

»Na und?«, sagte Andrew. »Sicher waren sie Freunde, aber meiner Mutter zufolge – und das bestätigte sie, als Sie und Ihre Detectives sie besuchten – verschwand Belinda Rose 1984. Das war fast ein Jahr, nachdem meine Mutter ihre Arbeit im Gericht aufgab, um Vollzeitmutter zu werden. Was sollte sie Ihrer Meinung nach wissen, was sie Ihnen nicht gesagt hat?«

Eine Menge, dachte Josie. Sie glaubte nicht eine Sekunde lang daran, dass Sophia sich nicht an Lila erinnerte, aber sie konnte sich immer noch nicht erklären, warum sie in dieser Sache lügen sollte. Josie konnte sich gut vorstellen, dass Sophia gelogen hatte, was das Verhältnis zwischen ihr und ihrem Mann zu Belinda Rose betraf. Vielleicht hatte Sophia die Affäre der beiden mitbekommen. Ob diese Affäre begonnen hatte, bevor oder nachdem die zwei Frauen sich anfreundeten, sei dahingestellt, aber Sophia war viele Jahrzehnte bei ihrem Mann geblieben, hatte seine Kinder großgezogen und die Rolle der pflichtbewussten Ehefrau gespielt. Sie wollte wahrscheinlich ungern zugeben, dass sie davon wusste, dass ihr Mann vor über dreißig Jahren eine Affäre mit einer Minderjährigen gehabt hatte. Aber warum sollte sie bestreiten, Lila zu kennen?

»Schauen Sie«, sagte Andrew und riss Josie aus ihren Gedanken. »Meine Mutter ist eine gute Frau. Sie war eine treue Ehefrau und eine hervorragende Mutter. Sie ist aktiv in ihrer Kirche und leistet gemeinnützige und ehrenamtliche Arbeit. Sie hat in diesem Bezirk viel Wohltätigkeitsarbeit geleistet, um den örtlichen Pflegekindern zu helfen. Ich verstehe einfach nicht, warum Sie sie in diese Ermittlung mit hineinziehen wollen, wenn sie nichts damit zu tun hat. Sie werden mir helfen müssen, das zu verstehen. Ansonsten werde ich ihr mit Sicherheit nicht empfehlen, sich noch einmal mit Ihnen oder einem Ihrer Ermittler zu treffen. Schon gar nicht auf dem Polizeirevier. Was war die andere Sache, wegen der Sie angerufen hatten? Geht es um einen anderen Fall?«

Josie ließ die Sache mit der offiziellen Befragung erst einmal beiseite.

»Es war eine persönliche Frage«, sagte Josie. »Es hat nichts mit einem Fall zu tun.«

Einen Moment lang herrschte Schweigen. Dann sagte er: »Na gut. Ich kann nicht versprechen, dass ich Ihnen eine Antwort gebe, aber versuchen Sie es einfach.«

»Als Sie aufwuchsen, hatten Sie da ... überzählige Zähne?«

»Überzählige Zähne?«, fragte er.

»Ja«, sagte Josie. »Genau.«

»Ähm. Ja, hatte ich. Meine Mutter hat sie mir entfernen lassen, als sie herauskamen. Sie war immer besorgt, dass sie nachwachsen würden, aber das ist nie passiert. Wir mussten einen speziellen Kieferchirurgen in Philadelphia aufsuchen. Anscheinend ist so etwas ziemlich selten.«

»Das habe ich schon gehört«, sagte Josie.

»Woher in aller Welt wussten Sie davon? Worum geht es hier?«

»Reine Spekulation«, sagte Josie. »Es tut mir leid, Mr. Bowen. Ich muss los. Es handelt sich um einen Notfall.«

70

Es wurde langsam dunkel, als Josie vor dem Haus von Sophia Bowen anhielt. Ein einzelnes Licht leuchtete durch das Wohnzimmerfenster im Erdgeschoss. Josie wartete, um zu prüfen, ob irgendjemand das Haus betrat oder verließ, und als sie einigermaßen sicher war, dass Sophia allein zu Hause war, ging sie zur Haustür und klopfte. Sophia öffnete die Tür. Sie trug eine hellbraune Hose und eine rosafarbene, geknöpfte Bluse, die ab der Taille ausgestellt war. Ihr Lächeln gefror, als sie Josie erblickte. Sie wollte die Tür schließen, aber Josie klemmte einen Fuß zwischen Tür und Rahmen. Sophia drückte weiter an der Tür, aber Josie drückte noch fester dagegen.

»Ich weiß alles über Andrew«, sagte sie. »Ich weiß, dass er der Sohn von Belinda Rose ist. Sie hatte eine Affäre mit Ihrem Mann, und Andrew war das Ergebnis.«

Sophias Hände erschlafften. Ihr Blick fiel auf ihre Füße, als Josie sich ins Foyer drängte und die Tür hinter sich schloss. »Warum haben Sie gelogen?«, fragte Josie.

Sophia brauchte einen Moment, um sich zu sammeln, dann hob sie das Kinn und blickte Josie an. »Sie haben kein Recht, hier hereinzuplatzen und solch haarsträubende Behauptungen aufzustellen. Ich möchte, dass Sie jetzt gehen.«

»Oder was? Wollen Sie die Polizei rufen? Hören Sie, die Affäre Ihres Mannes interessiert mich nicht. Es ist mir auch egal, dass Sie Ihren Sohn belogen und ihm gesagt haben, er sei adoptiert, obwohl er es nicht ist. Ich will Lila Jensen finden. Ich weiß, dass Sie sich an sie erinnern. Verdammt, ich weiß, dass Sie mit ihr in Kontakt waren.«

»War ich nicht, ich war nicht …«

»Sparen Sie sich das«, sagte Josie. »Lila hat in den letzten Monaten mein Leben ins Chaos gestürzt. Sie hat Dinge getan, die ohne Hilfe nicht möglich gewesen wären. Sicher, es war leicht für sie, ein paar dumme Teenager zu finden, die einfache Streiche für sie ausführten, oder sich in anderen Angelegenheiten auf ihre alten Drogenkumpel zu verlassen, aber jetzt ist sie zu raffinierteren Plänen übergegangen. Pläne, für die sie viel mehr Hilfe braucht – Geld, eine Bleibe, einen Ort, an dem sie jemanden festhalten kann. Sie leben ganz allein in diesem großen Haus. Sie haben Geld zur Verfügung. Sie sind das perfekte Ziel für jemanden wie sie. Also sagen Sie mir, was hat Lila gegen Sie in der Hand, was Sie dazu bringen würde, ihr zu helfen?«

Sophias Gesicht wurde aschfahl. Sie verschränkte ihre Finger und ließ ihren Blick durch den Raum schweifen. »Ich wollte ihr nicht helfen. Das wollte ich wirklich nicht. Sie ist nicht hier, falls Sie das meinen. Sie wollte hierbleiben, aber ich habe ihr gesagt, das ginge auf gar keinen Fall. Ich hatte sie seit über dreißig Jahren nicht mehr gesehen, dann stand sie vor einem Monat plötzlich vor meiner Tür und wollte Geld und ein Auto. Ich habe ihr gesagt, dass ich das nicht tun kann, aber sie hat mir gedroht.«

»Sie wusste von der Affäre Ihres Mannes mit Belinda Rose«, sagte Josie. »Sie wollte Andrew sagen, dass er nicht adoptiert ist. Dass sein Vater nicht der Heilige war, für den ihn alle hielten.«

Sophia breitete hilflos ihre Handflächen aus. »Was hätte ich tun sollen? Ich wollte nicht, dass sie Malcolms Andenken, sein Vermächtnis, zerstört. Was spielt es für eine Rolle, ob er vor dreißig Jahren mit einem Mädchen geschlafen hat? Er hat das Richtige getan. Er hat dafür gesorgt, dass Andrew zu ihm kam und dass er ihm ein guter Vater sein konnte. Warum sollte man das jetzt zerstören? Und Andrew hat so sehr zu seinem Vater aufgeschaut. Er wurde Anwalt, weil Malcolm Anwalt war. Es ging ihr nur um ein bisschen Geld. Das war alles. Was ist schon ein bisschen Geld im Vergleich zur Erinnerung, die mein Sohn an seinen Vater hat?«

»Wie viel?«, fragte Josie.

Sophia verschränkte die Arme vor der Brust.

»Wie viel?«

»Zwanzigtausend«, murmelte Sophia.

»Mein Gott«, sagte Josie. »Sie haben ihr zwanzigtausend Dollar gegeben?«

»Es war ein geringer Preis.«

»Warum ist sie zurückgekommen? Warum ist sie hier? Warum jetzt?«

Sophia sagte: »Das wollte sie nicht sagen, aber ich glaube, sie ist krank. Sie sah nicht gut aus. Ich habe sie das gleiche gefragt, was Sie fragen. All diese Jahre. Ich dachte, ich hätte das alles hinter mir. Sie sagte, sie hätte noch einige Rechnungen zu begleichen und ihr bliebe nicht mehr viel Zeit. Ich fragte: ›Zeit wofür?‹ Und sie sagte, das ginge mich nichts an.«

»Wo ist sie?«, fragte Josie. »Wo ist Lila jetzt?«

Wieder blickte Sophia im Zimmer umher und weigerte sich, Josie anzuschauen. Sie verhielt sich wie ein kleines Kind. Wenn sie Josie nicht ansah, würde Josie sie vielleicht nicht bemerken.

»Sagen Sie es mir!«, schnauzte Josie.

Schließlich seufzte Sophia. Sie ging zu einem Tisch im hinteren Bereich des Foyers und griff nach einer Handtasche. »Ich bringe Sie zu ihr.«

»Sagen Sie es mir einfach«, sagte Josie.

»Es ist ziemlich abgelegen«, sagte Sophia. »Wenn Lila nur Sie sieht und mich nicht, wird sie wahrscheinlich die Flucht ergreifen – oder auf Sie losgehen.«

Josie wollte nicht, dass Sophia sie begleitete, aber sie konnte dieser Logik nichts entgegensetzen. Wenn es auch nur die kleinste Chance gab, Lila zu finden und Trinity zu retten, musste Josie sie ergreifen. »Gut«, sagte sie, »aber ich werde fahren«.

71

Sie sprachen während der Fahrt kein Wort. Ihr Schweigen wurde nur unterbrochen von Sophias Anweisungen, die die beiden zu einer alten verlassenen Textilfabrik nahe des Susquehanna River führten. Josie parkte den Camry an der Zufahrtsstraße und suchte im Kofferraum nach einer Taschenlampe. Während Sophia auf dem Beifahrersitz wartete, durchwühlte Josie absichtlich lange den Kofferraum von Sergeant Lamay, um Noah eine kurze Textnachricht zu schicken. Wenn Lila und Trinity in der Fabrik waren, würde sie Verstärkung brauchen.

Textilfabrik mit Bowen, schickte sie. Er würde herausfinden, was sie meinte.

Als die beiden in der Dunkelheit die alte Zufahrtsstraße entlangliefen, erhellte nur das Mondlicht ihren Weg. Falls sich Lila in einem der oberen Stockwerke aufhielt, sollte sie den wankenden Lichtstrahl der Taschenlampe nicht sehen. Sophia stolperte in ihren fünf Zentimeter hohen Absätzen über den rissigen Asphalt. »Langsamer«, zischte sie Josie zu.

»Nein«, sagte Josie schlicht. »Halten Sie Schritt.«

Als sie den Südeingang der Fabrik erreichten, schwitzte Sophia und schnappte nach Luft. Josie starrte hinauf zu dem

Koloss – fünf Stockwerke aus altem, verwittertem Backstein mit zerschlagenen Fenstern, die wie leere Augenhöhlen auf sie herabstarrten. Josie spürte ein Kitzeln in ihrem Nacken. »Wo ist sie?«, fragte sie Sophia.

»Im dritten Stock«, antwortete Sophia. »Das ist alles, was ich weiß. Sie hat gesagt, sie wohnt hier.«

Für zwanzigtausend Dollar hätte Lila etwas Besseres finden können, aber es gab nicht viele Orte, an denen man eine Geisel festhalten konnte. »Sie gehen voran«, sagte Josie und schob Sophia durch die knarrende Tür.

Als sie drinnen waren, schaltete sie die Taschenlampe ein und durchleuchtete den riesigen Raum. Der Boden war von zerbrochenem Glas, Müll und anderem Unrat übersät. Alte Geräte standen verlassen herum wie verwahrloste Wachposten. Eine Ratte huschte außer Sichtweite, als sie durch den Raum liefen und nach dem Treppenhaus suchten.

»Hier drüben«, sagte Sophia und zeigte auf eine Doppeltür zu ihrer Linken. Die Farbe der Türen war von Graffiti und Rost verunstaltet und von der Wand sickerte eine schwärzliche Flüssigkeit über die Türgriffe auf den Boden. »Öffnen Sie die Tür«, sagte Josie.

Im Schein der Taschenlampe sah Josie den verächtlichen Blick, den Sophia ihr zuwarf, während sie in ihrer Handtasche kramte. »Wir haben keine Zeit für so etwas«, sagte Josie.

In ihrer Hand erschien ein Taschentuch, mit dem sie den Türknauf abdeckte und die Tür aufzog. Die Tür ächzte hinter ihnen, als sie das Treppenhaus betraten. In der Stille des riesigen Gebäudes hörte es sich an wie das Dröhnen eines Düsenjets. Die Betonstufen bröckelten unter ihren Füßen; Sophia stolperte erneut und hielt sich verzweifelt am Geländer fest. Josie richtete die Taschenlampe nach vorn und lauschte nach Geräuschen in den oberen Stockwerken. Sie waren bereits zwei Stockwerke hinaufgestiegen, als Josie plötzlich auffiel, dass sie Sophias schwerfälligen Atem nicht mehr hinter sich hörte.

Instinktiv griff sie mit der freien Hand nach ihrer Waffe, aber sie war natürlich nicht da. Josie schlang beide Hände um den langen Griff der Taschenlampe, aber es war zu spät. Sie wurde an der Schulter zurückgerissen, taumelte die Treppe hinunter und stürzte in die Dunkelheit.

72

Josie fiel und fiel, bis sie mit einem dumpfen Aufprall auf dem Treppenabsatz landete, den sie gerade hinaufgegangen waren. Ihr Hinterkopf schmerzte, ihr rechtes Handgelenk pulsierte. Als sie sich in der Dunkelheit umsah, bemerkte sie, dass sie die Taschenlampe verloren hatte. Sie musste beim Aufprall zerbrochen sein, denn es war auch kein Lichtstrahl mehr zu sehen. Josie tastete sich an der Wand entlang, spürte das Geländer und zog sich nach oben. Schmerz schoss durch ihren linken Knöchel, und sie hielt einen Moment inne, um über ihren donnernden Herzschlag hinweg nach Sophia zu lauschen. Dann spürte sie das kalte, stählerne Ende eines Pistolenlaufs an ihrer Wange und vernahm Sophias eisige Stimme.

»Rühren Sie sich nicht.«

Josie hob die Hände in die Luft, obwohl sie nicht einmal wusste, ob Sophia sie sehen konnte. Sie blinzelte mehrmals und versuchte, ihre Augen an die tiefe Dunkelheit des Treppenhauses zu gewöhnen. Hoch über ihnen, an einer der oberen Treppenstufen, drang ein dünner Streifen Mondlicht durch eines der zerbrochenen Fenster.

»Wenn es um Ihre Geheimnisse geht«, sagte Josie, »von mir wird sie niemand erfahren. Ich will nur Lila aufhalten.«

»Oh, hier geht es sehr wohl um meine Geheimnisse, aber nicht um die, die Sie denken.«

Josie drehte ihr Gesicht ein wenig und schob den Lauf der Pistole in Richtung ihres Ohres. Sie konnte gerade noch Sophias wütend glitzernde Augen in ihrem Blickfeld erkennen. »Sind Sie sicher, dass Sie mit der Pistole umgehen können?«, fragte sie.

Sophia stieß den Lauf hart in Josies Wangenknochen. »Eine reiche alte Dame, die allein lebt? Sie können verdammt noch mal darauf wetten, dass ich weiß, wie man damit umgeht.«

Josie zweifelte nicht daran. »Was wird Andrew denken, wenn seine Mutter die Polizeichefin tötet?«

»Er wird denken, dass ich keine Wahl hatte. Machen Sie sich keine Gedanken. Ich werde das vertuschen, so wie ich auch Belindas Mord vertuscht habe. Nur dass dieses Mal die Geheimnisse begraben bleiben.«

Josie spürte, wie sie ein kalter Schock durchzog. »Wovon reden Sie? Sie haben Belinda getötet?«

»Natürlich habe ich das«, spuckte Sophia aus. »Sie war eine Hure, die so getan hat, als wäre sie meine Freundin, während sie es mit meinem Mann getrieben hat.«

Um Zeit zu gewinnen, fragte Josie: »Sie sagten, Sie hätten das Gericht lange vor ihrem Tod verlassen. Sie hatten Andrew. Wussten Sie schon damals, dass er Belindas Sohn war?«

»Ich wusste gar nichts. Ich war mir zum Glück nicht bewusst, was für ein widerlicher Perverser mein Mann war. Wussten Sie, dass er jede junge Frau gevögelt hat, die in dieses Gerichtsgebäude kam? Ich glaube, er hatte sogar eine Affäre mit Lila, aber das konnte ich nie beweisen. Ich hatte keine Ahnung, was er da tat. Belinda und ich waren gute Freundinnen. Sehr gute Freundinnen. Ich vertraute ihr, und ich glaubte ihm, als er sagte, er wolle ihr eine Vaterfigur sein.«

Mit jedem Wort grub Sophia den Lauf der Waffe tiefer in Josies Wangenknochen. Josie ließ ihre Hände langsam sinken und versuchte, Sophia auszuweichen, aber die hielt ihre Hand fest auf Josies Schulter gedrückt. Josie musste sie dazu bringen, sich auf ihre Geschichte zu konzentrieren und nicht auf die Waffe, die sie an Josies Kopf hielt.

»Sie haben wirklich geglaubt, dass Ihr Mann Belinda helfen wollte, weil sie ein Pflegekind war?«, fragte Josie.

Sophia krümmte sich. »Ich war jung und dumm. Ich liebte meinen Mann und ich wollte ihm glauben. Dann verschwand Belinda für ein paar Monate, und als sie zurückkam, begann sie sich mit diesem Lehrer, Mr. Todd, zu treffen. Sie war damals sehr reserviert, aber wir waren immer noch befreundet, und so vertraute sie mir jedes Detail ihrer Beziehung zu Todd an. Ich dachte, es gäbe keinen Grund, mir Sorgen um sie und Malcolm zu machen.«

»Aber dann kam Andrew«, sagte Josie. Sie versuchte, einen Schritt nach vorn zu machen, und Sophia, die sich in ihren Erzählungen aus der Vergangenheit verlor, ging mit ihr.

»Ja, Malcolm kam nach Hause und sagte, er habe einen kleinen Jungen gesehen, der zur Adoption stand, und er habe sich in ihn verliebt – ob wir ihn adoptieren könnten? Wir könnten für diesen kleinen Jungen tun, was keiner für meine gute Freundin Belinda getan hatte. Nun, ich lernte den kleinen Andrew kennen und verliebte mich in ihn. Ich lebte meinen Traum. Eine Vollzeitmutter. Nicht mehr Tippen und Kaffee holen für diese Arschlöcher von Richtern und Anwälten. Telefonate entgegennehmen und Akten ablegen. So langweilig und öde.«

»Wenn Sie nicht wussten, dass Belinda schwanger war, wie haben Sie dann von der Affäre erfahren?«, fragte Josie. Der Lauf der Waffe war leicht verrutscht, und sie spürte, wie Sophias Hand von der Anstrengung, die Waffe zu halten, langsam ermüdete.

»Es war am Valentinstag 1984. Malcolm arbeitete lange. Ich setzte den kleinen Andrew in den Kinderwagen und ging mit ihm durch die Kälte zum Gerichtsgebäude. Ich schob ihn bis zu Malcolms Zimmertür, und dann hörte ich sie. Ich hörte sie ... vögeln. Ich versteckte mich im Treppenhaus und schaute durch das Fenster in der Tür, um zu sehen, wer da drin war. Stellen Sie sich vor, wie schockiert ich war, als Belinda aus Malcolms Büro kam, mit rosigen Wangen, befriedigt und mit falsch geknöpften Knöpfen.«

Also hatte Belinda ihre Affäre mit dem Vater von Lloyd und Damon Todd beendet, um dort weiterzumachen, wo sie mit Malcolm Bowen aufgehört hatte.

Während sie sprach, ließ Sophia die Waffe auf Josies Taille sinken; sie verringerte den Druck und schien es zu genießen, endlich alles auszusprechen. »Ich habe sie nicht zur Rede gestellt. Was hätte das für einen Sinn gehabt? Ich habe das Baby schnell nach Hause gebracht, das Abendessen auf den Tisch gestellt und versucht, mein Leben weiterzuleben. Aber ich konnte es einfach nicht vergessen.« Sie hielt einen Moment inne, um sich zu besinnen. »Ein paar Wochen später suchte ich das Gericht zu den regulären Öffnungszeiten auf und traf Lila. Sie merkte sofort, dass etwas nicht stimmte, also gingen wir nach draußen, um eine Zigarette zu rauchen, wie in alten Zeiten, und ich erzählte ihr, dass ich Malcolm und Belinda gesehen hatte. Sie sagte, sie habe den Verdacht, dass er sie bereits gevögelt habe, bevor sie verschwand. Zwei Jahre hatte er es mit diesem Mädchen getrieben. Diesem Niemand. Wir waren erst seit drei Jahren verheiratet.«

»Also haben Sie beschlossen, die Sache selbst in die Hand zu nehmen«, fragte Josie, und Sophia ließ, abgelenkt von ihren Erinnerungen, die Waffe zur Seite fallen. Erleichterung durchströmte Josie, als der Lauf der Waffe endlich von ihr weg zeigte. Sie wagte es nicht, eine Bewegung zu machen und die Trance zu durchbrechen. Noah und die Kavallerie würden jeden Moment da sein.

»Es war Lilas Idee«, erklärte Sophia. »Sie hat sich einen Plan ausgedacht, um Belinda auf einen Spielplatz am Rand von Bellewood zu locken. Sie dachte, ich würde sie nur konfrontieren und ihr vielleicht einen Schlag verpassen. Aber als ich sie dort sah, bin ich einfach ausgerastet. Zwei Jahre. Direkt vor meiner Nase. Malcolm hat Andrew wahrscheinlich nur adoptiert, um mich vom Gerichtsgebäude fernzuhalten, damit sie sich ungehindert austoben konnten. Ich habe auf sie eingeschlagen.«

»Womit?« Josie meinte, das Geräusch von Autos auf dem Asphalt zu hören, aber sie war sich nicht sicher. »Womit?«, wiederholte sie.

»Es war eine Stange von einem der Klettergerüste; durch den Sturm war eines der Klettergerüste beschädigt. Belinda redete die ganze Zeit davon, dass Malcolm sie mehr liebte als mich und dass es nur eine Frage der Zeit wäre, bis er mich abschütteln würde. In sechs Monaten würde sie achtzehn sein – sie müsse nur warten und dann würde er sich von mir scheiden lassen, das Baby nehmen und eine ganz neue, glückliche Familie mit ihr gründen. Bis zu diesem Moment wusste ich nicht einmal, dass Andrew ihr Baby war. Diese Lügen. Mein Gott, all diese Lügen. Ich nahm die Stange in die Hand und … Ich wollte sie nicht töten.«

»Aber Sie haben es getan. Wie kam es, dass sie in Denton vergraben wurde?«

»Lila hat sie mitgenommen. Wir haben sie in Lilas Kofferraum gelegt und sie sagte, sie würde mir helfen, es zu vertuschen, wenn ich ihr bei etwas anderem helfen würde.«

»Wie helfen?«, fragte Josie.

»Sie wollte Geld. Sie sagte, ihr Chef würde sie belästigen. Sie musste weg. Also stimmte ich zu. Sie nahm Belindas Leiche und das Geld mit und ich habe nie wieder etwas von ihr gehört. Bis zum vergangenen Monat.«

»Nicht Sie haben Lila das Geld gegeben«, sagte Josie. »Ihr Mann hat es getan. Was haben Sie zu ihm gesagt, damit er sie bezahlt?«

»Ich habe ihm alles gesagt. Er hatte die Wahl: mich auszuliefern und zu einem Richter zu werden, dessen Ehefrau seine minderjährige Geliebte ermordet hatte, oder Lila zu bezahlen und die ganze Sache für immer zu vergessen.«

»Er hat sich für seinen Ruf entschieden.«

Ein lauter Knall ertönte unter ihnen, gefolgt von lauten Rufen. Im Mondlicht funkelten Sophias Augen vor Wut. Sie hob die Waffe wieder an Josies Gesicht. »Was hast du gemacht? Wen hast du angerufen?«

Josie antwortete nicht. Stattdessen wandte sie sich der Waffe zu, stieß sie Sophia aus der Hand und schlug ihr mit der Faust mitten ins Gesicht. Sophia stolperte nach hinten und fiel schreiend hin. Josie ging auf die Knie und suchte verzweifelt auf dem von Trümmern bedeckten Boden nach der Waffe. Sophia umklammerte mit der Hand Josies verletzten Knöchel. Josie schrie auf vor Schmerz. Sie stieß Sophia von sich, aber die hatte sich bereits aufgerichtet und stand nun über Josie. In ihrer Hand hielt sie die Waffe, nach der Josie gesucht hatte. Sie hielt sie am Lauf, und bevor Josie reagieren konnte, schlug sie Josie damit hart auf den Kopf.

Die Treppe neigte sich und Sophias schemenhafte Gestalt verschwand aus Josies Blickfeld. Josie versuchte aufzustehen, konnte ihre Beine aber nicht mehr bewegen. Das Nächste, was sie spürte, waren Sophias Hände, die unter ihre Achseln griffen und sie die Treppe hinaufzogen, die sie gerade hinuntergestürzt war. Josie versuchte sich mit aller Gewalt zu wehren, aber ihre Gliedmaßen reagierten nicht.

Sie wurde hastig durch eine Seitentür geschleppt und die Geräusche von auf Beton stapfenden Stiefeln und die Rufe, die sie gehört hatte, verklangen. Im dritten Stock war das Mondlicht heller, aber Josie konnte trotzdem nur undeutlich sehen. »Stopp«, murmelte sie. Aber Sophia zog sie weiter; sie war erstaunlich stark. Schließlich ließ sie sie fallen, und Josie rollte sich auf den Rücken. Eine riesige Softflow-Färbemaschine ragte über ihr auf und sie sah ein imposantes Netz von Rohren, Düsen und Pumpen, die einen massiven Zylinder umgaben, der so groß war, dass man eine Leiter brauchte, um ihn hinaufzuklettern. Die rohrförmige Kammer war stark verrostet; der Rost hatte in der Mitte einen Spalt in das Metall gefressen. Josie sah, wie Sophia immer wieder aus ihrem Blickfeld verschwand, ihren Kopf in die gezackte Öffnung des Zylinders steckte und sich wieder zu Josie umdrehte.

»Nein«, sagte Josie, ihr Herz hämmerte. »Ich kann nicht ...«, versuchte sie. »Ich kann da nicht reingehen.«

Sophia ignorierte ihr Flehen, zerrte sie näher, hob sie hoch und schob ihren fast leblosen Körper durch das Loch in der Färbemaschine. Die gezackten Metallkanten des Loches kratzten an Josies Rücken, stachen durch ihre Jacke und ihr T-Shirt und schrammten schmerzhaft an ihrer Haut. Sie versuchte erneut, sich mit Händen und Füßen gegen Sophia zu wehren, aber Sophia schien ihre Finger überall im Inneren des Zylinders zu haben und zog sie tiefer in die Dunkelheit.

»Ich kann nicht ...«, versuchte Josie erneut.

Sophia legte sie flach auf das kalte, rostige Metall und legte sich neben sie. Als Josie wieder zu sprechen begann, drückte Sophia ihr die Hand auf den Mund. »Jetzt sei still«, sagte sie zu Josie, »denn wir werden eine Weile hier sein.«

Durch jede Zelle von Josies Körper schoss Panik. Sie versuchte, sich zu orientieren, sich an den Teil von sich selbst zu klammern, der wusste, dass die Dunkelheit ihr nichts anhaben konnte – so wie Ray es ihr immer gesagt hatte. Aber es gelang ihr nicht. Josie war wieder das kleine Mädchen im Schrank, das sich im Kreis drehte und in einen dunklen, endlosen Abgrund fiel.

»Ich sagte, sei still«, zischte Sophia und drückte ihre Hand fester auf Josies Mund. Josies Atem ging immer schneller, und sie griff nach oben und versuchte, Sophias Hand von ihrem Gesicht wegzuziehen. Sophia nahm ihre Hand für einen Moment weg, aber alles, was aus Josies Mund kam, war ein schriller Ton – sie hyperventilierte. Josie spürte, wie ihre Arme nach unten gedrückt wurden, und dann fühlte sie, wie Sophia sich auf sie setzte, sie festhielt, ihren Körper gegen sie stemmte und die Hand auf ihren Mund presste. Josies Brust brannte vor Anstrengung bei dem Versuch, zusätzlich zu der reinen Panik, die sie in kurzen, flachen Atemzügen nach Luft schnappen ließ, auch noch den Druck von Sophias Körper auszuhalten. Mit jedem Augenblick, der verging, bekam sie weniger und weniger Luft.

Schließlich wurde ihr Gnade zuteil und sie sank in Ohnmacht.

Josie wurde wach von einem heftigen Hämmern im Kopf, das sich anfühlte, als würde ihr jemand Dornen in die Schläfen treiben. Sie wagte es nicht, die Augen zu öffnen, und ihr Verstand suchte nach Orientierung, um wieder in die Realität zu finden. Wo war sie? Wie war sie dahin gekommen? Wo war sie zuletzt gewesen?

Sie versuchte, ihre Sinne zu schärfen. Ihr Mund schmerzte vor Trockenheit, ihre Lippen klebten zusammen. Jeder Zentimeter ihres Körpers schien zu schmerzen. Sie versuchte kurz, sich zu bewegen, nur um zu merken, dass sie gefesselt war – ihre Hände waren hinter den Rücken gebunden und an ihre Füße gefesselt, die sich krümmten und in ihr Gesäß drückten. Doch die Luft um sie herum war warm, und ihre Wange ruhte auf etwas erstaunlich Weichem.

Das war nicht die Färbemaschine.

Dann fiel es ihr wieder ein: Sophia Bowen, die Textilfabrik, ihr Team, das die Türen im ersten Stock aufbrach, der Kampf im Treppenhaus und Sophia, die sie in die alte Maschine hineinstopfte. Wie viele Stunden hatte Josie dort drin verbracht? Allein der Gedanke daran trieb ihr die Galle in die

Kehle, und sie würgte mehrere Hustenanfälle heraus. Josie riss die Augen auf. Sie lag auf einem Teppichboden, ihr Gesicht neben einem Gestell, das wie ein Bett aussah – ein Boxspringbett, das ohne Rahmen auf dem Boden stand. Irgendwo über ihr fiel Sonnenlicht in das Gebäude, aber sie konnte ihren Körper nicht drehen, um nachzuschauen.

Einen Moment lang war sie so dankbar, aus dem dunklen Loch heraus zu sein, in das Sophia sie gesteckt hatte, dass sie fast in Tränen ausbrach. Sie atmete mehrmals tief durch und prüfte erneut ihre Fesseln. Sie saßen fest, überall, außer an ihrem Kopf. Josie hob ihren Kopf und drehte ihn in die andere Richtung. Ihr gegenüber lag Trinity Payne. Ihr geschwollenes, zerschrammtes Gesicht war nur wenige Zentimeter von Josies Gesicht entfernt. Getrocknetes Blut verkrustete die Winkel ihrer Lippen, ihre Nase sah schief und zertrümmert aus, und sie atmete keuchend.

Trotz der Situation, in der sie sich befanden, spürte Josie einen Anflug von Erleichterung. Wenn Trinity atmete, war sie noch am Leben. Josie rief ein paar Mal ihren Namen, aber Trinity rührte sich nicht. Josie robbte näher heran und versuchte, mit ihrem Gesicht das von Trinity zu berühren, aber sie konnte sich kaum bewegen. Sie spitzte ihre Lippen und blies Luft in Trinitys Gesicht. Nach dem vierten oder fünften Versuch verzog sich Trinitys Mund und ihre Augenlider flatterten auf, soweit es irgend ging. Trinity versuchte zu sprechen, aber es kam nichts heraus. Sie leckte sich über die Lippen und versuchte es erneut. Ihre Stimme war kratzig, aber diesmal hörbar. »Was tust du hier?«

»Wo ist hier?«, fragte Josie.

»Ich weiß es nicht«, sagte Trinity. »Ich bin mir nicht sicher.«

»Ich habe dich auf dem Video in der Werkstatt gesehen.«

Josie glaubte, eine Träne aus Trinitys Augenwinkel sickern zu sehen. »Ich wollte es nicht tun. Sie hat mich gezwungen.«

»Lila?«

Trinity versuchte, den Kopf zu schütteln, hielt aber inne, zuckte zusammen und holte scharf Luft. »Barbara Rhodes.«

Josie kannte diesen Namen. Warum kannte sie diesen Namen?

»Wie hat sie dich dazu gebracht, das zu tun?«, fragte Josie.

»Zuerst rief sie mich an und sagte, sie hätte eine Story für mich – das Feuer, bei dem meine Schwester ums Leben kam. Sie sagte, sie habe Beweise dafür, wer es wirklich gelegt habe – jemand von der Reinigungsfirma, die meine Mutter beauftragt hatte – und dann deutete sie an, dass meine Schwester nicht tot wäre.«

»Mein Gott«, sagte Josie.

»Ich wollte meine Mutter nicht verärgern, falls es Unsinn sein sollte, aber sie wusste Dinge, Details, über die ich immer nur meine Eltern hatte reden hören. Sie hat mich dazu gebracht, sie ein paar Blocks vom Hotel entfernt zu treffen. Sie sagte, ich müsse zu Fuß gehen, kein Auto, keine Tasche, denn sie hatte Angst, ich würde heimlich eine Waffe bei mir tragen. Ich musste ihr versprechen, mein Handy nicht mitzunehmen. Sie sagte, sie wolle nicht, dass ich unser Gespräch aufnähme oder mit dem Handy Nachrichten verschicke, bis sie wisse, dass sie mir vertrauen könne. Sie sagte, sie würde mir zehn Minuten Zeit geben, und wenn ich nicht rechtzeitig da sei, würde sie für immer verschwinden. Ich dachte, sie könnte gefährlich sein, aber als ich auftauchte, war es nur eine fette alte Dame. Sie war nicht einmal bewaffnet, und sie war so nett. Ich hätte nie gedacht, dass sie ...«

Trinity brach ab, als ein Hustenanfall ihren Körper schüttelte und von ihren Lippen Blut auf Josies Gesicht spritzte. »Tut mir leid«, sagte Trinity, als der Hustenanfall nachließ.

»Ist schon gut«, sagte Josie. »Du hast nicht geglaubt, dass Barbara eine Bedrohung ist?«

»Richtig«, sagte Trinity. »Ich stieg in ihr Auto und wir

fuhren los. Sie erwähnte ein Restaurant; ich kannte das Lokal, das sie meinte, also dachte ich, es sei in Ordnung, dorthin zu fahren. Als mir klar wurde, dass sie nicht dorthin fuhr, stellte ich sie zur Rede. Sie sagte, wenn ich die Story wolle, müsse ich etwas für sie tun.«

»Du hast Ted Heinrich für eine Story getötet?« Josie konnte nicht verhindern, dass sich ihre Stimme hob.

Trinity sah aus, als wollte sie den Kopf schütteln. »Keine Story – und ich habe niemanden umgebracht. Als sie mir sagte, was sie von mir wollte, sagte ich ihr, sie sei verrückt. Ich sagte ihr, sie solle anhalten und mich aussteigen lassen; ich würde zu Fuß zurück in mein Hotel gehen. Sie hielt an. Ich stieg aus. Aber sie kam hinter mir her. Wir waren auf dieser kleinen, ruhigen Bergstraße. Es war keiner in der Nähe. Wir haben uns gestritten. Sie hat gewonnen. Ich wachte auf – ich weiß nicht, wo. Könnte hier gewesen sein. Ich war gefesselt. Sie sagte mir, ich müsse tun, was sie sagt, oder meine Familie würde sterben. Sie hatte Hilfe, Josie. Sie hat mit einem Typen telefoniert, der vor dem Haus meiner Eltern wartete. Sie sagte mir, wenn ich nicht genau das täte, was sie sagte, würde sie alle umbringen. Meine Eltern und meinen kleinen Bruder.«

»Wie alt ist dein Bruder?«

»Er ist erst sechzehn. Dieser Typ hat ihn verfolgt. Er hat Fotos von ihm gemacht. Ich weiß nicht, wer der Mann war, aber ich hatte Angst, also tat ich, was sie sagte. Die Fahrt kam mir endlos vor, und dann parkte sie einen Block von der Lackierwerkstatt entfernt. Ein anderer Typ fuhr mit einem Escape vor. Sie sagte mir, ich solle einsteigen, zur Werkstatt fahren und hineingehen. Als sie mich allein ließ, sah ich sofort im Handschuhfach nach. Es war dein Auto. Da wusste ich, dass das, was sie vorhatte, dich auf irgendeine Weise verletzten sollte. Als ich die Werkstatt betrat, war sie bereits da. Sie war durch einen anderen Eingang hereingekommen – durch die Hintertür. Der Besitzer war bereits gefesselt. Er war in sehr schlechter Verfassung. Sie zwang mich zuzusehen, wie sie ihn folterte. Sie sagte, wenn ich versuchen würde, wegzulaufen, geschähe das gleiche mit Patrick. Sie sagte mir, ich solle zurück zu ihrem Auto fahren und den Escape ihrem Freund übergeben. Er fesselte mich erneut, legte mich in ihren Kofferraum und fuhr mit deinem Auto weg. Ich lag stundenlang da drin und versuchte herauszufinden, warum sie dich da mit hineinziehen wollte. Warum wir beide? Dann dachte ich darüber nach, warum sie mich überhaupt kontaktiert hatte – um mir zu sagen, dass meine Schwester noch lebte. Wir waren uns schon immer so ähnlich. Sicher hast du das auch bemerkt?« In Trinitys Stimme lag Hoffnung.

»Ja«, sagte Josie. »Ich habe es bemerkt.«

»Dann dachte ich, dass es vielleicht stimmte, was sie sagte – dass jemand vom Reinigungsdienst unser Haus niedergebrannt und meine Schwester entführt hat. Und vielleicht war meine Schwester doch noch am Leben. Und … und vielleicht warst du es.«

Nur ein DNA-Test würde ihnen Gewissheit verschaffen, aber Josie spürte in ihrem Herzen und in ihrem Bauch, dass Trinity recht hatte. Sie waren Schwestern. »Wie ist mein … wie ist mein richtiger Name?«, fragte Josie.

Über Trinitys ramponiertes Gesicht zog sich etwas, das wie ein Lächeln aussah. »Vanessa. Vanessa Anabelle Payne.«

Josie stöhnte. »Josie gefällt mir besser.«

»Sehr witzig.«

Es war immer noch zu viel, um es begreifen zu können. Ihr ganzes Leben war eine Lüge. Sie war ihrer Familie entrissen und in Armut von einer Frau aufgezogen worden, deren Grausamkeit grenzenlos war. Dabei lebte ihre eigentliche Familie nur zwei Stunden entfernt in einer wohlhabenden Kleinstadt und trauerte um sie. Jedes Mal, wenn sie daran dachte, schien sich der Raum um Josie zu drehen. Sie brachte das Thema auf Heinrich zurück. »Diese Frau – hat sie dir gesagt, warum sie es auf den Mann in der Werkstatt abgesehen hat?«

»Nein. Sie sagte nur, ich solle kein Mitleid mit ihm haben. Ich habe versucht, sie davon abzuhalten, aber sie sagte, wenn ihr etwas zustieße, würden ihre Freunde Patrick wehtun. Ich hätte mir mehr Mühe geben sollen. Ich hätte versuchen sollen, diesen Mann zu retten.« Tränen tropften aus Trinitys Augen. In ihrer Nase platzte eine blutige Schleimblase.

»Ist schon gut«, sagte Josie. »Es ist okay. Du hast das Richtige getan.«

»Es war so widerlich. Der Geruch. Sie hat mich gezwungen zuzusehen.«

»Hör auf zu weinen«, sagte Josie, als noch mehr Schleim aus Trinitys Nase tropfte. »Du kannst jetzt schon kaum noch atmen. Du musst dich zusammenreißen.«

»Ich kann nicht«, schluchzte Trinity.

»Du kannst, und du wirst. Wir müssen einen Ausweg aus dieser Situation finden.«

»Ja, richtig. Wie sollen wir hier rauskommen?«

»Hast du versucht, um Hilfe zu schreien?«, fragte Josie.

»Was glaubst du, warum mein Gesicht so aussieht?«, erwiderte Trinity.

Wieder prüfte Josie ihre Fesseln, aber sie gaben kaum nach. Ihre Schultern und Beine schmerzten schon, seit sie wach war.

»Sie wird uns hier nicht so zurücklassen«, sagte Josie. »Irgendwann wird sie uns wegbringen müssen. Das wird unsere Chance sein.«

»Nicht, wenn sie einen ihrer Freunde dabeihat.«

Josie antwortete nicht. Irgendwo in der Nähe knallte eine Tür auf und zu. Gedämpfte Frauenstimmen näherten sich und wurden immer deutlicher.

»Ruf mich nie wieder her.« Josie jagte ein Schauer über den Rücken, als sie nach all den Jahren wieder den Klang von Lilas Stimme hörte.

Die zweite Stimme war die von Sophia. »Ich hatte keine andere Wahl. Wenn du nicht wärst, würde ich nicht in diesem verdammten Schlamassel stecken. Wir hatten eine Abmachung, und du hast sie gebrochen, als du wieder hier aufgetaucht bist, also rufe ich dich, wann immer ich will.«

Josie hörte etwas, das eindeutig eine Ohrfeige war, dann ein Keuchen und etwas, das sich wie eine Rangelei anhörte – Ächzen, ein dumpfer Aufprall und dann zerbrechendes Glas. Lila war also in die Fabrik gekommen und hatte Sophia dabei geholfen, sie hierher zu schleppen.

»... und ich werde sie benutzen. Geh weg von mir. Geh zurück ...« Es war Sophia. Die Kampfgeräusche waren verstummt. Josie vermutete, dass sie ihre Waffe gezogen hatte. Sophia fügte hinzu: »Jetzt wirst du diesen Schlamassel aufräumen, den du angerichtet hast, und Denton ein für alle Mal verlassen.«

»Nicht ohne mein Geld«, sagte Lila.

Josie erwartete, dass Sophia protestieren oder Lila weiter drohen würde, aber sie sagte nur: »Gut. Komm zu mir, wenn du mit dem fertig bist, was auch immer du vorhast.«

»Oh, ich muss danach noch ein paar Leute besuchen«, sagte Lila.

»Warum? Warum tust du das? Warum kannst du die Vergangenheit nicht Vergangenheit sein lassen?«, weinte Sophia.

»Weil ich nicht mehr viel Zeit habe.«

»Was haben diese Leute dir jemals getan?«, fragte Sophia.

»Die halten sich für was Besseres, das ist es. Ich habe es satt, wie Dreck behandelt zu werden.«

Ein schwerer Seufzer ertönte. Dann sagte Sophia: »Du bist verrückt. Niemand hält sich für besser als du, und das ist kein Grund, das Leben anderer zu ruinieren.«

»Sagt die hochnäsige Schlampe, die mich belogen und

bestochen hat, um ihren Ruf und den ihres Mannes zu retten«, schoss Lila zurück. »Und jetzt steck das Ding weg.«

Einen Moment lang herrschte Schweigen. Dann sagte Sophia: »Malcolm hat mir erzählt, was in deiner Akte stand, bevor er sie vernichtete. Er und Mrs. Ortiz waren ziemlich schockiert davon.«

Lilas Stimme klang hart und bedrohlich. »Du gehst jetzt besser, bevor ich es mir anders überlege und dich umbringe.«

74

Josie wartete darauf, dass Lila in das Zimmer käme, in dem sie und Trinity zwischen einem Bett und der Wand eingeklemmt waren, aber sie tauchte nicht auf. Trinity schlief wieder ein, ihre gebrochene Nase gab Pfeiftöne von sich. Josie zerbrach sich den Kopf, um herauszufinden, wo Lila sie festhielt, denn ihr Verstand war noch immer betäubt von dem Pistolenhieb, den Sophia ihr verpasst hatte. Sie konnte nicht sagen, ob Stunden oder Minuten verstrichen waren. Josie überlegte, ob sie nach Lila rufen sollte – aber sie wollte ihre Aufmerksamkeit nicht auf sich lenken, bis sie einen Plan hatte. Sie war gerade am Einschlafen, als aus einem anderen Zimmer das Klingeln eines Telefons ertönte. Wieder hörte sie Lilas Stimme. »Hallo? Ja, hier ist Barbara. Okay, ich bin gleich da.« Josie hörte eine Tür zuschlagen. Lila war gegangen.

Wieder fragte sich Josie, warum ihr der Name Barbara Rhodes so bekannt vorkam. Dann erinnerte sie sich, wie sie an dem Tag, an dem die Price-Jungen die Überreste von Belinda Rose gefunden hatten, in der Wohnwagensiedlung eintraf. Die Nachbarin, die die Jungs beobachtet und den Notruf gewählt hatte, hieß Barbara Rhodes. Josie hatte sie nicht kennengelernt, weil Barbara bereits befragt und nach Hause geschickt worden war, als Josie eintraf.

Belinda Rose. Barbara Rhodes.

»Verdammter Mist!«, sagte Josie. Sie robbte näher an Trinity heran und rollte ihren Körper hin und her, bis ihr Ellenbogen an den Körper von Trinity stieß. »Wach auf. Trinity, wach auf!«

War Lila die ganze Zeit genau vor Josies Nase gewesen und nannte sich jetzt Barbara Rhodes? Noah hatte sie an dem Tag befragt, an dem sie die Knochen gefunden hatten, und kurz darauf das sechzehn Jahre alte Foto von Lila Jensen gesehen, das Dex ihr gegeben hatte. Warum hatte Noah keine Verbindung gezogen? Trinity hatte gesagt, Barbara sei übergewichtig und alt. Es waren sechzehn Jahre vergangen; vielleicht sah Lila jetzt deutlich anders aus.

»Trinity«, sagte Josie. »Ich glaube, ich weiß, wo wir sind. Ich glaube, wir sind in der Wohnwagensiedlung.«

Trinity rührte sich mit leisem Stöhnen, wachte aber nicht auf.

»Trinity. Wach. Auf. Lila ist weg. Wir sind in der Wohnwagensiedlung. Ich denke, wir sollten schreien. Vielleicht hört uns jemand.«

Josie dachte an die kleinen Price-Jungen, die mit ihrer Mutter nebenan wohnten. Sie atmete tief ein und begann aus voller Kehle zu schreien. Sie schrie, bis ihre Kehle schmerzte und ihre Lungen nicht mehr konnten, und verstummte von Zeit zu Zeit, um zu lauschen, ob jemand herkäme. Doch da war nichts.

Trinitys Stimme war kaum hörbar. »Keiner wird dich hören. Verschwende nicht deine Zeit.«

Josie wusste, dass sie recht hatte. Josie war genau in dieser Siedlung aufgewachsen und auch damals hatte niemand ihre

Schreie gehört. Und wenn doch, war ihr niemand zu Hilfe geeilt. »Wenn sie dich hört«, fügte Trinity hinzu, »wird sie dir wehtun.«

»Sie hat mir schon wehgetan«, sagte Josie und füllte ihre Lungen mit Luft, um weiter zu schreien.

75

Sie schrie, bis ihr fast die Stimme versagte. Trinity, die neben ihr lag, weinte. Endlich, als ihre Schreie in hilfloses Krächzen übergingen, hörte Josie, wie sich eine Tür öffnete und schloss und sich schwere Schritte näherten. Sie hörte, wie eine weitere Tür aufschwang und die Luft in dem winzigen Raum sich veränderte. Josies Herz hielt kurz inne und setzte sich dann wieder in Bewegung. »Josie«, flüsterte Trinity. »Ich glaube, ich habe mich nass gemacht.«

»Psst«, sagte Josie. »Ich werde uns hier rausholen.«

Josie musste ihren Hals recken, um zu erkennen, wie sich unter dem Saum eines weißen Baumwollkleides ein dickes Paar Knöchel näherte. Sie konnte gerade noch sehen, dass Lilas Füße in ein Paar hässliche, schwarze Ballerinas gezwängt waren, als sie am Bizeps hochgerissen und auf das Bett geworfen wurde. Sie fiel auf den Rücken, ihre Hände und Füße knirschten schmerzhaft. Über sich erkannte sie Lilas Gesicht.

Josie verstand sofort, warum Noah sie nicht erkannt hatte, dass er sie niemals als die Frau auf dem Foto von Dex hätte erkennen können. Lila Jensen war jetzt Mitte sechzig, ihr langes, seidiges schwarzes Haar war schlohweiß geworden. Der

Glanz war verschwunden und einer zottigen Mähne aus dicken, trockenen Haarsträhnen gewichen, die ihr den Rücken hinunterfielen. Sie hatte zugenommen. Eine Menge. Aus dem unförmigen weißen Kleid, das um Lilas Körper hing, quoll fleischige Haut hervor. Ihre einst glatte, jugendliche, blasse Haut war von den zusätzlichen Pfunden gestrafft und ihre Wangen waren so pummelig, dass sie ihre Augen zu verschlucken drohten. Sophia hatte gesagt, Lila sei krank, und Lila selbst hatte gesagt, sie habe nicht mehr viel Zeit. Josie fragte sich, woran sie erkrankt war. Krebs vielleicht?

»Die kleine JoJo«, sagte Lila.

Doch ihre Augen verrieten sie. Sie verengten sich, als Lila das Lächeln aufsetzte, das Josie schon seit ihrer frühesten Kindheit mit unbändigem Schrecken erfüllt hatte. Das kleine Mädchen in ihr war eingeschüchtert, aber die Erwachsene in ihr – die Polizeichefin – wehrte sich.

»Mein Name ist Josie«, sagte sie. Lila lachte schrill.

»Nein. Das stimmt nicht. Das ist nicht einmal dein Name.« Sie schlug mit dem Bein aus, und Josie hörte Trinity stöhnen. »Hey, Prinzessin, wie heißt deine kleine Schlampe von Schwester noch mal?«

Man hörte nur das Geräusch von Trinitys Weinen.

»Warum tust du das?«, fragte Josie und versuchte, Lilas Aufmerksamkeit von Trinity abzulenken. »Warum hast du das getan? Du hast mir mein Leben weggenommen. Alles. Meine richtige Mutter dachte, ich sei tot. Meine ganze Familie. Warum?«

»Warum nicht?«, sagte Lila.

»Du hättest fortgehen können«, sagte Josie. »Zu jeder Zeit.«

Lilas Gesicht errötete, ihre Augen glühten vor Wut. Sie deutete mit einem pummeligen Finger auf ihre Brust. »Glaubst du, ich kann einfach so aus dem Leben verschwinden, das ich führe? Ist es das, was du denkst? Dass ich jemals eine Chance hatte, wegzulaufen? All diese grässlichen Pflegestellen mit ihren verkommenen Pflegeeltern? Das ist doch ein Witz. Ich wollte weglaufen. Ich wollte weglaufen, aber ich konnte nicht. Alle anderen hatten Eltern, Geld, ein liebevolles Zuhause. Schwachsinn. Ich hatte nichts. Sogar diese Schlampe, Belinda. Sie durfte in einer netten Pflegefamilie leben, bei einer Frau, die ihre Mädchen liebte und beschützte. Und was habe ich bekommen? In jedem beschissenen Heim, in das ich geschickt wurde, tat mir jemand weh, und keiner unternahm etwas dagegen. Auch als ich die Heime verließ, hörte das nicht auf. Warum sollten andere Menschen ein perfektes Leben führen, während ich immer und immer wieder verarscht werde?«

Josie beobachtete in vollkommener Stille, wie Lila die Spucke aus dem Mund flog. Sie hatte das Gefühl, dass Lila schon sehr lange darauf wartete, diese Tirade loszulassen. Als sie fertig war, fragte Josie: »Aber warum *ich*? Warum hast du mich mitgenommen?«

»Weil ich es konnte. Du warst eben da. Ich habe darauf gewartet, dass die Polizei kommt, um dich zu holen, aber sie kam nicht. Dann wusste ich nicht mehr, was ich mit dir machen sollte, also bin ich zu Eli gegangen. Ich wusste, er würde sich um dich kümmern, wenn ich ihm sage, dass du sein Kind bist. Aber dann hat er sich in dich verliebt, nicht wahr?«

»Er dachte, er sei mein Vater«, sagte Josie. Es tat weh, das laut auszusprechen: Eli Matson war der einzige Vater, den sie je gekannt hatte. Ihre Erinnerungen waren alt und verschwommen, aber am meisten erinnerte sie sich daran, wie sehr er sie geliebt hatte und wie sicher sie sich gefühlt hatte, wenn sie bei ihm war.

»Er gehörte mir. Er hätte mich mehr lieben sollen«, sagte Lila. »Als ich ihm das Baby gab, das er sich so sehr wünschte, hat er sich gegen mich gewandt, er hat mich im Gegenzug dafür gehasst. Das ergibt doch keinen Sinn?«

Josie erinnerte sich, dass ihr Vater diese Worte im Krankenhaus gesagt hatte, nachdem ihre Mutter ihr ein Messer ins

Gesicht gerammt hatte: »Ich hasse dich«. Der Kampf um Josie hatte schon eine Weile vorher begonnen, aber dort hörte sie ihn diese Worte zum ersten Mal sagen. Andere Erinnerungen kamen wieder hoch. Das Gespräch, das sie in der Nacht, in der ihr Vater Selbstmord beging, im Schlafzimmer ihrer Eltern belauscht hatte, ähnelte auf unheimliche Weise dem Streit, der sich vorhin zwischen Lila und Sophia abgespielt hatte – plötzlich hatte sich Lilas Tonfall völlig verändert, war ruhiger und ein wenig nervös geworden. Josies Haut kribbelte und eine Gänsehaut breitete sich auf ihrem ganzen Körper aus. Früher hätte sie es wohl nicht geglaubt, aber nach dem, was sie in den letzten Wochen über Lila erfahren hatte, gab es jetzt keinen Zweifel mehr daran, dass sie zu etwas so Unvorstellbarem fähig war.

»Hast du meinen Vater umgebracht?«, fragte Josie leise.

Lila lachte. »Du hast wirklich lange gebraucht, um das herauszufinden. Eine tolle Polizistin bist du.«

»Warum?«, fragte Josie ungläubig. »Du hättest mich bei ihm lassen und fortgehen können. Irgendwo anders neu anfangen. Und meine Grandma ...« Hier brach Josies Stimme ab. Sie dachte an den Kummer und an die Verwirrung, die Lisette jahrzehntelang empfunden hatte, weil sie dachte, Josies Vater hätte sie aufgegeben.

»Du hörst mir nicht zu, kleine JoJo«, sagte Lila. »Er hat bekommen, was er verdiente. Er hat mich betrogen. Er sagte, dass er mich liebt, aber das tat er nicht. Ich hatte nicht vor, ihn zu töten. Nicht am Anfang. Aber als ich ihm die Waffe zeigte, die ich von Zeke bekommen hatte, sind wir raus in den Wald gegangen, um die Dinge zu klären, und dann habe ich es einfach getan. Ich wartete darauf, dass die Polizei mich verhaftet, aber sie haben mir geglaubt, als ich sagte, es sei Selbstmord gewesen.«

»Und du hast mich behalten, weil du nicht wolltest, dass Lisette mich bekommt«, sagte Josie.

»Du warst eine kleine Schlampe, aber du hattest deine Vorteile«, antwortete sie und grinste.

»Bis meine Großmutter dich bezahlte, damit du gehst. Warum bist du zurückgekommen? Warum willst du jetzt nach all den Jahren mein Leben ruinieren? Und das von Trinity?«

Lila blickte nach unten, wo Trinity zu ihren Füßen lag. »Vor zwei Jahren saß ich im Wartezimmer einer Arztpraxis und schaute auf den Fernseher. Da wurdet ihr beide interviewt über all das ›Gute‹, das ihr in den Bergen getan habt. Du bist eine berühmte Polizeichefin. Die andere ist eine berühmte Reporterin. Dann riefen sie mich zurück ins Untersuchungszimmer und sagten mir, dass ich Krebs habe. Ich wollte nicht, dass es so endet.« Sie trat wieder zu und Josie hörte Trinity aufschreien. »Und diese Schlampe. Jedes Mal, wenn ich den Fernseher einschaltete, sah ich ihr Gesicht. Ihr Gesicht. Ich konnte nicht gehen, ohne dafür zu sorgen, dass du weißt, wie es sich anfühlt, ich zu sein. Du bekommst kein Happy End, während meine Eingeweide in der Hölle verrotten.«

»Warum hast du dann Belinda ausgegraben?«, fragte Josie. »Das warst du, nicht wahr? Du hast die Jungs dazu gebracht, sie zu suchen. Deswegen gab es auch so viele Löcher dort.«

Lila nickte. »Diese kleinen Idioten haben eine Woche gebraucht. Ich dachte nicht, dass sie sie noch finden würden. Ich brauchte Geld.«

»Du hast Sophia Bowen zwanzigtausend abgeknöpft«, bemerkte Josie.

»Ja, aber es gibt diese experimentelle Behandlung, die ich erhalten könnte, wenn ich genug Geld hätte. Das könnte meine einzige Chance sein. So viel bekomme ich aber nicht von Sophia. Es reicht fast aus, ist aber nicht genug. Ich habe alle Register gezogen, die mir einfielen, aber mir lief die Zeit davon. Dann erinnerte ich mich daran, dass Belinda immer wieder sagte, sie habe einen großen ›Zahltag‹ – sie müsse nur noch kassieren. Das sagte sie immer. Sie flehte mich an, ihr zu helfen, als Sophia hinter ihr her war, und sie sagte, sie würde das Geld mit mir teilen. Damals habe ich sie ignoriert. Sie war ein dummes Kind. Aber dann erinnerte ich mich an das Medaillon, das sie immer trug, und ich dachte: *Verdammt, habe ich etwas verpasst?* Sophia sagte immer, es sei billiger Modeschmuck, aber ich fragte mich, wovon zum Teufel Belinda die ganze Zeit sprach. Meinte sie das Medaillon? Also ja, ich habe ein paar Kinder dafür bezahlt, sie auszugraben.«

»Du hast das Medaillon«, sagte Josie.

»Ich habe versucht, es zu verkaufen, aber Sophia hatte recht. Es war billiger Modeschmuck. Alles, was drin war, war eine Haarlocke. Blöde Schlampe. All das für nichts.«

Das muss Andrew Bowens Haar gewesen sein. Richter Bowen hatte Belinda das Medaillon geschenkt und offensichtlich versprochen, sich um Andrew zu kümmern. Belindas vielgepriesener Zahltag war das Geld, das sie bekommen hätte, wenn sie dem Richter damit gedroht hätte, ihn bloßzustellen.

»Wie auch immer«, sagte Lila, »ich denke, ich bekomme das Geld jetzt von Sophia, besonders nach der Sache in der Textilfabrik letzte Nacht. Ich habe ihr wieder den Arsch gerettet. Ich habe mit meinen kleinen Projekten all meine Mittel aufgebraucht.« Sie lachte wieder, griff nach unten und zog Trinity hoch. »Die Drogenlakaien hier sind teuer geworden, seit ich das letzte Mal da war.«

Trinity schrie auf vor Schmerz, als Lila sie zur Tür zerrte. »Was machst du da?«, fragte Josie, unfähig, ihre Stimme nicht panisch werden zu lassen. »Wo bringst du sie hin?«

Lila ließ Trinity zur Seite fallen und ihr Körper knallte laut auf den Boden. Trinitys ersticktes Wimmern verwandelte sich in einen wütenden Schrei. »Lass mich in Ruhe, du perverse alte Schlampe!«

»Was hast du mit ihr vor?«, fragte Josie.

»Du wirst ihr schon bald Gesellschaft leisten«, antwortete Lila. Sie beugte sich über Trinity, was dieser noch mehr Schreie entlockte, und löste langsam ihre Fesseln. Sie zog Trinity nach oben, aber die fiel sofort um – ihre Beine hatten den Geist aufgegeben, weil sie so viele Stunden in der gleichen Position gefesselt gewesen war. »Du lernst besser ganz schnell laufen, Prinzessin«, sagte Lila zu ihr. Als Trinitys Beine erneut einknickten, seufzte Lila, schob ihre Arme unter Trinitys Achseln und zerrte sie aus dem Zimmer.

Josie hatte das Gefühl, als würde es ihr den Brustkorb zerquetschen. »Trinity!«, schrie sie.

»Josie!«, kam die Antwort. Es folgten Stöhngeräusche und Schläge, die Haustür öffnete und schloss sich wieder, und dann war es still.

Lila wollte Trinity umbringen.

Josie öffnete den Mund und schrie erneut aus voller Kehle.

76

Josie wusste nicht, wie viel Zeit vergangen war, aber plötzlich beugte sich ein Gesicht über sie. Nicht Lila. Ein Junge. In ihrer Panik brauchte sie einen Moment, um zu realisieren, was sie sah. Sie versuchte, sich zu erinnern, welcher Junge es war. Der mit den zotteligen Haaren war der Ältere. War es Troy oder Kyle?

»Kyle?«, krächzte sie.

Er nickte. In seinen Händen hielt er ein Gewehr, auf dessen Schaft die Aufschrift Red Ryder prangte. Ein Luftgewehr. Seine Unschuld und gleichzeitige Tapferkeit trieb ihr die Tränen in die Augen. »Kannst du mich losbinden?«

Er nickte erneut. Vorsichtig legte er das Gewehr auf das Bett neben ihr und half Josie, sich auf den Bauch zu drehen, damit er ihre Fesseln lösen konnte. Er mühte sich mehrere Minuten lang ab, bis Josie spürte, wie heiße Schweißtropfen von seinem Gesicht fielen und auf ihren Armen landeten. »Hol ein Messer«, sagte sie zu ihm. »Aus der Küche.«

Wortlos ging er weg, kam zurück und begann, vorsichtig an den Seilen zu sägen. Die beiden schwiegen und lauschten, ob Lila zurückkäme. Ihre Hände waren als Erstes frei, sodass sie sich auf den Rücken drehen und in einer Mischung aus Qual und Ekstase ihre Beine ausstrecken konnte. Kyle reichte ihr das Messer und sie sägte schnell die Seile an ihren Füßen durch. »Danke«, sagte sie zu ihm.

Er schnappte sich die Waffe von der Matratze und wandte sich zur Tür. Josie konnte sich ein Lächeln nicht verkneifen. Er wollte vor ihr gehen, um sie zu beschützen. »Ich gehe voran«, sagte sie. Dann stand sie auf und fiel sofort wieder auf den Boden. Sie war nicht so lange gefesselt gewesen wie Trinity, aber ihre Beine waren taub und schwach. Kyle half ihr beim Aufstehen und klemmte seine Schulter unter ihren linken Arm. Gemeinsam humpelten sie ins Wohnzimmer des Wohnwagens, wo ein Küchentisch stand, der mit Fast-Food-Verpackungen und Fläschchen für verschreibungspflichtige Medikamente bedeckt war. Auf der Couch lagen ein Laptop und zwei Handys.

Draußen war es dunkel, nur der goldene Schein der Außenlampe über der Eingangstür des Price-Wohnwagens war zu sehen. Die Luft war kühl, und nach einigen tiefen Atemzügen wurde Josies Kopf langsam wieder klar. Sie stützte sich auf Kyle und streckte ihre Beine so lange, bis sie wieder stehen konnte.

Kyle zeigte auf das dunkle Waldgebiet auf der anderen Straßenseite. »Sie sind in den Wald gegangen. Kommen Sie mit.«

Er ging ein paar Schritte auf den Wald zu, blieb stehen und drehte sich wieder zu ihr um. »Kommen Sie nicht mit?«

Josie wollte ihn am liebsten umarmen, aber stattdessen lächelte sie. »Kyle«, sagte sie. »Danke, dass du mich gerettet hast, aber jetzt kann ich allein weitermachen. Bei einer Sache brauche ich allerdings noch deine Hilfe. Du musst ins Haus gehen, deine Mutter aufwecken und sie bitten, den Notruf anzurufen. Sag ihnen, dass deine Nachbarin nebenan zwei Frauen entführt hat – eine Reporterin und die Polizeichefin –, und sag ihnen, dass sie uns in den Wald gebracht hat. Kannst du das tun?«

Er nickte ernst.

Josie legte ihre Hand auf seine Schulter. »Und dann möchte ich, dass du hierbleibst und auf die Polizei wartest, okay? Dann kannst du ihnen den Weg weisen.«

»Das schaffe ich«, versicherte er ihr.

»Danke«, sagte Josie. Sie wartete, bis er im Wohnwagen war, und verschwand dann in den von Mondlicht beschienenen Wald.

77

Von dem Moment an, als Josie den Pfad betrat, setzte ihr Gedächtnismuskel ein. Als sie und Ray Teenager waren, hatten sie sich unzählige Male nachts im Wald getroffen. Ihre Beine trugen sie in das Herz des Waldes, ohne dass sie bewusst darüber nachdachte. Josie war auf halbem Weg zu der Stelle, an der sie die Überreste von Belinda Rose gefunden hatten – und wo ihr Vater ermordet worden war –, als sie plötzlich innehielt. Sie versuchte, ihren Atem zu beruhigen und horchte auf das Knacken von Zweigen oder das Rascheln von Gestrüpp. Doch alles, was sie vernahm, waren das Zirpen der Grillen und der tiefe, klagende Ruf einer Eule. Ihr Herz klopfte so heftig, als würde es ihr aus dem Körper springen.

Als sich ihre Augen an die Dunkelheit gewöhnt hatten, nahmen die Bäume und Felsen um Josie herum Gestalt an. Das Mondlicht war hier stärker als in der Fabrik und drang durch die Baumkronen, die über ihr emporragten. So leise wie möglich suchte Josie nach dem nächsten Felsen, sprang darauf und schwang sich auf den niedrigen Ast eines Baumes. Sie klammerte sich an den Ast und nutzte ihren Aussichtspunkt, um den Wald abzusuchen. Sie glaubte, in der Ferne das flatternde Absperrband des Tatorts zu erkennen, wo sie Belinda Rose ausgegraben hatten. Links davon bewegte sich etwas, und dann hörte Josie etwas, das wie ein Wimmern klang. Trinity. Sie war noch am Leben.

Josie sprang auf den Boden und rannte in Richtung des Tatorts – ihre steifen Beine arbeiteten nun wieder schneller. Das Wimmern wurde lauter, als sie sich dem Loch näherte, aus dem Dr. Feist die Überreste von Belinda ausgegraben hatte. Josie lief langsamer und blieb stehen.

Plötzlich schoss ein Schmerz durch ihre Schultern und sie stürzte kopfüber in das schwarze Loch und landete mit dem Gesicht voran in einem Haufen loser Erde. Als sie sich auf die Seite rollte, stieß ihr Arm gegen etwas, das sich wie Haut anfühlte. Als sie herumtastete, berührte sie Trinitys Ellenbogen. Josie fuhr mit den Fingern über Trinitys liegenden Körper und versuchte, ihre Fesseln zu ertasten. »Trinity!«, flüsterte Josie und umklammerte den harten Knoten an ihrer Schulter. »Trinity, ich bin hier.«

Über ihnen spiegelte sich das Mondlicht in Lilas blassem Gesicht. In Lilas Händen glänzte die Kante einer Schaufel. Ein Haufen Erde traf Josies Gesicht.

Sie wollte sie lebendig begraben.

Josie gab den Versuch auf, Trinity loszubinden. Sie kämpfte sich auf die Füße, tastete an den Rändern des Lochs herum und versuchte, Halt zu finden. Ihre Finger schlossen sich um eine Baumwurzel, die aus der Erde ragte. Sie stellte einen Fuß darauf und hievte sich hoch. Lila stand oben und wartete, die Schaufel hoch über ihren Kopf erhoben. Sie schlug so hart zu, wie sie konnte, aber Josie rollte zur Seite und wich ihr knapp aus. Josie stolperte vorwärts, doch ihr Fuß blieb an einem Stein hängen und sie geriet ins Schleudern. Sie stürzte, bremste sich mit beiden Händen ab und spürte, wie die Kante der Schaufel an ihrem Kopf vorbeirauschte. Josie rappelte sich auf und drehte sich auf den Rücken, während Lila erneut die Schaufel schwang. Josie wich so schnell sie konnte zurück. Die Angst schnürte ihr die Kehle zu, doch diesmal erwischte die Schaufel ihren Unterarm, was ein scheußliches Krachen verursachte und eine Welle von weißglühendem Schmerz durch Josies Arm jagte. Übelkeit durchzuckte ihren Körper. Sie zog ihren leblosen Arm an ihren Körper und schlurfte weiter nach hinten, um Abstand zwischen sich und Lila zu bringen.

Lila hob die Schaufel ein weiteres Mal und lachte irre. »Komm schon, kleine JoJo. Darauf habe ich schon lange gewartet. Hör auf fortzurennen. Sei ein braves Mädchen.«

Ein Knall ertönte, und Lila erstarrte. Die Schaufel fiel zu Boden und ihre Hände flogen an ihren Kopf. »Was zur Hölle?«, murmelte sie.

Ein weiterer Knall tönte durch die Nacht. Dann noch einer, und noch einer. Jedes Mal zuckte Lila erschrocken zusammen. Josie wirbelte herum und suchte den Wald ab. Ihr verwirrtes Gehirn brauchte einen Moment, um zu erkennen, was das – das Luftgewehr von Kyle Price. Josie rappelte sich auf und hob mit ihrer gesunden Hand die Schaufel auf. Sie rannte auf Lila zu und holte zu einem wilden Schlag aus, der Lilas Rücken traf – ein Volltreffer in die Nieren. Lila stürzte zu Boden. Josie wich zurück und schlug erneut zu, traf aber nicht. Lila streckte eine Hand aus und schlang sie um Josies Knöchel, um sie aus dem Gleichgewicht zu bringen. Josie schlug erneut zu. Die Schaufel prallte an Lilas Schulter ab, traf sie aber gerade so kraftvoll, dass Lila Josies Bein losließ.

Josie drehte sich um und rannte zurück zu Trinity.

»Hör auf, JoJo«, keuchte Lila. »Ich bin deine Mutter, hast du das vergessen?«

»Du bist nicht meine Mutter«, sagte Josie über die Schulter. »Du hast mich meiner Mutter weggenommen.«

»Ich habe dich großgezogen.«

»Nein, du hast mich verletzt, du hast mich missbraucht, du hast versucht, mich zu verkaufen. Du bist keine Mutter.«

Lilas Stimme kam näher. »Ich bin die Einzige, die du je hattest.«

»Hast du den Verstand verloren? Du hast versucht, mein Leben zu ruinieren, und du hast gerade versucht, mich zu töten.«

Josie drehte sich um, und Lila stand direkt vor ihr. Josie hob die Schaufel über ihren Kopf, aber Lila riss sie ihr aus der Hand. Während sie um die Schaufel kämpften, änderte Lila ihre Taktik und schnaubte: »Ich habe Geld. Ich gebe dir Geld. Gib mir die verdammte Schaufel. Wir begraben die Reporterin zusammen und gehen getrennte Wege. Keiner muss davon erfahren. Komm schon, ich sterbe. Ich will nicht im Gefängnis sterben.«

»Es ist mir scheißegal, was du willst«, sagte Josie. »Es ist vorbei. Du bist erledigt. Du bist damit fertig, Leben zu ruinieren. Ich werde dafür sorgen, dass du für den Rest deines beschissenen Lebens im Gefängnis verrottest.«

Josie gewann den Kampf um die Schaufel und brachte Lila aus dem Gleichgewicht. Lila taumelte nach hinten, fiel aber nicht hin. Als Josie sich abwandte, um zu fliehen, schoss Lilas Arm vor und stieß gegen Josies Rücken. Der Boden stürzte auf Josies Gesicht zu. Sie ließ die Schaufel fallen und versuchte, den Sturz mit ihrer gesunden Hand abzufangen. Als Josie auf dem Boden aufschlug, rollte sie sich ab. Sie verlor Lila aus den Augen und bewegte sich weiter, um Lila keine Angriffsfläche zu bieten. In der Nähe ertönten Schritte, und dann hörte Josie wieder das Knallen des Luftgewehrs.

»Schluss damit!«, rief Lila.

Plopp. Plopploplopp.

Josie richtete sich auf und kam wieder in den Stand. Lila wandte sich etwas von ihr ab, ihre Augen suchten nach der Quelle der Schüsse. Die Schaufel hing lose in ihrer Hand. Hinter ihr sah Josie die zwei anderen mit Tatortbändern abgesperrten Löcher, die die Price-Brüder gegraben hatten. Josie drückte ihren gebrochenen Arm an ihren Körper, stellte sich in die Startposition eines Läufers, reckte ihr Kinn hoch und rannte so schnell sie konnte. Sie rammte Lilas Oberkörper mit der Schulter und die beiden flogen in eines der leeren Löcher. Lilas fleischiger Körper federte Josies Sturz ab. Sie hörte, wie Lila nach Luft rang, wie ihr Widerstand brach. Schweiß rann Josie von der Stirn, als sie mit einem Arm mühevoll Lilas Körper umdrehte und ihr Gesicht in die lose Erde drückte. Sie setzte sich auf Lilas Beine und schrie Kyle zu, er solle Hilfe holen.

Lichtstrahlen von Taschenlampen schnitten durch die Bäume. Josie hörte Rufe und das Geräusch von Stiefeln, die über den Waldboden stapften, und dann Noahs Stimme, die ihr Tränen in die Augen trieb. »Josie!«

»Hier!«, rief sie zurück.

Ihre Mitarbeiter stürmten herbei. Etwa sechs von ihnen eilten zu dem Erdloch und leuchteten mit ihren Taschenlampen auf sie herunter. »Trinity ist da drüben«, sagte sie. »In dem anderen Loch. Einem der anderen Löcher. Sie braucht Hilfe.«

»Wir holen sie«, sagte Noah. Josie hörte noch mehr Stiefel über den Boden stampfen. Schreie. Die Nacht war erhellt vom Licht der Taschenlampen. Zwei ihrer Beamten kletterten zu ihr und Lila in das Loch. Sie fesselten Lilas Hände auf dem Rücken und hoben Josie dann hoch, aus dem Loch – und in Noahs Arme.

78

Josie saß in einem Vinylstuhl neben dem Bett, das sie Trinity in der Notaufnahme von Denton gegeben hatten, und döste vor sich hin. Trinity war stark dehydriert und hatte Wunden an den Hand- und Fußgelenken, dort, wo Lila sie gefesselt hatte. Ihr Gesicht war geschwollen und in verschiedenen Blau-, Schwarz- und Grüntönen verfärbt. Ihre Nase war gebrochen, wie Josie es vermutet hatte, und eine Computertomografie ihres Kopfes hatte ein kleines Hämatom ergeben, aber sie musste zum Glück nicht operiert werden. Ein paar Rippen und zwei ihrer Finger waren gebrochen, aber sie würde überleben.

Eine Hand berührte ihre Schulter, Josie richtete sich auf und ein ungewollter Schrei entrann ihren Lippen. »Ist schon gut, Boss«, sagte Gretchen sanft. »Ich habe ihnen gesagt, dass ich Sie holen werde. Sie müssen jetzt zur OP-Vorbereitung gehen. Noah wird bei Ihnen sein.«

Josie war in der Notaufnahme gründlich untersucht und geröntgt worden. Ihr Arm war so schwer gebrochen, dass sie operiert werden musste. Die Krankenschwestern wollten sie in einem abgetrennten Bereich warten lassen, aber Josie hatte sich geweigert und an Trinitys Bett Wache gehalten. Josie blickte zu ihrer Schwester und dann wieder zu Gretchen. »Wann werden ihre Eltern hier sein?«

»Gleich«, sagte Gretchen.

Josie stand auf und ließ sich von Gretchen unterhaken, die sie durch den Flur zu weiteren kalten, hellen und sterilen Räumen führte. Benommen und schweigend zog Josie die Krankenhauskleidung an und überließ alles Weitere dem Pflegepersonal. Hände tasteten sie ab, maßen ihren Blutdruck und ihre Körpertemperatur, legten ihr Infusionen und spritzten ihr Medikamente in die Venen, die sie entspannten und schläfrig machten. Eine sanfte Ruhe überkam sie, für die sie sehr dankbar war. Als Noah an ihr Bett kam, zog ein breites Lächeln über ihr Gesicht und sie streckte ihre gesunde Hand nach ihm aus.

Er ergriff ihre Hand und strahlte sie an. »Nun«, sagte er, »ich sehe schon, was immer sie dir geben, es ist besser als Wild Turkey«.

Sie lachte. Zumindest in Gedanken.

Dann wurde sie einen langen Flur hinuntergerollt. Sie kamen an Trinitys Zimmer vorbei und Josie sah, wie Shannon Payne ihre Tochter umarmte und weinend ihr Gesicht in Trinitys verfilztes Haar drückte. Selbst im Halbschlaf war Josie verblüfft darüber, wie sehr Shannon Payne ihr ähnelte. Wie konnte Lila all die Jahre damit durchkommen, Josie als ihre Tochter auszugeben? Das spielte jetzt keine Rolle mehr. Das Schlimmste war überstanden. Lila würde ins Gefängnis gehen. Josie schloss die Augen, sie war zu müde zum Denken.

Als sie sie wieder öffnete, befand sie sich in einem riesigen Raum, in dem viele Menschen herumliefen. Die Luft war eiskalt. Eine Krankenschwester mit einer OP-Haube drückte ihr eine Ampulle mit Medikamenten in den Tropf. »Ich werde Sie gleich bitten, von zehn rückwärts zu zählen, meine Liebe«, sagte sie. »Dann werden Sie den besten Schlaf Ihres Lebens haben.«

Josie lächelte die Krankenschwester an. Das war genau das, was sie brauchte. Sie öffnete den Mund, um »zehn« zu sagen, aber der Schlaf kam ihr zuvor.

79

Josie hockte auf der Kante des Plastikstuhls, den das Bezirksgefängnis ihr bereitgestellt hatte. Die Wände einer Kabinenbox schlossen sie von beiden Seiten ein. Der Besucherbereich war durch dickes Glas vom Häftlingsraum getrennt. *Nicht dick genug*, dachte Josie, als Lila Jensen auf den Platz ihr gegenüber geführt wurde. Der Wärter ließ Lila in Handschellen gefesselt und drückte sie auf einen Stuhl. Lila warf ihm einen bösen Blick zu, als er etwas sagte, das Josie nicht verstand. Dann ging er weg, blieb mit verschränkten Händen in der Ecke des Raumes stehen und starrte Lila an, als könnte sie jeden Moment aufspringen und auf jemanden losgehen. Aber es gab nur zwei andere Häftlinge, die Besucher hatten, und die saßen einige Plätze von Lila entfernt.

Lilas Gesicht war schlaff und gelb. Josie wusste nicht, ob die Gelbsucht von ihrem Kampf im Wald herrührte oder ob Lilas Leber ihr nun schließlich doch den Dienst versagte. Sie hatte sich geweigert, den Ärzten im Denton Memorial zu sagen, wo sie wegen ihrer Krebserkrankung behandelt worden war oder welchen Decknamen sie vor ihrer Verwandlung in Barbara

Rhodes benutzt hatte. Ein örtlicher Onkologe konnte zumindest feststellen, dass sie an Eierstockkrebs litt. Lila hatte mindestens eine Operation sowie Strahlentherapie und Chemotherapie hinter sich, aber der Krebs war zurückgekehrt und hatte sich in ihrem Körper ausgebreitet. Man gab ihr noch zwei Monate zu leben. Josie war sich sicher, dass Lila niederträchtig genug war, um länger zu leben, als der Arzt prognostiziert hatte – vielleicht sogar mehrere Jahre länger. Josie wusste immer noch nicht, was ihr mehr Freude bereiten würde – um Lilas Tod zu wissen oder zu wissen, dass sie im Gefängnis saß und litt.

Lila lächelte Josie an und nahm den Telefonhörer auf ihrer Seite der Glaswand ab.

Josies rechter Arm war mit einem Gipsverband versehen und steckte in einer Schlinge, also nahm sie mit der linken Hand den Hörer ab und drückte ihn an ihr Ohr.

»Hätte nicht gedacht, dich wiederzusehen, JoJo. Außer im Fernsehen. Ich bin es leid, dein Gesicht zu sehen, um die Wahrheit zu sagen.«

Josie war es auch leid, ihr Gesicht im Fernsehen zu sehen, aber das ließ sich nicht vermeiden. Trinity war Korrespondentin eines nationalen Nachrichtensenders und sie hatte nun die Story ihres Lebens. Gerüchten zufolge war der Sender so gierig auf ihre und Josies Geschichte, dass er daran arbeitete, Trinity eine Stelle als Moderatorin zu verschaffen.

Josie kam gleich zur Sache. »Ich will die Namen deiner Komplizen.«

»Was meinst du?«, fragte Lila.

»Du weißt, was ich meine. Jeder, der dir bei deinen ... Wie nanntest du es? Bei deinen ›Projekten‹ geholfen hat. Jeden, den du dafür bezahlt hast, Anzeigen bei Craigslist aufzugeben oder in mein Haus einzubrechen oder Trinity und ihre Familie zu stalken. Oder Trinity im Auto wegzubringen. Oder mein Auto zu Ted's Body Shop zu fahren und es dann wieder zu meinem Haus zurückzubringen.«

Lila lachte, ihre dunkelblauen Augen funkelten. »Nein«, sagte sie.

»Ich kann dafür sorgen, dass du es hier drin bequemer hast«, bot Josie an. Sie hasste es, Lila überhaupt ein Angebot machen zu müssen, aber was sie noch mehr hasste, war der Gedanke an all die namenlosen, gesichtslosen Menschen in Denton, die Lila dabei geholfen hatten, ihre verrückten Pläne auszuführen.

»Du kannst mich mal«, sagte Lila. »Du glaubst wohl, ich gönne dir dein Happy End, JoJo? Nein, das wirst du nicht bekommen. Nicht von mir. Du hast da draußen im Wald eine Wahl getroffen. Du hättest mich gehen lassen können.«

»Ich habe eine Wahl getroffen?«, fragte Josie ungläubig. »Ich hatte nie eine Wahl. Niemals. Du hast sie mir genommen, als ich gerade mal ein paar Wochen alt war.«

»Ach, du willst dieses Spiel spielen? Wessen Kindheit war schlimmer? Du willst nicht wissen, was mir passiert ist.«

Josie beugte sich vor. »Du irrst dich. Ich will es wissen. Deine Pflegeakte wurde vernichtet. Es ist nichts mehr da. Ich weiß nicht einmal, woher du kommst.«

Lila dachte einen Moment lang nach. Dann krallte sich ihre Hand um den Hörer. »Ich sag dir was, JoJo. Du bist doch Detective, oder? Eine große Polizeichefin und so weiter. Ich gebe dir einen Hinweis. Wenn du es herausfindest, bevor ich sterbe, gebe ich dir die Namen.«

»Was für einen Hinweis?«, fragte Josie.

Lila legte den Hörer auf und erhob sich. Der Wachmann hinter ihr erschrak, legte die Hand an seine Waffe und trat einen kleinen Schritt auf sie zu. Sie beugte sich vor, öffnete den Mund und hauchte das Glas an, bis es beschlug. Mit einem Finger zeichnete sie eine Reihe von Buchstaben und Zahlen in das beschlagene Glas.

OY 9555

Dann wandte sie sich ab und gab dem Wächter ein Zeichen. Josie sah zu, wie die Nachricht verblasste und Lila Jensen in die Eingeweide des Gefängnisses zurückgeführt wurde.

80

In eine Decke eingekuschelt und mit der Fernbedienung in der unverletzten Hand döste Josie auf Noahs Couch vor sich hin. Sie schaute Wiederholungen von *Ally McBeal* und wartete darauf, dass die Schmerzmittel das Pulsieren in ihrem Arm dämpften. Josie war wieder in ihr Haus zurückgekehrt, hatte das Küchenfenster ausgetauscht, die Wände ihres Schlafzimmers neu gestrichen, die zerstörte Bettwäsche ersetzt und ein neues Schmuckkästchen gekauft. Aber sie fühlte sich nicht wohl, nicht so sicher wie hier in Noahs Haus, wo keine gierigen Reporter vor der Tür lauerten, die sie anschrien und um Fotos und Kommentare konkurrierten. Bei Noah fühlte sie sich geborgen und sicher. Er hatte ihr versichert, dass sie so lange bei ihm bleiben konnte, wie sie wollte. Er versuchte, so oft wie möglich bei ihr zu sein, aber Lilas Fall musste abgeschlossen werden und es gab so viel zu tun, dass er immer nur für ein paar Stunden zu Hause war.

Die Fernbedienung fiel ihr aus der Hand, als sie hörte, wie die Haustür geöffnet und geschlossen wurde. Sie blinzelte die Müdigkeit weg und lächelte, als Noah eintrat. Er grinste sie an, stellte eine große Holzkiste auf den Couchtisch und drückte ihr einen Kuss auf die Stirn. »Wie fühlst du dich?«, fragte er.

Josie hob ihren Gipsarm. »So, als hätte mir jemand den Arm mit einer Schaufel gebrochen.«

»Das tut mir leid«, sagte Noah.

Josie zuckte mit den Schultern. »Das heilt schon wieder.«

»Hast du Lilas Nachricht schon entschlüsselt?«

Sie schüttelte den Kopf. »Ich werde darüber schlafen. Es wird mir schon einfallen. Was ist das?«

Noah tippte mit der Hand auf die Schachtel. »Das haben wir in Lilas Wohnwagen gefunden. Ich dachte, du möchtest vielleicht einen Blick darauf werfen.«

Josie legte die Decke weg, ließ die Beine auf den Boden sinken und setzte sich an den Rand der Couch. »Silberbesteck?«, fragte sie. Die Kiste sah aus wie der alte Karton, in dem Lisette früher ihr teures Silberbesteck aufbewahrt hatte. Sie hatte es Josie und Ray geschenkt, als sie nach Rockview zog. Josie erinnerte sich daran, denn sie hatte sich mit Ray darüber gestritten. Josie war der Meinung, sie sollten das Besteck benutzen, denn was sollte man sonst damit machen? Ray war der Meinung, es sei zu hochwertig, um regelmäßig benutzt zu werden. Die Kiste stand immer noch unberührt in Josies Garage.

»Nein«, sagte Noah. »Ich meine, ich glaube, früher war Silberbesteck in der Kiste, aber jetzt ... ich weiß es nicht. Sieh selbst nach.«

Josie griff nach vorn und hob den Deckel an. Das Innere war mit dunkelrotem Samt ausgekleidet, der an vielen Stellen abgenutzt war. In der Kiste befanden sich mehrere Schmuckstücke, darunter auch Schmuck, den Needle aus Josies Haus mitgenommen hatte. Sie wühlte sich durch die Gegenstände, bis sie fand, wonach sie gesucht hatte. Tränen stiegen ihr in die Augen, als sich ihre Finger um ihren alten Verlobungsring schlossen, dann um den Anhänger, den Ray ihr zum Highschool-Abschluss geschenkt hatte. An einem normalen Tag hätte der Anblick der beiden Schmuckstücke ihr einen Stich ins Herz versetzt, aber jetzt machten sie sie glücklich. Sie waren Relikte des Lebens, das sie sich trotz all dem, was Lila ihr angetan hatte, aufgebaut hatte. Symbole für die großen Lieben ihres bisherigen Lebens.

Sie legte den Schmuck beiseite und betrachtete verschiedene Zeitungsausschnitte, darunter einen über den Brand im Hause Payne. Es gab auch Fotos – hauptsächlich von Männern, darunter Josies Vater – und weitere Schmuckstücke, die für Josie wenig Bedeutung hatten und deren Wert sie nicht kannte. Belinda Roses Medaillon war dabei, mit einer winzigen Locke von Andrew Bowens Haar darin. »Das musst du Andrew Bowen geben«, sagte Josie.

»Natürlich«, antwortete Noah.

Sie nahm einen langen lilafarbenen Schal aus der Kiste, der um etwas Weiches gewickelt war. Als sie ihn aufrollte, entrann ihr ein Keuchen. »O mein Gott.«

In ihren Händen, das kleine Gesicht mit rostfarbenen Blutflecken bedeckt, lag Wolfie.

Josie saß an einem Tisch im hinteren Bereich von Komorrah's Koffee; sie hatte ihr schwarzes Haar zu einem Pferdeschwanz gebunden und trug eine Baseballkappe. Es war ihr gelungen, der Presse zu entkommen, obwohl das Café sich ganz in der Nähe des Polizeireviers befand. Dort hatten sich mehrere Reporter versammelt, die darauf hofften, jemanden aus dem Revier zu erwischen, der ihnen Informationen über den sensationellen Fall von Lila Jensen geben könnte. Bis ihr Eifer nachließ, würde es Monate dauern.

Das Windspiel über der Cafétür bimmelte, als Gretchen eintrat. Josie lächelte und winkte sie zu sich herüber. Gretchen setzte sich ihr gegenüber in die Sitzecke und zog eine Akte aus ihrer Jacke.

»Haben Sie sie bekommen?«, fragte Josie.

Gretchen schob die Akte über den Tisch. »Ja, ich habe sie. Es ist alles da.«

Josies Finger strichen über den Rand der Mappe. »Haben Sie sie gelesen?«

»Ja, das habe ich.«

Josie winkte die Kellnerin heran, und Gretchen bestellte

einen großen Kaffee. Josie hatte bereits mehrere Gebäckteilchen gekauft. Sie schob den Teller über den Tisch zu Gretchen hinüber und drehte ihn so, dass das süße Plunderteilchen mit Pekannuss-Kruste direkt vor Gretchens Nase lag. Gretchen beäugte das Gebäck, als würde sie einen Feind abtaxieren. »Wir werden gleich über toxische Mütter sprechen«, sagte Josie. »Sie werden das hier brauchen.«

Gretchen lachte, griff nach dem Gebäck und biss herzhaft hinein. Ein kleines Stückchen Pekannuss blieb an ihrer Unterlippe hängen. »Sie sollten besser auch etwas essen, denn die Mutter von Lila Jensen ist die Mutter aller toxischen Mütter.«

Josie wählte ein Plunderstück mit Frischkäsefüllung und verschlang es in drei Bissen. Gretchen ließ sich ihr Gebäck in Ruhe schmecken und musterte Josie, während sie aß. »Haben Sie schon geweint?«

Josie schüttelte den Kopf. Sie wischte sich die Hände an einer Serviette ab und nippte an ihrem Milchkaffee.

»Sie werden weinen müssen«, sagte Gretchen sachlich. »Ich meine, tun Sie es einfach. Sie müssen etwas von diesem Druck ablassen.«

Josie nickte.

»Haben Sie sich mit den Paynes getroffen?«, fragte Gretchen.

Josie nickte.

»Gewissermaßen. Sie kamen ins Krankenhaus. Meine Großmutter hat eine Dinnerparty vorgeschlagen. Mit den Paynes und meinen Leuten. Sie glaubt, in einer Partyatmosphäre wird es leichter für mich.«

Josie war kaum aus dem OP-Saal heraus, als Shannon und Christian Payne mit ihrem Sohn Patrick in ihr Zimmer stürmten. Shannon hatte Josie in die Arme genommen, sie festgehalten, geweint und ihr Dinge zugeflüstert, an die Josie sich nicht mehr erinnern konnte. Christian und Patrick hatten sich zurückgehalten, der Teenager wirkte verlegen und unbeholfen, und seinem Vater, der reglos dastand und schwieg, liefen Tränen über die Wangen. Zwei Tage später war Trinity mit einem Brief-DNA-Test aufgetaucht, und sie und Josie hatten im Schneidersitz auf dem Krankenhausbett gesessen, in die winzigen Fläschchen gespuckt und wie Teenager gelacht.

Josie legte eine Handfläche auf die Akte. »Sagen Sie mir, was drinsteht?«

»Natürlich«, sagte Gretchen. Sie nippte an ihrem Kaffee und faltete dann die Hände auf der Tischkante. »Sie hatten recht. Bei dem Hinweis, den Lila Ihnen gab, handelt es sich um eine Häftlingsnummer. Lila Jensens Mutter verbüßt fünf Mal lebenslänglich im Hochsicherheitsgefängnis.«

Josies Augen weiteten sich. »Fünf Mal lebenslänglich?«

»Sie wird als Roe Hoyt geführt, aber das ist nur der Name, den man ihr gab, als man sie fand.«

»Wovon reden Sie?«

»Roe Hoyt lebte allein in einer Hütte hoch oben in den Wäldern von Sullivan County. Dort gab es weder Strom noch fließendes Wasser. Das Land gehörte eigentlich dem Staat, sie lebte also nicht auf dem Land irgendeiner Familie. Man vermutet, die Hütte war ein altes Wildhüter-Haus – ein Ort, an dem die Wildhüter Schutz suchten, wenn sie zu weit draußen in der Wildnis waren. Seit vielen Jahren war dort niemand mehr gewesen.«

Josie fragte: »Wer hat sie gefunden?«

»Jäger«, sagte Gretchen. »Sie schreckten vor ihr zurück, weil sie kaum sprach, sondern nur Geräusche machte – einer dieser Laute war *Roe*, daher ihr Name. Sie sah wild aus, war schmutzig und verwahrlost. Sie hätten sie vielleicht in Ruhe gelassen, aber sie hatte ein kleines Mädchen.«

Josie spürte ein flaues Gefühl im Magen. »Lila.«

Gretchen nickte. »Die Jäger sagten, dass sie ihr Alter auf etwa fünf Jahre schätzten. Sie rannte splitternackt durch den Wald wie ein wildes Tier. Sie versuchten, sie mitzunehmen, aber sie griff sie an. Genauso wie Roe. Also kehrten sie in die Zivilisation zurück und verständigten die Behörden. Die Polizei kam zur Hütte und nahm die beiden in Gewahrsam. Als sie die Hütte durchsuchten, fanden sie die Überreste von fünf Säuglingen.«

»Mein Gott«, sagte Josie.

»Das Kind kam in eine Pflegefamilie. Ihre erste Pflegemutter nannte sie Lila und gab ihr den Nachnamen Jensen. Lila war in ihrer Entwicklung verzögert und zeigte jede Menge Verhaltensstörungen. Die Jensens kamen nicht mit ihr zurecht, also wurde sie von einer Pflegefamilie zur nächsten gereicht. Das steht nicht in dieser Akte. Ich weiß es von Alona Ortiz. Sie hatte Lilas Pflegeakte gelesen, bevor Malcolm Bowen sie vernichtete.«

»Das hat sie Ihnen erzählt?«

»Der Staatsanwalt ist nicht daran interessiert, Ortiz strafrechtlich zu verfolgen. Sie hat mit ihm ausgehandelt, alles zu sagen, was sie weiß. Sie wird gegen Lila und Sophia aussagen. Sie war es übrigens, die Belinda geholfen hat, als sie zum ersten Mal aus Maggie Smiths Haus fortlief, um ihr Baby zu bekommen. Malcolm Bowen bezahlte sie dafür, dass sie Belinda eine Unterkunft zur Verfügung stellte, bis das Baby kam. Dann sorgte er dafür, dass Andrew in das Pflegesystem aufgenommen wurde, und bestach noch ein paar Leute, um ihn adoptieren zu können. Jedenfalls ist Lila Jensen alles Schlechte widerfahren, was einem Kind in einer Pflegefamilie zustoßen kann.«

»Mein Gott«, sagte Josie.

Sie versuchte, sich Lila als kleines Kind vorzustellen. Verwildert, gezwungen in eine Welt, die sie nicht verstand, eine Welt voller Menschen, denen sie nicht trauen konnte. Hatte sie je eine Chance gehabt?

Gretchen tippte auf die Akte. »Sie können sie behalten. Eines Tages werden Sie bereit sein, sie zu lesen.«

Sie probierten zwei weitere Gebäckteilchen und die Kellnerin füllte ihren Kaffee auf. Um das Thema zu wechseln, fragte Gretchen: »Hat Tara mit Ihnen gesprochen?«

»Ja. Sie hat mich beurlaubt und gesagt, dass ich in meinen Posten als Chief zurückkehren kann, wenn mein Krankenurlaub beendet ist. Ich habe Nein gesagt.«

Gretchen verschluckte sich an dem Plunderstück, das sie sich gerade in den Mund gestopft hatte. Sie hustete und spuckte in eine Serviette. »Was?«

»Ich will nicht Chief sein«, sagte Josie. »Das wollte ich nie. Tara will mich nur zurück, damit sie nicht schlecht dasteht, weil sie mich gefeuert hat, als ich herausfand, dass mein ganzes Leben eine Lüge ist. Ich habe ihr gesagt, sie soll eine neue Dienststelle als Detective für mich beantragen, und ich werde wieder das tun, was ich vor Chief Harris' Tod getan habe.«

»Was hat sie dazu gesagt?«

»Ich weiß es nicht«, sagte Josie. »Ich habe nicht mehr zugehört, nachdem sie sagte: ›Sie haben vielleicht Nerven‹.«

Gretchen lachte. »Sie wird's schon akzeptieren.«

82

EINEN MONAT SPÄTER

Josies Haus duftete nach Nudelsoße und Knoblauchbrot. Von ihrem Platz auf dem Wohnzimmersofa konnte sie den laufenden Wasserhahn und das Klirren von Geschirr hören. Sie hörte, wie Rays Mutter und Misty sich unterhielten und lachten, obwohl sie nicht verstand, was sie sagten. Harris schlief tief und fest an Josies Brust. Er hatte den Kopf zu Lisette gedreht, die neben Josie saß und Harris' feines blondes Haar streichelte.

»Das riecht gut«, kommentierte Lisette. »Mrs. Quinn hat gesagt, dass Misty die Pasta selbst gemacht hat. Selbstgemachte Nudeln! Wer hätte gedacht, dass die Stripperin kochen kann?«

»Grandma!« mahnte Josie.

Lisette lachte und strich mit einem ihrer arthritischen Finger über Harris' rosige Wange. »Ihr seid ein seltsames Gespann, ihr beiden.«

»Ich helfe ihr nur«, sagte Josie. »Sie ist gar nicht so übel. Ich kann viel Zeit mit dem kleinen Harris verbringen.«

Ein kühler Luftzug kündigte Noahs Ankunft an. Er schloss die Haustür hinter sich, sah sich um, und sein Blick fiel auf Josie. Er grinste breit. In seinen Armen trug er eine große Tasche. »Ich habe drei verschiedene Weinsorten besorgt«, rief er vom Foyer herüber. »Ich war mir nicht sicher, welcher Wein zu einem Treffen mit einer verschollenen Tochter passt, die man dreißig Jahre lang für tot hielt.«

»Die Antwort lautet: alle Weinflaschen zusammen«, sagte Josie.

Noah lachte und machte sich auf den Weg in die Küche. Lisette stieß Josie mit dem Ellenbogen an, ihre Augen funkelten. »Du verbringst neuerdings auch viel Zeit mit diesem gutaussehenden Typen, nicht wahr?«

»Nun mal langsam, Grandma, wir sind immer noch Arbeitskollegen.«

»Aha? Du hast keinen höheren Rang mehr als er, richtig? Du und Ray, ihr wart verheiratet, und ihr habt beide für die Polizei von Denton gearbeitet. Das ist doch durchaus möglich.«

»Nicht jetzt, Grandma«, sagte Josie, aber sie spürte, wie sie unwillkürlich lächeln musste. Harris regte sich, und Lisette hob ihn von Josies Brust und wiegte ihn in ihren Armen. Josie stand auf und spähte aus dem Fenster.

»Nicht nervös sein«, sagte Lisette.

Josie wandte sich vom Fenster ab. Nicht nervös zu sein war keine Option: Es war schlicht und einfach nicht möglich. Es gab keine Ratgeber oder Handbücher für eine solche Situation. Sie wusste nicht, ob sie aufgeregt war oder Angst davor hatte, mehr Zeit mit ihren Blutsverwandten zu verbringen – ein bisschen von beidem, ehrlich gesagt.

Josie setzte sich wieder neben Lisette. »Grandma, ist das in Ordnung für dich? Ganz ehrlich? Ich muss das nicht weiterverfolgen.«

Lisette hob eine Augenbraue. »Unsinn. Du kannst nicht vor deiner Familie weglaufen.«

»Aber du ...«

Lisette tätschelte Josies Knie. »Ich werde immer deine Großmutter sein. Du wirst immer zu mir gehören. Aber jetzt gehörst du auch zu ihnen, und das ist in Ordnung. Um ehrlich zu sein, bin ich froh, dass du das herausgefunden hast.«

»Froh?«

Lisette nickte. »Ich werde nicht jünger, Liebes.«

»Grandma.«

»Eines Tages werde ich nicht mehr da sein. Dieser Tag wird früher oder später kommen. Es beruhigt mich zu wissen, dass du Menschen hast, die sich um dich kümmern.«

Josie lehnte ihren Kopf an Lisettes Schulter. »Danke, Grandma.«

Einen Moment später läutete es an der Tür. Josie sprang auf und ging ins Foyer. Sie blickte zurück in die Küche. Noah, Misty und Rays Mutter standen an der Küchentür und lächelten ihr aufmunternd zu.

Josie holte tief Luft und öffnete die Tür.

EIN BRIEF VON LISA

Ich möchte mich ganz herzlich dafür bedanken, dass Sie sich entschieden haben, *Das Grab ihrer Mutter* zu lesen. Wenn Ihnen das Buch gefallen hat und Sie sich über meine neuesten Veröffentlichungen informieren möchten, melden Sie sich bei dem folgenden Link an. Ihre E-Mail-Adresse wird nicht weitergegeben und Sie können sich jederzeit wieder abmelden.

www.bookouture.com/bookouture-deutschland-sign-up

Vielen Dank, dass Sie in die fiktive Stadt Denton im Bundesstaat Pennsylvania zurückgekehrt sind, um Josie Quinn bei ihrem neuesten Abenteuer zu begleiten! Ich hoffe, Sie bleiben auch weiterhin dabei, wenn Josie in ihre Position als Detective zurückkehrt und weitere spannende Fälle löst.

Ich freue mich immer über Rückmeldungen meiner Leser und Leserinnen. Sie können mich über die unten gelisteten sozialen Medien sowie über meine Website und die Website von Goodreads erreichen. Falls Sie Lust haben, können Sie auch eine Kritik verfassen und *Das Grab ihrer Mutter* vielleicht anderen Lesern empfehlen. Kritiken und mündliche Empfehlungen haben eine Menge dazu beigetragen, dass Leser zum ersten Mal eines meiner Bücher in die Hand bekommen. Wie immer vielen Dank für Ihre Unterstützung! Sie bedeutet mir alles! Ich kann es kaum erwarten, von Ihnen zu hören. Hoffentlich sehen wir uns bald wieder!

Vielen Dank, Lisa Regan

DANKSAGUNGEN

Wie immer muss ich zuallererst meinen wunderbaren Lesern, Leserinnen und treuen Fans danken! Vielen Dank für Ihre Begeisterung und Leidenschaft und dafür, dass Sie mich auf dieser wundervollen Reise begleiten. Ich danke meinem Mann Fred und meiner Tochter Morgan für ihre unendliche Geduld und ihre unermüdliche Unterstützung. Danke an Nancy S. Thompson, Dana Mason und Katie Mettner – meine ersten Leserinnen und die besten Schriftsteller-Freundinnen, die man sich als Autorin nur wünschen kann! Ich danke meinen Eltern – William Regan, Donna House, Rusty House, Joyce Regan und Julie House – für ihre anhaltende Unterstützung. Vielen Dank an die folgenden »üblichen Verdächtigen« – Menschen in meinem Leben, die mich unterstützen und ermutigen, Werbung für meine Bücher machen und mich auch sonst in Schwung halten: Carrie Butler, Ava McKittrick, Melissia McKittrick, Torese Hummel, Christine & Kevin Brock, Laura Aiello, Helen Conlen, Jean & Dennis Regan, Marilyn House, Tracy Dauphin, Michael Infinito Jr., Jeff O'Handley, Susan Sole, Familie Funk, Familie Tralies, Familie Conlen, Familie Regan, Familie House, die McDowells und die Kays. Vielen Dank an Lilly Billarrial für den Satz mit den Gutmenschen. Ich danke auch den netten Leuten von Tisch 25, die mich in ihren Kreis aufgenommen, ermutigt und gelehrt haben. Ihr wisst, wer ihr seid. Ich danke auch all den lieben Blogger*innen und Rezensent*innen, die die ersten beiden Josie-Quinn-Bücher gelesen haben. Danke, dass Sie meiner Arbeit eine Chance gegeben und meine Bücher weiterempfohlen haben!

Mein besonderer Dank gilt Sergeant Jason Jay, der meine Fragen zur Polizeiarbeit schnell und so detailliert beantwortet hat, sodass ich die Handlung so authentisch darstellen konnte, wie es die Fiktion erlaubte.

Wie immer muss ich Jessie Botterill für ihre stete Brillanz, ihre Geduld und ihr Vertrauen in mich danken – ebenso wie dem gesamten Team von Bookouture. Ihr macht Wunder möglich, ihr alle, und ich bin dankbar und fühle mich so gesegnet, mit euch zusammenarbeiten zu dürfen.

9 781803 143682